Pamela Palmer

KRIEGER DES LICHTS

UNGEZÄHMTE VERSUCHUNG

Roman

Ins Deutsche übertragen von
Firouzeh Akhavan-Zandjani

LYX
EGMONT

Die amerikanische Originalausgabe erschien 2014 unter dem Titel
Wulfe Untamed. A Feral Warriors Novel bei AVON BOOKS,
an imprint of HarperCollins Publishers, New York.

Deutschsprachige Erstausgabe Mai 2014 bei LYX,
verlegt durch EGMONT Verlagsgesellschaften mbH,
Gertrudenstr. 30–36, 50667 Köln

1. Auflage
Redaktion: Christiane Wirtz
Satz: Greiner & Reichel, Köln
Printed in Germany (670421)
ISBN 978-3-8025-9419-9

www.egmont-lyx.de

Für Laurin Wittig und Anne Shaw Moran –
meinen Schwestern im Geiste und im Herzen.

1

Die Erde tat sich mit einem markerschütternden Schrei vor ihr auf. Der Tag wurde zur Nacht.

Es gab kein Entrinnen.

Nur ein paar Schritte von ihr entfernt brach ein schauerliches rotorangefarbenes Licht aus dem großen klaffenden Loch hervor. Und die Erde schrie weiter. Sie war am Rande des Schlundes an einen Pfahl gebunden und konnte nichts weiter tun, als zuschauen – und zittern.

Sie war nicht allein. Ach, wäre sie es doch gewesen. Denn einer von den fünf anderen, die auch an Pfähle gefesselt am Rande des gähnenden Abgrunds standen, war ihr Bruder Xavier. Ihr ganzes Leben lang hatte sie auf ihn aufgepasst. Doch jetzt konnte sie keinem Einzigen von ihnen helfen. Sie würden alle sterben.

Ein halbes Dutzend große, muskulöse Männer lief um sie herum, von denen eine Hälfte bekleidet war, die andere nackt. Brüllend zogen sie ihre Schwerter, als auf einmal eine zweite Gruppe von Männern erschien und anfing mit ihnen zu kämpfen.

Während Stahl klirrend auf Stahl traf, verschwand plötzlich einer der Männer in einem Funkenregen, und an seiner Stelle erschien ein großer afrikanischer Löwe mit voller Mähne. Ein anderer Mann stürzte sich auf einen seiner Gegner und verwandelte sich in einem ähnlichen Funkenregen in einen riesigen Wolf.

Unmöglich.

Lautes Donnergrollen erschütterte die Erde.

Auf einmal nahm sie einen widerlichen Gestank wahr. Ein stechender Schmerz zuckte über ihre Wange, als hätte einer der Krieger sie mit seinem Schwert verletzt, aber es war keiner in ihrer Nähe.

Und plötzlich stand doch einer direkt vor ihr.

Sie schrie auf vor Schmerz und Schreck und starrte das Monster an, das vor ihr aufragte … nein, vielmehr schwebte. *Er war abscheulicher als alles, was sie sich je hätte vorstellen können. Er war etwa so groß wie ein Mann, das schwarze Haar wehte um seinen Kopf, als wäre jede Strähne lebendig, und es wurde in dieses ruchlose rotorangefarbene Licht getaucht. Ein schwarzer Umhang verhüllte seine Gestalt. Und sein Gesicht … dieses Gesicht. Grausig verzerrte Züge, Haut, die wie geschmolzenes Wachs aussah. Bösartige Reißzähne ragten unregelmäßig aus einem fratzenhaft verzogenen Mund.*

Sie erstarrte vor Entsetzen, und ihr Herz drohte ihre Brust zu sprengen, als er seine Hand … seine Klaue … besudelt mit ihrem Blut hob …

Mit einem Ruck wurde Natalie Cash wach. Das Herz schlug ihr bis zum Hals, und ihr ganzer Körper war schweißgebadet. Die frühe Morgendämmerung drang durch die Rouleaus ihres Schlafzimmers, und sie öffnete und schloss die Augen mehrmals schnell hintereinander, um wieder zu Atem zu kommen. Auch jetzt noch verfolgte sie der Albtraum, hinterließ schemenhafte Eindrücke von Gräueln und Hirngespinsten. Ein Mann, der sich in einen Wolf verwandelte. Entsetzen, das zu schrecklich war, um die Erinnerung daran ertragen zu können.

Mit zitternden Händen strich sie sich das Haar aus dem Gesicht.

Wie furchtbar, den Tag so zu beginnen.

Xavier war in ihrem Traum gewesen … da war sie sich fast

sicher. Doch welche Rolle er darin gespielt hatte, erinnerte sie sich nicht mehr. Jede Nacht war es dasselbe … diese Albträume, die ihr entglitten, sobald sie erwachte. Sie quälten sie seit dem »Vorfall« … Sechs Wochen zuvor war einfach eine Woche aus ihrem Leben verschwunden, und sie wusste nur noch, dass nun drei ihrer Freunde tot waren und ihr Bruder vermisst wurde.

Die Polizei hatte nach wie vor keinen einzigen Anhaltspunkt.

Leise schlüpfte sie aus dem Bett, um Rick nicht zu wecken, und tappte ins Badezimmer am anderen Ende des Flurs. Dann ging sie in die Küche und machte sich einen Kaffee mit Haselnusssirup. Mit dem Becher in der Hand trat sie durch die Glasschiebetür auf die Veranda. Eine angenehme Brise strich über ihre Wangen, als sie es sich in ihrem Lieblingssessel gemütlich machte und den Anblick des Waldes hinter ihrem Haus im ersten Licht des Tages genoss.

Während der Himmel allmählich heller wurde und die Vögel erwachten und zu singen anfingen, nippte sie an dem aromatischen Getränk und fand langsam zu ihrem ruhigen inneren Gleichgewicht zurück, das normalerweise ihr Wesen ausmachte. Vor sechs Wochen war noch alles in Ordnung gewesen … Ihr Leben verlief in geregelten Bahnen, und sie war zufrieden mit sich und der Welt. Ihre Optometriepraxis, die sie vor einem Jahr eröffnet hatte, lief gut, sie hatte viele Patienten, und besonders die Arbeit mit Kindern liebte sie sehr. Ihre Mutter war begeistert, dass sie ihre Ausbildung abgeschlossen hatte und wieder in der Stadt war. Und sie war nun verlobt mit Rick, ihrem langjährigen Partner, der zugleich ihr bester Freund war.

Doch an einem einzigen Tag hatte sich alles verändert … An jenem Tag hatten zwei ihrer besten Freundinnen aus der Highschool vorgeschlagen, einen Ausflug nach Harpers Ferry zu machen. Rick hatte an dem Tag seinem Vater Hilfe zugesagt, und da eine ihrer Freundinnen ihren jüngeren Bruder und dessen Freundin Christy dazu eingeladen hatte, hatte Natalie ebenfalls ihren Bruder Xavier auf den Ausflug mitgenommen.

Der allgegenwärtige sehnsüchtige Wunsch, die Uhr noch einmal zurückzudrehen und eine andere Entscheidung zu treffen, verursachte ihr wie immer Magenkrämpfe. Wenn sie ihn doch bloß nicht eingeladen hätte, auf den Ausflug mitzukommen. Wären sie doch lieber stattdessen an jenem Tag ins Outlet nach Leesburg gefahren.

Sie hatten einen angenehmen Vormittag mit einem Bummel durch die idyllische Altstadt verbracht. Doch alles, was sich danach ereignet hatte, war aus ihrem Gedächtnis gelöscht. Eine Woche später waren sie und Christy auf einem Feld in der Nähe wieder zu sich gekommen und konnten sich nicht daran erinnern, was in der Zwischenzeit passiert war. Die Leichen von ihren drei Freunden hatte man am Nachmittag des gleichen Tages gefunden. Doch von Xavier fehlte jede Spur. Er wurde immer noch vermisst.

Ihr Leben war danach völlig aus der Bahn geraten.

Sie nahm einen kleinen Schluck von ihrem heißen Getränk, atmete den warmen Haselnuss- und Kaffeeduft ein und ließ dann den Kopf nach hinten sinken, um die rosafarbenen Wolken zu betrachten, die träge über den Morgenhimmel zogen.

Xavier war irgendwo, und er war am Leben. Dessen war sie sich ganz sicher. Als sie auf dem Feld erwacht war, hatte sie einen kleinen, mit einem Stift gezeichneten Kreis in ihrer Handfläche entdeckt. Einen Kreis mit einer kurzen gebogenen Linie darin … ein Smiley ohne Augen … einer der Lieblings-Smileys ihres blinden Bruders. Sie war sich sicher, dass der Smiley von ihm stammte und er ihr damit sagen wollte, dass es ihm gut ging. Aber wo war er? Wo war sie gewesen? Und warum war er nicht auch zurückgekommen?

Als die Wochen vergingen, wurde ihre Furcht immer größer, dass sie ihn vielleicht nie wiedersehen würde.

Ihr blieb keine andere Wahl, als ihr altes Leben fortzusetzen. Aber diese fehlende Woche verfolgte sie. Die Trauer über die Menschen, die sie verloren hatte, hatte sich wie eine kalte Faust um ihr Herz gelegt und war zu einem ständig pochenden Schmerz geworden, der nicht nachlassen wollte.

Natalie nahm noch einen Schluck Kaffee, während sie die Wolken beneidete, die frei von den Kümmernissen der Welt über sie hinwegzogen.

Ein leises Geräusch drang an ihr Ohr, und sie richtete sich auf. Sie erhaschte eine Bewegung zwischen den Bäumen, und warme Freude durchströmte sie, als sie den riesigen Wolf entdeckte, der sie vor ein paar Wochen zum ersten Mal besucht hatte. Ein herrliches Tier mit dichtem Fell, das fast die Größe eines Bären hatte. Kopf und Rücken waren grauschwarz, Beine und Bauch hellbraun. Natürlich war es kein richtiger Wolf – obwohl er vielleicht ein bisschen Wolfsblut in sich hatte –, denn dafür war er zu freundlich. Zumindest war er das gewesen, als er sie das letzte Mal besucht hatte.

Sie beobachtete ihn vorsichtig, und ihr Unterbewusstsein drängte sie, ins Haus zurückzukehren, um sich keiner Gefahr auszusetzen. Doch als er ihren Garten durchquerte und sie in sein schönes, intelligentes Gesicht sah, spürte sie keine Furcht. Freudige Erregung, ja, und Ehrfurcht. Aber keine Angst, wo doch diese goldenen Augen so warm und voller Freude strahlten.

Sie lächelte, denn sein Kommen schenkte ihr ein bisschen innere Ruhe, nahm ihr etwas von der Last, die auf ihre Schultern drückte, sodass sie sich ein paar kostbare Augenblicke lang leichter fühlte. Sie stellte den Becher auf dem Tisch ab und wandte sich ihm zu, als er mit einer Anmut, die angesichts seiner Größe unerwartet war, die paar Stufen zu ihrer Veranda heraufsprang.

Oben auf der Veranda hielt er inne, statt wie ein Hund voranzustürmen, und er sah sie an, wie es wohl ein Mensch getan hätte. Seine Augen funkelten immer noch vor Freude … eine Freude, die auch bei ihr ein Glücksgefühl auslöste. Lächelnd streckte Natalie die Hand aus.

»Ich freue mich so sehr, dich zu sehen«, sagte sie leise, um weder Rick noch die Nachbarn aufzuwecken.

Das Zögern des Hundes währte gerade mal zwei Sekunden, ehe er näher kam und seinen riesigen Kopf zwischen ihre wartenden Hände schob. Wie war es möglich, dass sie ihn so sehr vermisst hatte, obwohl es bisher nur eine einzige Begegnung gegeben hatte? Trotzdem empfand sie so.

Während sie das dichte, weiche Fell an seinem Hals streichelte, stiegen Emotionen in ihr auf … eine seltsame Mischung aus Kummer, Schmerz und innerer Ruhe. Als könnte er allein mit der Kraft seiner Seele den Schutzwall einreißen, den sie um ihren Kummer errichtet hatte, um ihr dann beim Tragen ihres Leids zu helfen.

Eine völlig abstruse Vorstellung. Und doch hatte sie das Gefühl, den Anker zu ergreifen, nach dem sie selber so erfolglos gesucht hatte, während sie sein Fell streichelte und in diese intelligenten Augen blickte. Sie hatte immer wieder gehört, dass Tiere die erstaunliche Gabe besäßen, Menschen zu beruhigen, aber mit einer solch instinktiven Reaktion auf ein Tier, welches sie kaum kannte, hatte sie niemals gerechnet.

»Ich habe deinen Besuch heute gebraucht«, sagte sie leise. »Ich fühle mich schon besser. Leichter. Stärker.«

Wenn das überhaupt möglich war, schien der Ausdruck in den goldenen Augen noch wärmer zu werden.

»Wer bist du? Du trägst keine Hundemarke und auch kein

Halsband, aber wild kannst du doch nicht sein, oder? Dafür fühlst du dich bei Menschen viel zu wohl.« Sie schob die Finger zwischen seine Vorderbeine und kraulte seine Brust. »Dir geht es auf jeden Fall gut. Schau dich doch an. Du bist wohlgenährt und wirklich wunderschön.«

Während sie ihm mit der einen Hand den Kopf streichelte, griff sie mit der anderen nach dem Becher und nippte daran. Sie staunte darüber, dass es tatsächlich stimmte, was sie zu ihm gesagt hatte. Sie fühlte sich jetzt hundert Prozent besser in der Lage, den Tag zu bewältigen, als es kurz nach dem Aufwachen der Fall gewesen war. Sie war wieder fast völlig ruhig.

Oder zumindest war sie es, bis der Hund erstarrte und aufsprang. Seine Nackenhaare sträubten sich, als er sich zur Hintertür umdrehte und ein leises, gefährliches Knurren ausstieß.

Wulfe witterte den Mann, ehe er ihn durch die Fliegengittertür sah. Der Verlobte.

Instinktiv knurrte er, aber vielleicht war es auch nur die Eifersucht.

»Um Himmels willen, Natalie«, rief der Mann. »Das ist ein Wolf!«

Natalies weiche Hand glitt über das Fell an Wulfes Hals. Wäre er eine Katze gewesen, hätte er angefangen zu schnurren. Tief in seinem Innern heulte der Geist des Wolfes, der ihn gezeichnet hatte, vor Freude.

»Er ist ein Hund und ein Freund. Er wird mir nichts tun, Rick.«

Himmel, nein, natürlich würde er ihr nichts tun. Er würde jeden umbringen, der versuchte, ihr ein Leid zuzufügen. Er war nur hergekommen, um zu sehen, wie es ihr ging nach dem, was sie in Harpers Ferry durchgemacht hatte. Xavier sorgte sich ihretwegen. Das taten sie beide.

Sein Blick wanderte wieder zu dem Mann hinter der Fliegengittertür. Der Mistkerl stand einfach nur da und machte überhaupt keine Anstalten, seine Frau zu beschützen. Aber na ja, das war wohl nicht ganz fair, da es ja offensichtlich war, dass Wulfe ihr nichts tun würde – und mehr als offensichtlich, dass er das Männchen nicht ausstehen konnte. Es lag nicht an ihm persönlich. Wulfe mochte es einfach nicht, dass er nur in Boxershorts dastand und mit an Sicherheit grenzender Wahrscheinlichkeit gerade aus Natalies Bett kam.

»Natalie, bitte, komm herein, ja? Gestern Abend hast du gesagt, dass du nicht darüber reden willst, aber das müssen wir. Ich habe das Gefühl, dich zu verlieren.«

Wulfe spürte Natalies Anspannung über ihre Hände, und es gelang ihm gerade noch, sich zu beherrschen und den Verlobten nicht wieder anzuknurren. Denn eigentlich wollte er nichts anderes, als dass der Mann wegging und ihn diese paar Minuten mit Natalie genießen ließ. Auch in seiner jetzigen Gestalt liebte er es, wenn sie ihn berührte. Nur in seinen Träumen besaß er die Freiheit, die Berührungen zu erwidern.

Sie war schließlich mit diesem Mistkerl verlobt, ganz abgesehen davon, dass Wulfe sie zu Tode erschrecken würde, wenn er ihr sein menschliches Gesicht enthüllte. Deshalb musste er sich mit dem begnügen, was er bekommen konnte.

Es tat so gut, sie wiederzusehen, ihren süßen Duft einzuatmen und tief in diese ruhigen grauen Augen zu schauen – und sei es auch nur für ein paar Momente. Sie war so schön. Die Morgensonne verwandelte ihr Haar in strahlendes Gold und hüllte ihren ganzen Körper in einen hellen Schein. Auch wenn die Augen nicht mit dem besten Sinn des Wolfes ausgestattet waren, konnte er sehen, wie das Licht der Sonne eine Aura aus Gold, Blau und Grün schuf.

»Nat, ich verstehe ja, dass du Schreckliches durchgemacht

hast. Ich weiß, dass du um deinen Bruder trauerst und um deine Freunde. Ich versuche, für dich da zu sein, aber du schließt mich aus.«

Sie gab immer noch keine Antwort, aber Wulfe konnte ihre Miene aus nächster Nähe betrachten und sah den Kummer in ihren Augen. Die Traurigkeit. Sein Herz zog sich schmerzhaft zusammen.

Schließlich kam Natalie seufzend hoch. »Geh nach Hause, mein Junge.«

Aber er blieb einfach sitzen und vertrat seinen Anspruch … auf was oder wen, wusste er nicht so recht. Natalie gehörte ihm nicht.

Mit einem gequälten Lächeln streichelte Natalie noch einmal seinen Kopf, dann trat sie an ihm vorbei, ging hinein und schloss die Fliegengittertür hinter sich. Wulfe beobachtete, wie sie das Gesicht des Mannes mit beiden Händen umfasste, und er verspürte einen heftigen Stich der Eifersucht.

»Ich liebe dich, Rick. Ich brauche einfach nur Zeit.«

»Du bist anders, Nat.«

Innerlich runzelte Wulfe verwirrt die Stirn. Sie war tatsächlich anders. Aber nicht so, wie ihr Verlobter meinte. Dieses Strahlen der Morgensonne – diese Aura aus Gold, Grün und Blau – war ihr nach drinnen gefolgt. Selbst jetzt, da sie sich nicht mehr in der Sonne aufhielt, hing sie an ihr und strahlte im Dunkel ihres Wohnzimmers.

Was zum Teufel hatte das zu bedeuten?

Natalie senkte den Blick auf die nackte Brust des Mannes. »Rick …« Sie schüttelte den Kopf. »Du wärst auch anders, wenn du deine Freunde und mehrere Tage deines Lebens verloren hättest … wenn dein Bruder vermisst werden würde.« Sie schaute auf und sah dem Mann ins Gesicht. »Ich habe Träume … schreckliche Albträume. Manchmal habe ich das Gefühl, als würde ich mich bruchstückhaft wieder an Dinge erinnern, aber das, woran ich mich erinnere … ist völlig unmöglich.«

Wulfe stöhnte innerlich laut auf. Das war wirklich das Allerletzte, was sie brauchen konnten … dass Natalie Cash sich wieder an die Gestaltwandler, die Dämonen und das Innere des Hauses des Lichts erinnerte. Sie wäre zwar gar nicht in der Lage, es zu finden – wahrscheinlich nicht –, und natürlich würde ihr auch keiner glauben, aber …

»Nat, wenn du dich an irgendetwas erinnerst, musst du es der Polizei erzählen.«

»Es sind doch nur Träume, Rick.«

Frustriert fuhr sich der Mann mit einer Hand durchs Haar und zerzauste es dadurch nur noch mehr. Dann reichte er ihr die Hand. »Komm wieder ins Bett, Natalie.«

Einen kurzen Moment lang dachte Wulfe, sie würde Nein sagen. Aber dann drehte sie sich wieder zur Fliegengittertür – zu ihm – um, und immer noch umgab sie diese seltsame Aura. »Geh nach Hause, mein Junge.«

Sah er da wirklich etwas, oder beeinträchtigten die Veränderungen, die er vor Kurzem durchgemacht hatte, jetzt auch seinen Sehsinn? Vielleicht war ja auch nur die visuelle Wahrnehmung seines Wolfes betroffen. Aber er konnte jetzt wohl kaum menschliche Gestalt annehmen, um das zu überprüfen. Schließlich hatte er seine Kleidung im Truck auf der anderen Seite des Waldes gelassen.

Mit einem wütenden, frustrierten Knurren sprang er von der Veranda und lief wieder in den Wald. Das seltsame Strahlen, das von Natalie ausging, hatte wahrscheinlich etwas mit seiner eigenen Wahrnehmung zu tun. Entweder war der Auslöser dafür, dass die Unsterblichkeit der Krieger des Lichts bedroht wurde oder dass sich das Dämonenblut seiner Ahnen wieder in ihm regte.

Aber die Möglichkeit, dass sie vielleicht tatsächlich strahlte, ließ ihm keine Ruhe. Unter Umständen war sie durch den Dämon, der sie vor sechs Wochen angegriffen hatte, irgendwie verändert worden. Er musste jemanden holen, der einen Blick auf sie warf, ohne dass gleich alle auf sie aufmerksam wurden. Denn wenn Natalie Cash sich tatsächlich verändert hatte und die Menschen es ebenfalls bemerkten, könnte sie die Rasse der Unsterblichen gefährden, von denen bisher niemand wusste. Und damit wäre auch ihr Leben in Gefahr.

Verdammt! Das hatte sie nicht verdient.

Er sprang über einen morschen Baumstamm und lief auf flinken, sicheren Pfoten durch den Wald. Die Gerüche des Waldes beschäftigten die Sinne seines Tieres … der Geruch von Moos und Blättern, von Kaninchen und Frühlingserwachen. Doch sein Geist verharrte bei Natalie.

Er hatte sie das erste Mal auf jenem Schlachtfeld gesehen, wo sie und ihre Freunde von den bösen Zauberern als Köder für Dämonen benutzt worden waren. Sie war ihm wegen ihrer Schönheit aufgefallen, aber auch weil ihr Gleichmut im Angesicht des Grauens ihm Respekt abgenötigt hatte. Am Ende hatten nur drei der sechs Menschen überlebt, und die Krieger hatten sie mitgenommen ins Haus des Lichts. Sie hatten sie eingesperrt, bis es ihnen gelungen war, ihnen die Erinnerung an alles, was sie gesehen hatten, zu nehmen. Allerdings war es ihnen nur bei den beiden Frauen gelungen, die sie gleich darauf wieder nach Hause gebracht hatten. Xavier jedoch war blind, und Erinnerungen wurden über die Augen gelöscht. Er würde nie wieder nach Hause gehen können. Und Natalie würde nie erfahren, dass ihr Bruder überlebt hatte. Niemand würde das je erfahren.

Ihr Kummer bereitete Wulfe fast schon körperliche Schmerzen.

Er kam auf der anderen Seite des Waldes heraus und sprang

den Hügel hinunter, um zu dem verlassenen Lagerhaus außerhalb von Frederick in Maryland zu gelangen, wo er seinen Truck abgestellt hatte. Mit den schärferen Sinnen seines Wolfes überprüfte er, ob kein Mensch in der Nähe war, ehe er sich verwandelte. Er beschwor die Kraft des Tiergeistes herauf, der in ihm wohnte, und verwandelte sich in einem berauschenden Funkenregen wieder in einen Mann. Es war ein warmer Junimorgen, und die Vögel zwitscherten in den Bäumen, während die Sonne langsam aufging.

Als er vorne um den Wagen herumging, erhaschte er in der Scheibe einen Blick auf sich selber und seine gekrümmte Nase zwischen unzähligen Narben. Eine davon verlief über seinen Mund, sodass die Lippe leicht nach unten verzogen war, was ihm einen immerwährenden grimmigen Ausdruck verlieh. Ein Gesicht, das Frauen zum Schreien brachte und Kinder Reißaus nehmen ließ.

Seufzend zog er seine Jeans an. Er hatte natürlich nicht immer so ausgesehen. Vor Hunderten von Jahren, in seiner Jugend, hatten Frauen beim Anblick seiner Schönheit geseufzt und ihn für den schönsten Mann überhaupt gehalten. Und mit über zwei Metern Körpergröße hatte er seine Konkurrenten auch in dieser Hinsicht überragt. Trotzdem hatte er sich nie für eitel oder eingebildet gehalten, was im Rückblick wohl der Gipfel an Arroganz gewesen war. Das Schicksal hatte ihn für diese Anmaßung bestraft. An einem einzigen Tag hatte er alles verloren: sein Aussehen, die Bewunderung von seinesgleichen und seine Selbstachtung. Die Göttin hatte es in ihrer schrecklichen Weisheit für richtig befunden, seine Seele für befleckt zu erklären und ihn dann zu zeichnen, sodass dieser Makel auch jedem offenbar wurde. Er trug diese Zeichen jetzt schon seit Jahrhunderten und würde sie für den Rest seines unsterblichen Lebens nicht mehr ablegen.

Er streifte sein T-Shirt über und zog dann die Stiefel an. Zumindest war der Geist des Wolfes nicht der Ansicht gewesen, ihm hafte ein Makel an. Drei Jahre nachdem man ihn mit den Narben gestraft hatte, war der einzige Wolfwandler gestorben, und Wulfe war zum nächsten gezeichnet worden. Es hieß, der Geist des Tieres wähle immer jenen, den er für den Stärksten und Ehrenhaftesten unter den Therianern hielt, welche die jeweilige Tiergeist-DNA in sich trugen. So hatte Wulfe gelernt, der Göttin für ihre schmerzhafte Lektion dankbar zu sein. Man hatte ihn Demut gelehrt und dafür entlohnt, dass er nicht dagegen aufbegehrt hatte.

Ihm war ein stolzer Preis abverlangt worden, doch er hätte noch hundertmal mehr bezahlt, wenn er dadurch ein Krieger des Lichts blieb … einer von jenen wenigen Gestaltwandlern, die es jetzt noch gab. Im Moment waren die Gestaltwandler die Einzigen, die die Erdenbewohner – sowohl die Unsterblichen wie auch die Menschen – vor der endgültigen Vernichtung durch die seelenlosen Magier bewahren konnten. Jenen war es nämlich gelungen, das Böse in Gestalt der Dämonen zu befreien, wie sie es schon seit Langem vorgehabt hatten.

Wulfe fischte den Autoschlüssel aus der Tasche seiner Jeans und schloss den Wagen auf.

Wenn er Natalie doch nur aus diesem Krieg heraushalten könnte, damit sie in Sicherheit war. Aber so, wie sie strahlte …

Er schüttelte den Kopf, und sein Herz wurde schwer, als er den Motor anließ und zurück zum Haus des Lichts fuhr.

Natalie Cash war keineswegs in Sicherheit.

2

Wulfe fuhr mit seinem Truck die große bogenförmige Auffahrt des Hauses des Lichts in Great Falls, Virginia, hoch. Der dreistöckige Ziegelsteinbau lag zwischen Bäumen in einer exklusiven Gegend nahe des Potomac mehrere Meilen außerhalb von Washington, D. C. Viele Autos säumten die Auffahrt, und das Haus selber war gerade voller Leute. Lyon hatte einen ganzen Trupp von Unsterblichen rekrutiert, die zwar nicht die Gestalt wandeln konnten, aber der Therianischen Garde angehörten, damit sie die Krieger des Lichts bei dem rasch eskalierenden Kampf gegen die Magier unterstützten. Sie mussten mit vereinten Kräften verhindern, dass die Dämonen befreit wurden.

Die meisten Angehörigen der Therianischen Garde kamen von den Britischen Inseln, und die zwanzig stärksten hatten im Haus des Lichts Quartier bezogen, um die Strahlende zu beschützen. Schnell waren alle verfügbaren Schlafzimmer belegt gewesen, sodass der Rest mit provisorischen Schlaflagern im Wohnzimmer, im Fernsehraum und im Keller vorliebnehmen musste. Weitere einhundertsiebenunddreißig Gardisten waren in den verfügbaren Betten in der therianischen Enklave vor Ort und in verstreut liegenden geheimen Unterschlüpfen der Umgebung untergekommen.

Zwar machte es allen gewaltig zu schaffen, dass die Krieger des Lichts überhaupt Unterstützung brauchten, aber der Abberufung hatte niemand widersprochen. Nicht nachdem der Feind jetzt auch über Krieger verfügte, die von Tiergeistern gezeichnet worden waren und genau wie die Krieger des Lichts die Gestalt wandeln konnten, und die Unsterblichkeit der wahren Krieger des Lichts in großem Maße gefährdet war.

Während Wulfe hinter Kougars Lamborghini parkte, spiegelte sich die frühe Morgensonne im Tau auf dem Dach und brachte es zum Funkeln. Wen'n doch bloß auch im Innern des Hauses eine solch heitere Stimmung herrschen würde. Hoffentlich hatten sie endlich einen Durchbruch erzielt und einen Weg gefunden, sich die Unsterblichkeit zurückzuholen, während er fort gewesen war. Doch als er durch die Haustür trat, sah er die verhärmten Gesichter von Tighe und Paenther, die gerade auf der einen Seite der geschwungenen Doppeltreppe, die die Eingangshalle beherrschte, herunterkamen. Wulfes Hoffnung schwand.

»Wo bist du gewesen?«, fragte Paenther mit leichter Neugier in der Stimme.

Mehrere Männer und zwei Frauen, die er nur erkannte, weil Lyon ihnen aufgetragen hatte, sich die Gesichter aller Gardisten einzuprägen, nickten grüßend, als sie vorbeigingen. Überall im Haus war leises Stimmengewirr zu hören, doch die Gardisten waren sehr diszipliniert und behandelten die Krieger des Lichts voller Respekt, sodass entgegen aller Befürchtungen kein Chaos im Haus ausgebrochen war. Bisher bestand das einzige Problem darin, alle ausreichend zu verköstigen.

»Du warst in Frederick, stimmt's?« Tighes kurz geschnittenes blondes Haar leuchtete hell auf unter dem Kronleuchter, als er den unteren Treppenabsatz erreichte und den Arm ausstreckte. Die beiden umfassten den Ellbogen des jeweils anderen und schlugen die Unterarme gegeneinander, wie es zur Begrüßung unter den Kriegern des Lichts üblich war.

Wulfe leugnete es nicht. »Ich konnte nicht schlafen.«

Paenther begrüßte Wulfe auf dieselbe Weise. Sein tiefschwarzes Haar umrahmte ein Gesicht, das zu hundert Prozent wie das eines amerikanischen Ureinwohners aussah, obwohl der Krieger nur zu drei Vierteln Indianer war. Über dem Auge trug er drei lange Narben, die wie Klauenspuren aussahen, aber in Wirklichkeit die Male waren, die ihn zum Krieger des Lichts gezeichnet hatten. Alle Krieger trugen irgendwo an ihrem Körper diese Male, mit denen die Tiergeister, die in ihnen lebten, sie markiert hatten. Wulfes Male befanden sich auf seiner Stirn über dem linken Auge. Aber er bezweifelte, dass seine Brüder das überhaupt wussten. Was waren schon drei Narben unter so vielen anderen?

»Hast du Natalie gesehen?«, fragte Tighe. Alle Brüder von Wulfe wussten, warum er nach Frederick fuhr.

Er öffnete schon den Mund, um zu erzählen, was er gesehen hatte, doch dann schloss er ihn wieder. Der Schamane würde besser als jeder andere wissen, ob mit Natalie irgendetwas nicht stimmte … oder auch mit ihm. Er würde es so lange für sich behalten, bis der uralte Mann die Gelegenheit gehabt hatte, einen Blick auf sie zu werfen. Er wollte es Natalie ersparen, wieder in seine Welt und in dieses ganze Chaos gezerrt zu werden, auch wenn ihn der Gedanke, sie wieder in seiner Nähe und in seinem Leben zu haben, mit Freude erfüllte. Xavier schien zwar nichts dagegen zu haben, Pink in der Küche zu helfen und praktisch ein Gefangener im Haus des Lichts zu sein, aber Xavier war auch ein Sonderfall. Die meisten Menschen würden eine lebenslange Gefangenschaft nie hinnehmen. Und dieses Leben wollte Wulfe Natalie nicht zumuten. Wenn es ihnen aus irgendeinem Grund nicht gelingen würde, ihr die Erinnerung zu nehmen – denn nur dann konnten sie sie wieder gehen lassen –, würden sie Natalie am Ende vor die gleiche Wahl wie Xavier stellen müssen: Entweder diente sie den Kriegern des Lichts für den Rest ihres Lebens, oder sie musste sterben.

Sie hatte ein Leben, ein Haus, einen Verlobten, und Wulfe würde ihr all das nicht nehmen – außer er hatte keine andere Wahl. Er hoffte inständig, dass dieses Strahlen, das er bei ihr gesehen hatte, nur eine Wahrnehmungsstörung von ihm war.

»Ich habe sie gesehen«, erwiderte Wulfe. »Sie hat eine Schwäche für den Wolf entwickelt.« Die Erinnerung an das zärtliche Lächeln, mit dem sie ihn begrüßt hatte, und die sanfte Berührung ihrer Hände ließ seine Mundwinkel nach oben zucken. Bis er sich wieder erinnerte … Ein harter Zug legte sich um seinen Mund. »Sie war nicht allein.«

»Ihr Verlobter?«

»Die beiden wirkten nicht sonderlich glücklich. Er hat ihr vorgeworfen, sich verändert zu haben.«

Paenther schnaubte empört. »Die Frau ist durch die Hölle gegangen. Natürlich hat es sie verändert.«

Tighe warf Wulfe einen durchdringenden Blick zu. »Fängt sie an, sich an irgendetwas zu erinnern?«

»Ich glaube nicht, aber sie scheint einiges davon in ihren Träumen noch einmal zu erleben. Aber auch wenn sie sich nicht erinnert, weiß sie, dass ihre Freunde tot sind … und ihr Bruder vermisst wird.«

»Und sie weiß, dass etwas Schreckliches passiert ist in den Tagen, an die sie sich nicht mehr erinnern kann.« Paenther presste die Lippen aufeinander. »Manchmal ist das das Schlimmste … wenn man nichts weiß.« Er klopfte Wulfe auf die Schulter. »Sie wird irgendwann darüber hinwegkommen.«

»Es ist nett von dir, ein Auge auf sie zu haben.« Tighe klopfte ihm auf die andere Schulter.

»Habt ihr den Schamanen gesehen?«, fragte Wulfe, als Paenther schon Richtung Speisezimmer gehen wollte.

Tighes Augen wurden schmal. Der Tigerwandler sah immer alles.

»Ich nehme an, er schläft noch«, sagte Kougar, der gerade aus einem anderen Flur kam und hinter ihnen in die Eingangshalle trat. »Er und Ariana waren bis zum Morgengrauen auf.«

Kougars Gefährtin Ariana und der Schamane arbeiteten unermüdlich daran, ein Gegenmittel gegen den dunklen Zauber zu finden, den der böse Magier Inir im Verlaufe der letzten Monate irgendwie ins Haus des Lichts geschleust hatte. Es war ein Fluch, der sie sterblich machte. Den Kristall, von dem der Zauber ausging, hatten sie entdeckt … und sofort vernichtet. Doch die schädliche Wirkung hatten sie damit nicht rückgängig machen können.

»Irgendwas gefunden?«, fragte Tighe.

Kougar schüttelte den Kopf und machte sich nicht die Mühe, ausführlichere Erklärungen abzugeben, als er an ihnen vorbeiging und Paenther durch den Flur zum Speisezimmer folgte. Ausführliche Erklärungen waren aber auch nicht notwendig. Wie viele Möglichkeiten gab es schon zu sagen: *Wir sind erledigt*?

Als Wulfe Kougar schon folgen wollte, hielt Tighe ihn zurück, indem er ihm eine Hand auf den Arm legte und ihn durchdringend ansah. »Was ist los, Wulfe? Was ist nun wirklich mit Natalie?«

»Könntest du bitte aufhören, so scharfsinnig zu sein?«, knurrte Wulfe.

Tighes Züge spiegelten sein Mitgefühl wider, aber er ließ ihn nicht gehen.

Wulfe seufzte. »Sie hat eine Aura, die blau, grün und golden strahlt. Ich habe so etwas noch nie gesehen … weder bei ihr noch bei sonst jemandem.«

»Hast du überhaupt jemals eine Aura gesehen?«

»Nein. Vielleicht ist es aber auch nur ein weiteres meiner erwachenden seltsamen Dämonentalente.«

»Aber du machst dir Sorgen, dass irgendetwas mit ihr vielleicht nicht stimmt?«

»Ja.« Verdammt, vor lauter Sorge bekam er schon Magengeschwüre.

Tighe nickte verständnisvoll, ohne etwas zu sagen, und klopfte ihm wieder auf die Schulter. »Vielleicht können wir den Schamanen dazu überreden, nachher mit uns zu ihr zu fahren und sie sich anzusehen.«

Wulfe versteifte sich. »Ich würde sie zu Tode erschrecken.«

»Das weißt du doch gar nicht. Beim letzten Mal, als sie dich gesehen hat, hatte sie auch keine Angst vor dir.«

»Damals war sie gerade von einem Dämon angegriffen worden. Und daran erinnert sie sich jetzt nicht mehr – ebenso wenig wie an mich.«

Tighes Miene bekam einen nachdenklichen Ausdruck. »Vielleicht wäre es am besten, wenn der Schamane allein bei ihr anklopft. Er könnte vorgeben, ein Jugendlicher zu sein, der Popcorn oder Kekse oder sonst was verkauft. Hier kommen ja auch ständig welche vorbei, die alles Mögliche verkaufen wollen.«

Der Schamane mochte zwar Tausende von Jahren alt sein, doch aufgrund eines Angriffs durch einen Magier in seiner Jugend sah er immer noch so aus wie fünfzehn.

»Okay, danke, Tighe.«

Gemeinsam begaben sie sich in Richtung Speisezimmer und traten schließlich durch den kleinen Torbogen in den großen Raum, der auch ihren Versammlungen diente. Fast alle Krieger des Lichts saßen mit ihren Frauen an dem riesigen Tisch. Nur Lyon war nicht da. Und seine Gefährtin – Kara, die Strahlende.

Zeeland saß als Einziger von den Gardisten mit am Tisch der Krieger des Lichts. Er bekleidete einen der höchsten Ränge innerhalb der Garde und war ein enger Freund von mehreren Kriegern des Lichts. Soweit Wulfe wusste, hatte keiner den Angehörigen der Therianischen Garde je gesagt, dass sie am großen Tisch nicht willkommen wären, aber die meisten schienen sich trotzdem draußen auf der Veranda, wo die Sommersonne durchs Laub der Bäume fiel, oder an einem der kleineren Tische, die auf der freien Fläche zwischen dem Haupttisch und dem Gang aufgestellt worden waren, wohler zu fühlen.

Während Wulfe und Tighe das Esszimmer durchquerten, kam Delaney, Tighes Gefährtin, gerade durch die Schwingtür aus der Küche. Sie hielt eine Platte mit Gebäck in der Hand, die sie auf einem der kleineren Tische abstellte. Als sie Tighe erblickte, lächelte sie und trat zu ihm.

Tighe legte seinen Arm um ihre Schultern. »Wie läuft's da drinnen?«

Delaneys Lächeln wurde ein bisschen kläglich. »So gut, wie es eben läuft, wenn sich fünf Frauen und ein blinder Mann in der Küche zu schaffen machen. Pink ist nicht sonderlich glücklich über die Situation, aber angesichts so vieler zusätzlicher hungriger Mäuler braucht sie die Hilfe, und das weiß sie auch. Ein paar von der Garde haben angeboten, beim Kochen zu helfen, aber der Vorschlag fiel nicht auf fruchtbaren Boden. Pink wird sie auf keinen Fall in die Küche lassen.« Sie zuckte die Achseln. »Wir schaffen das schon.«

Tighe gab ihr einen schnellen Kuss. »Überanstreng dich nicht.«

Sie grinste ihn an. »Ich mag zwar schwanger sein, aber außerdem bin ich jetzt unsterblich. Schon vergessen?«

Tighe erwiderte das Grinsen. »Und dafür danke ich der Göttin jeden Tag.«

Leise lachend kehrte Delaney in die Küche zurück. Als Wulfe und Tighe sich dem Haupttisch näherten, erhoben sich die anderen Krieger und begrüßten sie, als wären Wochen und nicht nur ein paar Stunden vergangen, seit man sich das letzte

Mal gesehen hatte. Für Menschen war das Bedürfnis der Tiere – der meisten Tiere – nach Berührungen in der Regel schwer zu verstehen. Hawke und Falkyn konnten zwar auch ohne leben – genau wie Vhyper –, aber bei den Katzen- und Hundeartigen war das etwas anderes.

Trotz der herzlichen Begrüßung und dem Sonnenschein, der durch das Fenster hereinströmte, herrschte eine bedrückte Stimmung im Raum. Keiner am Haupttisch sprach, als Wulfe einen Teller vom Stapel in der Mitte des Tisches nahm und sich dann von einer Platte dicke Scheiben geräucherten Schinken auftat. Aus dem Augenwinkel sah er, dass Xavier aus der Küche trat und mit einem Krug Saft in der einen und einem Blindenstock in der anderen auf den Tisch zukam. Beim Anblick von Natalies Bruder zog sich Wulfes Magen zusammen.

»Noch drei Schritte bis zur Kollision, X-Man«, sagte Jag.

Xavier, der als Einziger im Raum nicht betrübt schaute, grinste und tat noch drei weitere Schritte. Jag nahm ihm den Krug ab. »Danke, Kumpel.«

»X …«, rief Wulfe und stand von seinem Stuhl auf, um Xavier zurück in die Küche zu begleiten. »Ich hab heute bei Natalie vorbeigeschaut.«

Xaviers Miene wurde sofort ernst und verbarg nichts. »Geht es ihr gut?«

»Sie sah gut aus. Ihr Verlobter war bei ihr.« Das war zumindest nicht richtig gelogen. Natalie hatte wunderschön ausgesehen, und die Beziehung zu ihrem Verlobten würde bestimmt auch wieder in Ordnung kommen.

»Das ist schön. Ich bin froh, dass sie jemanden hat, der ihr im Moment beisteht.«

»Ich auch. Ich dachte mir, dass du gern Bescheid wüsstest.«

Der Junge grinste. »Danke, Kumpel.« Kumpel, immer sagte er Kumpel.

»Bitte schön, Kumpel.« Und jetzt hatte er sie dazu gebracht, dass sie es ebenfalls sagten.

Er sah keinen Grund, seine Sorgen mit Xavier zu teilen, da der Junge das Haus des Lichts ohnehin nie würde verlassen können, um seine Schwester wiederzusehen. Und zugleich durfte sie nie erfahren, dass er noch am Leben war. Sie lebten jetzt in unterschiedlichen Welten. Xavier und Wulfe in der einen und Natalie in der anderen. Wulfe würde gut daran tun, wenn er sich diesen Umstand selber auch immer wieder vergegenwärtigte.

Er kehrte an den Tisch zurück und setzte sich gegenüber von Fox und dessen neuer Gefährtin Melisande hin. Dann machte er sich über sein Essen her.

»Sind alle noch in der Lage, sich zu verwandeln?«, fragte Paenther. Sein Tonfall war zwar gleichmütig, doch seinen Worten war eine gewisse Anspannung anzumerken.

Das war nicht nur so dahin gefragt. Die Krieger des Lichts lagen eigentlich seit Anbeginn der Zeit mit den Magiern im Krieg. Es hatte nur eine kurze Periode von fünf Jahrtausenden gegeben, in der die beiden unsterblichen Rassen ihre Kräfte und Magie vereint hatten, um den Erzdämon Satanan zu schlagen und ihn mit seinem gesamten Dämonengefolge in ein magisches Gefängnis zu sperren – die Dämonenklinge. Doch vor ein paar Jahren war der mächtige Zauberer Inir von einem Hauch von Satanans Bewusstsein infiziert worden, das all die Jahrtausende überdauert hatte. Dieses Bewusstsein war in Inir herangereift, und nun mussten die Krieger davon ausgehen, dass Satanan den Magier vollends beherrschte und in die Schlacht führte, um sich und seine Horden aus der Klinge zu befreien.

Um die Gefangenschaft zu beenden, mussten jedoch alle Krieger des Lichts ausnahmslos ihre Zustimmung erteilen, wozu sich diese natürlich niemals bereit erklären würden. Doch Inir hatte eine Möglichkeit gefunden, das zu umgehen, indem er eine kleine Gruppe aus bösen Kriegern erschaffen hatte und jetzt allmählich die guten Krieger vernichtete. Mithilfe eines Fluches raubte er ihnen die Unsterblichkeit, und sie mussten befürchten, dass er ihnen damit auch die Fähigkeit zum Gestaltwandeln nahm – wenn er sie nicht sofort umbrachte. Sie hatten den Verdacht, dass es sich bei diesem bösen Zauber um Dämonenmagie handelte, die mächtigste Kraft auf Erden. Leider war keine einzige der herkömmlichen Methoden, sich von einem Fluch zu befreien, erfolgreich gewesen. Sie hatten jetzt nur noch die Möglichkeit, nach einem Heilmittel zu suchen … und inständig zu hoffen, dass sie es rechtzeitig fanden.

Wulfe schob sich gerade den letzten Bissen in den Mund, als Lyon mit Kara auf dem Arm ins Esszimmer kam. Sie war zwar durchschnittlich groß, doch in den Armen ihres mächtigen Gefährten wirkte sie winzig – und sehr krank. Schuld daran war ein weiterer teuflischer Angriff von Inir. Sie hatte einen Arm um Lyons Hals gelegt, und ihre müden Augen leuchteten vor Freude, als sie die anderen Krieger des Lichts erblickte. Alle erhoben sich von ihren Stühlen und kamen zu ihr, um sie zu begrüßen.

Wulfe küsste sie auf die Stirn und drückte ihre Hand, während Kougar ihr Knie tätschelte. Einer nach dem anderen zeigte der geliebten Strahlenden, wie viel sie ihnen bedeutete, bis ihre Augen vor ungeweinten Tränen schimmerten.

Die Strahlende war diejenige, die die Mächte der Erde heraufbeschwören konnte, durch die die Krieger Zugang zur Kraft ihrer Tiere erlangten. Erst durch diesen Akt wurden sie in die Lage versetzt, sich zu verwandeln. Ohne ihre Strahlung würden die Krieger schließlich alle Kraft verlieren und sterben – dafür brauchte es noch nicht einmal den bösen Zauberer, der alles nur noch schlimmer gemacht hatte –, allerdings würde es sich über eine gewisse Zeit hinziehen und vielleicht Jahre dauern.

Aber Kara war mittlerweile viel mehr für sie als nur diejenige, die ihnen Strahlung gab. Obwohl sie erst vor ein paar Monaten zu ihnen gekommen war und damals noch gedacht hatte, sie wäre ein Mensch, hatte sie mittlerweile bewiesen, wie unvergleichlich tapfer und loyal sie war. Damit hatte sie die Herzen aller erobert, nicht nur das ihres Anführers, dessen Gefährtin sie jetzt war. Wenn ihr irgendetwas zustieß, würden sie alle leiden … und Lyon würde daran zugrunde gehen.

Lyon drückte seiner Gefährtin einen Kuss auf den Scheitel und trat dann mit ihr an den Tisch, um sie auf den Stuhl neben sich zu setzen.

Kara lächelte erschöpft. »Ich bräuchte einen Tapetenwechsel.«

»Zwanzig Minuten … mehr nicht.« Lyon griff nach einem Teller. »Eier? Du musst etwas essen.«

Ihr Lächeln wurde ganz sanft, als sie ihrem Gefährten in die Augen sah. »Du bist ein sehr strenger Krankenpfleger, aber ja, Eier wären schön.«

In Lyons Augen trat ein so liebevoller Ausdruck, als Kara ihre zarten Finger auf seine viel größere Hand legte, dass Wulfe fast das Gefühl hatte, den Blick abwenden zu müssen.

Die anderen Krieger wandten sich alle ihren Gefährtinnen zu, um sie zu berühren oder zu küssen, denn alle waren tief bewegt von der Liebe zwischen ihrem Anführer und seiner Gefährtin. Und sie alle hatten Angst, dass die Tage der Krieger des Lichts gezählt sein könnten. Nur Wulfe und Vhyper hatten keine Frau, was eine erstaunliche Veränderung war, wenn man nur ein Jahr zurückschaute, als Wulfe der Einzige mit einer Gefährtin gewesen war.

Vor neun Monaten war seine Gefährtin Beatrice, die vorherige Strahlende, bei einem Angriff der Magier getötet worden. Natürlich hatte er um sie getrauert. Die Paarbindung, die Unsterbliche eingingen, war physischer Natur, und wenn sie zerstört wurde, fügte sie auch denjenigen, die zurückblieben, körperlichen Schaden zu. Und er hatte tatsächlich einen Schaden genommen, dessen ganze Tragweite ihm erst jetzt allmählich klar zu werden begann.

Denn während er seine Brüder und ihre Gefährtinnen beobachtete, erkannte er, dass die Verbindung zwischen ihm und Beatrice dünn und blass gewesen war. Ihr Bund war von der Göttin verfügt worden, wie es bei der Strahlenden immer der Fall war. Er hatte gehofft, dass daraus eine gute Bindung entstehen würde, so wie jetzt bei Lyon und Kara, doch Beatrice war nie in der Lage gewesen, über seine Narben hinwegzusehen. Sie hatte ihm erlaubt, sie zu lieben, aber nur gelegentlich und dann auch nur in voller Dunkelheit. Er hatte häufig den Verdacht gehabt, dass sie sich selber als die Königin der Krieger des Lichts sah und er dazu bestimmt war, ihre sexuellen Bedürfnisse zu befriedigen. Aber eigentlich hatte sie ihn nie wirklich gewollt, und er war sich sicher, dass sie ihn nie geliebt hatte.

Nein, es war für sie beide keine befriedigende Beziehung gewesen, und obwohl er durch den Bruch der Paarbindung Schaden genommen hatte, war er durch ihren Verlust nicht so am Boden zerstört gewesen, wie man es eigentlich erwartet hätte.

Während sein Blick durch die Runde amTisch wanderte, und er beobachtete, wie Hawke Falkyns Wange streichelte, wie Paenther Skye ansah, wie Melisande den Kopf an Fox' Schulter legte und dieser ihr einen sanften Kuss auf den Scheitel drückte, spürte er tief in seinem Innern eine schmerzhafte Sehnsucht. Eine Leere. Eine Einsamkeit, die er selten so deutlich wahrgenommen hatte. Denn jetzt gab es eine Frau, nach der sich sein Herz sehnte. Eine Menschenfrau, die mit einem anderen verlobt war. Eine Frau, die niemals sein werden könnte.

Natalie.

Jag ließ plötzlich seine Gabel laut klirrend auf den Teller fallen, und sein Gesicht verzerrte sich vor tief empfundener Angst.

Olivia griff nach seiner Hand. »Was ist los?«

»Mein Tier ...« Er sprang so schnell auf, dass sein Stuhl nach hinten kippte und zu Boden fiel. Mit schnellen, langen Schritten entfernte er sich vom Tisch, dann blieb er stocksteif mit dem Rücken zu den anderen stehen, die Fäuste seitlich am Körper geballt. Plötzlich wirbelte er herum, und seine entsetzte Miene wandelte sich in einen Ausdruck der Wut.

»Verdammt, ich kann mich nicht verwandeln!«

Schweigen senkte sich über den Raum, und sogar die Angehörigen der Garde sagten nichts. Die Krieger des Lichts sahen einander an, während allen auf einmal klar wurde, was Jags Worte zu bedeuten hatten.

Tief in Wulfes Innern knurrte sein Tier, als würde es verstehen. Und das tat es wahrscheinlich auch.

»Es hat angefangen«, sagte Kougar leise.

Sie verloren ihre Unsterblichkeit ... und jetzt auch ihre Tiere.

Olivia stand auf und ging zu ihrem Gefährten. Als sie ihren Arm um seine Taille schlang, zog er sie fest an sich.

Bedeutete dies, dass Jag als Erster sterben würde? Die Göttin möge ihnen allen beistehen! Wenn die Krieger vernichtet waren, würde nichts mehr Inir und seine Meute aufhalten, die Dämonen zu befreien.

Paenther sprach den Gedanken aus, der allen durch den Kopf ging. »Vielleicht müssen wir Inirs Festung angreifen, solange sich die meisten von uns noch verwandeln können, Boss.«

Lyon musterte seinen Stellvertreter mit durchdringendem Blick. »Denke nicht, dass ich das nicht auch schon überlegt hätte. Wenn ich wirklich der Meinung wäre, dass wir uns nie wieder erholen, müssten wir jetzt handeln. Aber ich weigere mich, das zu glauben. Und die bösen Krieger des Lichts anzugreifen, die sich verwandeln können, während wir selber sterblich geworden sind, grenzt an Selbstmord. Und ich werde euch nicht in den sicheren Tod führen. Es muss noch eine andere Möglichkeit geben.«

Kougar lehnte sich auf seinem Stuhl zurück. »Die Chancen stehen nicht schlecht, dass Ariana die Antworten in ihren Erinnerungen hat. Sie muss sie nur finden.« Im Geiste der Königin der Ilinas ruhte das Wissen der Königinnen, die vor ihr gewesen waren. »Denn sie erklärt mir immer wieder, dass ihre persönliche Enzyklopädie keinen Index hat und recht unübersichtlich ist. Doch wenn die Antworten da sind, wird sie sie finden.«

»Wenn …«, brummte Tighe. »Und auch wenn es ihr gelingt … wird es noch rechtzeitig sein?«

Fox stand auf und ging zu Jag. Die Sorge war ihm deutlich anzusehen, als er seine Hand auf Jags Schulter legte.

Es gab keine Worte des Trostes. Das wussten alle. Jag mochte vielleicht der Erste sein, doch die anderen würden ihm folgen. Wenn sie keine Möglichkeit fanden, den bösen Zauber zu brechen, würden sie alle sterben … und Satanan und seine schrecklichen Horden würden sich erheben.

3

Nach dem Frühstück verwandelte Wulfe sich in sein Tier und legte sich vor dem Schlafzimmer des Schamanen auf den Boden, um sofort mitzubekommen, wenn dieser erwachte. Es war bereits halb eins, als Wulfe endlich hörte, dass der Schamane sich regte. Er sprang auf. Während er in sein eigenes Zimmer lief, wandte er sich auf telepathischem Wege an Tighe. Das war eine Form der Kommunikation, die nur möglich war, wenn der eine oder andere in seiner tierischen Gestalt und die Entfernung zwischen beiden nicht zu groß war.

Der Schamane ist jetzt wach. Wenn er bereit dazu ist, willst du dann immer noch mit nach Frederick?

Ich treffe dich in fünf Minuten unten, erwiderte Tighe.

Kaum in seinem Schlafzimmer verwandelte Wulfe sich und legte seine Kleidung an. Er kam gerade in dem Moment wieder den oberen Flur entlang, als die Tür, vor der er gelegen hatte, aufging und derjenige, auf den er gewartet hatte, heraustrat.

Der Schamane war in vielerlei Hinsicht einzigartig. Er war älter als die Pyramiden und hatte die Gabe, Magie zu spüren, wozu die meisten Therianer nicht in der Lage waren. Er sah wie ein Jüngling aus einem früheren Jahrhundert aus. Das lange Haar war im Nacken zusammengebunden, das langärmelige weiße Hemd hatte Rüschen. Doch während sein Antlitz jung geblieben war und nie auch nur den Ansatz von Bartwuchs hatte entwickeln können, lagen in seinem Blick Weisheit und Barmherzigkeit.

»Schamane, dürfte ich kurz mit dir reden?«

»Guten Morgen, Wulfe. Ja, natürlich.«

Wulfe erzählte ihm kurz von dem seltsamen Schimmer, der Natalie umgab. Als der Schamane die Stirn runzelte, schnürte es Wulfe die Kehle zu.

»Ich muss sie mir ansehen«, erklärte er.

»Ich kann sie nicht herbringen. Hast du vielleicht ein bisschen Zeit?«

»Ja, natürlich, lass uns losfahren. Ich kann häufig klarer denken, wenn ich unterwegs bin.«

»Sehr schön. Großartig. Willst du erst noch etwas essen, Schamane?« Er hatte es eilig aufzubrechen … schließlich wartete er schon seit Stunden, aber der Schamane sollte natürlich etwas essen, wenn er hungrig war.

»Wenn wir unterwegs irgendwo anhalten, können wir gern sofort los.«

»In Ordnung. Dann starten wir.«

Tighe wartete bereits unten in der Halle auf sie. Er hatte eine ungeöffnete Packung Kekse in der Hand. »Ich habe Delaney erzählt, wohin wir fahren und warum«, sagte er, während sie alle drei zu Wulfes Truck gingen. »Sie können uns Ilinas hinterherschicken, wenn man uns schnell wieder hier braucht.«

Mit einer Ilina zu reisen war höchst unangenehm. Man mochte zwar blitzschnell von einem Ort an den anderen gelangen, da der natürliche Zustand der Ilinas gasförmig war, aber die Aktion war mit einem so starken Schwindelgefühl und heftiger Übelkeit verbunden, dass sie es alle nach Möglichkeit vermieden.

Wulfe und Tighe setzten sich vorne in den Wagen. Als der Schamane auf die Rückbank kletterte, reichte Tighe ihm die Kekse. »Wenn wir da sind, klopfst du an Natalies Tür und sagst ihr, dass du Kekse verkaufst. Das tun Menschenkinder die ganze Zeit.« Tighe warf Wulfe einen kläglichen Blick zu. »Delaney hat bloß die Augen verdreht, als ich ihr von unserem Plan erzählt habe. Sie sagte, Krümel verkaufen Kekse. Was zum Teufel soll das heißen? Als ich sie fragte, ob wir Krümel haben, hat sie nur gelacht und mich aus der Küche gescheucht.«

»Muss so ein Menschending sein.«

»Offensichtlich.« Tighe sah ihn vorsichtig an. »Könnte es sein, dass das, was du bei Natalie gesehen hast, irgendetwas mit deinem Dämonenblut zu tun hat?«

Wulfe erstarrte, und die Frage hing wie ein widerlicher Gestank in der Luft. »Vielleicht. Wenn ich das doch wüsste …« Es wurde immer offensichtlicher, dass Dämonenblut in seinen Adern floss, aber er würde den Teufel tun, das anstandslos zu akzeptieren. Dämonen waren die bösesten, widerwärtigsten Geschöpfe auf Erden – und er sollte einer von ihnen sein? Okay, vielleicht nicht vollständig. Dieser dämonische Vorfahre von ihm musste vor mehr als fünftausend Jahren gelebt haben, aber trotzdem … wie sollte er jemals mit dem Gedanken klarkommen, dass er teilweise ein Dämon war?

Er hatte immer gedacht, dass es nur ein Gerücht wäre, sein Wolfsclan stamme von diesen Monstern ab. Er hatte es nie geglaubt – nicht eine Sekunde lang –, bis er vor einer Woche der Einzige gewesen war, der den gewundenen Schutzwall erkennen konnte, den Inir errichtet hatte, um seine Festung in den Bergen von West Virginia zu schützen. Der Schutzwall war durch einen Dämonenzauber errichtet worden, und nur er war in der Lage gewesen, seine Brüder hindurchzuführen. Und schlimmer noch … er hatte als Einziger mithören können, wie Inir und Satanan miteinander redeten … in Inirs Kopf. Satanan hatte sich noch nicht einmal erhoben. Er existierte bisher nur in Inirs Körper und war kaum mehr als der Hauch eines Bewusstseins. Trotzdem konnte Wulfe sie weiterhin gelegentlich sprechen hören.

Irgendwann hatte er aufgehört, das Offensichtliche zu leugnen, und akzeptiert, dass Dämonenblut in seinen Adern floss. Letztendlich – ob nun gut oder schlecht – verschaffte ihnen das Vorteile, die die Krieger des Lichts bei ihrem Kampf gegen Inir und Satanan dringend brauchten. Aber was das nun darüber hinaus für ihn bedeutete, war ihm noch nicht klar. Und das machte ihn halb wahnsinnig.

Wulfe schaltete das Radio an und stellte seinen Lieblingssender mit Countrymusic ein. Keiner sagte mehr etwas, alle hingen ihren eigenen Gedanken nach. Zweimal rief der Schamane Ariana an und schlug ihr vor, bei bestimmten Ereignissen nachzuforschen, von denen Wulfe nie gehört hatte: die Kerkerhaft des Königs der Marck im Bergwerk von Buldane und die Seuche von Opplomere. Wie angekündigt schien die Fahrt dem Schamanen beim Denken zu helfen.

Wulfe dagegen wurde nur noch ungeduldiger, wieder zu Natalie zu gelangen.

Sie waren nur noch ein paar Meilen von Frederick entfernt, als Wulfe wieder anfing, Stimmen zu hören. Die Härchen auf seinen Armen stellten sich auf.

Wenn du die Strahlende umgebracht hättest, als sie in deiner Gewalt war, hätten wir jetzt nicht diesen Ärger. Dann hättest du dir einfach die Neue holen können.

Das würde aber voraussetzen, dass ich die neue Strahlende erkenne und sie in meine Gewalt bringe, ehe sie zu den Kriegern des Lichts gelangt, Herr. Und das ist unwahrscheinlich. Davon abgesehen brauchte ich die jetzige Strahlende, um meine neuen Krieger in ihre Tiere zu bringen. Es wird funktionieren, Herr. Wir haben das Blut der Strahlenden. Zwar nicht das einer Novizin, aber das Blut einer Strahlenden. Meine Zauberer werden eine Möglichkeit finden, das daraus zu machen, was wir brauchen. Das Licht des ersten Kriegers ist erloschen. Ich habe es gespürt. Einer von ihnen ist kein Gestaltwandler mehr. Sobald wir das Blut vervollkommnet haben und die Lichter der anderen Krieger auch erloschen sind, werden du und dein Gefolge freikommen.

Wulfes Hände umklammerten das Lenkrad, als ihm Inirs großer Plan enthüllt wurde. Für das Ritual zur Befreiung der Dämonen brauchte man das Blut einer noch nicht eingeführten Strahlenden – einer Novizin –, und das war Kara schon seit Monaten nicht mehr. Sie waren davon ausgegangen, dass Inir das Ritual nicht durchführen konnte, solange sie für Karas Sicherheit sorgten. Offensichtlich hatten sie sich geirrt.

»Wulfe?«

Der scharfe Unterton in Tighes Stimme lenkte Wulfes Aufmerksamkeit auf seinen Freund.

»Du brichst gleich das Lenkrad durch. Was ist los?«

»Ich habe wieder gehört, wie Inir und Satanan miteinander reden.«

»Und?«

Wulfe erzählte Tighe und dem Schamanen, was die beiden gesagt hatten.

Knurrend holte Tighe sein Handy heraus und rief Lyon an, um die Information an ihn weiterzugeben.

Wulfe sah Tighe an, nachdem dieser den Anruf beendet hatte. »Was hat Lyon gesagt?«

»Nicht viel. Er hofft immer noch, dass wir herausfinden, welches Ritual vonnöten ist, um uns wieder unsterblich zu machen.«

Wulfe wünschte sich inständig, dass ihnen das rechtzeitig gelingen würde.

Minuten später, als sie langsam an Natalies Haus vorbeifuhren, musste er einen leisen Seufzer unterdrücken. Sein Wolf winselte aufgeregt bei der Aussicht, Natalie wiederzusehen.

Doch sowohl der Mann als auch der Tiergeist würden dieses Mal enttäuscht werden. Nur der Schamane würde zur Tür gehen.

Wulfe parkte den Truck auf der anderen Straßenseite und stellte den Motor aus. Er zwang sich dazu, sich nicht von der Stelle zu rühren, während der Schamane aus dem Truck stieg und mit den Keksen in der Hand die Straße überquerte.

»Meinst du, sie ist zu Hause?«, fragte Tighe.

»Wir haben Zeit verschwendet, falls sie es nicht sein sollte. Es ist Sonntag. Xavier sagte, sie habe eine Praxis für Optometrie in der Stadt und Sonntag und Montag seien ihre freien Tage.«

»Das muss nicht heißen, dass sie zu Hause ist.«

»Muss aber auch nicht heißen, dass sie's nicht ist.«

»Sie könnte gerade Besorgungen machen.«

»Sie könnte alles Mögliche machen.«

Sie beobachteten beide, wie der Schamane auf die Türklingel drückte, und die Unterhaltung war vergessen.

Sei zu Hause, Natalie. Er wollte unbedingt, dass der Schamane ihm sagte, dass mit ihr alles in Ordnung war. *Bitte, lass nichts mit ihr sein.* Das hatte sie verdient. Sie hatte ein Leben verdient, in dem sie nicht von Dämonen bedroht wurde. Allerdings würden bald alle Menschen diesem Grauen anheimfallen, wenn die Krieger des Lichts keine Möglichkeit fanden, Inir aufzuhalten.

Die Tür ging auf. Plötzlich schlug Wulfe das Herz bis zum Hals. *Natalie.* Sie stand auf der Schwelle und hatte weiße Shorts an, die ihre langen, schlanken Beine hervorhoben. Das hellblaue T-Shirt, das sie trug, betonte das Blau und Grün ihrer schockierend hellen Aura. Zumindest wusste er jetzt, dass die Wahrnehmung seines Wolfes nicht gestört war. Verdammt!

Tighe stieß einen leisen Pfiff aus. »Na, das nenne ich mal ein Strahlen.«

»Du kannst es also auch sehen?«

»Es ist so deutlich wie der helle Tag.«

Mist! Er hatte wirklich gehofft, dass es an seiner eigenen Wahrnehmung lag.

Während Wulfe die Szene weiter beobachtete, streckte der Schamane die Hand aus, als wollte er ihre schütteln. Natalie wirkte leicht amüsiert, schüttelte aber die angebotene Hand mit einem freundlichen Lächeln. Wahrscheinlich schüttelten Menschenkinder, die Kekse verkauften, ihren Kunden nicht die Hand. Kurz darauf drehte sie sich um, ohne jedoch die Tür zu schließen, und der Schamane stand weiter da. Als sie zurückkam, gab sie dem Schamanen offensichtlich ein paar Dollar, und er reichte ihr dafür die Kekse, schüttelte ihr noch einmal die Hand und wandte sich dann ab.

»Nun?«, fragte Wulfe, als der Alte eine Minute später wieder in den Truck kletterte.

»Ich habe Dämonenenergie gespürt, doch was das zu bedeuten hat, kann ich nicht sagen. Es könnten die Nachwirkungen der Energie sein, der ihr alle auf dem Schlachtfeld von Harpers Ferry ausgesetzt wart.«

»Dann müssten ja alle drei, die überlebt haben, davon betroffen sein. Aber bei Xavier habe ich bisher noch keine Hinweise gesehen«, meinte Wulfe.

»Wir müssen wohl jemanden zu der Frau schicken, die die ganze Zeit geschrien hat«, brummte Tighe. Christy, das junge Mädchen, hatte eigentlich während der ganzen Zeit, die sie bei ihnen in einer Zelle verbracht hatte, nichts anderes getan, als zu schreien. »Kann Natalie mit diesem Aussehen in der Welt der Menschen bleiben?«

»Ich denke schon«, erwiderte der Schamane. »Nur wenige Menschen können eine Aura wahrnehmen. Aber trotzdem sollte sie jemand im Auge behalten.«

Wulfe warf ihm einen durchdringenden Blick zu.

Der Schamane hob eine Hand. »Es reicht, wenn du nach ihr schaust.«

Tighe musterte Wulfe. »Es könnte sicherer sein, wenn wir sie wieder ins Haus des Lichts bringen.«

»Nein«, stieß Wulfe wie aus der Pistole geschossen hervor. Lyon würde sofort befehlen, sie wieder in eine der Zellen zu sperren. Zwar nahmen die Krieger des Lichts einem Menschen nie ohne Grund das Leben, doch Dämonenenergie könnte das sehr wohl rechtfertigen. Das Risiko würde er nicht eingehen. »Sie bleibt hier.«

Tighe nickte und warf ihm einen verständnisvollen Blick zu, als hätte er mitbekommen, was Wulfe durch den Kopf gegangen war.

Wulfe wandte sich an den Schamanen. »Wie können wir sie heilen?«

»Ich habe keine Ahnung.« Der Schamane stieß einen Seufzer aus. »Es tut mir leid, Wulfe. Ich kenne mich nur mit der Magie von Zauberern aus, aber nicht mit der von Dämonen.«

Tighe streckte die Hand aus und klopfte Wulfe auf die Schulter. »Du hattest schon schlimmere Aufträge, als eine schöne Frau im Auge zu behalten.«

Die Wahrheit war, dass er es überaus genießen würde, diese Frau zu beobachten, auch wenn er dafür in der Gestalt seines Tieres bleiben musste. »Ich frage mich, ob sie einen Wolf in ihr Haus lassen würde«, überlegte er. Es war einen Versuch wert. Heute Abend würde er es herausfinden.

Als sie wieder im Haus des Lichts waren, nahm Tighe ihn beiseite. »Sei vorsichtig, Kumpel.«

Wulfe zog eine Augenbraue hoch.

»Sie ist ein Mensch.«

»Ja und?«

»Ich will damit nur sagen, dass du dir das Ganze offensichtlich sehr zu Herzen nimmst. Ich wusste, dass du eine Schwäche für sie hast, aber ich glaube, es ist mehr als das. Viel mehr.«

Wulfes Miene verhärtete sich. »Das spielt keine Rolle. Sie gehört einem anderen Mann, und selbst wenn nicht, bin ich noch total durch den Wind wegen meiner zerrissenen Paarbindung.« Ganz abgesehen davon tappte er völlig im Dunkeln, was zum Teufel es mit seinem Dämonenblut auf sich hatte. Er schüttelte den Kopf. »Ich würde niemals etwas bei ihr versuchen.«

Tief in seinem Innern winselte sein Wolf betrübt.

Tighe nickte. »Es wäre besser, wenn du auf Abstand bleibst. Dann könntest du sie vielleicht vergessen, wenn alles vorbei ist.«

Aber das war es ja gerade. Er konnte sie nicht vergessen. Nicht eine verdammte Minute lang.

Tighe zuckte die Achseln. »Ich will damit ja nur sagen, dass Menschen nicht lange leben, Kumpel.«

»So wie es im Moment aussieht, wir wohl auch nicht«, schnaubte Wulfe.

Aber er verstand Tighes Sorge und teilte sie mit ihm. Das Letzte, was er wollte oder brauchte, war ein gebrochenes Herz nach fünfzig oder sechzig Jahren – ein kurzer Augenblick, wenn es ihm denn gelingen würde, seine Unsterblichkeit wiederzuerlangen. Denn mehr als fünfzig oder sechzig Jahre hatte Natalie nicht – vielleicht sogar viel, viel weniger.

Gerade als Wulfe hinter dem verlassenen Lagerhaus zum Stehen kam, fing es an zu regnen. Es war früher Abend, und die Sonne würde bald untergehen, auch wenn diese sich hinter dichten Regenwolken versteckte. Er stellte den Motor ab, stieg aus und warf die Schlüssel unter den Wagen, damit die Elektronik durch den Regen keinen Schaden nahm. Er zog sich aus und verstaute Stiefel und Kleidung auf der Rückbank, ehe er die Türen abschloss und sich in seinen Wolf verwandelte.

Freude durchflutete erneut seinen Körper, als er daran dachte, dass Lyon ihm ganz offiziell den Auftrag erteilt hatte, Natalie Cash im Auge zu behalten. Leider gab es tatsächlich nichts anderes für ihn zu tun, solange sie nicht von einem weiteren frisch gezeichneten Krieger erfuhren, den sie zur Strecke und in den Zellentrakt unten im Haus des Lichts bringen mussten, oder einen Hinweis auf den Verbleib der beiden geflüchteten neuen Krieger Grizz und Lepard erhielten.

Wulfe trottete durch den Wald, und der Regen prasselte auf seinen Pelz und verdarb ihm die Laune, denn die Wahrscheinlichkeit war gleich null, dass Natalie dieses Mal zu ihm nach draußen kommen würde … und einen klitschnassen Wolf würde sie schon gar nicht in ihr Haus lassen. Ansonsten störte ihn der Regen nicht. Es war ein warmer Tag gewesen, und der kühle Regen fühlte sich gut an.

Sie hatten Christy, den Schreihals, ohne große Schwierigkeiten aufspüren können und sich vergewissert, dass sie nicht dieses seltsame Strahlen umgab. Bei Xavier war das genauso wenig der Fall. Folglich betraf die Sache nur Natalie, was auch immer es war.

Sein Wolf gab einen klagenden Laut von sich. Weder dem Mann noch dem Tiergeist gefiel das – nicht im Geringsten.

Als er den Waldrand erreichte, musterte er das Haus mit der gelben Fassade. In der Küche brannte Licht, aber Natalie konnte er nirgends entdecken. Halt! Da war sie. Sie durchquerte die Küche, und der Schein der Deckenlampe verwandelte ihr Haar in Gold. Er verspürte ein leichtes Flattern in seiner Magengrube, doch als er sich auf den nassen Boden setzte und der Regen auf seine Nase tropfte, wog sein Herz schwer in der Brust.

Natalie hatte schon so viel durchgemacht, auch wenn sie sich an das meiste davon nicht mehr erinnerte. Sie hätte es eigentlich verdient, nie wieder einer Gefahr ausgesetzt zu sein, doch sein Bauchgefühl sagte ihm, dass die Bedrohung immer näher rückte. Sein Bedürfnis, sie zu beschützen, wurde beinahe übermächtig.

Irgendwie musste er sie dazu bringen, dass sie ihn hereinließ.

Während der Regen gegen die Küchenfenster prasselte, gab Natalie den letzten Teelöffel mit Plätzchenteig auf das Backblech, schob es in den Ofen und stellte die Uhr. Backen hatte sie schon immer entspannt – Backen und Arbeiten –, und beides half ihr auch jetzt. Innerhalb des letzten Monats seit dem Vorfall hatte sie wohl an die zehn Kuchen gebacken, zwei Dutzend Bleche mit Brownies und mindestens sechzehn verschiedene Keksrezepte ausprobiert. Die Nachbarn fingen bereits an, sich zu beschweren, und meinten, sie wolle sie mästen. Aber irgendetwas musste sie mit den Ergebnissen ihrer Krisenbewältigungsversuche ja machen, und selber aß sie auch nicht viel Süßes.

Es bestand kein Zweifel daran, dass sie gerade in einer Krise steckte. Vor allem nach heute Morgen.

Sie lehnte sich mit dem Rücken an die Küchenarbeitsplatte, schlang die Arme um sich und schloss die Augen, während sie mit den Gedanken rang, die sie ständig quälten: die Tage, an die sie keine Erinnerungen hatte, die Nachforschungen der Polizei, die zu nichts führten … und die ständige zermürbende Trauer. Die Polizei ging davon aus, dass Xavier tot war, doch sie wollte das nicht akzeptieren.

Sie drängte die Tränen zurück, die in ihren Augen brannten, und wandte sich zur Spüle, um die benutzten Backutensilien abzuwaschen. Ihr Blick fiel auf die Packung mit Keksen, und sie musste unwillkürlich lächeln und gleichzeitig verwirrt den Kopf schütteln. Was hatte den Jungen nur dazu gebracht, an ihre Tür zu kommen und ihr Kekse zu verkaufen, die noch nicht einmal selbst gebacken waren? Er hatte bestimmt irgendetwas im Sinn gehabt, aber eine bösartige Absicht hatte sie nicht erkennen können. Sie hatte bei ihm einen leichten Akzent wahrgenommen und vermutet, dass es sich vielleicht um einen Einwanderer oder Austauschschüler handelte, der sich etwas dazuverdienen wollte und das auf etwas seltsame Weise anging. Vielleicht war er aber auch ein Schauspielschüler, der sich einen harmlosen Scherz mit ihr erlaubte. Wahrscheinlich hätte sie die Kekse tatsächlich nicht gekauft, wenn sie in seinen Augen nicht diese unendliche Freundlichkeit gesehen hätte. Sie war schon immer sehr gut darin gewesen, in den Blicken anderer zu lesen.

Sie liebte es, Menschen in die Augen zu schauen. Vielleicht weil die Optometrie ihr Beruf war, aber womöglich hatte sie sich überhaupt nur aus diesem Grunde beruflich in diese Richtung orientiert. Sie war sich da nie ganz sicher gewesen. Doch von dem Tage an, als ihr kleiner Bruder blind zur Welt gekommen war, hatten Augen sie fasziniert.

Ach, Xavier, ich vermisse dich so sehr.

Als die Trauer sie überwältigte, wurde der Schmerz in ihrer Brust so stark, dass sie sich kaum aufrecht halten konnte. *Atme. Atme einfach.*

Langsam erholte sie sich wieder und fing dann an, die Küche aufzuräumen. Als sie damit fertig war, lag bereits der Duft frisch gebackener Kekse in der Luft, doch das stellte für sie keine Verlockung dar. Nach den Ereignissen des Morgens hatte sie ihren Appetit endgültig verloren. Sie wusste, dass sie das Richtige getan hatte, aber sie hatte sich in ihrem ganzen Leben noch nie so allein gefühlt.

Wenn ihre Mutter doch bloß in der Stadt wäre. Sie griff nach dem Telefon, um den Anruf zu erledigen, den sie bisher aufgeschoben hatte.

»Natalie«, sagte ihre Mutter mit atemloser Stimme, in der wie immer in letzter Zeit sowohl Hoffnung als auch Furcht mitschwangen. »Gibt es irgendetwas Neues?«

»Nicht in Bezug auf Xavier.« Wenn sie doch nur eine gute Nachricht für ihre Mutter gehabt hätte. »Rick und ich haben heute Morgen unsere Verlobung gelöst.«

»Ach … Liebes.«

Natalie hörte, wie ein Küchenstuhl über Fliesen scharrte, und sah förmlich, wie ihre Mutter draufsank, während sie sich angesichts dieses neuen Tiefschlages am Küchentisch festhalten musste. Das leise Schluchzen war unüberhörbar, und Natalie schloss die Augen. Sie wünschte sich, sie hätte es ihrer Mutter persönlich und nicht übers Telefon mitteilen können. Doch ihre Mutter war zu Besuch bei ihrer Schwester in Birmingham und wollte dort noch eine ganze Woche bleiben. Irgendjemand hätte sich bestimmt verplappert, ehe sie wieder zu Hause war und Natalie es ihr selber sagen konnte.

»Nat?« Tante Debs Stimme war plötzlich am Telefon. »Hat man ihn gefunden?«

»Nein. Ich habe die Verlobung mit Rick gelöst.«

»Ach, Gott sei Dank. So wie deine Mutter zusammengebrochen ist, war ich sicher, man hätte Xaviers Leiche gefunden.«

Natalie zuckte bei Debs offenen Worten zusammen. Dann war ihre Mutter wieder am Telefon.

»*Warum*, Liebes? Warum jetzt? Du brauchst ihn doch.«

»Ich weiß es nicht.« Wie sollte sie erklären, dass die Beziehung immer angespannter geworden war? Rick hatte zwar versucht, geduldig und verständnisvoll zu sein, und dennoch konnte sie aus seiner Gegenwart keinen Trost ziehen. Er erinnerte sie zu sehr an ihr früheres Leben. Aber noch entscheidender war vielleicht gewesen, dass sie gespürt hatte, wie sehr er sich bemühen musste, geduldig zu bleiben. Er war ein netter Kerl … daran bestand überhaupt kein Zweifel. Aber er vermisste die alte Natalie. Er wollte sie zurückhaben. Aber diese Frau war für immer verschwunden.

Er war letzte Nacht dageblieben, und sie hatten noch nicht einmal miteinander geschlafen. Sie war nicht in der Stimmung gewesen. Sie war in letzter Zeit nie in der Stimmung dazu. Rick hatte sich nicht beschwert … nicht darüber. Er beschwerte sich überhaupt selten über irgendetwas, doch sie hatte die hilflose Verzweiflung in seinen Augen gesehen. Als er sich schließlich angezogen hatte, um zu gehen, hatte sie vorgeschlagen, die Hochzeit abzusagen. Rick hatte nur traurig genickt, als hätte er dasselbe gedacht.

»Ich brauche Zeit, Rick«, hatte sie erklärt, als sie ihm den Verlobungsring zurückgab. »Ich brauche jetzt einfach ein bisschen Zeit für mich.«

Bekümmert hatte er den Ring angesehen. »Wenn ich der Richtige für dich wäre, Nat, dann würdest du mich jetzt brauchen.«

Sie hatte ihm nicht widersprechen können.

Ihrer Mutter teilte sie nur die Kurzversion mit, was ein erneutes Schluchzen auslöste. »Wir sprechen später weiter, Mom«, sagte sie leise. »Der Wecker vom Backofen klingelt gleich. Grüß Tante Deb von mir.«

In gewisser Weise beneidete sie ihre Mutter, dass diese nicht hier war. Ein Tapetenwechsel würde ihr auch guttun. Aber sie hatte ihre Praxis, und die ganze nächste Woche war mit Patiententerminen gefüllt. Das musste erst einmal reichen. *Ein Schritt nach dem anderen. Bleib einfach in Bewegung*. Sie konnte nicht mehr tun, als inständig zu hoffen, dass der Schmerz eines Tages nachlassen würde und sie wieder atmen könnte.

Als sie das Backblech mit den Keksen aus dem Ofen zog, hörte sie das leise Bellen eines großen Hundes an ihrer Hintertür. Sofort kam ihr der Wolfshund in den Sinn, und der Gedanke, er könnte zurückgekommen sein, um sie zu sehen, entlockte ihr ein Lächeln.

Sie stellte das Backblech auf dem Ofen ab, zog die Topflappenhandschuhe aus und lief zur Schiebetür, um nach draußen zu sehen. Und tatsächlich saß er da im Regen und schaute hoffnungsvoll zu ihr auf. Armer Kerl. Er war völlig durchnässt.

Sie zögerte, ihn hereinzulassen – bestimmt gehörte er irgendjemandem in der Nachbarschaft. Aber warum ließ jemand, der ihn liebte, ihn bei so einem Wetter draußen herumstromern? Eigentlich sollte man ihn gar nicht ohne Leine draußen herumlaufen lassen, schließlich sah er aus wie ein riesiger Wolf.

»Warte kurz«, rief sie durch die Tür, um dann schnell in die Waschküche zu laufen, wo sie einen Stapel alter Handtücher aufbewahrte. Sie griff sich zwei fadenscheinige Badelaken und legte eins auf den Teppich, ehe sie die Tür gerade so weit öffnete, dass das große Tier hereinkommen konnte. Sie rechnete damit, dass er hereinflitzen und sich sofort schütteln würde, daher überraschte es sie umso mehr, als er weder hereingestürzt kam noch sich schüttelte, sondern ganz ruhig zu dem Handtuch ging, stehen blieb und sie erwartungsvoll anblickte.

»Du bist wirklich erstaunlich.« Sie schloss die Tür hinter ihm, schüttelte das zweite Laken auf und rubbelte ihn damit ab. »Jemand hat dich gut erzogen.«

Der Hund schaute auf und sah sie mit einem Ausdruck in den Augen an, bei dem sie hätte schwören können, dass es Erheiterung war.

»Du bist viel klüger, als gut für dich ist, nicht wahr, mein Junge?«

Sie kniete sich vor ihm hin und rieb über Kopf und Hals. Dabei sah sie in seinen Augen, wie gut ihm das gefiel. Merkwürdigerweise versuchte er nicht, ihr das Gesicht zu lecken, was die meisten Hunde taten, wenn sie die Gelegenheit dazu bekamen.

»Du bist wirklich ein Gentleman.« Sie trocknete die Beine und den Bauch ab, ehe sie zum Schluss noch schnell mit dem Handtuch über den Schwanz strich.

»So. Das war's. Ich fürchte, ich habe kein Hundefutter, aber es sind Reste vom Abendessen da. Wie wär's mit Huhn und grünen Bohnen? Das müsste dir doch eigentlich schmecken. Ich hab auch Kekse. Magst du Süßes, mein Junge?«

Es überraschte sie, als er den Kopf schüttelte … oder zumindest sah es so aus. Sie lachte. »Du bist mir vielleicht einer.«

Sie holte einen großen, flachen Plastikbehälter aus dem Schrank, zerkleinerte das übrig gebliebene Huhn und die grünen Bohnen und erwärmte alles gerade so stark in der Mikrowelle, dass es nicht mehr eiskalt war. Dann gab sie alles in den Plastikbehälter und stellte ihn auf den Boden in eine Ecke.

Das große Tier sah sie eindeutig dankbar an, ehe es sich dem Essen zuwandte und es herunterschlang. Währenddessen füllte sie einen anderen Behälter mit Wasser.

Sie griff nach dem Rezept für den Kuchen, den sie eigentlich heute Abend hatte backen wollen, merkte aber, dass sie gar nicht mehr das Bedürfnis dazu verspürte, und legte es wieder hin. Die Gegenwart des Tieres hatte sie beruhigt, und die Verzweiflung, die sie immer dazu trieb zu backen, war nicht mehr ganz so quälend.

Vielleicht sollte sie lieber versuchen etwas zu arbeiten. Während der Hund fraß, nahm Natalie den Laptop von der Küchenarbeitsplatte und setzte sich damit auf das geblümte Stoffsofa im kleinen Wohnzimmer. Als sie die Datei der ersten Patientin, die sie am Freitag gesehen hatte, öffnete und sich die Sehtests anschaute, die sie mit dem Mädchen gemacht hatte, löste sich die Anspannung in ihrem Nacken. Zum ersten Mal hatte sie heute das Gefühl, wieder frei atmen zu können. Für diese Arbeit war sie geboren worden. Das war nicht weiter verwunderlich, wenn man bedachte, dass sie zwei jüngere Brüder hatte, die unter Problemen mit den Augen litten. Ihr jüngster Bruder war blind zur Welt gekommen, aber James, der nur zwei Jahre jünger war als Natalie, hatte es im Grunde schlimmer getroffen, weil man sein Sehproblem anfangs gar nicht bemerkt hatte und es ihm dadurch fast unmöglich gewesen war, lesen zu lernen.

Als James endlich einem Augenspezialisten vorgestellt worden war, der ihm wirklich hätte helfen können, war er bereits in der neunten Klasse und damit zu alt – die Hilfe kam zu spät. Wenn sie daran zurückdachte, hätte sie den Augenarzt der Familie am liebsten geschüttelt, der James alle paar Jahre während seiner Kindheit gesehen und ihrer Mutter immer wieder versichert hatte, dass James' Augen in Ordnung seien und er lesen könne, wenn er nur wolle. Und obwohl er technisch gesehen recht hatte – denn mit seinen Augen war tatsächlich nichts –, konnte James' Gehirn nie richtig aufnehmen, was er sah, weil er den Blick nicht ruhig über eine Seite gleiten lassen konnte und darüber hinaus alles leicht doppelt sah.

Schließlich hatte einer seiner Lehrer ihre Mutter dazu überredet, ihn einem Spezialisten vorzustellen, doch da war James bereits davon überzeugt gewesen, ein Versager zu sein, und er hatte sich geweigert, die empfohlene Therapie zu machen, die beide Probleme korrigiert hätte. Damals hatten sie noch nicht gewusst, dass er bereits Zuflucht bei Alkohol und Drogen gesucht hatte. Ein Jahr später hatte er die Schule geschmissen und war abgehauen. Das letzte Mal, als sie von ihm gehört hatten, lebte er in Florida und war bereits mehrfach auf Entzug gewesen.

Wie gern hätte sie den Blick der Augenheilkunde geschärft für einen ganzheitlichen Therapieansatz. Aber sie trug ihren Teil dazu bei und half Kindern, so gut sie es konnte. Kein Kind sollte das Gefühl bekommen, dumm zu sein, nur weil nicht die richtige und umfassende Diagnose im Hinblick auf seine Augen erstellt worden war.

James hatten sie schon vor Jahren verloren, und jetzt war auch Xavier fort. Sie verspürte manchmal einen so stechenden Schmerz im Herzen, dass sie gelegentlich dachte, es würde tatsächlich brechen. Wie viel schlimmer musste es da für ihre Mutter sein?

Der Hund ging durch die Küche, und seine Krallen klickten auf dem Linoleum. Dann tapste er leise über den Teppich im Wohnzimmer zu ihr.

Natalie lächelte. »Alles aufgegessen?«

Er setzte sich zu ihren Füßen hin und legte sein Kinn neben ihrem Schenkel auf das Sitzpolster, als wollte er ihr danken. Als er mit sanften, feuchten Augen zu ihr aufschaute, erkannte sie, dass sie ein Problem hatte. Es war nie gut, sich in das Haustier eines anderen zu verlieben.

»Wo ist deine Familie, mein Junge?« Sie strich ihm immer wieder über den Kopf, während er sie mit seinen warmen Augen ansah. »Wenn du niemanden hast, kannst du hier leben.«

Die Worte waren heraus, ehe sie sie richtig überdacht hatte. Aber andererseits verstand er sie ja ohnehin nicht. Sie hatte keine Zeit für einen Hund. Trotzdem gefiel ihr die Vorstellung, dass er abends auf sie wartete, und es erfüllte sie plötzlich eine Vorfreude und eine Sehnsucht nach Gesellschaft, wie sie sie seit Wochen nicht mehr gespürt hatte.

»Da du mir nicht deinen Namen sagen kannst, werde ich dir wohl einen neuen geben müssen. Was hältst du von King?«

Er schnaubte empört, und sie lachte. »Okay, also nicht King. Wie wäre es mit Bruiser?«

Er sah sie an, als könnte er die Vorstellung nicht ertragen, und brachte sie dadurch zum Grinsen.

»Bruiser also auch nicht. Ich bin ja fast in Versuchung, dich Wolf zu nennen, aber die Nachbarn könnten denken, du bist tatsächlich einer, und ich bin mir nicht sicher, ob das eine gute Idee wäre.«

Doch bei der Nennung des Namens hatte er erwartungsvoll den Kopf gehoben und einmal leise gebellt.

»Dir gefällt Wolf?«

Er bellte wieder, und fast hatte sie den Eindruck, er würde lachen.

»Okay, dann bleibt's bei Wolf. Hat man dir schon mal diesen Namen gegeben? Er passt eindeutig.« Wieder streichelte sie seinen großen Kopf. Würde er hier glücklich sein, während sie den ganzen Tag bei der Arbeit war? Wollte sie wirklich die Verantwortung für ein Tier übernehmen? Dieses Tier?

Aber als sie in diese freundlichen, intelligenten Augen schaute, erkannte sie, dass sie nichts lieber wollte.

Ihre Hand versank im Fell hinter seinem Ohr, als sie ihm den Hals streichelte. »Es wäre mir eine Ehre, wenn du dich entschließen würdest, bei mir zu wohnen, Wolf, aber ich weiß, dass du vielleicht schon irgendwo eine Familie hast. Trotzdem kannst du mich jederzeit besuchen. Ich würde mich sehr freuen.«

Als Natalie sich wieder ihrer Arbeit zuwandte, rollte Wolf sich zu ihren Füßen zusammen, und sie genoss seine wärmende Gegenwart.

Sie hatte fast eine Stunde lang gearbeitet, als Wolf plötzlich aufsprang, die Zähne fletschte und ein leises Knurren ausstieß.

»Was ist los, mein Junge? Was hast du gehört?«

Das Tier schaute sie an, als hätte es jedes ihrer Worte verstanden. Und sie hätte schwören können, in seinen dunklen Augen Unentschlossenheit zu erkennen, als wüsste er nicht, ob er dem Geräusch nachgehen oder sie beschützen sollte. Was für ein wunderbarer Hund.

Sie legte den Laptop neben sich aufs Sofa und stand auf. »Komm. Wir sehen zusammen nach.«

Doch er trat vor sie und schnitt ihr den Weg ab.

»Wolf, zur Seite.«

Mit eigensinnig entschlossenem Blick sah er zu ihr auf, und er schien doch tatsächlich wieder den Kopf zu schütteln. Aber das war unmöglich. Er war ein Hund.

Doch als sie versuchte, ihn wegzuschieben, weigerte er sich, auch nur einen Zentimeter von der Stelle zu weichen.

»Wolf …«

Sie hörte einen Knall, als hätte jemand etwas gegen die Haustür geworfen oder als wollte sie jemand *eintreten*. Einen Moment später barst die Tür und knallte gegen die Wand. Eine Welle des Schreckens durchflutete ihren Körper, und ihr Herz hämmerte vor Entsetzen, weil sie mit einem Mal wusste … *sie wusste es einfach* … dass die bösartige Macht, die ihre Freunde getötet und ihren Bruder geholt hatte, nun hinter ihr her war.

4

Wulfe stieß ein lautes Knurren aus, als der erste Wächter der Zauberer mit gezogenem Schwert, triumphierender Miene und Blutdurst im Blick in Natalies Wohnzimmer stürzte.

Brennende Wut verdunkelte Wulfes Blick, weil sie sich gewaltsam Zutritt zu Natalies Haus verschafft hatten und ihre Sicherheit bedrohten. Gleichzeitig dankte er seinem Bauchgefühl, das ihn heute Morgen dazu gebracht hatte, nach ihr zu sehen. Wenn er nun bis morgen früh gewartet hätte, um dann hier anzukommen und festzustellen, dass sie nicht mehr da war? Oder gar tot.

Der Gedanke schoss durch seinen Kopf und verlieh ihm zusätzliche Kraft, als er sich wütend mit den Hinterbeinen abstieß, auf den ersten Mistkerl zustürzte und den Schädel des Magiers mit seinem kräftigen Kiefer zermalmte. Er wollte auf keinen Fall, dass Natalie noch mehr Gewalt mit ansah, aber … nein … noch weniger wollte er, dass sie dieser Gewalt zum Opfer fiel. Und wenn das bedeutete, dass sie zuschauen musste, wie er ihre Angreifer erledigte, dann war das eben so. Später könnte er den Vorfall aus ihrer Erinnerung löschen. Jedenfalls hoffte er das.

Ein zweiter Magier stürmte in den Raum, dann ein dritter und ein vierter. An ihren Gewändern erkannte er, dass sie Inirs Wächter waren. Warum waren sie hier? Hatte es etwas mit Natalies Aura zu tun?

Wulfe stürzte sich auf einen weiteren Magier und tötete auch diesen, während sich im gleichen Moment eine Klinge von hinten in seine Schulter bohrte. Das war nicht gut. Schließlich heilte er in diesen Tagen nicht mehr schneller als ein Sterblicher. Seine Muskeln brannten wie Feuer, und der Schmerz strahlte hinunter in sein Vorderbein. *Mistkerl.*

»Nein, tut ihm nichts!«

Als Wulfe sich umdrehte, um dem Magier, der auf ihn eingestochen hatte, die Hand abzureißen, sah er, wie Natalie eine hölzerne Lampe vom Tisch nahm, den Schirm herunterriss und damit ausholte, als wollte sie sie als Waffe benutzen. Bewunderung und Entsetzen durchzuckten ihn gleichermaßen, weil sie so nur dafür sorgen würde, dass einer sie umbrachte.

Er musste sich vorher um diese Mistkerle kümmern.

Dem nächsten Magier ging er direkt an die Kehle. Als beide auf den Boden krachten, strömten bestimmt ein Dutzend weitere Wächter mit gezogenem Schwert in den Raum. Ihre Augen waren leer. Seelenlos.

»Tötet sie nicht«, befahl einer. »Inir will die beiden lebend.«

Die beiden? Es bestand kein Zweifel daran, dass Inir … oder Satanan … Wulfes Gegenwart und seine dämonische Seite schon einmal wahrgenommen hatte. Auf dem Berg hatte er Satanan sagen hören: *Ich spüre einen der Meinen. Blut ruft nach seinesgleichen.*

Verdammt! Die Magier waren ihm vielleicht hierher gefolgt. Vielleicht hatte er sie unabsichtlich direkt zu Natalie geführt. Mist!

Er warf sich auf den nächsten Magier, erledigte ihn und wich dann den Händen aus, die ihn packen wollten, während er zwei weitere angriff. Dabei wurde er dreimal von Klingen an den Schultern und in der Seite getroffen.

Aus dem Augenwinkel nahm er wahr, wie Natalie einen der beiden Magier abwehrte, die sie in die Ecke gedrängt hatten, und ihn dabei mit der Lampe an der Schulter traf. Aber ehe sie noch einmal ausholen konnte, packte der zweite ihre provisorische Waffe, riss sie ihr aus der Hand und griff dann nach ihr.

Von einer Sekunde auf die nächste regte sie sich nicht mehr, und Wulfe wusste, dass sie unter einem Zauberbann stand. Sie würde sich nicht mehr an diesen Kampf erinnern.

Aber sie würden sie nicht mitnehmen. Nur über seine Leiche.

In einem Funkenregen nahm er seine menschliche Gestalt an, schnappte sich mit einer fließenden Bewegung das Schwert eines toten Magiers vom Boden und entriss gleichzeitig einem anderen Angreifer die Waffe.

Er griff die restlichen Magier mit zwei Klingen gleichzeitig an. Die Krieger des Lichts vermieden es wenn möglich, Magier zu töten, weil Mutter Natur deren Tod so persönlich nahm. Aber dieses Mal blieb ihm keine andere Wahl. Er musste sie entweder töten oder flüchten, aber da Natalie unter dem Zauberbann stand, musste er in seiner menschlichen Gestalt bleiben, um sie sich über die Schulter werfen und weglaufen zu können. Aber er musste davon ausgehen, dass die Drader ihn finden würden, ehe er die Sicherheit seines Trucks erreichte. Er würde also sterben oder sich wieder in seinen Wolf verwandeln müssen, und damit den unausweichlichen Kampf auf Leben und Tod mit den Magiern nur aufschieben. Da war es besser, sich ihnen gleich hier zu stellen. Dann regte Mutter Natur sich eben auf.

Ein Angreifer nach dem anderen fiel seinen Klingen zum Opfer. Draußen begann der Wind so laut zu heulen, als würde ein Güterzug auf das Haus zurasen. Als nur noch zwei von seinen Gegnern übrig waren und diese ihn einkreisten, sah er bereits alles nur noch verschwommen, und seine Arme hingen wegen der heftig blutenden Stichwunden schwer wie Blei herunter. Wenn er diese beiden nicht schnell tötete, würde es zu spät sein. Für ihn und Natalie.

Als sie sich auf ihn stürzten und ihm die Seite und den Oberschenkel aufschlitzten, nahm Wulfe seine letzte Kraft zusammen und ging in einem verzweifelten Aufbäumen auf sie los. Er schlug um sich und stieß zu, bis nur noch einer vor ihm stand.

Wulfe sah den letzten der Wächter an, die ausgesandt worden waren, um sie anzugreifen. Es war der Anführer des Trupps. Wut loderte in seinem Körper … grenzenlose Wut, dass diese seelenlosen Monster ihm hierher gefolgt waren. *Hierher*. Sie hatten das Zuhause des freundlichsten Menschen, dem Wulfe je begegnet war, entweiht und Natalies Leben bedroht. Das Tier in seinem Innern stieß ein wütendes Heulen aus.

Reißzähne schossen aus seinem Mund, und an seinen Fingerspitzen traten Krallen hervor, als seine animalische Seite erwachte … er war nun halb Mensch, halb Tier. Als der Wächter sich mit seinem Schwert auf ihn stürzte, schnitt Wulfe ihm auch die andere Hand ab, sodass dieser ihn nicht mit einem Bann belegen konnte, dann schlug er dem Wächter die Krallen in den Hals und drückte ihn mit voller Wucht gegen die nächste Wand.

»Was will Inir von uns?«

Echte Furcht flackerte in den seelenlosen Augen auf. »Ich weiß es nicht. Unser Befehl lautete, euch beide gefangen zu nehmen.«

Wulfe glaubte ihm. Mit seiner anderen Klauenhand riss er dem Magier das Herz aus der Brust und ließ es zusammen mit der Leiche auf den Boden fallen. Heftiger Schwindel erfasste ihn, und er sah alles nur noch verschwommen, als er gegen die Wand sank. Sein Gesicht war mit Schweiß bedeckt, und Blut strömte über seine Brust.

Ein Windstoß pfiff durchs Haus, blähte die Vorhänge und wirbelte Papiere in alle Richtungen. Hagelkörner schlugen gegen die Hausverkleidung und die Fenster. Er musste Natalie hier rausschaffen, ehe Inir noch mehr Männer schickte, was er zweifellos tun würde, wenn dieser Trupp nicht zurückkehrte.

Sein Kopf fühlte sich ganz leicht an und die Schultern schwer wie brennendes Eisen, als er sich von der Wand abstieß, um ein Telefon zu suchen. Wenn er jemanden im Haus des Lichts erreichte, würden seine Brüder Ilinas schicken, um sie zu holen. Er wäre innerhalb von Sekunden mit Natalie zu Hause.

Er erspähte ein Handy auf der Arbeitsplatte in der Küche, doch als er es einschaltete, stellte er fest, dass es mit einem Passwort geschützt war. Verdammt! Und nirgends war ein Festnetztelefon zu sehen.

Das Licht flackerte und ging aus, sodass er plötzlich von Finsternis umhüllt war, die nur alle paar Sekunden von Blitzen erhellt wurde. Er ging zurück und fand Natalie genau an der Stelle, wo der Magier sie mit einem Zauberbann belegt hatte. Sie war wie erstarrt. Sein Herz zog sich zusammen, als er daran dachte, was sie alles gesehen hatte, was sie alles hatte ertragen müssen … aufs Neue. Sie würde in ein oder zwei Stunden – vielleicht auch weniger – aus der Erstarrung erwachen. Bis dahin saßen sie hier fest. Und er musste sich unbedingt hinlegen und seinem Körper die Gelegenheit geben, den Heilungsprozess zu beginnen.

Er hatte Angst, dass er vielleicht das Bewusstsein verlieren würde, und er wollte auf keinen Fall, dass Natalie inmitten dieses Massakers erwachte. Als Krieger war er solch einen Anblick viel zu sehr gewöhnt. Natalie hatte zwar schon Schlimmeres gesehen – schließlich hatte sie miterleben müssen, wie ihre Freunde starben –, aber sie erinnerte sich nicht mehr daran. Die Leichen aus ihrem Blickfeld zu schaffen, bis sie sich in ein paar Tagen auflösten, war das Mindeste, was er für sie tun konnte. Der Keller musste dafür reichen.

Nach drei Versuchen fand Wulfe die richtige Tür, aber als er die erste Leiche hochnehmen wollte, wäre er beinahe in die Knie gegangen, als der Schmerz durch Schulter und Seite schoss und ihn ein plötzlicher Schwächeanfall überkam. Vor seinen Augen verschwamm alles.

Langsam richtete er sich auf und schlug mit der Hand gegen die Wand, um sich zusammenzureißen. Als sich sein Blick geklärt hatte, ging er zu Natalie und nahm sie vorsichtig hoch. Die Leichen würden warten müssen. Er biss die Zähne zusammen und stieg langsam die Treppe hinauf, während er Natalie fest an seine Brust drückte.

Er hatte fast den ersten Stock erreicht, als sich rasiermesserscharfe Zähne in seine verletzte Schulter bohrten und er gellend aufschrie. *Drader*. Er hatte gewusst, dass die kleinen Teufel, die nicht größer als eine Männerfaust waren, ihn früher oder später aufspüren würden, weil sie von seiner therianischen Lebensenergie angezogen wurden. Wenn er sich nicht bald verwandelte, würden sie ihm alle Energie rauben und damit umbringen. Doch als Wolf konnte er Natalie nicht tragen.

Er sammelte noch einmal alle seine Kräfte und nahm die letzten paar Stufen, während ihm der Schweiß übers Gesicht lief. Ein weiterer Drader stürzte sich auf ihn und dann noch einer und noch einer. Sie schlugen ihre Zähne in sein Fleisch, bis alles vor seinen Augen verschwamm und er nur noch mühsam einen Fuß vor den anderen setzen konnte.

Als er in das erste Zimmer taumelte, das auf seinem Weg lag, erhellte erneut ein Blitz den Raum, und er sah ein Bett, auf das er zusteuerte. Es gelang ihm, Natalie auf die Matratze zu legen und ihr nicht … gleich … zu folgen. Kaum hielt er sie nicht mehr in den Armen, verwandelte er sich wieder in seinen Wolf und hörte voller Genugtuung, wie die Drader vor Wut kreischten, weil ihnen ihre Mahlzeit entkommen war, und davonflogen.

Vor seinen Augen drehte sich alles. Wäre er noch unsterblich, würde der Schwächeanfall nur etwas Vorübergehendes sein. Doch das war er nicht mehr, und so hatte er keine Ahnung, wie es weitergehen würde.

Bei der Göttin, er musste überleben. Das musste er einfach. Natalie brauchte ihn.

Er schleppte sich zur Tür und schaffte es, sie mit einem seitlichen Stoß zu schließen. Dann legte er sich davor, damit sie nicht unbemerkt den Raum verlassen konnte. Hoffentlich wurde er wach, wenn sie versuchte, ihn zur Seite zu schieben.

Hoffentlich wurde er überhaupt wieder wach.

Ein krachender Donnerschlag riss Natalie aus dem Schlaf. Ein Blitz erhellte zuckend das Zimmer, als sie die Augen öffnete und ihr Blick auf die Bilder an der Wand fiel.

»Was mache ich hier im Gästezimmer?«, murmelte sie schwach. Benommen setzte sie sich auf und stellte die Füße auf den Boden. Sie streckte die Hand nach der Lampe aus und fand auch den Schalter, aber nichts passierte. Es war kein Strom da, und hier oben hatte sie nur in ihrem Schlafzimmer eine Taschenlampe.

Völlig verwirrt stand sie auf, als gerade ein weiterer Blitz den Raum erhellte und sie den großen Hund vor der geschlossenen Tür liegen sah. Sein Fell war voller … *Blut*.

Mit einem Mal war alles wieder da, und sie erinnerte sich an die Männer, die in ihr Haus eingedrungen waren. Sie erinnerte sich, dass der Hund, Wolf, sie angegriffen … getötet … hatte, um sie zu beschützen. Sie schwankte, und ihr Kopf wurde ganz heiß, als sie die gewalttätigen Bilder wieder vor Augen hatte. Ihr Magen zog sich zusammen. Hatte er sie alle getötet? Der

Himmel möge ihr beistehen, aber sie hoffte wirklich, dass er es getan hatte, denn sie hatten immer wieder auf ihn eingestochen.

Taumelnd machte sie ein paar Schritte, bevor sie neben dem wunderschönen Tier auf den Teppich sank. Sie streckte die Hand nach ihm aus. *Bitte, lass ihn nicht tot sein.* Sie legte eine Hand flach auf das warme Fell an seiner Schulter und spürte das Heben und Senken des Körpers, das sie erhofft hatte. *Gott sei Dank!*

Ihr Herz setzte einen Schlag aus, als sie unten im Haus ein Krachen hörte. *Die Eindringlinge sind immer noch da.* Sie zitterte am ganzen Körper, während sie darauf wartete, schwere Schritte auf der Treppe zu hören – ein Geräusch, das ihr vielleicht entging, weil der Wind so laut heulte und der Regen gegen die Fenster prasselte.

Wieder erhellte ein Blitz das blutgetränkte Fell des Hundes. Als es gleich darauf donnerte, wurde sie aus ihrer Erstarrung gerissen. Sie musste etwas tun, um die Blutung zu stoppen, sonst würde Wolf gleich hier an Ort und Stelle sterben. Wenn die Eindringlinge durch die Tür kamen, dann war das eben so. Die mussten wissen, dass sie hier oben war. Es ergab alles keinen Sinn.

Sie stand auf und ging leise zu der Kommode, in der sie einen Stapel alter T-Shirts verwahrte, die sie beim Sport anzog. Die mussten reichen. Sie griff sich gleich mehrere und sank dann wieder neben dem Tier auf den Boden.

»Ich bin's, mein Junge. Das wird jetzt vielleicht wehtun, aber ich muss die Blutung stillen«, raunte sie leise.

Mit leichtem Druck fuhr sie mit den Fingern durch Wolfs Fell, während sie nach der Stichwunde an seiner Schulter suchte. Warmes Blut benetzte ihre Finger, und sie wusste, dass sie sie gefunden hatte. So vorsichtig wie möglich drückte sie ein

T-Shirt auf die Wunde und suchte seinen Körper dann nach weiteren Verletzungen ab.

»Armer Kerl«, flüsterte sie. »Du hast dir die falsche Nacht ausgesucht, um mich zu besuchen, aber du hast mir höchstwahrscheinlich das Leben gerettet.« Sie musste ihn zu einem Tierarzt bringen. Das herrliche Tier gab keinen Laut von sich und schien bewusstlos zu sein. Es mochte zwar am Leben sein, aber wie lange noch?

Unten rannte jemand durchs Haus, und für einen Moment blieb ihr wieder das Herz stehen. Warum waren sie ihr nicht nach oben gefolgt? Und überhaupt … Wie zum Teufel war es möglich, dass sie während eines Angriffs auf ihr Haus in ihrem Gästebett eingeschlafen war? Nichts davon ergab einen Sinn. Das Letzte, woran sie sich erinnerte, war, dass sie einen der widerlichen Kerle mit der Lampe geschlagen und dass ein anderer sie gepackt hatte. War sie in dem Moment von ihm geschlagen worden? Sie spürte nirgendwo Schmerzen. Irgendwie musste sie nach hier oben getaumelt und dann auf dem Bett ohnmächtig geworden sein.

Als sie den Hund weiter abtastete und auf noch mehr warmes Blut stieß, wusste sie, dass sie noch eine Wunde entdeckt hatte. Wenn sie sie doch nur sehen könnte. Wenn sie doch nur eine Taschenlampe hätte oder … eine Petroleumlampe. Ja. Ihre Campingausrüstung war zum Teil hier in diesem Zimmer verstaut. Sie stand auf und kramte die Petroleumlampe unten aus dem Schrank heraus. Nachdem sie sie angezündet hatte, stellte sie die Flamme ganz klein, sodass das Tier in einen sanften Schimmer getaucht wurde.

Wolfs ganzer Körper war voller Blut. Ihr Magen wurde zu einem kalten Klumpen. Woher sollte sie wissen, wie viel von dem Blut seins war und wie viel von den Männern stammte? Sie waren so seltsam gekleidet gewesen und hatten mit ihren einheitlichen blauen Tuniken wie die Angehörigen einer fremden Armee gewirkt. *Und dann die Schwerter …*

Sie drückte T-Shirts auf die zwei Wunden, die sie bis jetzt entdeckt hatte. Ihr war klar, dass sie unbedingt auch die anderen finden musste, während sie sich gleichzeitig fragte, was sie dann machen sollte. Sie hatte schließlich nur zwei Hände … und weder ein Telefon noch das Material, um die Wunden zu nähen.

»Halt durch, Wolf. Halt durch für mich. Früher oder später werden sie gehen, und dann kann ich dich zu einem Tierarzt bringen. Was machen die überhaupt da unten?« Sie hörte, wie etwas über den Holzboden im Eingangsbereich rollte. *Rollte?* Plötzlich erinnerte sie sich wieder, dass die Eindringlinge ihre Haustür eingetreten hatten, und sie stieß einen erleichterten Seufzer aus.

»Das sind die gar nicht. Das ist der Wind. Natürlich, natürlich.« Sie sprang auf und strich Wolf über den Kopf. »Das wird jetzt wehtun, mein Junge, aber ich muss dich von der Tür wegrücken, um Hilfe zu holen.«

Sie flitzte um ihn herum und hob seine Hüften so vorsichtig wie möglich ein Stück an, um ihn ein paar Zentimeter von der Tür entfernt wieder abzusetzen. Dann ging sie zu seinem Kopf und hob ihn auch dort ein paar Zentimeter zur Seite. Das Spielchen wiederholte sie ein paarmal, bis sie ihn fast weit genug von der Tür entfernt hatte, um diese öffnen zu können. Nur noch ein paar Zentimeter …

Ihre Stirn war mit Schweißperlen bedeckt, als sie tief Luft holte, sich an seinem Schwanzende hinhockte und seine Hüften noch einmal anhob.

Plötzlich waren ihre Hände leer, und der Hund einfach … verschwunden … Er hatte sich in einem Funkenregen aufgelöst.

Natalie fiel nach hinten und landete auf ihrem Hintern. Mit

offenem Mund beobachtete sie, wie aus dem Nichts ein Mann erschien … ein riesiger nackter Mann, der genau auf der Stelle lag, wo eben noch der Hund gewesen war. Wie ein Krebs krabbelte sie auf allen vieren rückwärts, bis sie mit dem Rücken gegen das Bett stieß. *Das ist nicht wahr. Das passiert nicht wirklich.*

Der Mann stöhnte und begann sich zu rühren. Natalie erstarrte, und das Herz schlug ihr bis zum Hals, dann rappelte sie sich auf, um gleich wieder aufs Bett zu sinken, als ihre Beine unter ihr nachgaben.

Langsam kam der Mann hoch und lehnte sich mit dem Rücken an die Tür. Sein muskulöser Körper wies sicher ein halbes Dutzend Stichwunden auf, von denen sich eine an der Schulter befand … an der gleichen Stelle wie beim Hund.

Das ist alles nicht wahr. Hunde verwandeln sich nicht in Männer. Das tun sie einfach nicht!

Doch noch während sich diese Aussage lautstark in ihrem Innern Gehör verschaffte, nahmen ihre Augen fassungslos den Anblick, der sich ihr bot, auf. Der Mann war perfekt gebaut … mit schmalen Hüften, flachem, muskulösem Bauch und Oberarmen so dick wie Baumstämme. Um den einen Oberarm schlang sich ein breiter goldener Reif, der mit einem Wolfskopf verziert zu sein schien, und seine Schultern waren bestimmt halb so breit wie ihr Sofa. Ihr Blick glitt weiter nach oben, und als sie sein Gesicht sah, zog sich ihr Herz zusammen. Es war kreuz und quer mit Narben bedeckt. Eine verlief sogar über ein Auge, während eine andere seine Lippe nach unten zog. Er mochte zwar einen herrlichen Körper besitzen, doch sein Gesicht schien direkt einem Albtraum entsprungen zu sein.

Doch dann hoben sich in diesem zerstörten Gesicht die Lider und enthüllten ein Paar dunkle Augen, deren Blick sich auf sie richtete. Seine Pupillen zogen sich vor Schmerz zusammen, und er schaute sie so voller Bestürzung an, dass ihr sein Blick fast körperlich wehtat.

»Ich werde dir nichts tun, Natalie.« Seine leise Stimme hatte einen drängenden Klang, während er sich mit verzerrter Miene hochstemmte. Er ragte weit über ihr auf – er musste über zwei Meter groß sein –, und in seinen Augen las sie dieselbe Intelligenz, dieselbe Sanftheit wie in Wolfs Augen. »Ich würde dir nie etwas zuleide tun.«

Sie zitterte am ganzen Leib, ihr Herz raste, und ihr Magen hatte sich vor Entsetzen zusammengezogen. Aber sie empfand keine Angst. Denn als sie in seine dunklen Augen schaute, sah sie darin nur ehrliche Güte und Freundlichkeit. Und so seltsam das auch erscheinen mochte, sie erkannte in dem Mann das Wesen des Hundes.

»Ich würde dir nie etwas tun«, wiederholte er, und seine Stimme bebte vor Ernsthaftigkeit und dem verzweifelten Wunsch, dass sie ihm glauben möge.

»Ich weiß«, sagte sie.

Und das tat sie wirklich.

Ich weiß.

Wulfe starrte Natalie an und versuchte zu atmen, trotz der Schmerzen, die ihm die Wunden nach wie vor bereiteten, weil sie nicht heilen wollten. Die Erkenntnis traf ihn wie ein Vorschlaghammer. Aus irgendeinem Grund hatte er wieder seine menschliche Gestalt angenommen, und nun stand er völlig nackt, mit all seinen Narben vor Natalie.

Gütiger Himmel! Wann hatte er sich verwandelt? Es konnte nicht lange her sein, denn die Drader hatten ihn noch nicht wieder aufgespürt. Aber das würden sie.

Weiß wie ein Laken und eindeutig unter Schock starrte sie ihn an.

Ich weiß. Er hatte versprochen, ihr nichts zu tun, und sie hatte erwidert: *Ich weiß*.

»An wie viel erinnerst du dich?« Anscheinend war es ihm damals nicht gelungen, ihr all ihre Erinnerungen zu nehmen. Zumindest die Erinnerungen an die zarte Freundschaft, die im Zellentrakt des Hauses des Lichts zwischen ihnen erblüht war, schienen tief in ihrem Inneren noch verborgen zu sein.

Sie hatte die Hände im Schoß zusammengelegt und begegnete seinem Blick mit der Ruhe und inneren Kraft, die er mittlerweile schon von ihr kannte, obwohl sie deutlich sichtbar zitterte. »Ich erinnere mich nicht an viel … die Männer, die in mein Haus eingebrochen sind … Wolf, der sie angegriffen hat und auf den eingestochen wurde.« Sie wurde ganz bleich. »Du.« Sie stöhnte auf und sackte nach vorn, bis ihr Kopf die Knie berührte. »Das ist alles nicht wahr.«

Unschlüssig runzelte er die Stirn. Einerseits wollte er zu ihr gehen, andererseits befürchtete er, ihr damit nur noch mehr Angst einzujagen, wenn er es versuchte.

»Alles in Ordnung mit dir?« Wenn er doch nur ihr Gesicht sehen könnte. Er griff an seine verletzte Schulter und spürte nur klebriges Blut … und Schmerz. Die Wunde an der Seite war am schlimmsten, aber die Schwerter der Magier schienen keine lebenswichtigen Organe getroffen zu haben, sonst würde er jetzt längst mit dem Tode ringen. Wie hielten Menschen das bloß aus, dass sie nicht heilten?

»Ich fühle mich ein bisschen schwach.« Natalie hob langsam den Kopf und richtete sich dann auf. Sie hatte wieder etwas Farbe im Gesicht und schien zu ihrer üblichen Ruhe zurückzufinden, wenn auch nur langsam. Sogar im Dunkeln strahlte sie von innen heraus, und das hatte nichts mit der unnatürlichen Aura zu tun. *Sie war so wunderschön*.

Sie zog die Augenbrauen zusammen. »*Was bist du?*«

»Ein Gestaltwandler. Vom Mann zum Wolf.« Er drehte sich zur Tür um, denn er fühlte sich bloßgestellt … wie ein Monster. »Wir müssen hier weg, Natalie. Diese Männer waren Magier. Sie sind böse, und ihr Anführer wird noch mehr von ihnen schicken, sobald er merkt, dass die erste Gruppe versagt hat. Sie könnten bereits unterwegs sein.«

»Du bist verletzt.«

»Es wird heilen.« Das hoffte er zumindest.

»Ich habe nichts, was ich dir zum Anziehen geben könnte.« Sie kam hoch und stand etwas wackelig da. »Draußen gießt es. Ich könnte dir eine Decke geben.«

Wärme breitete sich in seiner Brust aus. Sie machte sich Sorgen, dass er nass werden könnte. »Ich werde gleich wieder meine Wolfsgestalt annehmen müssen. Nachts kann ich nicht lange in meiner menschlichen Gestalt bleiben, außer …« Außer er befand sich in seinem Truck, im Haus des Lichts oder an einem Ort, der gegen Drader geschützt war. »Es tut mir leid, Natalie. Ich weiß, dass das ganz schön viel auf einmal ist.« *Er* war ganz schön viel auf einmal … wie er aussah, wie er direkt vor ihren Augen getötet hatte. »Du hättest nichts von alldem sehen sollen.«

Sie schluckte und nickte, während die Erinnerung an die brutale Gewalt, deren Zeuge sie geworden war, ihren Blick verdunkelte.

»Ich werde dir nichts tun. Aber wir müssen jetzt gehen.«

Sie nahm die Schultern zurück und schüttelte den Kopf. »Ich werde nicht mit dir mitkommen. Ich kann nicht. Da sind … Leichen …« Ihre Stimme brach, und der Klang schnitt ihm ins Herz. »Ich werde zur Polizei gehen.«

Seine Miene wurde unnachgiebig angesichts all der Gründe, weshalb sie das auf keinen Fall tun durfte. Das fehlte ihnen gerade noch, dass Natalie den Bullen eine verrückte Geschichte über einen Mann erzählte, der sich in einen Wolf verwandelte, und sie dann in ihr Haus führte, damit sie die Leichen einsammelten … Leichen, die sich in ein paar Tagen plötzlich in Luft auflösen würden. Leichen, die nicht menschlich waren.

Er öffnete und schloss immer wieder seine Hände, während er einen Weg suchte, damit sie sich ihm anvertraute und kooperierte. »Komm mit mir mit, Natalie. Ich kann dir etwas geben, wozu die Polizei nicht in der Lage ist.«

Ein argwöhnischer Ausdruck trat in ihre Augen, und sie schaute ihn immer noch leicht verängstigt und längst nicht mehr so ruhig an. »Und was wäre das?«

Er begegnete ihrem Blick, und seine Lippen verzogen sich zu etwas, das entfernt an ein Lächeln erinnerte. »Xavier.«

Natalie schwankte, und sie hatte plötzlich einen Kloß im Hals.

»Wo ist er? Was hast du mit ihm gemacht?« Sie hatte gerade angefangen, diesem Mann zu vertrauen, diesem … Werwolf. Aber er war nichts weiter als ein Entführer. Ein Mörder. Und wenn er Xavier hatte … »Mich hast du auch festgehalten. Die Woche, an die ich mich nicht mehr erinnere … da war ich auch deine Gefangene.«

»Wir haben dir nichts getan. Wir haben dich gehen lassen.«

»Xavier aber nicht.«

»Wir konnten ihm nicht die Erinnerung nehmen an all die Dinge, die er erlebt hatte. Wir können Erinnerungen nur über die Augen löschen.«

Sie starrte ihn an und hatte plötzlich das deutliche Gefühl, dieses Gespräch schon einmal mit ihm geführt zu haben. »Und seine Augen sehen nicht.«

»Es geht ihm gut, Natalie. Er ist in Sicherheit, und er wird sich freuen, dich wiederzusehen.«

In Sicherheit. Wie konnte er *in Sicherheit* sein? Er war ein Gefangener von Werwölfen, gesetzt den Fall, dass er überhaupt am Leben war. Und der hier wollte sie jetzt auch wieder dorthin zurückbringen. Ihr Herz raste, und ihre Muskeln spannten sich an, bereit zu fliehen. Angesichts seiner Verletzungen würde sie es vielleicht sogar schaffen, ihm zu entwischen. Doch wenn er ihr nun die Wahrheit sagte? Wenn er sie nun wirklich zu Xavier bringen konnte?

Sie drückte ihre zitternde Hand auf ihre pochende Schläfe und begegnete dem Blick des Werwolfs. Das freundliche Schimmern in seinen dunklen Augen durchdrang allmählich den Schleier aus Furcht und Misstrauen und erinnerte sie daran, was sie ursprünglich zu dem Tier hingezogen hatte. Entgegen jeglicher Vernunft sagte ihr der Instinkt, dass sie ihm vertrauen konnte. Er würde ihr nichts tun.

Und sie würde es riskieren, sich zu irren, sie würde alles riskieren, um zu Xavier zu gelangen.

»Okay.«

Er sah sie noch einen Moment lang an, dann nickte er und drehte sich um. »Wir verlassen das Haus durch den Vordereingang und gehen dann nach hinten. Ich will nicht, dass du sie siehst.«

»Die Leichen.«

»Ja.«

Sie griff nach der Lampe. »Warum müssen wir in den Garten?«

»Mein Truck steht auf der anderen Seite des Waldes.«

Der Wolf war immer durch den Wald zu ihr gekommen. Er fuhr einen *Truck*? Natürlich tat er das.

Der Mann öffnete die Tür. »Pack eine Tasche. Schnell. Nur das Notwendigste und nur für ein paar Tage.«

Eine Tasche. Kopfschüttelnd konzentrierte sie sich nur auf diese eine Aufgabe und schlüpfte an ihm vorbei, um in ihr Schlafzimmer zu laufen.

»Braucht Xavier irgendetwas?«, rief sie, während sie nach dem kleinen gelben Hartschalenkoffer griff, der im Schrank stand.

»Nicht, dass ich wüsste.« Sie drehte sich um und stellte fest, dass er in der Tür stand und sie beobachtete. »Wir haben ihm alles besorgt, worum er uns gebeten hat. Pink stellt die Einkaufslisten zusammen, und er ist zu ihrem besten Freund geworden. *Verdammte Scheiße!*«

Der Mann löste sich in einem Funkenregen auf, und plötzlich war der Wolf wieder da.

Verzeih meine Ausdrucksweise.

Als sie seine Stimme in ihrem Kopf hörte, begegnete sie dem Blick des Wolfes und sah das Wesen und das Bewusstsein des Mannes in seinen Augen. Sie bekam eine Gänsehaut. Er sprach mit ihr. Auf telepathischem Wege.

Die Drader sind zurück, und ich muss in meinem Wolf bleiben. Ich werde es dir später erklären. Pack deine Sachen, Natalie, und zieh dir ein anderes Oberteil an.

Kopfschüttelnd sah sie an sich herunter und stellte fest, dass Kleidung und Arme voller Blut waren. Einen Moment lang konnte sie die Flecken nur anstarren, dann holte sie zitternd Luft und riss sich zusammen. Sie mussten hier ganz schnell raus, ehe noch mehr von diesen Soldaten auftauchten. Allein der Gedanke jagte ihr einen Angstschauer über den Rücken und trieb sie zur Eile. Sie griff nach einem sauberen T-Shirt und rannte ins Badezimmer, um sich umzuziehen und ein paar Toilettenartikel zu holen. Dann packte sie schnell alles zusammen.

Das Haus des Lichts ist zurzeit voller Frauen, sagte der Wolf, als sie die letzten Sachen in den Koffer tat. *Die meisten meiner Brüder sind verheiratet. Wenn du irgendetwas vergessen hast, kannst du es dir leihen.*

Verheiratete Werwölfe. Ihr Kopf würde gleich explodieren. »Wie viele von euch gibt es dort?«

Es gibt nur einen Wolfwandler, aber mehr als ein Dutzend andere Krieger … Gestaltwandler, die sich jeder in ein anderes Tier verwandeln. Ich werde es dir später erklären.

Also keine Werwölfe. Keine richtigen.

Sie schloss den Reißverschluss des Köfferchens und nahm die Taschenlampe aus ihrem Nachttisch. Damit würden sie weniger auffallen. Sie drehte sich zum Wolf – zum Gestaltwandler – um und sagte: »Ich bin so weit.«

Er erhob sich und tappte zur Treppe.

»Ich brauche noch meine Handtasche. Sie liegt auf dem Tisch in der Küche.« Den Laptop hätte sie auch gerne mitgenommen, aber sie hatte Angst, dass er im Regen kaputtging.

Ich hole die Handtasche und dein Handy. Nimm dir einen Regenmantel. Es gießt.

Der Wolf lief vor ihr die Treppe hinunter, während Wind und Regen durch die offene Haustür hereinwehten. Als Natalie den Regenmantel aus dem Schrank genommen und übergezogen hatte, war ihre Hose bereits feucht. Sie kehrte den stürmischen Böen den Rücken, um den Reißverschluss hochzuziehen, und machte den Fehler, ins Wohnzimmer zu schauen, als gerade wieder ein Blitz über den Himmel zuckte und das Haus erleuchtete. Überall lagen Leichen … Körperteile. Die Wände und der Boden waren blutbesudelt. Der Anblick brannte sich in ihr Gehirn ein, und bittere Galle stieg in ihrer Kehle hoch. Sie schluckte und wirbelte herum.

Ihr Haus war ein Trümmerfeld.

Aber Xavier war noch am Leben. Der Gedanke elektrisierte sie förmlich und erfüllte sie mit hoffnungsvoller Freude. Er gab ihr Kraft, trotz allem, was sie verloren hatte. Denn wenn sie ihn wirklich wiedersah, wenn es ihm wirklich gut ging und er in Sicherheit war, dann spielte alles andere keine Rolle mehr. Nichts davon.

Sie richtete sich auf, zog die Kapuze über den Kopf und wartete. Einen Moment später kam der Wolf mit ihrer Handtasche zurück, die aus seinem Maul herabbaumelte. Sie nahm sie ihm ab, hängte sie über die Schulter und wappnete sich gegen den Wind, als sie durch die Überreste der Haustür in den prasselnden Regen hinaustrat. Ohne einen Blick zurückzuwerfen, ließ Natalie mit dem Wolf an ihrer Seite ihr bisheriges Leben hinter sich.

5

Als Natalie dem großen grauen Wolf um die Ecke des Hauses durch den Garten in den Wald folgte, zerrten Böen an der Kapuze ihres Regenmantels. Sie trug das Köfferchen in der einen Hand, während sie mit der Taschenlampe in der anderen den Weg beleuchtete.

Ihre Hand zitterte, denn sie kämpfte noch mit dem Schock, den all diese Ereignisse bei ihr ausgelöst hatten. Sie war fassungslos, dass das Tier an ihrer Seite tatsächlich ein Wolf war und noch so viel mehr. Wie konnte das alles real sein?

»Hast du einen Namen?«, fragte sie das riesige Tier, um zumindest ein wenig Normalität zu schaffen, an die sie sich klammern konnte.

Du hast es bereits erraten. Ich heiße Wulfe. Das buchstabiert sich W-U-L-F-E. Alle Krieger des Lichts, die Gestaltwandler, haben den Namen ihres Tieres übernommen. Das ist Tradition.

»Du bist der einzige Wolf.« Zweige brachen unter ihren Absätzen, und von den Bäumen abgerissene Blätter wirbelten durch die Luft. Der Wald roch heute Abend nach Regen und feuchtem Pelz.

Ja. Die anderen sind ein Tiger, Bussard, Löwe, Jaguar, Puma, Panther, Fuchs, Schlange und Falke. Es gibt nicht mehr viele von uns. Wenn's hoch kommt sechsundzwanzig, aber mehr dann auch nicht. Wir sind Therianer ... eine Rasse, bei der früher alle Gestaltwandler waren. Aber vor fünftausend Jahren haben wir fast unsere ganze Macht hergegeben, um Satanan und seine Dämonen zu besiegen und einzukerkern. Nachdem sich die Aufregung darum gelegt hatte, erlangte immer nur einer aus der jeweiligen Tierlinie sein Tier und die Fähigkeit, die Gestalt zu wandeln, zurück. Diese letzten Gestaltwandler taten sich zusammen und wurden als die Krieger des Lichts bekannt, die Beschützer aller Rassen und die Wächter der Dämonenklinge, in der Satanan und seine Horden gefangen sind.

Was er ihr da erzählte, hörte sich wie eine Geschichte aus einem Film oder Fantasyroman an. Wenn sie nicht mit eigenen Augen gesehen hätte, wie er sich verwandelt hatte, würde sie niemals auch nur ein Wort davon glauben. Doch jetzt hatte sie keinen Grund mehr, ihm nicht zu glauben. Trotz seiner fantastischen Geschichte hatte sie noch dringendere Sorgen.

»Was passiert, wenn die Polizei dieses Chaos in meinem Haus vorfindet, Wulfe? Die werden denken, dass ein Teil des Blutes von mir sein muss.« Ihr Magen zog sich zusammen. »Meine Mutter wird annehmen, dass sie mich jetzt auch noch verloren hat.«

Sobald wir etwas tiefer im Wald sind, werde ich mit deinem Handy jemanden anrufen, der sich darum kümmern wird. Außerdem können wir dein Haus mit einem Schutzwall gegen Eindringlinge versehen, sodass keinem etwas auffällt, ehe wir nicht die Gelegenheit hatten, alles zu säubern. Die Leichen und das Blut werden sich in ein paar Tagen von allein auflösen.

Wie konnte das sein? Wie konnte irgendetwas von alldem real sein?

Der Wind ließ allmählich nach, und der Regen ging in ein leichtes Nieseln über. Der Wolf lief vor ihr, und sie konnte sehen, dass er ein Bein schonte.

»Du musst zu einem Arzt«, sagte sie. »Oder einem Tierarzt.«

In ihrem Kopf hörte sie sein leises Lachen. *Wir haben jetzt eine Heilerin bei uns wohnen. Sie wird mir helfen.*

»Hast du Schmerzen?«

Ein bisschen.

»Wussten diese Soldaten, dass du ein Werwolf bist?«

Ich denke schon … ja.

Sie dachte darüber nach und verspürte eine gewisse Erleichterung bei seinen Worten. Vielleicht waren die überhaupt nicht hinter ihr her gewesen, sondern waren ihm nur in ihr Haus gefolgt.

»Sie waren hinter dir her.«

Ja. Aber vielleicht auch hinter uns beiden. Es tut mir leid.

Natalie runzelte verwirrt die Stirn. »Warum?«

Das ist kompliziert.

»Gilt das nicht für alles? Hast du … haben Gestaltwandler … meine Freunde getötet?« So. Nun hatte sie die Frage gestellt.

Mit einem Ruck drehte er den Kopf nach hinten, und der entsetzte Ausdruck in den Augen des Wolfes sagte alles, ehe das *Nein* wie ein Knall durch ihren Kopf peitschte. *Sie sind von Dämonen umgebracht worden.* Er gab ein verzweifeltes Stöhnen von sich. *Es gibt wohl keinen Grund, dir nicht auch den Rest zu erzählen. Ihr sechs wart entführt worden, um geopfert zu werden. Wir haben nur dich, Xavier und Christy retten können.*

»Hattest du nicht gesagt, die Dämonen wären in Gefangenschaft?«

Das sind sie auch noch. Aber den Magiern ist es gelungen, drei von ihnen zu befreien. Wir haben diese drei getötet, doch während des Kampfes, den du mitangesehen hast, warst du einer Energie ausgesetzt, die es uns eine Woche lang unmöglich machte, euch die Erinnerungen an das Ereignis zu nehmen. Der Anführer der Magier, Inir, ist böse. Aber schlimmer noch ist, dass er jetzt von Satanan kontrolliert wird. Wir tun alles, was in unserer Macht steht, um Inir daran zu hindern, Satanan und seine Dämonenhorde zu befreien, aber wir haben Schwierigkeiten dabei.

»Ich verstehe immer noch nicht, was ich mit alldem zu tun habe. Was wollen die von mir?«

Ich bin mir nicht sicher.

»Wulfe …«

Das ist die Wahrheit, Natalie. Ich weiß nur, dass ich gestern Morgen, als ich herkam, um nach dir zu schauen, ein seltsames Leuchten bei dir bemerkt habe.

Er war gekommen, um nach ihr zu schauen … Wulfe. Nicht der wie ein Wolf aussehende Hund, sondern Wulfe, der Gestaltwandler. Gütiger Himmel. »Was meinst du mit ein ›seltsames Leuchten‹?«

Du hast plötzlich so eine helle, unnatürliche Aura bekommen.

»Und du glaubst, dass der Angriff heute etwas damit zu tun hat?«

Ich weiß nicht, was sonst der Grund dafür sein könnte.

»Xavier?«

Weder bei Christy noch bei Xavier haben wir bis jetzt etwas Derartiges bemerkt.

Während Natalie im Nieselregen durch den dunklen Wald stapfte, überkam sie eine tiefe Erschöpfung, während sie versuchte, all das zu begreifen, was er ihr gesagt hatte. Ein Teil der Anspannung, mit der sie bis jetzt gelebt hatte, wich von ihr, als die verlorenen Tage allmählich in der Ferne wie aus einem Nebel wieder auftauchten. Sie war bei Wulfe gewesen. Und Xavier … dem es anscheinend gut ging. Aber da waren noch so viele Dinge, die sie nicht verstand.

Widersprüchliche Gefühle wallten in ihr auf, als das Adrenalin der letzten Stunden sich langsam abbaute, und ihre Augen fingen an zu brennen. *Hoffentlich finde ich Xavier am Ende dieser Reise. Bitte, bitte, bitte, ich möchte meinen kleinen Bruder wiedersehen.*

Ein vom Regen durchweichter Ast knackte dumpf unter ihrem Schuh, und der Duft des nächtlichen Waldes erfüllte ihre Sinne, während sie schweigend weitergingen.

Plötzlich blieb Wulfe stehen. Er stellte die Ohren auf, und sein Nackenfell sträubte sich. *Natalie, schalte die Taschenlampe aus und gib mir dein Handy. Schnell*. Erstaunt beobachtete sie, wie er sich in einem Funkenregen wieder in einen Mann verwandelte.

Sie ließ ihr Köfferchen fallen, schaltete die Taschenlampe aus und schob sie in ihre Tasche. Gleich darauf fischte sie das Handy aus der Handtasche, wischte über das Display und gab die PIN ein. Wulfes dunkle Gestalt ragte hoch vor ihr auf, als er den Arm nach dem Handy ausstreckte und es ihr aus der Hand riss.

Er gab eine Nummer ein, hob das Handy ans Ohr und griff nach ihrer Hand. »Lass uns gehen. Schnell.«

Sie nahm wieder ihr Köfferchen, und gemeinsam eilten sie durch den dunklen Wald. Ohne die Taschenlampe sah sie praktisch nichts, aber Wulfes fester Griff hielt sie jedes Mal aufrecht, wenn sie strauchelte.

»Natalie und ich sind im Wald hinter ihrem Haus«, sagte er ins Handy. »Wächter der Magier sind uns auf den Fersen. Mehr als zwei Dutzend.« Er beendete den Anruf und ließ ihre Hand gerade so lange los, um das Handy in ihre Handtasche gleiten zu lassen, ehe er wieder danach griff.

»Sie sind auf dem Weg«, beruhigte er sie.

»Wo sind sie?«

»Great Falls. Virginia. Gib mir deinen Koffer.«

Sie reichte ihm das Gepäckstück, und sein Griff um ihre Hand wurde fester, während sie halb gingen, halb liefen.

»Das ist eine Stunde von hier entfernt.«

»Nicht bei der Art, wie wir reisen. Aber dafür müssen sie uns erst finden, und das könnte etwas dauern.«

Seine Worte ergaben nur wenig Sinn für sie. »Kannst du sehen, wohin du gehst?«

»Es reicht aus. Meine Nachtsicht in menschlicher Gestalt ist nicht so gut wie die meines Wolfes, aber sie ist besser als deine.«

Auf einmal hörte sie ein dumpfes Pochen, das den Boden vibrieren ließ. Schritte. Viele Schritte. Eiskalte Angstschauer krochen ihr langsam den Rücken hinauf.

Plötzlich gab Wulfe einen Schmerzenslaut von sich. »Verdammt! Verzeih, Natalie, aber ich muss mich verwandeln. Die Drader … ich kann es dir jetzt nicht erklären, aber ich muss mich verwandeln. Nimm deinen Koffer.«

Er schob ihr das kleine Gepäckstück zu, trat dann zur Seite und verwandelte sich in einem bunten Funkenregen wieder in den Wolf.

»Wulfe, ich kann nichts sehen«, flüsterte sie. Er war kaum mehr als ein dunkler Fleck vor den Bäumen, die sie umgaben.

Ich werde dich führen.

Der dunkle Fleck kam an ihre Seite und drängte seinen warmen Körper an sie. Natalie schob eine Hand in seinen Pelz und folgte ihm, als er sich in Bewegung setzte. Aber der Boden war nass und uneben, überall lagen kleine Äste herum, die der Sturm heruntergerissen hatte, und sie kamen nur langsam voran.

Die Schritte hinter ihnen wurden lauter.

Natalie, wir müssen laufen. Halt dich an mir fest und tu dein Bestes.

Ihr Puls begann zu rasen, weil sie wusste, dass sie in Schwierigkeiten waren. Sie ließ Koffer und Handtasche fallen, beugte sich über Wulfe und schlang die Arme locker um seinen Hals, um seinen verletzten Körper nicht mit ihrem zusätzlichen Gewicht zu belasten.

»Sei meine Augen, Wulfe, und lauf.«

Beinahe hätte sie den Halt verloren, als er genau das tat und einen Satz machte, doch es gelang ihr gerade noch im letzten Moment, sich an ihn zu klammern und langsam, in gebückter Haltung neben ihm herzulaufen. Das Stampfen hinter ihnen wurde immer lauter, bis sich Natalies Nackenhaare aufstellten und sie meinte, eine Stahlklinge an ihrem Hals zu spüren.

»Wie weit ist es noch?«, wisperte sie.

Zu weit. Aber wir brauchen nur vor ihnen zu bleiben, bis die Ilinas uns finden.

Doch im nächsten Moment blieb sie mit dem Fuß an einem dicken Ast hängen, der auf dem Boden lag, und sie stürzte zu Boden.

Natalie.

Sie sah das Funkeln der kleinen Lichter, obwohl sie im Dunkeln kaum zu erkennen waren, und im nächsten Moment hoben starke Arme sie hoch, um sie genauso schnell wieder auf die Beine zu stellen. Da rissen die Wolken auf, und sie erkannte im Mondschein, dass die Magier von allen Seiten auf sie zurannten. Wie schon zuvor trugen sie blaue Tuniken und hatten Schwerter in der Hand – und wie schon zuvor bedeutete das Ärger. Großen Ärger.

»Wulfe!«, ertönte eine Frauenstimme in der Ferne.

»Hier!«, rief Wulfe zurück. Und ehe Natalie sich noch fragen konnte, woher sie gekommen waren, erschienen zwei dunkle Gestalten, zwei Frauen, aus dem Nichts vor ihnen.

»Haltet sie auf!«, brüllte einer der Magier.

Wulfe wirbelte herum und packte Natalies Schultern. Obwohl sie seine Augen nicht sehen konnte, spürte sie die Intensität seines Blickes. »Du bist in Sicherheit, Natalie. Hab keine Angst.«

Dann ließ er sie los und trat zurück. Und plötzlich befand sie sich im freien Fall.

Die aufblitzenden Lichter blendeten sie. Laute Stimmen schwirrten um sie herum. Natalie schwankte verwirrt. Eben war sie noch im stockdunklen, verregneten Wald gewesen, und im nächsten Moment befand sie sich hier, hinter diesem Haus, dieser … *Villa*, die wie eine Geburtstagstorte leuchtete. Und überall waren Leute.

Unmöglich.

Vor ihren Augen verschwamm alles, und das Herz schlug ihr bis zum Hals, während ihr am ganzen Körper kalter Schweiß ausbrach.

Eine kräftige Frauenhand packte ihren Arm. »Werd mir ja nicht ohnmächtig, Menschenfrau«, sagte die Besitzerin der Hand nicht unfreundlich.

»Ich muss den Kopf runternehmen.« Dicht neben sich hörte sie, wie jemand erbrach, aber sie war viel zu sehr damit beschäftigt, nicht das Bewusstsein zu verlieren, als dass sie sich noch um andere Dinge hätte Gedanken machen können. Sie ging in die Knie und beugte sich nach vorn, bis ihre Stirn fast das trockene Gras berührte. Eine schmale Hand strich ihr beruhigend über den Rücken, und Wärme breitete sich in ihrem Inneren aus. Schwindel und Schock ließen langsam nach.

Als sich nicht mehr alles drehte, holte Natalie tief Luft, setzte sich auf und schaute die Frau an … eine zierliche blonde Frau mit einem durchdringenden Blick aus hellblauen Augen. »Danke.«

Die Frau lächelte. »Meine Gabe ist gelegentlich ganz nützlich.«

Gabe? »Was ist passiert?«, fragte sie und stemmte sich langsam hoch.

Die Frau packte wieder ihren Arm und half ihr beim Aufstehen. »Ich habe dich zum Haus des Lichts gebracht. Hier bist du in Sicherheit.«

»Du hast mich *hergebracht*?« Sie sah, wie Wulfe, der eben noch auf allen vieren auf dem Boden gekauert hatte, sich hinter der Blonden langsam aufrichtete. Der Lichtschein, der aus Dutzenden von Fenstern fiel, beleuchtete die Muskeln und Konturen seines perfekten Körpers.

»Ich bin die Ilina, die dich hergebracht hat. Wulfe geht es übrigens gut. Menschen vertragen es aus irgendeinem Grunde viel besser, auf Ilina-Art zu reisen, als die unsterblichen Rassen. Ich bin Melisande, die Ehefrau von einem der Krieger des Lichts.«

Wulfe drehte sich zu ihr um und sah sie an. Seine Sorge um sie stand ihm deutlich ins Gesicht geschrieben. Als er auf sie zukam, trat Melisande zurück.

»Es tut mir leid«, sagte er, als er Natalies zitternde Hand ergriff und seine großen Finger um ihre legte. »Ich hatte nicht genug Zeit, um dich ausreichend vorzubereiten.«

Natalie nickte und schluckte. Aber ihr Gehirn war immer noch ganz leer, weil zu viele neue Eindrücke auf sie einstürmten. Immer wieder sagte sie sich: *Das passiert alles nicht wirklich!*

Sie klammerte sich an Wulfes Hand, während seine Finger ihren Griff fest erwiderten.

Langsam löste sie den Blick von ihm, um auch ihre Umgebung in sich aufzunehmen. Auf der einen Seite saßen mindestens ein Dutzend Leute – sowohl Männer als auch Frauen – in einem Hof an mehreren Tischen und musterten sie neugierig. Alle schienen ähnlich gekleidet zu sein. Mit den lässigen Trainingshosen und den ärmellosen Shirts wirkten sie wie eine Art militärische Kampfeinheit. Als sie zur anderen Seite schaute, waren da noch mehr Kämpfer mit Schwertern, die auf dem Rasen standen und sie beobachteten.

Als sie hörte, wie sich eine Tür öffnete, drehte sie sich um und sah drei muskulöse Männer aus dem Haus kommen. Derjenige, der voranging und eindeutig wie ein Anführer wirkte, sah mit finsterer Miene von Wulfe zu ihr und dann wieder zurück. Die anderen beiden hätten gegensätzlicher nicht sein können: Der eine besaß langes schwarzes Haar, eindeutig indianische Züge und drei Narben über einem Auge, während der andere so hell war wie sein Begleiter dunkel, mit kurz geschnittenem blondem Haar.

Wulfe drehte sich zu ihnen um, während er weiter ihre Hand festhielt.

Einer nach dem anderen begrüßte Wulfe, indem sie einander am Ellbogen umfassten und die Unterarme aneinanderpressten.

»Was ist passiert?« fragte der Anführer unzufrieden und musterte Natalie noch einmal kurz aus bernsteinfarbenen Augen.

Wulfe warf einen bedeutsamen Blick auf die Leute, die im Hof saßen. »Können wir drinnen reden?«

Der Anführer nickte. »In meinem Arbeitszimmer.« Während er und der Schwarzhaarige sich bereits wieder in Richtung Haus begaben, warf der Blonde Wulfe ein paar Shorts zu und wandte sich dann an sie, um sich vorzustellen.

»Ich bin Tighe.« Kurz erschienen Grübchen in seinen Wangen, und sein freundlicher Blick beruhigte ihren rasenden Herzschlag ein wenig.

Wulfe ließ ihre Hand los, um die Shorts anzuziehen, und sie nickte grüßend. »Hallo, Tighe.«

»Es tut mir leid, dass du in all das hineingezogen worden bist.«

»Mir auch.«

Wulfe nickte kurz in Richtung Haus, setzte sich langsam in Bewegung und wartete dabei, dass sie neben ihm herging. Doch er griff nicht wieder nach ihrer Hand.

Tighe bildete die Nachhut. »Du siehst schlimm aus, Wulfe.«

»Die Wunden haben aufgehört zu bluten.«

»Man muss der Göttin auch für die kleinen Dinge dankbar sein«, brummte Tighe, während sie den Hof durchquerten. »Natalie scheint nichts passiert zu sein.«

»Einer der Magier hatte sie mit einem Zauberbann belegt. Ich erzähle dir den Rest, wenn wir drinnen sind.«

Natalie sah Wulfe an. »Mit einem Zauberbann belegt?«

Ein grimmiger Ausdruck trat in sein Gesicht. »Die Magier sind in der Lage, mit nur einer Berührung deine Gedanken zu kontrollieren. Nachdem ich sie erledigt hatte, habe ich dich nach oben getragen und aufs erste Bett gelegt, das ich finden konnte, ehe ich das Bewusstsein verlor.«

Nachdem ich sie erledigt hatte … Schon hatte sie wieder all das Blut und die abgetrennten Körperteile vor Augen. Zitternd holte sie tief Luft und verdrängte die Erinnerung, um sich auf seine anderen Enthüllungen zu konzentrieren. Er war es also gewesen, der sie ins Gästezimmer gebracht hatte. Endlich ergab es einen Sinn, dass sie dort aufgewacht war. Wenigstens das …

Wulfe führte sie ins Haus und in einen riesigen Raum mit dem größten Esstisch, den sie je gesehen hatte. Darüber hingen zwei Kronleuchter, die den Raum mit seiner blau-goldenen Tapete in helles Licht tauchten.

Sie hörte ein lautes Kichern aus dem nächsten Raum, in das ein Lachen einfiel, das sie sofort erkannte.

»Xavier.« Ihr Herz machte einen Satz, und sie erstarrte, während ihr Blick zu Wulfe flog. »Ist er hier?«

Ein seltsamer Ausdruck huschte über das Gesicht des großen Mannes … der Anflug eines Lächelns. »X!«

»Komme!«, rief Xavier zurück.

Natalie schwankte, und Wulfe zog sie an seine Seite, um einen Arm um ihre Schultern zu legen. Ihr Herz begann heftig zu schlagen, und Tränen brannten in ihren Augen. Als die Tür am anderen Ende des Raumes aufschwang und ihr jüngster Bruder mit seinem Stock in der Hand und einem Lächeln auf dem geliebten Gesicht hereinkam, war sie vor Freude nicht mehr zu halten, und ihre Füße setzten sich ganz von allein in Bewegung.

»Xavier«, hauchte sie, ehe sie sich von Wulfe löste und auf ihn zueilte.

»Nat?« Xaviers Lächeln wurde zu einem breiten Grinsen. Er blieb stehen und streckte ihr die Arme entgegen.

Tränen liefen Natalie über die Wangen, als sie auf ihn zuflog und ihren Bruder in die Arme schloss, der nur ein paar Zentimeter größer war als sie. Sie war völlig euphorisch, als seine Arme sich um sie schlossen und sie seinen Herzschlag an ihrem spürte. *Er lebte*.

Die Ereignisse der letzten Stunden überwältigten sie nun endgültig, und sie brach in lautes Schluchzen aus, während sie sich an ihren Bruder klammerte. Sie bebte vor Freude und war unendlich dankbar, dass er ihr zurückgegeben worden war.

Xavier tätschelte ihren Rücken. »Nat, geht's dir gut? Du riechst nach Blut. Was ist passiert?«

»Es geht mir gut. Ich bin nur einfach so … froh, dich zu sehen.«

Schließlich atmete sie tief ein und ließ ihn los. Sie trat einen Schritt zurück, um forschend sein Gesicht zu betrachten. Jemand drückte ihr ein Taschentuch in die Hand, und sie tupfte sich damit die Tränen vom Gesicht und schnäuzte sich.

»Was ist passiert, Schwesterchen? Was machst du hier?«

Eine große Hand legte sich auf ihre Schulter, und sie wusste, ohne hinzuschauen, dass sie Wulfe gehörte. Das Gefühl beruhigte sie.

»Die Magier hatten sie wieder aufgespürt, X, aber ich war

da. Ich habe mich um die Kerle gekümmert, und sie haben ihr nichts getan. Sie hat ein bisschen Blut abbekommen, als sie meine Wunden versorgt hat. Sie wird eine Weile hierbleiben.«

»Wow. Geht's dir gut, Wulfe?«

»Ja, alles klar.«

»Das ist ja übel, dass die Magier dich gefunden haben, Nat«, meinte Xavier. »Aber es ist toll, dass du wieder da bist. Ich habe dich vermisst.«

Natalie lachte etwas verschnieft. »Ach, Xavier, ich hab dich auch so sehr vermisst.«

»Wie geht es Mom?«

Sie verzog das Gesicht und wusste nicht recht, was sie darauf antworten sollte. Sie wollte ihrem Bruder auf keinen Fall wehtun, aber manchmal kam man eben nicht um die Wahrheit herum.

»Sie trauert.«

Ein betroffener Ausdruck trat in sein Gesicht. »Sie glaubt, ich sei tot.«

Natalie sah Wulfe an und fand Rückhalt in dem sanften Verständnis, das sie in seinem Blick erkannte. »Mom klammert sich an die Hoffnung, dass du noch am Leben bist, aber die Polizei ...« Sie schüttelte den Kopf. »Ich fürchte, dass sonst keiner davon ausgeht, dass du überlebt hast.«

»Ich nehme an, das ist wohl auch besser. Dann sucht keiner nach mir.«

»Alle suchen nach dir. Sie haben das Gebiet von Harpers Ferry immer wieder durchkämmt, aber keiner glaubt mehr daran, dich noch lebend zu finden.«

»Das bringt Mom bestimmt um.«

Natalie griff nach seiner Hand. »Es ist schlimm für sie gewesen. Du weißt, wie sehr sie dich liebt. Aber sie ist zäh, Xavier. Sie wird darüber hinwegkommen.«

Ein trauriger Ausdruck lag in seinen Augen, und er drückte ihre Hand. »Solange du nicht auch noch verschwindest.«

Seine Worte schnitten ihr ins Herz. »Das werde ich nicht.« Wieder sah sie Wulfe an. »Ich muss daran glauben, dass ich wieder nach Hause zurückkehren werde.«

Wulfe nickte. »Dafür werde ich sorgen.«

Und sie glaubte es ihm – wenn es denn in seiner Macht lag.

Wulfe klopfte Xavier kurz auf die Schulter. »Lyon wartet im Arbeitszimmer auf uns, X. Ihr beide könnt euch später weiter unterhalten.«

Natalie umarmte ihren Bruder noch einmal und genoss es, seinen drahtigen Körper zu spüren. Sie war berauscht von dem wunderbaren Gefühl, dass er überlebt hatte, und riss sich nur widerstrebend von ihm los. »Ich komme später zu dir.«

»Ich bin froh, dass du hier bist, Nat, wie lange das auch sein mag. Du musst unbedingt Pink kennenlernen. Sie ist zur Hälfte ein Flamingo, kann sich aber nicht so wie die anderen verwandeln, sondern ist in diesem Zustand gefangen. Sie ist wirklich toll.« Xavier runzelte die Stirn. »Es wird dir hier gefallen, Nat. Aber tu, was sie dir sagen. Sie sind die Guten, also tu immer, was sie dir sagen.«

»Das werde ich.« Aber der ruhige Ernst seiner Worte jagte ihr einen Schauer über den Rücken. *Sie sind die Guten, aber …* Sie war hier nicht sicher. Nicht vollkommen.

Sie drückte Xaviers Hand und drehte sich dann zu Wulfe um. Der sanfte Ausdruck in seinem Blick, mit dem er sie musterte, überraschte sie.

»Bist du so weit?«, fragte er.

»Ja.«

Seine Finger legten sich leicht um ihren Oberarm, als er sie durchs Esszimmer und dann in den Flur führte. Seine Berührung und seine Gegenwart beruhigten sie und gaben ihr Kraft.

Trotz Xaviers warnender Worte fühlte sie sich bei Wulfe sicher. Genauso sicher wie vom ersten Moment an, als er in seiner Wolfsgestalt zu ihr gekommen war.

Wahrscheinlich sollte sie sich nicht sicher fühlen, denn eigentlich war er ja ein Fremder für sie. Und doch … war er das irgendwie nicht. In seinen Augen hatte sie das gleiche Wesen, die gleiche sanfte, aber auch leidenschaftliche Seele erkannt wie bei dem Wolf, der seinen Kopf an ihren Schenkel gedrückt hatte und der Schwertstich um Schwertstich ertragen hatte, um sie zu verteidigen. Das Gesicht des Mannes war ihr noch nicht vertraut … und die Narben hatten eine beunruhigende Wirkung auf sie – vor allem weil sie von so viel Leid sprachen, das er hatte erdulden müssen. Doch unter diesen Narben verbarg sich ein starkes, ein gut aussehendes Gesicht. Ganz abgesehen davon war sein Körper, von dem sie bereits mehr gesehen hatte, als ihr eigentlich zustand, einfach atemberaubend. Und sein warmer männlicher Duft umhüllte sie wie ein Zauber, der jegliche Anspannung von ihr nahm, auch wenn sich gleichzeitig ihr Herzschlag beschleunigte.

Alles an ihm sprach ihr tiefstes Innerstes, ihre primitivsten Instinkte an und gab ihr ein Gefühl der Geborgenheit, aber nicht der Ruhe. Nein, nicht der Ruhe. Die Nähe seines halb nackten Körpers versetzte jedes einzelne ihrer Moleküle in Aufregung.

Als er sie durch den Flur führte, rieb er mit dem Daumen sanft über ihren Oberarm. »Du zitterst immer noch«, sagte er leise.

Sie lachte einmal kurz auf. »Mir ist immer noch ein bisschen schummrig wegen allem, was passiert ist, aber mir geht es gut, Wulfe. Sehr gut.« Sie drehte den Kopf in seine Richtung und begegnete seinem Blick, während sie vor Freude lächelte und ihr ganzes Gesicht erstrahlte. »Mein Bruder lebt.« Wieder traten ihr Tränen in die Augen, aber sie drängte sie zurück, als sich auch Wulfes Miene erhellte. Seine dunklen Augen funkelten plötzlich, und ein Gefühl der Wärme strömte in ihre Brust, während sein vernarbter Mund zuckte und sich zu einem breiten, schiefen Grinsen verzog, das einfach atemberaubend war. Ihr Herz machte einen Satz und fing an zu rasen.

»Genauso hatte ich mir das gewünscht«, meinte er leise.

»Was meinst du damit?«

Wenn überhaupt möglich, wurde sein Blick noch sanfter. »Du warst traurig, und Xavier zu sehen hat dich glücklich gemacht.«

Als Dankbarkeit und Zuneigung in Natalie aufwallten, stellte sie sich auf die Zehenspitzen und drückte einen schnellen Kuss auf seine Wange. »Sehr glücklich. Danke.«

Bestürzt beobachtete sie, wie Wulfe zusammenzuckte und das Leuchten in seinen Augen erlosch. »Bitte schön.« Seine Stimme klang plötzlich tonlos, er ließ ihren Arm los, wandte sich ab und ging weiter.

Natalie musste hinterhereilen, um mit ihm Schritt zu halten, und fragte sich betrübt, ob sie wohl irgendeine Benimmregel unter Werwölfen oder Gestaltwandlern missachtet hatte. Sie wollte den Mann, der die ganze Zeit so wundervoll zu ihr gewesen war, auf keinen Fall verärgern. Sie atmete tief durch und wappnete sich für das vor ihr liegende Gespräch und die Konsequenzen, die sich womöglich daraus ergeben würden. Ihr war leider völlig klar, dass sie diese Welt nicht verstand – ebenso wenig wie die Leute, die in ihr lebten.

Aber ganz offensichtlich steckte sie nun mittendrin. Und unter Umständen hatte sie gerade die einzige Person, die auf ihrer Seite war, vor den Kopf gestoßen.

6

Sie hatte ihn geküsst.

Wulfe führte Natalie durchs Haus des Lichts zu Lyons Arbeitszimmer und hatte das Gefühl, als hätte man ihm einen Schlag versetzt.

Sie hatte ihn geküsst.

Natürlich nur auf die Wange. Aber sie hatte seine Narben berührt. *Mit ihren Lippen*. Das war etwas, das Beatrice nie getan hätte.

Heilige Göttin, die Frau machte ihn ganz schwach. Sie mit ihrem Bruder zu beobachten hatte ihm schon das Herz herausgerissen. Ihr Schluchzen zu hören, auch wenn es Tränen der Freude und nicht des Kummers waren, hatte ihn völlig fertiggemacht.

Und dann hatte sie ihn auch noch geküsst.

Seine Hand juckte förmlich, weil er wieder nach der ihren greifen wollte, und sein Arm war ganz angespannt vor lauter Verlangen, sich um ihre Schultern zu legen und sie an sich zu ziehen. Aber das würde er nicht tun. Nicht wenn sie wieder fest auf beiden Beinen stand und ihn nicht mehr brauchte. Sie mochte ihn zwar geküsst haben, aber er erkannte Dankbarkeit, wenn er sie sah. Wenn er versuchen würde, sie an sich zu ziehen, nur weil er sich nichts Schöneres vorstellen konnte, als ihren Körper ganz nah an seinem zu spüren, würde sie wahrscheinlich erstarren und sich dann gleich wieder von ihm lösen. Auf ganz freundliche Art und Weise natürlich. Er konnte sich nicht vorstellen, dass Natalie je anders als freundlich handelte.

Aber hinterher würde es beiden entsetzlich unangenehm sein, und das wollte er nicht.

Während sie Seite an Seite durch die Eingangshalle gingen, stieg ihm Natalies süßer Duft in die Nase, und er atmete ihn tief ein. Er spürte, wie er in ihn hineinströmte, sein Blut erwärmte, seine Brust durchdrang und ihn beruhigte. Ihr Duft erinnerte ihn an Wildrosen an einem heißen Sommertag – lieblich, warm und intensiv. In ihrer Nähe zu sein war, wie an einem kalten, wolkenverhangenen Tag einen verirrten Sonnenstrahl zu erblicken, oder an einem sengend heißen Sommertag plötzlich in kühlen Schatten zu treten. Er seufzte innerlich, und sein Körper war erfüllt von einem Wohlgefühl, das selbst seine Seele berührte. Sein Wolf war der gleichen Meinung und stieß ein leises, zufriedenes Bellen aus.

Als sie sich Lyons Arbeitszimmer näherten, schnappte Natalie plötzlich hörbar nach Luft, und ihre Hand zuckte hoch an ihre Wange.

»Was ist los?«, fragte Wulfe.

Sie schüttelte den Kopf und entspannte sich langsam wieder. »Nichts.«

Er warf ihr einen zweifelnden Seitenblick zu, doch mit ihr schien alles in Ordnung zu sein, deshalb sah er wieder nach vorn und öffnete die Tür zu Lyons Arbeitszimmer. Er deutete auf einen der Stühle vor Lyons Schreibtisch, und sie nahm mit der ihr eigenen Anmut Platz. Sie saß mit geradem Rücken, im Schoß verschränkten Händen und ruhiger, aufmerksamer Miene da. Dabei wirkte sie eigentlich wie immer, nur wusste er, dass sie immer noch zitterte.

Am liebsten hätte er sich hinter sie gestellt, um ihr Rückendeckung zu geben, auch wenn er wusste, dass Lyon nie etwas im Hinblick auf sie unternehmen würde, ohne es vorher mit Wulfe zu besprechen. Lyon war kein rücksichtsloser Mann.

Der Anführer der Krieger des Lichts griff nur dann hart durch, wenn er keine andere Wahl hatte, und er war immer gerecht. Doch ehe Wulfe sich hinter Natalie stellen konnte, wurde er von Esmeria abgefangen, die ihm mit einem bestürzten Laut des Mitgefühls entgegentrat. Wulfe blieb in der Tür stehen, während die therianische Heilerin ihre Hand auf die Wunde an seiner Schulter drückte, die Augen schloss und ihm langsam den Schmerz nahm.

Während er Esmerias liebevolle Fürsorge über sich ergehen ließ, wanderte Wulfes Blick zu Lyon. Er saß hinter dem großen Schreibtisch, der den Raum beherrschte. Deckenhohe Bücherregale bedeckten die Wände, bis auf die Stelle mit dem Kaminofen, vor dem Paenther jetzt stand. Tighe lehnte mit der Hüfte an der Schreibtischecke und wartete.

Lyon erhob sich und streckte Natalie die Hand entgegen. »Ich bin Lyon, Natalie, der Anführer der Krieger des Lichts. Wir haben uns schon vor Wochen kennengelernt, obwohl du dich nicht mehr daran erinnerst.«

Natalie schüttelte den Kopf. »Ich freue mich, dich … wieder kennenzulernen.«

Paenther trat vor, und das schwarze Haar hing so weit in sein Gesicht, dass es die Narben über dem Auge teilweise verdeckte. »Ich bin Paenther, der Panthergestaltwandler und Lyons Stellvertreter.«

Sie nickte, schüttelte seine Hand und ließ sich wieder auf ihren Stuhl sinken. Ihre Haltung wirkte jetzt nicht mehr ganz so angespannt wie zuvor. Menschen reagierten in der Regel positiv, wenn ihnen Respekt und Freundlichkeit entgegengebracht wurde, und Wulfe wusste es sehr zu schätzen, dass Lyon und Paenther sich die Zeit für eine höfliche Begrüßung genommen hatten.

Lyons Blick richtete sich auf Wulfe. »Was ist passiert?«

Esmeria trat hinter ihn, und Wulfe machte einen Schritt nach vorn, sodass sie sich den Wunden auf seinem Rücken zuwenden konnte. »Zehn Wächter der Magier traten Natalies Haustür ein. Inir hatte ihnen befohlen, uns lebend zu ihm zu bringen – uns beide.«

»Warum?«, fragte Paenther und runzelte verwirrt die Stirn.

»Woher wusste Inir, dass du da warst?«, fragte Lyon im selben Moment.

»Ich weiß es nicht. Letzte Woche hat Satanan mich auf Inirs Berg gespürt. Ich frage mich nun, ob er vielleicht immer weiß, wo ich gerade bin.«

Lyon sah ihn nachdenklich an. »Dann haben sie also so lange gewartet, bis du weit genug vom Haus des Lichts entfernt warst, ehe sie versucht haben, dich in ihre Gewalt zu bringen. Aber warum Natalie?«

»Keine Ahnung.«

»Hast du die Wächter umgebracht?«

»Die zehn, die ins Haus eingedrungen sind. Leider haben sie die Tür eingetreten, und ich hatte keine Zeit, sie wieder zu richten, ehe wir verschwinden mussten. Dort muss aufgeräumt werden, bevor die Menschen etwas bemerken.«

»Ich weiß, wo das Haus ist«, sagte Tighe. »Das übernehme ich.«

Lyon nickte, hielt ihn aber mit erhobener Hand zurück. »Sobald wir hier fertig sind.« Er wandte sich wieder an Wulfe. »Später waren dann noch mehr Wächter hinter euch her?«

»Ja, sie folgten uns in den Wald. Es waren mehr als zwei Dutzend. Entweder hat der erste Trupp uns vorschnell angegriffen, ohne auf die Verstärkung zu warten, oder die Magier sind so nah bei Frederick stationiert, dass Inir sofort einen neuen Trupp losschicken konnte … der dann innerhalb von einer Stunde eintraf.«

»Sie wussten, dass du wieder hingehen würdest.« Lyon seufzte. »Ehe wir nicht wissen, warum sie euch beide haben wollen, wird Natalie hierbleiben müssen.«

»Das sehe ich genauso.«

Lyon wandte sich an Natalie. »Es tut mir leid, aber wir werden dich einsperren müssen.«

Natalie zuckte zusammen.

Wulfes Körper spannte sich an, und ein schroffes Nein lag ihm auf der Zunge. In seinem Innern war der Wolf aufgesprungen und knurrte. »Du kannst sie nicht in den Zellentrakt sperren, Boss. Nicht noch mal. Da unten sind Männer, die wir nicht genug kennen und nicht einschätzen können.«

»Wulfe …«

Er schlug mit der Faust auf Lyons Schreibtisch. »Sie hat es nicht verdient, wieder in eine Zelle gesperrt zu werden!«

»Sie war nie da unten, weil sie es verdient hätte.« Erschöpft ließ Lyon sich nach hinten gegen die Rückenlehne sinken. »Wenn sie dir entwischt und anderen Menschen erzählt, was sie gesehen hat, hätte das katastrophale Folgen. Die Polizei ist wegen des Todes und des Verschwindens ihrer Freunde letzten Monat ohnehin mit ihrem Latein am Ende, und das weißt du auch. Dieses Risiko kann ich nicht eingehen.«

»Sie muss aber doch nicht im Zellentrakt eingesperrt werden.« Vor Aufregung redete Wulfe immer schneller. »Natalie kann in dem Zimmer zwischen deinem und meinem untergebracht werden. Ich werde Riegel an den Fenstern und von draußen an der Tür anbringen. Sie wird es bequem haben, und wenn sie etwas braucht, kann ich sie hören.«

»Ich dachte, Leute von der Garde sind in dem Zimmer untergebracht.«

»Die können doch auf Behelfsbetten im Wohnzimmer bei den anderen schlafen.«

Mehrere Augenblicke lang sah Lyon ihn unverwandt an. Obwohl er nichts sagte, wog er doch Wulfes Worte ab. Nach sechshundert Jahren der Zusammenarbeit kannte Wulfe seinen Anführer sehr gut.

Seufzend rieb Lyon sich den Nacken. »Sie unterliegt deiner Verantwortung. Ich will, dass jedes Mal, wenn sie den Raum verlässt, entweder du, ein anderer Krieger oder eine der kräftigeren Frauen bei ihr ist – ohne Ausnahme. Und ich will nicht, dass sie in die Nähe irgendwelcher elektronischer Geräte kommt … Computer, Telefon und so weiter.«

Die geballte Anspannung wich aus Wulfes Körper. »Danke.«

Lyon richtete seinen unnachgiebigen Blick auf Natalie.

»Du musst die Situation verstehen, Natalie. Wir bringen Menschen nicht grundlos um, aber wir werden jeden vernichten, der die verborgene Existenz der Unsterblichen bedroht. Als wir feststellten, dass Xavier blind ist und wir seine Erinnerungen an uns nicht löschen konnten, wollte ich ihn anfangs töten.«

Natalie erstarrte, und Wulfe konnte sich gerade noch zurückhalten, eine Hand auf ihre Schulter zu legen und ihr zu versprechen, dass er sie beide jetzt beschützen würde.

Lyon verschränkte die Hände vor sich auf dem Arbeitstisch. »Du weißt, was passieren würde, wenn die Presse, die Polizei oder das Militär von uns erfahren würden. Im besten Fall würde man uns vertreiben. Wahrscheinlicher ist aber, dass man uns mit Waffen angreifen würde, die sogar Unsterbliche vernichten können. Und wenn wir sterben, werden die Dämonen sich erheben. So einfach ist das. Das wäre dann sowohl unser Ende als auch das Ende der Menschheit. Wir müssen herausfinden, was man dir angetan hat, es rückgängig machen und dir alle Erinnerungen an das, was du hier gesehen hast, nehmen – erst dann kannst du wieder nach Hause. Vorher dürfen wir dich nicht entkommen lassen. Das Risiko ist einfach zu groß.«

»Und wenn ihr es nicht herausfindet?«, fragte Natalie trotz allem völlig nüchtern und sachlich. »Oder wenn man es nicht rückgängig machen kann?«

Wulfes Blut erwärmte sich vor Stolz.

»Wir wollen einen Schritt nach dem anderen angehen. Aber eine Sache muss klar sein: Wenn du uns in irgendeiner Weise hintergehst …«

»Wenn ich euch hintergehe, werdet ihr mich umbringen. Ich habe verstanden.«

Wulfe ballte die Fäuste, und ein leises Knurren grollte in seiner Kehle.

Lyon warf ihm einen kurzen Blick zu, widersprach Natalie aber nicht. »Wir haben keine andere Wahl«, erklärte er und sah sie wieder an. »Darüber hinaus würden wir mit Sicherheit sofort die Loyalität deines Bruders verlieren, wenn wir gezwungen wären, dir das Leben zu nehmen, und dann könnten wir ihm auch nicht mehr trauen. Das heißt, dass jetzt zwei Leben in deiner Hand liegen.«

Natalie schwieg einen Moment, ehe sie schließlich nickte. »Ich habe verstanden.«

»Gut.«

Esmeria ging noch einmal um Wulfe herum und musterte ihn durchdringend. »Habe ich alle Wunden behandelt?«

Wulfe nickte. »Danke, Esmeria.« Er öffnete ihr die Tür und schloss sie wieder, nachdem sie den Raum verlassen hatte.

»Jetzt geht«, sagte Lyon und schaute von Wulfe zu Natalie und dann wieder zurück. »Sorg dafür, dass die Riegel an dem Zimmer angebracht werden, und dann solltet ihr beide euch etwas ausruhen.«

Natalie erhob sich von ihrem Stuhl und sah den Anführer der Krieger des Lichts an. »Danke, dass du Xaviers Leben verschont hast, Lyon. Danke, dass du uns beide verschont hast. Ich werde dich nicht hintergehen.« Sie streckte ihm die Hand hin, um den Handel zu besiegeln.

Lyon musterte sie nachdenklich, während er ihr die Hand schüttelte. »Dein Bruder ist ein guter Mensch, Natalie. Je besser ich ihn kennenlerne, desto sicherer bin ich mir dessen. Das scheint wohl in der Familie zu liegen.«

»Danke.«

Als Wulfe Natalie aus Lyons Arbeitszimmer führte, sah er noch einmal zurück und begegnete dem Blick seines Anführers. Er las die unausgesprochene Warnung in Lyons Augen: *Vermassele es nicht*. Und wenn doch … wenn es Natalie gelingen sollte, zusammen mit ihrem Bruder zu fliehen – denn er wusste, dass sie niemals ohne ihn gehen würde –, dann wäre das vielleicht ihrer aller Ende. Das würde er nicht zulassen.

7

Wulfe öffnete die Tür und trat zur Seite, damit Natalie vorausgehen konnte. Trotz Lyons Warnung – oder vielleicht gerade wegen ihr – strömte das Blut wärmer durch ihre Adern, wenn sie Wulfe hinter sich spürte. Und diese Wärme bedeutete Geborgenheit, sie strahlte Güte aus … und noch etwas anderes.

»Wulfe«, rief Lyon ihm hinterher. »Schick einen von der Garde rein. Während du die Riegel anbringst, kann das Zimmer ja schon ausgeräumt werden.«

Zwei Gardisten, die gerade vorbeigingen, hörten die Worte, und einer nickte Wulfe zu, um dann gleich zu Lyon ins Arbeitszimmer zu gehen.

Während Wulfe und Natalie die riesige Eingangshalle durchquerten, dachte sie noch einmal über Lyons Worte nach. Wenn er die Absicht gehabt hatte, ihr Angst einzujagen, war ihm das gelungen. Instinktiv wusste sie, dass seine Worte keine leere Drohung waren … sie lagen ihr wie Blei auf der Seele. Jetzt ergaben Xaviers Warnungen auch einen Sinn. Diese Männer waren ehrenwert und gut, dessen war sie sich ziemlich sicher. Doch in erster Linie waren sie Krieger. Soldaten, die gegen einen Feind kämpften, der nicht gewinnen durfte. Wenn sie und Xavier ihnen dabei in die Quere kamen, mussten sie beseitigt werden. So einfach war das. Kollateralschaden.

Ihr war klar, wie Krieg funktionierte. Ihr war klar, dass manchmal einige wenige geopfert werden mussten, um die große Mehrheit zu retten. Die Krieger des Lichts würden ihnen nichts tun, solange sie die Wahl hatten. Und sie würde sie nicht hintergehen … genau wie sie versprochen hatte. Aber da sie angeblich wie ein Atomreaktor glühte, würde das vielleicht irgendwann keine Rolle mehr spielen. Unter Umständen würden sie gar keine andere Wahl haben … egal, was sie tat.

Die Angst drohte sie zu überwältigen, obwohl sie versuchte, sie zurückzudrängen. Sie würde dieses Glühen wohl kaum unter Kontrolle bringen können, aber sie konnte ihr Schicksal hinnehmen, kooperieren und inständig hoffen, dass das genügte, um Xavier und sie am Leben zu erhalten.

Nachdem sie in einen Flur abgebogen waren, blieb Wulfe stehen und öffnete eine Tür, hinter der eine lange Treppe tief in die Erde hinabzuführen schien.

Natalie musterte sie argwöhnisch. »Schläfst du da unten?«

»Mein Zimmer ist im zweiten Stock. Hier geht's zur Werkstatt runter, wo Werkzeug und Riegel aufbewahrt werden.« Er bedeutete ihr mit einem Nicken vorzugehen. »Ich bin direkt hinter dir.«

Sie holte tief Luft und ging die Stufen nach unten. Sie hatte das Gefühl, ihr Kopf wäre ganz leer, und konnte sich nicht erinnern, sich jemals körperlich und geistig so ausgelaugt gefühlt zu haben. Nein, das stimmte nicht. In den Tagen nach ihrer Freilassung, als sie Xavier für tot gehalten hatte, hatte sie sich noch schlimmer gefühlt. Doch es ließ sich nicht leugnen, dass sie heute Abend einen Schockmoment nach dem anderen durchlebt hatte, und Körper und Geist wollten jetzt einfach nur abschalten.

»Wulfe, wie lange wird es dauern, bis wir wissen, ob Tighe es vor der Polizei zu meinem Haus geschafft hat?«

»Ich höre mal nach.«

Sie warf einen Blick über die Schulter, und sah, dass er ein Handy aus der Tasche zog. Kurz darauf hörte man Tighes Stimme im Treppenaufgang.

»Hi, Wulfe.«

»Ich habe dich auf Lautsprecher gestellt, Tighe. Natalie ist auch da. Seid ihr schon in ihrem Haus?«

»Sind wir. Du hast ja ein ziemliches Chaos hinterlassen und ganze Arbeit geleistet.«

Der Anflug eines Lächelns huschte über Wulfes Gesicht, als sein Blick ihrem begegnete. »Die Lage ist unter Kontrolle?«

»Soweit ich es erkennen kann, ja. Es waren keine Menschen in der Nähe, als wir eintrafen. Ich bin zwar kein guter Spurenleser, habe aber in meiner Katzengestalt die Umgebung des Hauses abgesucht und konnte keine andere Witterung als die von Natalie aufnehmen. Wir haben das Haus mit einem Schutzbann belegt, sodass keiner Blut sieht, wenn er reinkommt. Melisande und ihre Nebelkriegerinnen haben die Leichen bereits entsorgt.«

»Gut, danke, Tighe.« Wulfe schob das Handy zurück in die Tasche und sah sie an. »Fühlst du dich jetzt besser?«

»Ja, viel besser.« Sie drehte sich um und ging die Treppe weiter hinunter. Keiner würde Blut oder Leichen in ihrem Haus finden, aber dennoch würden alle mit dem Schlimmsten rechnen, wenn sie morgen nicht bei der Arbeit erschien. »Wulfe, ich weiß, dass Lyon nicht will, dass ich telefoniere, aber es wäre für uns alle von Vorteil, wenn ich ein paar Anrufe machen könnte, um meine Spuren zu verwischen. Zumindest bei meiner Mutter und meiner Assistentin. Denk nur daran, welch ein Aufschrei durch die Medien gehen wird, wenn ich schon wieder spurlos verschwinde.« Das hatte ihre Mutter nicht verdient. Und sie wollte auch nicht, dass ihre Patienten den Weg zu ihrer Praxis auf sich nahmen, um dann wieder nach Hause geschickt zu werden.

»Was ist mit deinem Verlobten?«

»Wir haben unsere Verlobung gelöst.« Gleich nachdem Wulfe gegangen war, wie ihr jetzt auffiel.

»Soll ich ihn dafür windelweich prügeln?«

Als sie die Wut in seinen leisen Worten hörte, schaute Natalie über die Schulter und sah, dass er wirklich aufgebracht wirkte. Heiße Zuneigung schoss durch ihre Adern.

»Nein. Ich war diejenige, die die Verlobung gelöst hat, aber er war nicht sonderlich überrascht.«

Langsam wich der Zorn aus seiner Miene. »Warum nicht?«

Sie wollte schon antworten, zögerte dann aber und dachte noch einmal nach. »Wir haben wohl beide erkannt, dass er nicht der Richtige für mich ist.«

Wulfe war wie versteinert. »Gibt es einen anderen?«

Sie zögerte. »Nein.« Doch während sie in diese dunklen Augen schaute, regte sich etwas in ihrem Innern. Ein Wunsch. Eine Sehnsucht. *Da könnte ein anderer sein*. Aber sie sprach die Worte nicht aus. Er war ein gottähnlicher Unsterblicher und sie nur ein Mensch, der in etwas hineingeraten war, von dem sie noch nicht einmal gewusst hatte, dass es existierte. Wenn alles so lief wie geplant, dann würde man ihr schon bald erneut die Erinnerung an ihn rauben … oder daran, dass Xavier noch am Leben war.

Ihr Herz zog sich zusammen.

»Ich werde mit Lyon über die Telefonanrufe reden«, sagte er ihr zu. Während sie weitergingen, fragte er: »Was willst du ihnen sagen?«

Sie dachte einen Moment lang darüber nach. »Ich werde sagen, dass ich eine Weile wegmuss von allem. Ich glaube nicht, dass mir irgendwer daraus einen Vorwurf machen wird, angesichts all dessen, was in letzter Zeit passiert ist. Und wenn doch, ist es auch egal. Es ist besser, man macht mir Vorwürfe, als dass man nach mir sucht.«

Als sie endlich unten angekommen waren, ging Wulfe an ihr vorbei und führte sie einen breiten Gang entlang, der von täuschend echt aussehenden Gaslampen erhellt wurde. Sie hatte das Gefühl, in frühere Zeiten zurückversetzt worden zu sein. Dieser Eindruck schwand jedoch augenblicklich, als Wulfe eine der Türen im Gang öffnete und das Licht in einer riesigen Werkstatt anschaltete, welche mit allem nur erdenklichen Werkzeug gefüllt war. Wulfe zog eine Schublade in einer Schrankwand auf und holte mehrere kleine Teile heraus.

»Hier«, sagte er und reichte Natalie mehrere Schließriegel, ehe er nach Schraubendreher und Bohrmaschine griff. »Können wir?«, fragte er und begab sich wieder in Richtung Tür.

Als Natalie ihm folgte, hörte sie jemanden die Treppe herunterkommen, und kurz darauf betraten zwei Männer und eine Frau den Gang. Die Männer waren wie Wulfe nur mit einer Trainingshose bekleidet. Die Frau trug zusätzlich zur Trainingshose noch einen Sport-BH. Alle drei musterten sie mit freundlicher Neugier.

»Brauchst du Hilfe?«, fragte einer der Männer Wulfe. Er war ein nett aussehender Mann mit einem schmalen Gesicht und nach oben geschwungenen Augenbrauen. Seine Hand lag auf der Schulter der Frau, und sie schmiegte sich an ihn, als würden sie eine Einheit bilden. Die Frau wirkte sehr sympathisch, sie hatte ein gewinnendes Lächeln und dunkle Haare mit blauen Spitzen.

»Hi, Wulfe«, sagte der Dritte der Gruppe, kam näher und begrüßte Wulfe so, wie es schon Lyon und Paenther getan hatten. Dieser Mann war so atemberaubend gut aussehend, dass er auch das Cover einer Zeitschrift hätte zieren können. Das Haar wallte golden bis zu seinen Schultern, und die maskulinen Gesichtszüge waren perfekt geschnitten.

»Fox«, sagte Wulfe zu dem goldenen Krieger, und ein Lächeln trat auf seine Lippen. Dann wandte er sich dem anderen Mann zu und begrüßte ihn ebenfalls. »Nein, alles klar, Hawke. Wir bringen nur ein paar Riegel an der Tür und den Fenstern des Schlafzimmers an, das neben meinem liegt. Das verlangt Lyon, damit Natalie nicht wieder im Zellentrakt eingesperrt werden muss.«

Mit überraschter, aber freundlicher Miene wandte Hawke sich ihr zu. »Hallo, Natalie.« Er streckte die Hand aus, und sie schüttelte sie. Als er Wulfe wieder ansah, zog er eine Augenbraue hoch. »Sie ist hier.«

»Heute Abend sind zehn Wächter der Magier in ihr Haus eingedrungen.«

Fox stieß einen leisen Pfiff aus. »Zehn gegen einen, und trotzdem bist du hier. Da hätte ich gern zugesehen.« In seiner Stimme schwang ein deutlich hörbarer irischer Akzent mit.

»Ich wünschte, du wärst da gewesen, um zu helfen«, erwiderte Wulfe. »Inir wollte sie sich holen.«

Die beiden Männer und die Frau wechselten einen betroffenen Blick.

»Hallo, Wulfe.« Die Frau streckte den Arm aus, und Wulfe begrüßte sie auf die gleiche Weise, wie er es bei den Männern getan hatte, doch es wirkte nicht ganz so ungezwungen. Dann wandte sie sich lächelnd Natalie zu und streckte die Hand aus. »Ich bin Falkyn. Schön, dich endlich kennenzulernen.«

Natalie war überrascht. »Endlich? Dann sind wir uns also noch nicht begegnet?«

»Nein, aber dein Bruder spricht ständig von dir. Er ist sehr stolz auf dich.«

Natalie lächelte. »Und ich auf ihn.«

»Er ist ein feiner Kerl«, meinte Fox lächelnd. »Willkommen, Natalie.« Er schüttelte ihr ebenfalls die Hand.

Lyon mochte ihr zwar nicht ganz trauen, aber die anderen Gestaltwandler begegneten ihr mit herzlicher Freundlichkeit.

»Ihr wollt ein bisschen trainieren?«, fragte Wulfe.

Hawke nickte und sah Falkyn mit so inniger Bewunderung an, dass Natalie einen leichten Stich im Herz verspürte. Hatte Rick sie jemals so angeschaut? Wenn sie ganz ehrlich war, musste sie gestehen, dass er das nicht getan hatte. Aber sie war ebenso wenig von so innigen Gefühlen für ihn erfüllt gewesen. Sie waren hervorragend miteinander klargekommen und hatten viele gemeinsame Hobbys gehabt, aber sie hatte ihn nie wirklich gebraucht. Das wusste sie jetzt.

»Falkyn macht erstaunlich schnelle Fortschritte, was das Kämpfen angeht, aber ich will, dass sie die Beste von uns wird.«

Falkyn verdrehte grinsend die Augen und begegnete Natalies fragendem Blick. »Ich bin der erste weibliche Krieger des Lichts seit Jahrhunderten und verwandle mich in einen Falken, also nicht gerade Godzilla. Aber er ist fest entschlossen, mich trotzdem genauso unbesiegbar zu machen.«

Hawke lächelte. »Das bin ich.«

Falkyn winkte Natalie kurz zu und ging dann weiter in den Keller hinein. Die beiden Männer folgten ihr.

»Wie viele von euch habe ich getroffen, als ich das erste Mal hier war?«, fragte Natalie, während sie die Treppe wieder hochstiegen. Wulfe folgte ihr mit geringem Abstand. »Ich habe das Gefühl, dass Hawke, Fox und Falkyn mich eben zum ersten Mal gesehen haben.«

»Haben sie auch. Keiner von ihnen war damals hier. Du hast nur Lyon und seine Gefährtin Kara, Paenther, Jag und mich getroffen.«

»Weil ihr uns in den Zellentrakt gesperrt hattet.«

»Ja. Ihr wart die meiste Zeit bewusstlos. Wir waren der Meinung, je weniger ihr seht und erfahrt, desto leichter wäre es später, euch die Erinnerung zu nehmen.«

Sie erstarrte, als ihr die Tragweite seiner Worte klar wurde. »Wie schwierig wird es dieses Mal werden, meine Erinnerungen zu löschen?« Er schränkte sie ganz eindeutig nicht ein bei dem, was sie sah … oder erfuhr.

»Natalie«, sagte er mit ruhiger Stimme hinter ihr.

Sie blieb stehen und drehte sich zu ihm um. Nur eine Stufe trennte sie.

Er sah ihr sanft und gleichzeitig durchdringend tief in die Augen. »Ich werde nicht zulassen, dass dir irgendetwas passiert.«

Sie hatten beide gehört, was Lyon gesagt hatte. Wulfe wusste genau wie sie, dass ihr Leben auf dem Spiel stand.

»Ich werde es auf gar keinen Fall zulassen«, wiederholte er ruhig mit stahlhartem Blick, der ihr befahl, ihm zu glauben.

Ihr wurde warm in der Brust, und sie spürte, wie ihre Zuneigung zu diesem ehrenwerten, rätselhaften Mann wuchs. Eine widerspenstige dunkle Strähne hing ihm in die Stirn, und es juckte sie in den Fingern, die Hand danach auszustrecken, sie zurückzustreichen, ihn einfach wieder zu berühren, so wie er sie immer wieder mit seinen Worten und Taten berührte. Aber ihr Wangenkuss war ihm unangenehm gewesen, und sie fürchtete, dass es bei einer Berührung nicht anders sein würde.

»Danke«, sagte sie leise und zeigte ihre wachsende Zuneigung stattdessen mit einem Lächeln.

Die Wärme, die sein Blick daraufhin ausstrahlte, und das zärtliche Lächeln, das kurz über sein Gesicht huschte, erfüllten sie mit einer unerwartet heftigen Freude. Im sanften Schein der Lampen, die sein Gesicht in Licht und Schatten tauchten, waren die Narben nicht mehr zu erkennen, und seine reine männliche Schönheit raubte ihr den Atem. Das markante

Gesicht bildete ein harmonisches Ganzes mit seinem perfekt geformten Körper. Sein angenehmer männlicher Duft hüllte sie ein, verlockte sie, und ihr Körper wurde vor Verlangen ganz weich und nachgiebig. Die Hitze, die sich plötzlich in ihr ausbreitete, war so erstaunlich, dass ihr Herz zu rasen begann. Und er spürte es. Sie sah es in seinem Blick – ebenso wie seine Enttäuschung.

Mit heißen Wangen drehte Natalie sich wieder um und ging bestürzt und verlegen, weil Wulfe eindeutig nicht das Gleiche wie sie empfand, weiter die Treppe hinauf. Es war nicht recht, dass sie überhaupt etwas für diesen Mann empfand, nachdem sie noch bis heute Vormittag mit einem anderen verlobt gewesen war. Wulfe sprach sie in einer Weise an, wie Rick es nie getan hatte. Er berührte ihr Herz, ihren Geist, und sie spürte, wie sich etwas in ihr regte und zum Leben erwachte, das tief in ihrem Innern verborgen gewesen war. Dieses Gefühl war so neu und fremd, dass sie instinktiv mit Angst darauf reagierte. Wenn sie nicht aufpasste, würde Wulfe ihr trotz seines Versprechens wehtun … ohne es zu wollen.

Sie gelangten wieder ins Erdgeschoss, durchquerten die Halle und gingen dann Seite an Seite einen der geschwungenen Treppenläufe hinauf. Keiner von beiden sagte ein Wort.

Als sie im zweiten Stock den Flur entlangliefen, war plötzlich das schrille Fiepen eines aufgeregten Welpen zu hören. Amüsiert beobachtete Natalie, wie Wulfe sich hinhockte und seine große Hand ausstreckte, als ein kleines schwarzes Fellknäuel mit heraushängender Zunge und wild wedelndem Schwanz auf ihn zugestürzt kam. Sein Lachen klang wundervoll.

»Bist du brav gewesen, Lady?«, fragte Wulfe mit seidenweicher Stimme.

»Ist sie nicht ein Schatz?« Eine Frau mit kurz geschnittenem dunklem Haar kam durch den Flur auf sie zu. Sie hatte eine kleine Katze auf dem Arm, und auf ihrer Schulter saß ein weißer Nymphensittich. Lächelnd sah sie Natalie an. »Lady glaubt, Wulfe gehörte zu ihrem Rudel. Du solltest sie mal sehen, wenn Wulfe in seinem Tier ist. Die beiden sind ganz entzückend zusammen.«

Wulfe setzte den Welpen wieder auf den Boden und brummte: »Zurück zu deinem Frauchen, du kleiner Frechdachs.«

»Ich bin Skye«, sagte die Frau und reichte Natalie die Hand. Die Iris ihrer faszinierenden Augen umgab jeweils ein schimmernder kupferfarbener Ring. »Ich bin Paenthers Gefährtin. Du musst Natalie sein.«

»Nachrichten verbreiten sich hier ja schnell.«

»Ich habe gerade mit Xavier gesprochen.«

Natalie grinste. »Xavier verbreitet Nachrichten noch schneller.«

Skye lachte. »Wir alle hier lieben Xavier.«

Wulfe ging weiter, der Welpe dicht auf seinen Fersen. Natalie und Skye folgten ihm Seite an Seite. Natalie streckte die Hand aus und streichelte das Kätzchen, während sie die Frau anlächelte. »Du hast ja einen ganzen Zoo.«

»Wulfe hat mir Lady vor ein paar Monaten zur Hochzeit geschenkt. Von Jag habe ich Tramp, die getigerte Katze, bekommen, und Princess, mein Nymphensittich, war Hawkes Geschenk.«

»Sie wissen wohl alle, dass du Tiere magst.«

Ein sanftes Lächeln breitete sich auf Skyes Gesicht aus. »Ich fühle mich zu Tieren hingezogen und sie sich zu mir … in einer Weise, die der menschliche Verstand nicht begreifen kann. Ich verstehe es ja selber kaum. Ich weiß nur, dass es so ist.«

»Dann scheinst du ja im richtigen Haus zu wohnen.«

»Du meinst wegen der Gestaltwandler?« Sie bekam einen leicht gequälten Gesichtsausdruck. »Das sollte man meinen, aber wenn man ein bisschen mehr über unsere Welt weiß, auch wieder nicht … denn ich bin eine Magierin.«

Natalie zuckte vor Überraschung zusammen.

Skyes Lippen verzogen sich zu einem kläglichen Lächeln. »Ich sehe, du weißt, was das bedeutet.«

»Zehn von ihnen sind heute Abend in mein Haus eingedrungen.«

Skye wurde blass. »Aber dir geht es gut?«

»Wulfe war da. Er hat sich um sie … gekümmert.«

Skye nickte. »Zu vielen meiner Leute ist die Seele geraubt worden. Wir sind nicht alle so.«

»Das sehe ich, und ich bin froh darüber.«

»Du bist ein Mensch.«

»Ja.« Natalie legte den Kopf auf die Seite. »Kannst du mein Schimmern auch sehen?«

Skye nickte. »Es ist ein schwaches Schimmern. Normalerweise sehe ich Auren gar nicht … aber sie ist da. Die Farben sind wunderschön.«

»Danke … sollte ich wohl sagen. Soweit ich das verstanden habe, hängt es womöglich mit etwas Dämonischem zusammen, und das ist wahrscheinlich nicht gut.«

Skye warf Wulfe einen fragenden Blick zu. »Wird der Schamane einen Blick auf sie werfen?«

»Das hat er bereits«, erwiderte Wulfe. »Er kann nur sagen, dass es vermutlich etwas mit Dämonenenergie zu tun hat, aber er weiß nicht, was das letztendlich bedeutet.«

Wulfe trat in eines der Zimmer. Es handelte sich um einen großen Raum mit einem schweren Himmelbett darin. An der einen Wand stand eine Frisierkommode. Doch bis auf einen einzelnen Nachttisch war das auch schon die ganze Einrichtung. Die Wände waren weiß gestrichen, auf dem Dielenboden lag kein Teppich, und das Bett war nur mit einem Laken bezogen. An einer Wand lehnten zwei schlichte grüne Seesäcke.

Eine Frau – wahrscheinlich gehörte sie der Therianischen Garde an – streckte den Kopf durch die Badezimmertür. »Ich packe nur noch schnell unsere Sachen hier im Badezimmer zusammen. Ich bin gleich fertig.«

»Wird Natalie hier einziehen?«, fragte Skye überrascht.

Ohne Groll erwiderte Natalie: »Wulfe ist aufgetragen worden, als Vorsichtsmaßnahme Riegel an der Tür und den Fenstern anzubringen. Es ist schon etwas seltsam, von Unsterblichen, die mich im Handumdrehen umbringen könnten, als gefährlich angesehen zu werden, aber ich hab die Beweggründe verstanden.«

Skyes Augen wurden vor Mitgefühl ganz dunkel. »Ich bin froh, dass du deshalb nicht verärgert bist.«

Die Frau kam aus dem Badezimmer. Sie hatte kurze Haare, und der straffe, muskulöse Körper steckte in einem ärmellosen Top und einer Kampfhose.

»Entschuldige bitte, dass wir dich vertreiben«, sagte Skye.

Die Frau griff nach den Seesäcken und drehte sich mit einem Lächeln zu ihr um. »Danke, aber ein Bett ist ein Luxus, den wir nicht brauchen.« Sie nickte Natalie und Wulfe zu, ehe sie den Raum verließ.

Skye setzte das Kätzchen auf den Boden, damit es mit dem Welpen herumtollen konnte. »Du brauchst frische Bettwäsche«, sagte sie und begann das Bett abzuziehen. Als Natalie zu ihr trat, um ihr dabei zu helfen, kam eine andere Frau voll beladen mit Bettwäsche und Handtüchern herein. Eine kleine Segeltuchtasche hing an ihrem Arm, und an der Taille trug sie eine Pistole.

»Hab ich hier«, sagte die Frau.

Melisande kam hinter ihr herein. »Tighe möchte wissen, ob er dir etwas mitbringen soll, Natalie.«

»Oh, das wäre schön, aber ich weiß nicht, ob er die Sachen findet. Ich musste meine Handtasche und mein gelbes Köfferchen im Wald hinter dem Haus fallen lassen, weil die Magier hinter uns her waren.« Sie sah Wulfe an. »Ich hätte auch gern meinen Laptop hier, aber ich weiß nicht, ob mir das erlaubt wird.«

»Wo ist er?«

»Auf dem Sofa im Wohnzimmer, wo der Kampf stattgefunden hat. Das Ladekabel liegt auf dem Tisch in der Küche.«

»Wir bringen die Sachen her, und dann kann Lyon eine Entscheidung treffen.« Eine Sekunde später war sie verschwunden.

Natalie starrte mit großen Augen völlig verblüfft auf die Stelle. Eben war die Frau noch da gewesen, und im nächsten Moment war sie … fort.

»Du wirst dich noch an dieses plötzliche Kommen und Gehen der Ilinas gewöhnen«, tröstete Skye sie sanft. »Wir anderen haben das auch geschafft.«

Natalie war mit einem Mal völlig erschöpft und fragte sich, wie viel mehr unglaubliche Überraschungen sie an einem Tag wohl noch verkraften könnte.

Die Frau mit der Bettwäsche und der Waffe legte den Stapel auf der Frisierkommode ab, nahm ein Laken und trat zu ihnen ans Bett.

Sie musterte Natalie interessiert, während sie das Laken ausschüttelte. »Ich bin Delaney, Tighes Frau. Ich war auch mal ein Mensch.«

Natalie zog die Augenbrauen hoch. »Du *warst*?«

Delaney lächelte. »Das ist eine lange Geschichte, die mir immer noch Albträume beschert, aber das Endergebnis war das alles wert. Ich habe dafür den tollsten Mann auf diesem Planeten bekommen, und das bis in alle Ewigkeit.«

Skye lachte, während sie nach dem anderen Ende des Lakens griff. »Das kann ich so nicht stehen lassen, denn zufälligerweise ist mein Mann der Tollste auf der ganzen Welt.«

Delaney grinste. »Dann steht es eben unentschieden.«

Natalie half den beiden Frauen beim Beziehen des Bettes, während ihr Blick immer wieder zu Wulfe wanderte, der die Riegel an den Fenstern anbrachte.

»Wulfe, du solltest Natalie eins von diesen Handys geben, das Tighe mir anfangs auch überlassen hat, als ich noch neu hier war.« Delaney schaute Natalie an. »Damit konnte ich nur Tighe oder Lyon anrufen. Sie wollten nicht, dass ich das FBI kontaktiere, was ich ansonsten versucht hätte.« Sie sah wieder Wulfe an. »Speicher auch Skyes und meine Nummer, falls du mal nicht da bist und sie etwas Gesellschaft haben möchte. Es macht keinen Spaß, eingesperrt zu sein, auch wenn man ein gemütliches Bett im Zimmer hat.«

Wulfe nickte nur, ließ sich aber nicht von seiner Arbeit ablenken.

Lady fing an zu bellen und rannte zur Tür.

»Das ist ihr *Ich muss mal*-Bellen«, sagte Skye und lief dem Hund hinterher.

Delaney sah Natalie an. »Wenn du jemanden zum Reden brauchst, sag Wulfe, er soll mich holen. Ich bin auch in meiner Bewegungsfreiheit eingeschränkt, allerdings aus einem anderen Grund.« Ein seliges Lächeln breitete sich auf ihrem Gesicht aus. »Ich bin schwanger, und Tighe würde mir am liebsten sogar verbieten, das Haus zu verlassen … ganz abgesehen davon, dass ich natürlich auch nicht kämpfen darf.«

»Er hat recht«, sagte Wulfe.

»Ich weiß. Aber trotzdem fällt mir die Decke auf den Kopf. Ich zeige es nur noch nicht richtig.« Ihre Miene wurde wieder ernst. »Es sind gute Männer … die besten. Aber wenn man sie hintergeht, gibt es keinen Ort, an dem man sich vor ihnen verstecken könnte«, erklärte sie und wiederholte damit Xaviers Warnung. Trotz der harten Worte lag ein mitfühlender Ausdruck in ihren Augen, als Delaney nach Natalies Hand griff und sie zur Tür mitzog.

»Delaney …«, rief Wulfe, und seine Stimme hatte einen warnenden Unterton.

»Wir müssen ein Gespräch unter Frauen führen. Wir gehen nur vor die Tür.« Delaney führte sie nach draußen auf den Flur. Nachdem Wulfe genickt und sich wieder seiner Arbeit zugewandt hatte, bedachte Delaney Natalie mit einem durchdringenden Blick. »Als du das letzte Mal hier warst, wurde Wulfe zu deinem Beschützer. Er hat wie eine Glucke auf dich aufgepasst, und das tut er immer noch.«

Natalie nickte. »Er hat mich in seiner Wolfgestalt besucht.«

»Er hat dich gern, Natalie. Aber da ist noch so viel anderes … Seine Narben scheinen dich nie abgestoßen zu haben, und das ist großartig. Aber sei bitte vorsichtig. In vielerlei Hinsicht ist er der stärkste, wildeste Gestaltwandler, aber auf der anderen Seite ist er auch sehr verletzlich. Ich möchte nicht, dass einer von euch beiden verletzt wird, denn egal wie es läuft, er wird in jedem Fall derjenige sein, der leidet. Also sei einfach vorsichtig.«

Natalie sah sie forschend an. »Du weißt, dass du mir jetzt gerade so viel verraten hast, dass ich höchst neugierig geworden bin.«

»Ich weiß. Aber es steht mir nicht zu, dir alles zu erzählen. Wenn du jemanden zum Reden brauchst, bin ich für dich da.« Sie drückte Natalies Hand, führte sie zurück in den Raum und ging.

Wulfe warf Natalie nur einen kurzen Blick zu, als sie zu ihm trat, dann wandte er sich wieder dem Fenster zu, ohne Fragen zu stellen.

»Bitte sehr!«, ertönte eine Frauenstimme hinter ihnen.

Natalie drehte sich um und sah Melisande mit ihrer Handtasche und dem Köfferchen in der Tür stehen.

»Ich lass die Sachen gleich hier.« Die Ilina stellte sie neben der Tür ab und verschwand, ehe Natalie sich bei ihr bedanken konnte.

Natalie schüttelte den Kopf, um wieder klar denken zu können, dann drehte sie sich zu Wulfe um und betrachtete fasziniert das Muskelspiel seiner unendlich breiten Schultern. Er war wirklich fantastisch gebaut. Allein sein Anblick löste ein seltsames Gefühl in ihr aus – heiß, kribbelig. Und sie war gerade müde genug, um sich keine Gedanken darüber zu machen, ob er es merkte oder nicht.

Sie trat näher und lehnte sich neben ihm an die Wand. »Ich habe dich noch nie mit einem Hemd oder T-Shirt gesehen. Zumindest erinnere ich mich nicht daran.«

Erschrocken sah er sie an. »Möchtest du, dass ich mir was zum Anziehen hole, ehe ich das hier fertig mache?«

Beinahe hätte sie gelächelt. »Ich mag es lieber, wenn du nichts anhast.«

Seine Hand verharrte mitten in der Bewegung, und sein Blick veränderte sich, wurde langsam dunkler und durchdringender, sodass ihr Atem stockte und ihr noch heißer wurde.

Sehnsucht sprach aus seinen Augen. »*Natalie*.«

Einen spannungsgeladenen Moment lang dachte sie, er würde das Werkzeug fallen lassen und die Arme nach ihr ausstrecken. Und sie wollte genau das. Unbedingt.

Doch stattdessen trat stille Verzweiflung in seinen Blick, und er wandte sich wieder seiner Aufgabe zu. »Warum packst du nicht schon mal aus, bis ich hier fertig bin?«

Einen Moment lang starrte sie ihn nur völlig verwirrt an. Er war vor ihr zurückgewichen, nachdem sie ihn auf die Wange geküsst hatte, als wäre ihm ihre Berührung ein Gräuel. Doch jetzt hatte sie sehnsüchtiges Verlangen in seinen Augen gesehen. Da war sie sich ganz sicher. Sie konnte zu gut in Augen lesen, um sich in dieser Hinsicht zu irren. Und trotzdem …

»Na gut.« Er sandte so widersprüchliche Signale aus. Aber vielleicht war sie einfach nicht in der Lage, die Reaktionen eines Werwolfs richtig zu deuten. Und ehrlich gesagt war sie wahrscheinlich auch viel zu müde, um überhaupt noch irgendetwas richtig zu verstehen.

Sie packte schnell aus und verstaute ihre Sachen in den Schubladen der Frisierkommode. Ihre Kulturtasche stellte sie aufs Waschbecken in dem kleinen Badezimmer, das zu dem Raum gehörte, und dann hängte sie die Handtücher auf, die Delaney zusammen mit der Bettwäsche gebracht hatte. Zum Schluss öffnete sie die kleine Segeltuchtasche, in der sich Seife, Duschgel, eine Zahnbürste, Zahnpasta, Shampoo, Weichspüler und ein halbes Dutzend anderer Dinge befanden, die eine Frau unbedingt brauchte … unter anderem eine riesige Packung Schokolade und eine kleine Karte mit einer Nachricht von Delaney: *Wenn ich irgendetwas vergessen haben sollte, sag einfach Bescheid. D.*

Natalie musste über das freundliche Angebot lächeln. Man behandelte sie eher wie einen gern gesehenen Gast als wie das unerwartete Problem, das sie ja eigentlich darstellte. Wahrscheinlich waren alle so nett zu ihr, weil sie Xaviers Schwester war und sie ihn alle offenkundig mochten.

Ihr Herz zog sich zusammen, und Tränen stiegen ihr in die Augen, als die Freude darüber, dass es ihm gut ging, erneut in ihr hochkam. Eine Träne stahl sich aus ihrem Auge, und sie wischte sie weg.

»Natalie?«

Wulfe sah sie mit seinen dunklen, sanften Augen besorgt an.

»Es geht mir gut.« Sie lächelte. »Viel besser als seit Wochen. Ich habe meinen Bruder zurück, und sei es auch nur für eine kurze Zeit. Du hast ja keine Ahnung, was für ein Geschenk du mir damit gemacht hast.«

Er sah sie mit durchdringendem Blick an. »Es gibt nichts, was ich mir mehr für dich wünsche, als dass du glücklich bist.«

Seine Worte waren voller Aufrichtigkeit, und sie fragte sich, was er wohl sagen würde, wenn sie ihm erklärte, dass es sie überaus glücklich machen würde, wenn er sie in den Arm nähme. Aber sie würde ihn mit so etwas nicht in Verlegenheit bringen, und schon gar nicht wollte sie hören, dass das das Letzte wäre, was er sich wünschte.

»Kann ich dir irgendwie helfen?«

Natalies leise, verführerische Stimme streichelte Wulfes Sinne. *Ich mag es lieber, wenn du nichts anhast.* Bei der Göttin, hatte er jemals eine eindeutigere Einladung erhalten? Sie hatte ihn ohne jede Schüchternheit angesehen. Natalie wollte ihn. Sie wollte *ihn*.

Aber er hatte nichts zu geben. Der Bruch seiner Paarbindung hatte ihn in dieser Hinsicht zerstört. In vielerlei Hinsicht war er abgestumpft. Seine Sinne waren nicht mehr so scharf wie früher. Er war nicht mehr in der Lage, helle Farben zu sehen, und Speisen besaßen keinerlei Geschmack mehr für ihn. Sein Geruchssinn war noch genauso ausgeprägt wie früher, aber sein sexuelles Verlangen war völlig erloschen. Wenn er es brauchte, konnte er immer noch eine Erektion bekommen, aber dafür bedurfte es großer körperlicher Anstrengung von seiner Seite. Sein Körper war in den letzten sechs Monaten bei keiner Frau mehr aus eigenem Antrieb erwacht, und er fürchtete, dass er das auch nie wieder tun würde. Selbst bei Natalies Anblick – so hübsch sie auch sein mochte – regte sich bei ihm nichts.

Leicht fahrig sammelte Wulfe sein Werkzeug zusammen und ging an ihr vorbei zur Tür. Mit den Fenstern war er fertig. Jetzt musste er nur noch den Riegel an der Tür anbringen.

»Hast du schon mal ein Bolzenschloss angebracht?« Seine Arme schmerzten, weil er den Drang unterdrücken musste, sie zu packen und an sich zu ziehen, während sein Wolf ihn heulend anflehte, genau das zu tun. Aber er weigerte sich, mit ihr diesen Weg einzuschlagen … Es konnte nichts Gutes dabei herauskommen.

»Ich habe noch nie eines ganz neu angebracht«, erwiderte Natalie und ging mit ihm zur Tür. »Aber ich habe mal eins ausgetauscht.«

Der ganz schwach wahrnehmbare Duft ihrer Erregung zwang ihn beinahe in die Knie.

»Dann weißt du ja, wie's geht. Ich könnte eine zusätzliche Hand brauchen.« *Heilige Göttin!* Die Vorstellung, wo er ihre Hand am liebsten hätte … Na klar, und wie lustig würde das wohl sein, wenn sie feststellte, wie weich und schlaff er war?

Wenn er schlau wäre, würde er sie ans andere Ende des Zimmers schicken, wo ihre Nähe nicht sein Verlangen schürte nach etwas, das er nicht haben konnte. Aber er brauchte ihre Nähe so dringend, dass das alle Qualen, die er dabei erleiden musste, wert war … Er wollte sehen, wie das Licht auf ihrer seidigen Haut schimmerte, wollte den herben Duft des Shampoos in ihrem Haar riechen und beobachten, wie sich ihre vollen, liebreizenden Lippen zu diesem sanften Natalie-Lächeln verzogen.

Sie folgte ihm zur Tür, und er reichte ihr den Riegel, die Schrauben und den Schraubendreher, wobei seine Finger ganz leicht über ihre Haut strichen, als er die Sachen in ihre Hände legte. Schon diese schlichte Berührung sandte ein elektrisierendes Kribbeln durch seinen Körper. Doch es reichte nicht weit genug … nicht annähernd weit genug.

Er musterte die Tür, überlegte, wo er die Löcher setzen wollte, und griff dann nach dem Bohrer. Anschließend nahm er die Blende aus ihrer Hand und einen Beitel, mit dem er die Stelle aushöhlte, in der die Blende leicht versenkt angebracht werden sollte. Die ganze Zeit über spürte er ihre Nähe und ihren Blick, die Anziehungskraft zwischen ihnen wurde immer stärker. Oh Göttin, wie gern er sie an sich gezogen hätte, um sein Gesicht zwischen ihren Brüsten zu vergraben. Wie gern er ihre Finger in seinem Haar spüren würde, so wie er sie in seinem Fell gespürt hatte, als er in Wolfsgestalt gewesen war. Er stellte sich vor, sie mit seinen Armen zu umschlingen und ihre weiche Wange zu streicheln, während sie die Hand ausstreckte …

Der Gedanke, dass sie seine vernarbte Fratze berührte, ließ ihn mit einem Ruck aus dem sinnlichen Tagtraum erwachen, und er fand sich in der Realität wieder. Sein Leben war ein viel zu großes Durcheinander, wie konnte er auch nur einen Gedanken daran verschwenden, sich mit einer Frau einzulassen? Schon gar nicht mit einer Frau wie Natalie, die Freude und Schönheit, Geborgenheit und Glück verdient hatte. Er war davon ausgegangen, dass sie all das mit ihrem Verlobten verband. Der eifersüchtige Mann in seinem Innern war in höchstem Maße zufrieden, dass dem wohl nicht so gewesen war. Doch der Teil von ihm, der sie einfach nur glücklich sehen wollte, empfand anders.

Er selbst hatte ihr wegen der zerbrochenen Paarbindung, des beunruhigenden Anteils von Dämonenblut in seinen Adern und seiner schwindenden Unsterblichkeit rein gar nichts zu bieten.

Während Natalie das Muskelspiel auf Wulfes wunderschönem Rücken beobachtete, kribbelte es ihr in den Fingern, die

Hand nach ihm auszustrecken und seine Haut zu streicheln. Sie musste wissen, ob er sich genauso straff und fest anfühlte, wie er aussah. Sein Haar schimmerte im Schein der Lampe in einer Mischung aus vielen verschiedenen Brauntönen, und sie sehnte sich danach, es zu berühren und zu spüren, wie weich es sich unter ihren Fingern anfühlte.

Ihr Puls fing an zu rasen, und ihre Atemzüge wurden unregelmäßig, weil sie so dicht neben ihm stand. Bei Rick war ihr das nie so ergangen. Sie hatte nicht einmal gewusst, dass sie fähig war zu diesen Empfindungen … zu dieser zittrigen, trägen Wärme, bei der sie sich unwillkürlich ausmalte, seinen nackten Körper an ihrem zu spüren.

Als er eine der Schrauben aus ihrer Hand nahm, schaute er in ihr Gesicht und verharrte mitten in der Bewegung. Seine Nasenflügel bebten, und seine Pupillen weiteten sich, als sein Blick weich und gleichzeitig durchdringend wurde. Plötzlich erkannte sie das Verlangen in seinen Augen.

»Wulfe …«

Er schüttelte den Kopf und wandte sich wieder seiner Arbeit zu, womit er sie in tiefe Verwirrung stürzte. Sie legte den Kopf in den Nacken, richtete den Blick zur Decke und zwang ihre Gedanken in eine andere Richtung. Es war egal, woran sie dachte … Hauptsache, es ging dabei nicht um den viel zu attraktiven Mann vor ihr, der aus irgendeinem Grund nicht haben wollte, was sie anbot. Aber sie konnte ihn nicht aus ihrem Kopf verdrängen … nicht eine Sekunde lang.

Während sie ihm dabei zusah, wie er die Blende festschraubte, fing ihre linke Wange wieder so seltsam zu jucken an, wie in dem Moment, kurz bevor sie in Lyons Arbeitszimmer getreten waren. Wie schon zuvor begann es mit einem leichten Stechen, doch während das Gefühl vorhin gleich wieder verschwunden war, wurde es diesmal schlimmer. Sie berührte die

Stelle und rieb über ihre Wange, falls da etwas sein sollte, aber sie spürte nichts.

Plötzlich brannte ihre Wange heftig, und sie ließ keuchend den Riegel fallen.

Wulfe richtete sich auf, als hätte er einen Schlag erhalten, und packte ihre Arme. »Was ist los?«

»Mein Gesicht.« Sie hob die Hand, hatte aber Angst, ihre Wange zu berühren. »*Was ist mit meinem Gesicht?*«

»Nichts.« Vorsichtig griff er nach ihrem Kinn und drehte ihr Gesicht, während ihr Tränen über die Wangen strömten.

»Es tut weh.«

Er legte eine Hand auf ihre Wange und drückte sie gegen die wütende Feuersbrunst, während er mit der anderen Hand ihren Hinterkopf umfasste. Fast sofort ließ der Schmerz nach, und überrascht spürte sie, wie er ihr einen schnellen, sanften Kuss auf die Stirn drückte, der ihr Herz dahinschmelzen ließ. Kurz darauf war der Schmerz verschwunden.

Vor Erleichterung sackte Natalie in sich zusammen. »Danke.«

Langsam ließ er sie los und trat zurück. Als der Schleier vor ihren Augen sich lichtete, sah sie ihm seine Besorgnis deutlich an.

Sie runzelte die Stirn. »Was war das gerade?« Sie hob die Hand und spürte nur glatte Haut, als sie ihre Wange berührte. Hatte sie sich das alles nur eingebildet? »Vorhin, kurz bevor wir zu Lyon gingen, habe ich denselben stechenden Schmerz gefühlt. Es war längst nicht so schlimm wie eben und ist genauso schnell wieder verschwunden, wie es gekommen war, aber es war dieselbe Stelle.«

Er schüttelte den Kopf und wandte den Blick ab, ehe sie darin etwas erkennen konnte. »Es ist wahrscheinlich nichts.«

Doch weil er sich so rasch von ihr abgewandt hatte, vermutete sie, dass etwas nicht stimmte. Wäre es *nichts*, würde er sich anders verhalten. Und obwohl sie sich nicht sicher sein konnte, hatte sie den Verdacht, dass er das sehr wohl wusste.

Wulfe nahm die Arbeit wieder auf, und das Kreischen des Bohrers dröhnte in seinen Ohren. Doch während seine Hände beschäftigt waren, wirbelten die Gedanken durch seinen Kopf. Warum verspürte Natalie plötzlich einen Schmerz an genau der Stelle, die der Dämon mit seinen Klauen aufgerissen hatte? Sie erinnerte sich nicht an die Verletzung … zumindest nicht bewusst. War es eine Art unterbewusster Erinnerung? Er hatte noch nie von so etwas gehört.

Der nächste Gedanke ließ ihn plötzlich erstarren. Vielleicht war sein Dämonenblut der Auslöser für ihren Schmerz.

Er schaltete den Bohrer aus und starrte mit leerem Blick auf das Loch. Heilige Göttin! Wenn *er* ihr das nun angetan hatte? Konnte es sein, dass er sie, ohne es zu wollen, durch sein Dämonenblut verletzt hatte, als er ihr die Wunde nahm?

Es wäre nicht das erste Mal, dass er einer Frau wehtat, der er eigentlich helfen wollte. Bei dem Gedanken wurde ihm schlecht.

Plötzlich hatte Wulfe ein Dröhnen in den Ohren. Während er noch verwirrt die Stirn runzelte, legte sich ein roter Schleier vor seine Augen, und dieser Schleier entzündete zugleich eine unbändige brodelnde Wut. Der Bohrer krachte auf den Boden. Seine Reißzähne und Krallen traten hervor, als er auch schon aufsprang und sich suchend nach etwas … irgendetwas … umsah, an dem er seinen wilden, plötzlich aufgeflammten Zorn auslassen konnte.

Sein Blick fiel auf die Frau. Sie wich langsam mit entsetzter Miene vor ihm zurück.

Natalie.

So schnell, wie der rote Schleier seinen Blick getrübt hatte, verschwand er auch wieder. Sobald er wieder einen klaren Gedanken fassen konnte, erkannte er voller Bestürzung, was eben passiert war. Er war entsetzt.

Natalies Augen waren weit aufgerissen, und ihre Haut war so bleich wie frisch gefallener Schnee, als sie ihn anstarrte … das Monster, das sie in ihm gesehen haben musste.

Sein Wolf heulte vor Kummer.

»Ich werde dir nichts tun.« Die Worte brachen gepresst und nahezu unverständlich aus ihm hervor.

Aber gütige Göttin, was war da gerade passiert? Er hatte die Kontrolle über sich verloren. So etwas durfte nicht geschehen, nicht einmal, wenn er wütend war.

Seine Reißzähne und Krallen bildeten sich wieder zurück, während er sie ansah. Er wollte sie um jeden Preis beruhigen, hatte aber keinen blassen Schimmer, wie er das tun sollte, weil er nicht wusste, was da eigentlich gerade passiert war.

»Ich würde dir nie etwas tun, Natalie«, sagte er noch einmal mit immer noch rauer Stimme. »Das musst du mir glauben.« Aber war er sich da wirklich so sicher? Er hätte sie mit einem einzigen Hieb seiner Klauen töten können – wahrscheinlich ohne zu wissen, was er tat, bis es zu spät war. Der Gedanke ließ sein Blut gefrieren.

Es wäre das Beste, wenn er sie gleich hier und jetzt der Obhut eines anderen überlassen würde. Doch derjenige würde sie sicher sofort in den Zellentrakt sperren, und er konnte den Gedanken nicht ertragen, sie erneut da unten eingesperrt zu wissen.

Langsam kehrte wieder etwas Farbe in ihr Gesicht zurück, und der entsetzte Ausdruck verschwand. »Habe ich irgendetwas getan, das dich wütend gemacht hat?«

»Nein! Natürlich nicht.« Er wandte sich von ihr ab und drückte beide Hände gegen die Wand. Sein Blick fiel auf den

Boden, auf den zerbrochenen Bohrer, und seine Beine gaben fast unter ihm nach. Wenn er nun nicht rechtzeitig wieder zu sich gekommen wäre?

»Ich weiß nicht, warum ich so ausgerastet bin. Aber du warst es nicht. Vielleicht die Situation … dass du in Gefahr bist. Aber nicht du selber.«

»Du hast dich … verändert.« Ihre Stimme klang unsicher, und das brach ihm beinahe das Herz.

Langsam richtete er sich auf und drehte sich um, wobei er sich zwang, ihr in die Augen zu schauen. »Meine animalische Seite ist hervorgebrochen. Das passiert bei allen Kriegern des Lichts gelegentlich. In diesem Zwischenstadium, halb Mensch, halb Tier können wir ebenbürtig miteinander kämpfen, unabhängig davon, in welches Tier wir uns sonst verwandeln. Wir genießen es, in diesem Zustand miteinander zu kämpfen … es ist unsere Form des Ringkampfes, und normalerweise prügeln wir uns dabei windelweich. Aber wir verlieren dabei nicht die Kontrolle über uns, wie ich eben. Ich weiß nicht, warum das passiert ist.«

Verdammt!

Natalie musterte ihn mit fest aufeinandergepressten Lippen. »Ich bin sehr gut darin, einen Charakter einzuschätzen, Wulfe. Egal ob Mensch oder Tier. Ich wusste vom ersten Moment an, als ich dich als Wolf kennenlernte, dass du ein Freund warst und mir nie absichtlich Schaden zufügen würdest. Und ich glaube das immer noch.«

Er nickte. Aber ihm war das Wort *absichtlich* nicht entgangen, und das war es, was auch ihm Sorge bereitete. Denn es war offensichtlich, dass irgendetwas nicht stimmte, und bei dem Gedanken wurde ihm vor Furcht ganz übel.

Schnell beendete er den Einbau des Türschlosses, dann drehte er sich zu Natalie um, die jetzt auf dem Bett saß. Die Erschöpfung war ihr deutlich anzusehen.

»Willst du Xavier heute Abend sehen oder lieber bis morgen warten?«

Sie riss die Augen auf und drückte den Rücken durch. »Ich will ihn sehen.«

»Dann bringe ich ihn nach oben.«

Natalie nickte, und Wulfe verließ den Raum, wobei er die Tür hinter sich verriegelte. Sein Körper fühlte sich bleischwer an, als er die Treppe hinunterstieg und sich an den entsetzten Ausdruck auf Natalies Gesicht erinnerte. Sie hatte ihn angestarrt, als wäre er ein Monster.

Er musste es Lyon sagen. Vielleicht war sein Kontrollverlust auf die dunkle Magie zurückzuführen, der sie alle ausgesetzt waren. Doch bisher hatte kein anderer eine ähnliche Erfahrung gemacht. Nein, er befürchtete, dass der Grund dafür sein Dämonenblut war, das sich erst seit Kurzem bei ihm bemerkbar machte. Und wenn er mit dieser Vermutung recht behielt?

Möglicherweise verwandelte er sich schon bald tatsächlich in ein Monster.

8

Natalie war kaum in der Lage, die Augen offen zu halten, aber sie widerstand der Verlockung des weichen Bettes, während sie darauf wartete, dass Wulfe Xavier zu ihr brachte. Die Ereignisse des Abends hatten einen fantastischen oder eher albtraumhaften Verlauf genommen. Unfassbare Dinge waren passiert, und dennoch: Nun saß sie hier und war die Gefangene von Gestaltwandlern.

Gütiger Himmel! Wulfes Gesicht hatte sich in etwas Furchteinflößendes verwandelt, mit diesen Reißzähnen und den Augen, die nicht mehr menschlich ausgesehen hatten, aber eigentlich auch nicht wie die eines Wolfes … vor allem dieser Moment, als er sich ihr am Anfang zugewendet hatte und sie so voller Wut und ohne sie zu erkennen, angestarrt hatte. Sie war davon überzeugt gewesen, dass er sich gleich auf sie stürzen würde.

Dann hatte er sie erkannt. Sie hatte den Moment bemerkt, als es passierte. Verwirrung, Entsetzen, Kummer und Scham hatten in seinen dunklen Augen gestanden. Da war die Angst trotz der bedrohlichen Reißzähne von ihr abgefallen. Wulfe war zurückgekehrt, ungeachtet seines Aussehens.

Sie hörte das Klicken des Riegels und erhob sich vom Bett, als Wulfe die Tür öffnete und Xavier mit dem Stock voraus den Raum betrat.

»Nat?«

»Hier, Xave.« Sie ging auf ihn zu und sprach dabei. »Ich bin froh, dass du noch nicht geschlafen hast.« Als sie ihre Hand um den Arm ihres Bruders legte, begegnete sie Wulfes Blick. Ihr Herz zog sich zusammen angesichts des Kummers, der immer noch in seinem Blick lag.

»Ich warte draußen«, sagte er. Dann schloss er die Tür und ließ sie mit ihrem Bruder allein.

Natalie führte Xavier zum Bett, und während sie sich im Schneidersitz draufsetzte, legte er sich hin und verschränkte die Hände hinter dem Kopf.

»Wie kommst du klar, Nat?«

Sie lachte einmal kurz auf. »Ich kann mich nicht entscheiden, ob ich mich eher wie Dorothy aus dem *Zauberer von Oz* fühle oder wie Alice im Wunderland.«

Xavier grinste. »Es kommt beidem ziemlich nah, nicht wahr?«

Natalie streckte den Arm aus und legte die Hand auf seine Schulter. »Geht es dir gut, Xavier? Du bist hier doch sicher, oder?« Sie wusste, dass ihr Bruder ihr die Wahrheit sagen würde. Und wenn er es nicht tat, merkte sie es ohnehin. Er hatte nie gelernt, sich zu verstellen, und ganz besonders nicht bei ihr.

»Ich finde es fantastisch hier.« Er nahm ihre Hand und hielt sie fest. Für Xavier war das das Gleiche, als würde er ihr in die Augen schauen. »Als die Magier uns in Harpers Ferry aufspürten, war das unser Todesurteil, Nat. Deine Freundinnen und Mary Rose' Bruder starben tatsächlich an diesem Tag … Sie wurden von den Magiern und den Dämonen umgebracht. Es grenzt an ein Wunder, dass dir, mir und Christy nicht das Gleiche widerfahren ist. Aber unser aller Leben endete an jenem Tag, oder zumindest das Leben, das wir davor geführt hatten. In gewisser Weise gehört unser Leben jetzt den Kriegern des Lichts. Hätte es sie nicht gegeben, wären wir tot. Du erinnerst dich nicht an das, was sich auf jenem Schlachtfeld ereignet hat, und das ist gut so. Aber ich erinnere mich sehr wohl. All das, was ich an jenem Tag hörte, roch und spürte, verursacht mir immer noch Albträume, Nat. Wenn die Krieger des Lichts diesen Krieg verlieren, wird die Zukunft schrecklich werden. Die Menschen werden zu Tausenden sterben, und alle Voraussagen über den Tag des Jüngsten Gerichts und den Untergang der Menschheit werden wahr werden.«

Xavier setzte sich auf und wandte ihr sein Gesicht zu. Er wirkte älter und weiser als früher. »Es mag vielleicht nicht das sein, was ich selbst aus meinem Leben gemacht hätte. Als Küchenhelfer in einem Haus voller Gestaltwandler zu arbeiten war nicht unbedingt die berufliche Laufbahn, die ich nach der Schule einschlagen wollte. Aber ich habe hier eine Aufgabe … eine Aufgabe, die ich zu Hause nie hatte. Pink braucht mich. Auch wenn sie meint, sie könnte alles allein schaffen, braucht sie mich. Sie ist so toll, Nat, und alle anderen, die hier im Haus wohnen, sind auch großartig. Klar sind sie manchmal etwas beängstigend … zum Beispiel wenn ihre animalische Seite hervorbricht, ihnen Krallen wachsen und sie übereinander herfallen. Aber sie sind gut. Und ihre Frauen sind wirklich nett. Hätte ich dieses Leben für mich auswählen können, Nat, hätte ich es getan.«

Plötzlich wurde seine Miene traurig. »Ich wünschte nur, ich hätte nicht alle Menschen aus meinem früheren Leben dafür aufgeben müssen. Ich vermisse dich und Mom. Ich finde es toll, dass du jetzt hier bist, aber ich will nicht, dass du gezwungen bist hierzubleiben. Schließlich hast du ein schönes Leben da draußen. Rick macht sich bestimmt große Sorgen um dich.«

Natalie seufzte, und es gefiel ihr gar nicht, Xavier die Neuigkeit mitteilen zu müssen. »Rick und ich haben unsere Verlobung gelöst, Xave.«

Verwirrt runzelte Xavier die Stirn. »Was ist passiert?«

»Ich dachte, ich würde ihn lieben, aber das tat ich gar nicht.

Er war nicht der Mann, mit dem ich den Rest meines Lebens verbringen wollte.«

»Das tut mir leid, Nat«, sagte Xavier.

»Es braucht dir nicht leidzutun. Ich bin nur froh, es gemerkt zu haben, bevor wir eine Ehe eingegangen sind.«

Auch wenn sich nie etwas aus der starken Anziehung, die sie bei Wulfe verspürte, entwickeln würde, so hatte ihr dies dennoch die Augen geöffnet für die Möglichkeiten, die in ihr schlummerten. In Zukunft wollte sie nach einem Partner suchen, bei dem sie dieselbe Art von Erregung verspürte. Jemand, der wie Wulfe ihren Körper und ihre Gefühle ansprach. Und sosehr sie Ricks Gesellschaft auch genossen hatte, so wusste sie jetzt, dass bei ihm beides nicht der Fall gewesen war.

Natalie und Xavier unterhielten sich noch eine Weile, bis sie ein gewaltiges Gähnen mitten im Satz nicht mehr unterdrücken konnte.

Xavier lächelte. »Du hattest eine sehr aufregende Nacht, Nat. Schlaf jetzt erst mal. Wir reden morgen weiter, und dann stell ich dir auch Pink vor.«

Zusammen stiegen sie vom Bett, und Natalie drückte ihren Bruder noch einmal fest an sich. »Ich bin so froh, dass es dir gut geht«, wisperte sie.

Xavier erwiderte die Umarmung. »Mehr als gut. Und dir wird es auch wieder gut gehen.« Doch als er sich von ihr löste, sah sie die steile Falte zwischen seinen Augenbrauen, und sie wusste, dass er unsicher war, ob seine letzte Bemerkung wirklich stimmte. Als Schachfigur im Krieg der Unsterblichen befand sie sich in einer heiklen Lage. Einen gefährlicheren Ort gab es kaum.

Und das war ihnen beiden klar.

Wulfe, der im Flur auf und ab gegangen war, hörte das leise Klopfen, das anzeigte, dass Xavier jetzt wieder nach unten wollte. Er schloss die Tür auf, und Natalie öffnete sie von innen. Sie sah ihn mit einem sanften, müden Lächeln an.

»Danke, dass du es uns ermöglicht hast, uns zu sehen, Wulfe.«

Er nickte, denn wie immer fand er keine Worte, wenn er sie ansah, und meinte, im tiefen Grau ihrer wunderschönen Augen zu ertrinken.

Xavier gab seiner Schwester einen Kuss auf die Wange. »Schlaf gut, Nat.« Dann lächelte er in Wulfes Richtung, und in seinen Augen lag eine Sorge, die Wulfe erschütterte, denn es war dieselbe Sorge, die auch ihn erfüllte.

Er war immer noch fassungslos angesichts dessen, was passiert war – wie er die Kontrolle über sich und das Gefühl für Zeit und Raum verloren hatte –, als seine animalische Seite hervorgebrochen war. Genauso bestürzt war er darüber, dass Natalie Schmerzen von einer Wunde spürte, die er ihr eigentlich genommen hatte.

Nichts davon ergab auch nur annähernd einen Sinn. Es sei denn, es hing alles damit zusammen, dass in seinen Adern Dämonenblut floss. Während er Xavier nach unten begleitete, beschlich ihn immer mehr das Übelkeit erregende Gefühl, dass alles – in einer Weise, die er nicht verstand – seine Schuld war.

Als er ins Esszimmer kam, saßen dort Kougar und Paenther am Tisch und tranken zusammen mit Kougars Gefährtin Ariana, der Königin der Ilinas, Whiskey. Die beiden Männer erhoben sich, als sie ihn sahen. Während Xavier sich in sein Zimmer hinter der Küche begab, begrüßten sich Wulfe und seine Freunde mit der gewohnten Herzlichkeit. Ariana erwiderte sein Lächeln, als er ihr zunickte.

Sie schob ihm eine Platte mit Schinkensandwiches hin. »Bedien dich. Pink hat sie vor einer Weile rausgebracht, und wir haben uns schon satt gegessen.«

Wulfe setzte sich neben Paenther. »Wie geht es Kara? Ist irgendeine Veränderung zu beobachten?«

Paenther schüttelte den Kopf und schenkte ihm einen Fingerbreit Whiskey ein. »Der Göttin sei Dank geht es ihr nicht schlechter, aber leider auch nicht besser. Der Schamane ist davon überzeugt, dass sie sich erst wieder erholt, wenn sie einen guten Krieger des Lichts in sein Tier bringt.«

Vor einem Monat war es Inir gelungen, siebzehn Tiergeister zu befreien, die über Jahrhunderte gefangen gewesen waren und in dieser Zeit keine neuen Krieger hatten zeichnen können. Diese siebzehn Tiergeister hatte er mit dunkler Magie infiziert und so dazu gebracht, die schlimmsten und bösartigsten statt die besten des jeweiligen Tierclans auszuwählen. Dieser Zauber übertrug sich dabei auf den Gezeichneten und belegte ihn mit einem Bann, der ihn allen Wünschen Inirs gegenüber willfährig machte.

Ein paar der Tiergeister hatten es geschafft, sich dem dunklen Zauber zu widersetzen und Männer reinen Geistes zu zeichnen. Auch Falkyn war dies gelungen, einigen anderen jedoch nicht. Wulfe und seine Brüder waren zunächst völlig euphorisch gewesen, als ihre Reihen sich nach Jahrhunderten, in denen es ihrer nur neun gegeben hatte, wieder füllten … bis der erste Trupp neuer Gestaltwandler sich gegen sie erhob und versucht hatte, sie zu töten. Fast hätten sie Inirs Plan zu spät durchschaut: Er wollte die guten Krieger des Lichts vernichten und den bösen dann befehlen, die Dämonen zu befreien.

Mithilfe von Ariana und dem Schamanen war es ihnen gelungen, ein paar der neuen Krieger von dem Gift zu befreien, das durch die infizierten Tiere auf sie übergegangen war. Aber die alten Krieger hatten keine Möglichkeit festzustellen, welchen der Männer die Tiergeister zu Recht gezeichnet hatten – weil er aufgrund seines hervorragenden Wesens dazu bestimmt war – und welche von ihnen durch und durch böse waren. Nur bei Falkyn, der einzigen Frau unter ihnen, die jetzt Hawkes Gefährtin war, waren sie sich absolut sicher.

Auch Grizz und Lepard hatten sie für ehrenwert gehalten, bis die beiden geflüchtet waren. Sechs der neuen Krieger gehörten immer noch Inir und standen unter seinem Bann. Die anderen waren im Zellentrakt unten im Haus des Lichts eingesperrt oder noch gar nicht bei ihnen aufgetaucht. Neue Krieger würden bis auf Weiteres nicht mehr in ihre Tiere gebracht werden. Erst musste eine Möglichkeit gefunden werden, wie man eindeutig entscheiden konnte, wer gut und wer böse war. Denn es würde Kara über kurz oder lang umbringen, wenn sie weitere böse Krieger mit ihrem Tier vereinte. Ein einziger konnte ausreichen, dass sie ihre Strahlende unter Umständen für immer verloren.

Wulfe nahm sich ein belegtes Brot und wandte sich an Ariana. »Hast du irgendetwas herausgefunden?«

Mit T-Shirt und Jeans und dem dunklen Pferdeschwanz wirkte Ariana viel zu menschlich für eine Ilina, eine Rasse, deren Kristallreich im wahrsten Sinne des Wortes in den Wolken lag.

»Ich habe ein paar uralte Magierrituale zum Aufheben von Dämonenzauber aufgespürt, die den dunklen Zauber *vielleicht* rückgängig machen, der euch alle in Sterbliche verwandelt hat.«

»Die werden nicht funktionieren. Du musst nach etwas anderem suchen.« Ein verwirrter Ausdruck trat auf Wulfes Gesicht. Er war genauso erstaunt über die Worte, die aus seinem Mund gekommen waren, wie es die anderen zu sein schienen.

»Woher weißt du das?«, fragte Paenther mit ausdrucksloser Stimme.

»Scheiße, ich habe keine Ahnung.« Doch als er in sich hineinhorchte, wusste er, dass er recht hatte. Er wusste einfach, dass uralte Magierrituale ihnen nicht helfen würden. Kein Magier hatte sich je zuvor dieses speziellen Zaubers bedient. Es handelte sich um einen Dämonenzauber, der vor Jahrtausenden das letzte Mal gegen die Nyaden eingesetzt worden war. Er wandte sich wieder an Ariana. »Kurz vor Ende des zweiten Nyadischen Krieges fand ein Ritual statt, bei dem die dritte Ilina-Königin zugegen war. Diese Erinnerung musst du finden.«

Sein Herz begann zu rasen. Nun verlor er nicht nur die Kontrolle über sich, sondern stieß plötzlich auch auf fremdes Wissen in seinem Kopf.

Ariana musterte ihn aufmerksam. »In Ordnung. Ich werde versuchen, Zugang zu diesen Erinnerungen zu bekommen.«

Während seine Freunde ihn nachdenklich musterten, wandte Wulfe sich wieder dem Essen zu. Er schlang ein Sandwich hinunter und griff gleich nach dem nächsten. Als Kougar schließlich das Schweigen brach, stand Wulfe kurz davor, aus der Haut zu fahren.

»Ich habe gehört, dass Xaviers Schwester wieder bei uns ist.«

Wulfe nickte. Das war genau das Thema, das er sich erhofft hatte, damit das Gespräch abgelenkt wurde von seiner unheimlichen Situation und sie sich mit Natalies Problemen beschäftigten.

»Irgendetwas stimmt nicht mit ihr«, erklärte er ihnen. »Sie besitzt jetzt eine merkwürdige Aura. Und heute hat die Stelle, die ich nach dem Angriff geheilt hatte, wieder genauso geschmerzt, als hätte der Dämon die Wunde gerade erst aufgerissen.«

Alle drei wirkten verwirrt.

»Was könnte der Grund dafür sein?«, fragte Paenther und nahm einen Schluck von seinem Whiskey.

»Ich wünschte, ich wüsste das.«

Ariana streckte den Arm über den Tisch aus und legte die Hand flach auf die glänzende Platte. »Danach werde ich jetzt auch forschen, Wulfe. Wenn ich irgendetwas herausbekomme, werde ich es dich wissen lassen.«

»Danke.« Wulfe aß sein zweites Sandwich auf, dann wünschte er allen eine gute Nacht und machte sich aus dem Staub, ehe er noch mehr Lektionen in Dämonengeschichte von sich gab. Heilige Göttin, wie sehr er das hasste.

Unter Natalies Tür war kein Licht zu sehen, als er dort ankam, deshalb klopfte er leise. Als sie nicht antwortete, schob er den Riegel zurück und öffnete die Tür gerade so weit, dass das Licht aus dem Flur auf ihr schlafendes Gesicht fiel. Die Decke hatte sie bis zum Kinn hochgezogen.

Eine Flut von Gefühlen kam in ihm hoch: Zärtlichkeit, der Wunsch, sie zu beschützen, Besitzansprüche. *Sie gehört mir.* Sie hatte so viel durchgemacht, und trotzdem war sie so stark und unnachgiebig wie geschmiedeter Stahl geblieben. Sie würde eine gute Gefährtin für einen Krieger abgeben.

Für den richtigen Krieger.

Er trat in den Raum und schloss die Tür hinter sich. Nachdem er seine Kleidung abgelegt hatte, verwandelte er sich in seinen Wolf und rollte sich auf dem Teppich neben Natalies Bett zusammen. So war er ihr so nah, wie es nur ging, ohne sich wirklich neben sie zu legen. Er wollte es nicht riskieren, sie zu wecken.

Bitte, heilige Göttin, lass Natalie nicht noch mehr Schmerz erleiden, wenn ich zu weit weg bin, um ihre Qualen zu bemerken.

Er hätte vor einem Monat nicht ihre Wunde heilen sollen. Das hatte er nicht geplant. Trotz der Gefangenschaft im Zellentrakt war sie tapfer und gelassen geblieben … und so atemberaubend schön. Aber die Wunde auf ihrer Wange hatte ihm jedes Mal, wenn er sie sah, einen Stich versetzt. Am Ende hatte er es nicht mehr ertragen können.

Er erinnerte sich noch ganz deutlich an den Moment. Sie war aufgewacht und hatte ihn mit einem Lächeln begrüßt, das ihm durch und durch gegangen war. Sie hatten sich miteinander unterhalten, während sie die Mahlzeit aß, die Kara ihr gebracht hatte. Aber dann war der Moment gekommen, einen neuen Versuch zu starten, ihr die Erinnerung an all das zu nehmen, was sie gesehen hatte. Er hatte gezögert, denn ihm war klar gewesen, dass er sie nach Hause gehen lassen musste, sobald ihre Erinnerungen gelöscht waren. Dabei hatte er doch gerade erst die Gelegenheit bekommen, sich wieder mit ihr zu unterhalten.

Sein Blick fiel auf die verheerende Wunde an ihrer Wange, und er hob den Daumen, um sanft darüberzustreichen.

Natalie zuckte zusammen.

Wulfe riss den Daumen zurück. »Es tut immer noch weh.«

»Nicht besonders.«

Was offensichtlich eine Lüge war.

Sie senkte den Blick. »Wie schlimm sieht es aus?«

»Nicht so schlimm wie bei mir.«

Sie brach in herzhaftes Lachen aus, und ihre Ausgelassenheit wirkte ansteckend auf ihn. Mit einem Seufzer nahm sie sich wieder zusammen, obwohl ein gewisser Galgenhumor weiterhin in ihren Augen leuchtete und ein Lächeln um ihre Mundwinkel zuckte. »Tut mir leid, aber das war nicht so ganz der Trost, den ich mir erhofft hatte.«

Er grinste sie an und war ganz erstaunt, wie leicht ihm der Umgang mit ihr fiel.

Überrascht beobachtete er, wie sie die Hand hob, als wollte sie sein Gesicht berühren, sie dann aber wieder sinken ließ.

Dabei verblasste ihr Lächeln, und ihre Miene wurde ernst. »Ich bedaure all das, was Sie erleiden mussten.«

Er brummte. »Ist schon lange her.« Ohne allzu sehr darüber nachzudenken, was er da tat, traf er eine Entscheidung. »Halten Sie still. Das kann für einen Augenblick unangenehm werden, doch ich werde Ihnen nicht wehtun.« Als sie ihm mit ihrem Blick ihr Einverständnis gab, sagte er: »Schließen Sie die Augen.«

Sie zögerte nur kurz, ehe sie tat, wie ihr geheißen. Er öffnete die Hand und schmiegte sie an die Wunde, wobei er ihr Gesicht zur Hälfte bedeckte.

»Was machen Sie da?«, erkundigte sie sich leise.

Er spürte ihren Herzschlag, der unter der Haut pochte. Und wieder hüllte ihn ihr Duft wie ein warmer Sommerwind ein.

»Ich bin so etwas wie ein Heiler.« Manchmal. Seine eigene Wange begann erstaunlich schmerzhaft zu brennen und zu pochen. Wie hielten die Menschen nur diese Schmerzen aus, die so lange anhielten, bis sie verschwanden? »Wie fühlen Sie sich?«

»Die Schmerzen sind weg.« Ihre Stimme klang ein wenig verwundert.

Als er die Hand wegnahm, blickte er äußerst zufrieden auf ihren Wangenknochen. Die Wunde war jetzt vollständig verschwunden, ihre Wange makellos.

Sie öffnete blinzelnd die Augen. »Wie haben Sie …?«

Dann fiel ihr Blick auf seine Wange, auf die schmerzhaft frische Wunde, von der er wusste, dass sie jetzt da war. Ihre Hand flog an ihre eigene Wange, dann rieb sie daran, wie auf der Suche nach … etwas.

»Was haben Sie getan?«

Wulfe zuckte die Schultern. »Was macht schon eine mehr?«

Doch er fand keine Dankbarkeit in ihrem Blick, nur eine tiefe Bestürzung. »Nein, nein, nein.« Sie zog die Augenbrauen zusammen, packte sein Gesicht ohne Angst mit beiden Händen und starrte ihn an, starrte die Wunde an, deren Narbe ihn wie all die anderen von nun an zieren würde. Zu seiner Verwunderung glitten ihre Finger sanft über seine vernarbten Wangen. »Sie haben sie mir abgenommen.«

Ihre Stimme war atemlos, und sie klang völlig überwältigt. Mit schmerzerfülltem Blick sah sie ihm in die Augen. »Warum?«

Er runzelte verwirrt die Stirn. Das Letzte, was er im Sinn gehabt hatte, war, sie aus der Fassung zu bringen. Doch er hatte keine Antwort auf ihre Frage. Er wusste nicht so genau, warum er es getan hatte. Vielleicht konnte er sie einfach nicht leiden sehen, wo er ihr doch helfen konnte. Oder vielleicht hatte ihm der Anblick dieser hässlichen Schramme auf ihrem hübschen Gesicht nicht gefallen.

Was für einen Unterschied machte das schon? Frauen konnte man es einfach nie recht machen.

Er wandte sich ab, entzog sich so ihrem sanften Griff und beendete die Diskussion. »Legen Sie sich hin.« Die Worte klangen barscher, als er beabsichtigt hatte.

Doch als er sich wieder zu ihr umdrehte, stand sie immer noch da und starrte ihn an. Obwohl sie die Stirn weiterhin runzelte, funkelten ihre Augen nicht mehr vor Schmerz, sondern etwas unendlich Sanfterem.

»Wird sie verheilen?«

»Natürlich.«

»Aber eine Narbe wird zurückbleiben.«

»Wie ich bereits sagte: Was macht schon eine mehr?«

»Sehr viel.« Die Sanftheit in ihrem Blick wurde stärker, und ihre Augen glitzerten feucht. »Das ist das vielleicht Selbstloseste, was jemals jemand für mich getan hat. Und ich kenne nicht einmal Ihren Namen.«

»Man nennt mich Wulfe.«

Er sah, wie ihre Augen aufblitzten. Bestimmt erinnerte sie sich gerade wieder an seine Verwandlung. »Ich denke, das passt. Vielen Dank, Wulfe.«

Er nickte mit fest zusammengebissenen Zähnen. Dann führte er die Hand an ihren Hals und drückte die Stelle unter ihrem Ohr. Ihn trieb das starke Bedürfnis an, diese Augen zu schließen, die zu viel sahen. Als sie bewusstlos zusammensackte, fing er sie auf und legte sie vorsichtig auf eine der Pritschen, die man für die Gefangenen aufgestellt hatte.

Dann richtete er sich auf und betrachtete ihre jetzt makellose Schönheit.

Voller Selbstekel hatte er sich abgewandt, denn seine Gabe zu heilen hatte nie etwas Gutes bewirkt.

Jetzt, einen Monat später, machte er sich mehr denn je Gedanken, dass er ihr zwar den Schmerz genommen, ihr aber dadurch unabsichtlich den größeren Schaden zugefügt hatte.

Er ließ das Kinn auf die Pfoten sinken und stieß ein leises, klagendes Winseln aus.

9

Natalie erwachte, als Wulfe ihren Namen rief. Strahlendes Sonnenlicht fiel in den Raum, sodass sie die Augen zusammenkneifen musste. Sie drehte den Kopf und sah ihn in der Tür stehen, von wo er sie mit glänzenden Augen beobachtete.

Vor Freude verspürte sie ein leichtes Ziehen in der Brust, und das entlockte ihr ein Lächeln. »Guten Morgen.«

»Morgen.«

Ein Lächeln zuckte um seine Lippen, und ihr Gefühl der Freude verstärkte sich. Allmählich fing sie an, sein Lächeln zu lieben. Oh, und er war wirklich ein Anblick, mit dem man gern aufwachte. Heute trug er ein T-Shirt, das er sogar in die Jeans gesteckt hatte. Es war das erste Mal, dass sie ihn vollständig bekleidet sah, doch der weiche Stoff verbarg seine wundervoll geformte Brust, die schmalen Hüften und die mächtigen, muskulösen Arme nur spärlich. Sein goldener Armreif spannte sich knapp unter einem Ärmel um seinen Oberarm.

Wenn er doch nur zu ihr ins Bett kommen würde. Wenn er es doch nur wollte!

In der einen Hand hielt er einen kleinen silberfarbenen Laptop. Sie setzte sich auf und ließ dabei die Decke bis zur Taille herunterrutschen. »Ist das meiner?«

Er nickte. »Hawke hat ein paar Änderungen daran vorgenommen. Er hat sowohl das GPS-Signal als auch die Möglichkeit deaktiviert, damit online zu gehen.« Er schenkte ihr ein klägliches Lächeln. »Tut mir leid. So sind nun einmal Lyons Regeln.« Sein Blick fiel kurz auf ihre Brust und das ärmellose

Baumwollnachthemd, ehe er ihn nur allzu schnell wieder hob. Ob der Anblick in irgendeiner Weise für ihn reizvoll war, konnte sie nicht erkennen. »Lyon sagt, du darfst deine Mutter und deine Assistentin anrufen … aber nicht allein und nicht von hier. Wir wollen nicht, dass man den Anruf zurückverfolgen kann.«

»In Ordnung. Ich nehme an, dass du mein Handy hast?« Es befand sich nicht mehr in ihrer Handtasche.

»Ja, wir haben es.«

Sie machte ihnen keinen Vorwurf daraus, dass sie so vorsichtig waren. Wenn Menschen plötzlich in einen Kampf der Krieger des Lichts verwickelt wurden, konnte man nicht vorsichtig genug sein, so viel war sicher.

Wulfe verschränkte die Arme vor seiner mächtigen Brust. »Wir werden gleich unsere irdischen Kräfte beschwören. Ich dachte mir, du würdest vielleicht gern zusehen. Wir werden uns verwandeln.«

»Ihr alle?« Bei der Vorstellung zuschauen zu dürfen, wie sie sich alle in diese herrlichen Tiere verwandelten, wurden ihre Augen groß, und sie fing an zu lächeln. »Ich würde liebend gern zusehen.« Sie warf die Decke zurück, schwang die Beine über die Bettkante und stand auf. »Wie viel Zeit hab ich noch?«

Wulfes Blick glitt langsam über ihren Körper zu ihren Beinen, die nackt unter dem kurzen Nachthemd hervorschauten. Sie freute sich, dass er zumindest hinschaute.

»Wartest du hier, während ich mich anziehe?«, fragte sie, während sie schon aufs Badezimmer zueilte.

»Nein«, rief er wie aus der Pistole geschossen mit einem fast schon gequälten Gesichtsausdruck. »Ich hole dich in einer halben Stunde ab.« Er stürmte zur Tür hinaus und warf sie hinter sich zu.

Verwirrt sah Natalie die geschlossene Tür an. Vielleicht war er doch gar nicht so uninteressiert, wie er schien. Sie konnte es nur hoffen.

Wulfe lehnte mit dem Rücken an der Flurwand neben Natalies Schlafzimmertür und versuchte wieder zu Atem zu kommen. Sie in diesem Nachthemd zu sehen, dessen weicher Stoff sich an ihre Rundungen schmiegte, ihren Körper teilweise verbarg und doch so viel erahnen ließ … Gütige Göttin! Sein Geist stand in Flammen, auch wenn sein Körper zu angeschlagen war, um zu reagieren. Sie hatte ausgesehen wie ein Engel, die Wangen rosig vom Schlaf, das goldene Haar zerzaust – ein verdammt verführerischer Engel. Früher einmal hätte er sich danach verzehrt, sie unter sich zu spüren. Seine Männlichkeit wäre groß und steif gewesen, sein Herz hätte gerast. Jetzt spielte sich alles nur noch in seinem Kopf ab, und es war seine Fantasie, die sich voller Verlangen nach ihr sehnte. Und bei der Göttin, wie sehr er sich nach ihr sehnte!

Er stieß sich von der Wand ab und ging den Flur hinunter. Der Anblick ihrer endlos langen Beine und sanften Rundungen, umschmeichelt von weicher Baumwolle, hatte sich tief in seine Erinnerung eingebrannt.

Es kostete ihn einige Mühe, seine Gedanken wieder auf die gegenwärtige Situation zu lenken. Bis jetzt hatte Ariana keine Hinweise auf den zweiten Nyadischen Krieg in ihren Erinnerungen finden können. Das Gehirn der gegenwärtigen Ilina-Königin war ein unerschöpflicher Wissensspeicher. Natürlich bestand auch die Möglichkeit, dass es nie einen zweiten Nyadischen Krieg gegeben und er sich das Ganze nur eingebildet hatte. Wie sollte er den Wahrheitsgehalt von Informationen einschätzen, die er eigentlich noch nicht einmal kennen dürfte? All diese Gedanken lösten ein Gefühl der Beklemmung bei ihm aus.

Als er sich dem Esszimmer näherte, trat Fox gerade durch die Tür nach draußen in den Flur. In jeder Hand trug er einen großen Stoffbeutel.

»Hilfst du mir kurz?«, fragte Fox mit einem Lächeln. »Ich bin an der Reihe und muss jetzt in den Zellentrakt runter.«

»Klar.« Wulfe trat zurück und öffnete die Tür zum Keller, ehe er Fox einen der Beutel abnahm, die mit Essen und Getränken für die Gefangenen gefüllt waren, wie er wusste.

»Hast du Jag heute Morgen gesehen?«, fragte Wulfe, als er Fox die Treppe nach unten folgte.

»Aye. Es scheint ihm gut zu gehen. Keine Veränderung.«

Wulfe nickte und war erleichterter, als er sich eingestehen wollte. Keiner von ihnen wusste, wie lange sie zu leben hatten, wenn sie die Verbindung zu ihrem Tier verloren.

»Hast du von der Frau gehört, die das Haus beobachtet?« Gemeinsam durchquerten sie den Trainingsraum und gingen auf die Geheimtür am anderen Ende zu.

»Eine Magierin?«

»Nein. Entweder eine Menschenfrau oder eine Therianerin. Sie hatte ihren Wagen auf der Straße abgestellt und kam gerade die Auffahrt hoch, als Vhyper sie entdeckte. Ehe er Verstärkung herbeirufen konnte, falls es sich um eine Falle handeln sollte, hob sie die Hand und rief: ›Falsches Haus.‹ Dann ist sie zu ihrem Auto zurückgegangen und weggefahren.«

Wulfe sah Fox an, während er ihm durch die Tür und in den langen gemauerten Gang folgte, der zum Zellentrakt führte. »Was an dem Ganzen hat denn eigentlich Vhypers Misstrauen geweckt?«

»Nichts Spezielles. Aber er hat eine der Ilinas gebeten, ihr zu folgen und sie zu beobachten. Die Frau ist, ohne noch einmal anzuhalten, einfach davongefahren, und das kam ihm dann komisch vor.«

Wulfe runzelte die Stirn. »Wenn es wirklich das falsche Haus gewesen wäre, hätte sie eigentlich weiter nach dem richtigen suchen müssen.«

»Genau, das war auch Vhypers Gedanke. Wir fragen uns, ob sie vielleicht eine frisch gezeichnete Kriegerin ist, die der Mut verlassen hat.«

»Ist die Ilina ihr lange genug auf den Fersen geblieben, um zu sehen, wo sie hingefahren ist?«

»Nein. Offensichtlich ist es in Nebelgestalt außerordentlich anstrengend, ein Fahrzeug zu verfolgen. Lyon hat die Ilinas angewiesen, ihn sofort zu informieren, wenn das Auto oder die Frau noch einmal auftauchen.«

Zusammen betraten sie den Gefängnistrakt, wo die frisch gezeichneten Krieger in Einzelzellen untergebracht waren. Keiner von ihnen war bisher in sein Tier gebracht worden. Sie kannten keinen der drei gut genug, um erkennen zu können, ob es ihnen wirklich bestimmt gewesen war, von den Tiergeistern gezeichnet zu werden. Ihr Wesen konnte also gut oder böse sein, und die falsche Einschätzung wäre Karas Todesurteil.

Wulfe stellte seinen Beutel vor Castins Zelle ab und holte drei einzeln verpackte belegte Baguettes heraus. Er richtete sich auf und reichte sie dem Mann durch die Gitterstäbe.

»Irgendetwas Neues?«, fragte Castin. Von allen Gefangenen schien Castin sein Schicksal am ehesten zu akzeptieren. Soweit sie das erkennen konnten, war er wohl der Älteste unter ihnen und lebte schon so lange wie der Schamane. Er hatte dabei geholfen, Kara aus Inirs Festung zu befreien, und war dann bereitwillig mit ins Haus des Lichts zurückgekehrt. Dass es ihm missfiel, eingesperrt zu werden, war ihm nur an den leicht angespannten Gesichtszügen anzusehen.

Nachdem sie die letzten neuen Krieger nach hier unten geschafft hatten, waren sie unsicher gewesen, ob sie sie über die neuesten Entwicklungen im Unklaren lassen sollten. Das Problem war jedoch, dass ihnen diese Männer nicht gleichgültig waren. Und wenn der Tag kam, an dem sie sie freilassen konnten, sie in ihre Tiere brachten und sie »Bruder« nannten, wollten sie sicher sein, dass sie sie so fair behandelt hatten, wie es ihnen unter diesen schwierigen Umständen möglich gewesen war.

»Inir versucht, das Blut, das er Kara abgenommen hat, in das Blut einer Strahlenden umzuwandeln, die noch Novizin ist«, erklärte Wulfe Castin. Wäre die Situation umgekehrt, wäre er genauso erpicht auf neue Informationen. »Das ist der wichtigste Bestandteil, den er braucht, um die Dämonenklinge zu öffnen, sobald alle neu gezeichneten Krieger aufgetaucht sind. Aber das weißt du wahrscheinlich so gut wie jeder andere auch.«

Genau wie ein Krieger in sein Tier gebracht werden musste, wurde auch eine neue Strahlende in ihre Macht eingeführt. Vor Monaten hatte Inir für die Ermordung ihrer vorherigen Strahlenden, Beatrice, gesorgt. Er wollte ihrer Nachfolgerin Blut abnehmen, ehe sie durch ein Ritual zur neuen Strahlenden wurde, um damit die Dämonenklinge zu öffnen. Erst im letzten Moment hatten die Krieger des Lichts den Plan durchschaut und ihn vereitelt.

»Was wollt ihr denn tun, um Inir aufzuhalten?«, wollte Rikkert wissen, der in der nächsten Zelle saß. Der Mann war vom ersten Moment, da er zu ihnen gestoßen war, ein übellauniger Kerl gewesen.

»Wir arbeiten daran, unsere Unsterblichkeit wiederzubekommen«, erwiderte Fox. »Jag kann sich nicht mehr in sein Tier verwandeln. Vielleicht hast du es schon gehört. Solange es uns nicht gelingt, die Wirkung seines dunklen Zaubers rückgängig zu machen, hat er uns in der Hand.«

Wulfe reichte auch Rikkert drei belegte Baguettes und ging dann weiter zur nächsten Zelle. Der dritte Mann war vor gut einer Woche aus Kenia zu ihnen gekommen. Er hatte kaum etwas gesagt, als sie ihm die Situation erklärt und ihn dann in seine Zelle verfrachtet hatten. Seitdem hatte er kein Wort mehr von sich gegeben. Wulfe wusste noch nicht einmal, wie er hieß.

Der Mann stand auf und nahm die Brote mit einem Nicken entgegen. Der Blick seiner dunklen Augen war durchdringend, doch was in seinem Kopf vorging, war nicht zu erkennen.

»Noch eine Sache«, sagte Fox, während er den drei Gefangenen Wasserflaschen reichte. »Wir haben einen Anruf von Lepard erhalten. Wie es aussieht, sind er und Grizz nach Westen gegangen, um eine Frau aufzuspüren, von der es heißt, sie könne einem in die Seele schauen. Wenn sie sie finden, wollen sie sie herbringen. Hoffentlich kann sie uns sagen, welchem neuen Krieger es bestimmt war, gezeichnet zu werden.«

Wulfe sah ihn überrascht an. »Dann sind sie gar nicht geflohen?«

»Nein. Sie versuchen auf ihre Weise zu helfen.«

»Gut. Das ist sehr gut.«

Castin sagte etwas in einer Sprache, die Wulfe nicht kannte. Die inbrünstigen Worte klangen wie ein Dankgebet. Rikkert gab nur ein Brummen von sich. Der Krieger, der als Letzter eingetroffen war, schwieg wie immer.

Als Wulfe die Treppe wieder hinaufging, verspürte er wieder etwas mehr Hoffnung für die Männer im Zellentrakt als noch Minuten zuvor, als er heruntergekommen war. Zum Krieger des Lichts gezeichnet zu werden, um endlich nach ewigen Zeiten die Gestalt wandeln zu können, wie es einem von Geburt an bestimmt war, sollte die höchste denkbare Ehre sein. Für Wulfe war es Absolution und Erlösung zugleich gewesen.

»Dämon?«

Wulfe zuckte zusammen. Ein merkwürdiger Gedankenfetzen war durch seinen Geist gehuscht.

»Was ist los, Kumpel?«, fragte Fox, der hinter ihm die Treppe hinaufstieg.

»Nichts.« *Verdammte Scheiße!* Er hatte keine Ahnung, was da vor sich ging! Aber eines wusste er mit absoluter Sicherheit … es war weit mehr als *nichts*.

Natalie stand am Fenster und schaute zu den Fahrzeugen hinunter, die in der geschwungenen Auffahrt vor dem Haus geparkt waren – darunter ein hellgelber Hummer, ein weißer Landrover und ein flacher Sportwagen, bei dem es sich, wie sie annahm, um einen Lamborghini handelte –, während sie darauf wartete, dass Wulfe sie abholte. Jenseits der Auffahrt erstreckte sich der Wald in alle Richtungen, und sie wusste, dass hinter dem Wald nicht weit entfernt der Potomac und die berühmten Stromschnellen lagen, die Great Falls, die dem Ort ihren Namen gegeben hatten.

Sie fragte sich, ob man ihr wohl je erlauben würde, das Haus zu verlassen, um sich das alles noch einmal anzusehen. Xaviers Tage der Freiheit waren vorbei, und dieses Wissen bereitete ihr Kummer. Egal wie glücklich er zu sein schien, war er doch ein Gefangener, der das Haus nicht verlassen durfte, weil das Risiko zu groß war, dass man ihn erkannte. Vielleicht würde er dieses Haus sein Leben lang nicht mehr verlassen.

Aber er war am Leben. Dem Himmel sei Dank … ihr Bruder lebte. Trotz der Bedenken, die ihr eben noch durch den Kopf gegangen waren, überkam sie sofort wieder rasende Freude. Sie war erwacht, und es war ein strahlend schöner Tag, ein atemberaubender Mann mit dem wundervollsten Lächeln überhaupt war das Erste, worauf ihr Blick gefallen war, und sie befand sich im selben Haus wie Xavier. In dem Haus, in dem Xavier jetzt lebte. Es war ein herrlicher Tag, und sie würde jeden einzelnen Moment davon genießen.

Da hörte sie endlich ein Klopfen an der Tür, auf das sie schon die ganze Zeit gewartet hatte.

»Herein«, rief sie und trat vom Fenster weg. Sie hatte den Raum schon zur Hälfte durchquert, als die Tür aufging. Wulfes Blick glitt über ihren Körper, die Jeans, das grüne T-Shirt mit dem hübschen Muster und ihre Sandalen. Bei seiner durchdringenden Musterung wurde ihr warm. Langsam hob er den Kopf wieder und begegnete ihrem Blick mit einem Lächeln in den Augen, das sie tief im Innern berührte. Im Laufe der vergangenen Jahre war sie immer wieder von Männern angeschaut worden, aber dabei hatte sie nie das Gefühl gehabt, dass sie sie richtig sehen würden. Doch Wulfe tat das.

»Fertig?«, fragte er, und ein Lächeln zuckte um seine Mundwinkel.

»Fertig.« Natalie erwiderte das Lächeln, als sie zu ihm trat. Sofort wurde sie von der Wärme seines Körpers umhüllt, und sein männlicher Duft stieg ihr in die Nase. Als sie nebeneinander durch den Flur gingen, schien die Luft zwischen ihnen elektrisch aufgeladen zu sein, sodass Natalie der Atem stockte. Sie sah Wulfe an, und als sie seinem Blick begegnete, wusste sie, dass auch er es bemerkt hatte.

Natalie schluckte.

Wulfe runzelte die Stirn und griff nach ihrem Arm. Er drehte sie sanft zu sich, sodass sie einander ansahen. Unendlich langsam hob er die Hand und strich ihr mit den Knöcheln über die Wange. Ihr Herz raste, und ihr Körper schmolz vor Sehnsucht dahin.

»Ich kann dir nicht geben, was du willst«, erklärte er mit leiser, rauer, bekümmerter Stimme. Seine Finger, die ganz leicht zitterten, glitten über ihren Hals. »Ich kann nicht mit dir schlafen.«

»Du kannst nicht?«, fragte sie atemlos. »Oder willst du es nicht?«

»Ich kann nicht.« Er beugte sich vor und strich mit der Nase an ihrem schlanken Hals entlang. Sein weiches, duftendes Haar liebkoste dabei ihre Wange, sodass ihr Herz völlig aus dem Takt geriet. Er gab einen kehligen Laut von sich, der halb nach Mensch, halb nach Wolf klang … ein leises, zufriedenes Knurren. Sie konnte sich nur schwer beherrschen, nicht ihre Finger in sein Haar zu schieben, seinen Kopf zu heben und ihn zu küssen.

Plötzlich riss er sich mit einem verlegenen Ausdruck in den Augen von ihr los. »Sie warten auf uns«, brummte er und setzte sich wieder in Bewegung.

Natalie eilte ihm nach, noch verwirrter als zuvor, zugleich aber auch beschwingt. Wulfe wollte sie. Irgendetwas hielt ihn zurück, aber er wollte sie. Mehr musste sie nicht wissen.

Leichtfüßig schritt sie neben ihm her, bis sie die Treppe erreichten und hinuntergingen. »Meinst du, wir könnten nach dem Ritual irgendwo einen Kaffee auftreiben?«

»Wir holen ihn auf dem Weg nach draußen.«

Als sie unten in der Halle ankamen, schlossen sie sich der Menge an, die hinausströmte.

»Ganz schön viel los heute«, murmelte sie.

Eine Frau hörte sie und lächelte. »Alle von der Garde sind eingeladen worden, der Wandlung der Krieger beizuwohnen. Das lässt sich keiner entgehen.«

Wulfe und Natalie folgten den anderen durch den Flur ins Esszimmer. Durch eins der Fenster erhaschte Natalie einen Blick auf die Terrasse und den Garten mit dem dichten Baumbewuchs, wo immer mehr Leute zusammenkamen.

»Hab ich noch Zeit, Xavier guten Morgen zu sagen?«, fragte sie.

»Na klar. Man wird nicht ohne mich anfangen, und Lyon hat Kara noch nicht nach unten gebracht.«

Wulfe führte sie durch eine Schwingtür in die hochmoderne Küche mit Arbeitsflächen aus Granit und glänzenden Geräten. Xavier war gerade dabei, Teig zu kneten. Beim Anblick seines geliebten, zufriedenen Gesichts war sie wieder so überwältigt vor Glück, dass es ein Weilchen dauerte, ehe sie das ungewöhnlichste Geschöpf, das sie je gesehen hatte, bemerkte. Die Frau, die hinter ihm stand und in einem Topf rührte, schien ein Mischwesen aus Mensch und Vogel zu sein. Gütiger Himmel … statt mit Haut war ihr Körper mit rosafarbenen Federn bedeckt.

Die Vogelfrau drehte sich um und starrte Natalie an. In ihren runden Augen sah Natalie eine entsetzliche Unsicherheit, eine fast schon greifbare Angst vor Zurückweisung. Mitgefühl stieg in ihr auf. Das war eindeutig Pink.

»X, deine Schwester ist hier«, sagte Wulfe.

»Hallo, Nat!« Ihr Bruder wandte sich in Richtung Tür.

»Hallo, Xave.« Doch ihr Blick hing weiter wie gebannt an diesen nervösen, starren Augen. Natalie lächelte. »Du musst Pink sein. Mein Bruder ist ja ein richtiger Fan von dir. Ich freue mich, dich endlich kennenzulernen.«

Xavier streckte ohne zu zögern, die Hand nach der Vogelfrau aus und umfasste einen gefiederten Arm. »Pink, das ist meine Schwester Natalie. Und, ja, stimmt, ich bin ein Fan von Pink. Sie kümmert sich hier um die Küche und den Haushalt. Als noch nicht so viele Leute hier waren, hat sie alles allein gemacht, aber ich bin jetzt ihr Gehilfe.«

Natalie warf Pink einen kläglichen Blick zu. »Das Haus ist total überfüllt. Es ist mir schleierhaft, wie du das alles schaffst … selbst mit Hilfe.«

Pinks Anspannung ließ ein wenig nach. »Die meisten Gäste sind nur vorübergehend da, und das bekommen wir schon hin. Es ist mir ein Vergnügen, Xaviers Schwester kennenzulernen.«

»Das Vergnügen ist ganz auf meiner Seite. Ich bin froh, dass

Xavier dich als Freundin hat, Pink.« Diese Erkenntnis berührte sie zutiefst, denn es war überdeutlich zu sehen, dass die Zufriedenheit, die Xavier trotz seiner Gefangenschaft ausstrahlte, zu einem großen Teil mit Pink zu tun hatte. Natalie schaute der Frau tief in die Augen und gewährte ihr Einblick in ihre Gedanken und Gefühle. »Du weißt ja gar nicht wie sehr«, erklärte sie leise und lächelte.

»Wirst du den Kriegern heute Morgen zusehen, wenn sie sich verwandeln, Nat?« Ihr Bruder stürzte sich voller Begeisterung auf sein Lieblingsthema. »Es ist so cool, wenn sie sich verwandeln, aber auch ein bisschen beängstigend, wenn sie dann miteinander kämpfen. Hinterher sind sie jedoch meist wieder die besten Freunde … bis auf die bösen Krieger. Aber die sind jetzt alle bei Inir oder einige vielleicht auch unten im Keller. Bei denen da unten im Zellentrakt sind wir uns nicht sicher. Der Angriff der bösen Krieger war echt schrecklich. Wir wussten nicht recht, worauf sie aus waren. Pink und ich haben uns versteckt, und dann sind die Bösen wieder zu Inir zurückgekehrt, während bei den Guten die Wunden verheilten und sie nach Hause kommen konnten.«

Natalie schüttelte lächelnd den Kopf. »Du musst eine gute Zuhörerin sein, Pink, denn mein Bruder ist eine wahre Quasselstrippe. Mom gibt gern zum Besten, dass er schon während der Geburt immer weiter geredet hat und sie ihm sofort einen Schnuller kaufen musste, damit er zumindest ab und zu Ruhe gab.«

Xavier lachte über die alte Geschichte. »Was soll ich sagen? Reger Verstand, rege Zunge.«

Als die beiden Frauen einander ansahen, beobachtete Natalie, wie sich ein leichtes Lächeln auf dem außergewöhnlichen Gesicht der anderen ausbreitete. »Ich mag es, Xaviers Gedankengängen zuzuhören. Er ist mein Freund.«

Natalie war voller Dankbarkeit. Sie ging um die Kochinsel herum, die sich zwischen den beiden und ihr befand, und sprach dabei weiter, damit Xavier ihrer Bewegung folgen konnte. »Es wundert mich nicht, dass du hier glücklich bist, Xave.« Natalie drückte ihren Bruder fest an sich und sah Pink über seine Schulter hinweg an. *Danke*, sagte sie nur mit den Lippen und wurde dafür mit einem schüchternen Lächeln belohnt.

Als sie ihren Bruder losließ, reichte Pink ihr die Hand. »Es ist wirklich sehr schön, dich kennenzulernen, Natalie.«

Natalie umfasste die weiche, mit Federn bedeckte Hand mit beiden Händen. »Das finde ich auch.«

»Wir müssen gehen«, sagte Wulfe, der in der Tür stehen geblieben war. »Ihr könnt euch später weiterunterhalten.«

Natalie folgte ihm zurück ins Esszimmer. Als sich die Schwingtür zur Küche hinter ihnen schloss, sah sie Wulfe an. »Sie ist wirklich erstaunlich.«

Er sah sie voller Wärme an. »Genau wie du.«

»Natalie«, sagte jemand leise hinter ihnen.

Wulfe drehte sich um. »Kara.«

Lyon, der gerade das Esszimmer durchquerte, verlangsamte seinen Schritt, und die Frau auf seinen Armen streckte eine Hand nach Natalie aus. Sie war blass, hatte dunkle Ringe unter den Augen und das blonde Haar zu einem schlaffen Pferdeschwanz zurückgebunden. Doch als sie Natalie ansah, lächelte sie herzlich.

Lyon trat näher, und Natalie ergriff Karas Hand. »Du musst Kara sein. Wulfe sagt, wir hätten einander beim letzten Mal, als ich hier war, kennengelernt, aber ich fürchte, ich habe keinerlei Erinnerung mehr daran.«

Ein kläglicher Ausdruck huschte über Karas Gesicht. »Das hatten wir ja gehofft. Es tut mir leid, dass du jetzt wieder in all das hineingezogen worden bist.«

»Mir nicht«, erwiderte sie und merkte, dass sie es auch so meinte. »Ich weiß, dass ich die Erinnerungen an dieses Mal wahrscheinlich auch wieder verlieren werde, aber meinen Bruder wiederzusehen und zu wissen, dass er glücklich ist, war es wert.« Sie sah Wulfe an, und ihr Herz wurde leichter. »Das Ganze hier erweist sich als ein ziemliches Abenteuer.«

Kara lachte. »Alles, was die Krieger des Lichts anfassen, wird zu einem Abenteuer.«

»Komisch«, meinte ein Krieger, der gerade hereinkam und dem sie bisher noch nicht begegnet war. »Ich dachte, alles, was wir anfassen, wird zu Scheiße.«

»Jag, hüte deine Zunge«, fuhr Lyon ihn an.

Der Krieger mit dem struppigen Haar grinste und zeigte kein bisschen Reue. »Bitte um Vergebung, die Damen, aber ich rede halt, wie mir der Schnabel gewachsen ist. Wollen wir jetzt unseren Kriegstanz aufführen? Je eher Kara aufhört, wie eine wandelnde Leiche auszusehen, desto besser.«

»Danke, Jag.« Kara sah Natalie mit einem gequälten Lächeln an.

Jag beugte sich vor und küsste Kara auf die Wange. Dabei wurde seine Miene todernst. »Ich meine das ehrlich, meine kleine Glühbirne. Ich will, dass es dir besser geht. Das ist ein Befehl.«

»Jawohl, Jag.« Kara schlang den freien Arm um seinen Hals und drückte ihre Wange an seine. »Ich danke dir.«

Als Jag zurücktrat, griff Wulfe nach Karas Hand und zog sie an seine Lippen, was ihm ein allerliebstes Lächeln einbrachte. Dann setzte Lyon sich wieder in Bewegung und ging zur Tür, die nach draußen führte. »Lasst uns anfangen.«

Wulfe nahm Natalies Hand und führte sie zur Anrichte, auf der Kaffeebecher und riesige Kaffeekannen standen. »Eins nach dem anderen.«

»Mmm, danke.« Sie grinste ihn an, als sie nach einem Becher griff, und er erwiderte ihr Lächeln erfreut.

»Wie viele werden genau daran teilnehmen?«, fragte sie und goss sich ein.

»Zehn Krieger und Kara, weil es bei dem Beschwörungsritual darum geht, sie zu stärken.«

Als Natalie ihren Becher gefüllt hatte, führte Wulfe sie nach draußen auf eine große Terrasse, die von üppig blühenden Forsythien und Azaleen eingerahmt wurde. Es war ein warmer Morgen und nicht sonderlich schwül. Über den Baumkronen spannte sich ein strahlend blauer Himmel. In der Mitte des Gartens hob einer der Gestaltwandler die Hände zum Himmel und sprach Worte, die jedoch zu leise waren, um sie zu verstehen.

»Er beschwört einen Bannkreis herauf«, erklärte Wulfe ihr. »Der ganze rückwärtige Bereich des Hauses wird geschützt sein, sodass noch nicht einmal ein Nachbar, der hier durchmarschiert, irgendetwas sieht oder hört. Warte hier.« Er ging zu den anderen Männern, die alle gleichermaßen gut gebaut waren, von denen jedoch in Natalies Augen keiner Wulfe das Wasser reichen konnte.

»Hallo, Natalie.« Delaney trat mit einer anderen Frau – einer attraktiven Brünetten, die fast so blaue Augen hatte wie Melisande – zu ihr. »Natalie, Julianne«, stellte Delaney die beiden einander kurz vor.

»Hallo, Julianne.« Natalie schüttelte der Frau die Hand, doch dann richtete sie ihren Blick wieder auf den Krieger, der ihre ganze Aufmerksamkeit in Anspruch nahm … und der sich gerade vor aller Augen entkleidete. Lyon tat es ihm gleich.

»An das Nacktsein muss man sich ein bisschen gewöhnen«, murmelte Delaney, und Erheiterung schwang in ihrer Stimme mit. »Das ist nur einer der Vorteile, wenn man mit einem ganzen Haufen Gestaltwandler zusammenlebt.«

Natalie lachte kurz auf, während ihr Blick Wulfes Bewegungen folgte und die Vollkommenheit seines jetzt nackten Rückens und der Schultern bewunderte. Dann beobachtete sie fasziniert, wie er seine Jeans nach unten schob und abstreifte. Ihr stockte der Atem. Sein Hintern und die Beine wirkten wie aus Marmor gemeißelt … ein wahrhaft erhabener Anblick. Wie konnte ein Mann aus Fleisch und Blut so schön, so perfekt gebaut sein?

»Bewunderst du die Aussicht?«, fragte Delaney.

»Oh ja. Jedes Mal.«

Delaney gab einen überraschten Laut von sich. »Läuft da schon was zwischen euch beiden?«

Lyon hatte Kara auf einen Gartenstuhl gesetzt, und jetzt bildeten alle Männer entweder mit nacktem Oberkörper oder völlig nackt einen großen Kreis um sie. Natalie sah, dass jeder einen goldenen Reif um den mächtigen Oberarm trug.

»Als die Magier uns angriffen, hat er sich mehrmals verwandelt«, erklärte sie Delaney.

Julianne stöhnte. »Und du bist ein Mensch. Es muss ein ziemlicher Schock für dich gewesen sein.«

Natalie lächelte. »Das kann man wohl sagen. Den Wolf hatte ich schon mehrmals gesehen, und ich mochte ihn sehr. Herauszufinden, dass er in Wirklichkeit ein Mann – ein Gestaltwandler – war, war tatsächlich schockierend, aber zumindest hatte ich schon Vertrauen zu ihm gefasst. Er hat mir das Leben gerettet, als mich die Magierwächter angriffen und holen sollten.«

»Ich bewundere dich, Natalie«, erklärte Delaney mit ruhigem Ernst. »Wenn du das alles wegsteckst und nicht zusammenbrichst, bist du ein wahrer Fels in der Brandung.«

Natalie sah sie nachdenklich an. »Ich habe seit einiger Zeit seltsame Träume … seit dem Vorfall … mit den Dämonen. Ich glaube allmählich, die Träume haben sofort danach angefangen, auch wenn ich mich nicht mehr an viel erinnere. Was gestern passiert ist, war natürlich schockierend, aber es fiel mir nicht schwer, es zu akzeptieren. Mein Unterbewusstsein wusste wohl schon von der Existenz der Gestaltwandler und Magier.«

Delaney nickte. »Das hört sich sehr plausibel an.«

»Es geht los«, rief Julianne atemlos. »Ich habe noch nie gesehen, wie ein Krieger sich verwandelt.«

Alle drei Frauen richteten den Blick auf die Gestaltwandler. Natalie beobachtete, wie ein Mann mit einem Ziegenbart ein gefährlich aussehendes Messer hervorholte.

»Nur kleine Schnitte«, wies Lyon die Männer an. »Und in der Handinnenfläche … nicht auf der Brust.«

Mehrere Gestaltwandler murrten.

»Sie heilen nicht«, erklärte Delaney mit leiser, gepresster Stimme.

Nacheinander ritzten sich die Gestaltwandler die Handfläche ein, um sie dann zur Faust geballt nach oben zu reißen. Als Wulfe sich den Schnitt beibrachte, suchte er Natalies Blick und hielt ihn fest. Er hatte einen Ausdruck in den Augen, den sie ausnahmsweise einmal nicht deuten konnte. Vielleicht war es ein Anflug von Stolz, dass er diesem elitären, mystischen Kreis angehörte … oder vielleicht auch Sorge, dass die ganze Fremdartigkeit sie aus der Fassung bringen könnte. Vielleicht war es auch eine Mischung aus beidem.

»Er mag dich«, sagte Delaney leise.

»Ich mag ihn auch.«

»Wirklich?« Es war keine beiläufige Frage.

»Er ist ein guter Mann.«

»Das ist er. Absolut. Aber er hat einiges durchgemacht.«

Natalie sah Delaney an. »Bist du jetzt bereit, mir mehr zu erzählen?«

Delaney musterte sie prüfend. »Wenn eine neue Strahlende gezeichnet worden ist, wird einer der Krieger als ihr Gefährte ausersehen. Das alles passiert während eines sehr mystischen Rituals. Wulfe war derjenige, der für die vorherige Strahlende ausgewählt worden war … Beatrice. Nach allem, was ich gehört habe, war Beatrice egoistisch und oberflächlich. Sie bekam einen Wutanfall, weil die Göttin einen mit Narben bedeckten Krieger für sie ausgewählt hatte.«

Natalie zuckte zusammen. »Ach, Wulfe … wie schrecklich.«

»Tighe sagt, Wulfe habe sie zumindest am Anfang geliebt. Die Göttin ließ ihm keine andere Wahl als sie zu lieben. Doch er litt fast anderthalb Jahrhunderte unter einer Gefährtin, die …« Sie führte den Satz nicht zu Ende, doch Natalie ahnte, was sie sagen wollte. »Vor neun Monaten starb Beatrice, und seitdem ist Wulfe in einem noch schlimmeren Zustand.«

»Er vermisst sie.«

»Nein, das glaube ich ehrlich gesagt nicht. Aber die Paarbindung zwischen Unsterblichen ist tatsächlich eine echte, physische Bindung, und wenn sie zerbricht, trägt derjenige, der zurückbleibt, einen schweren Schaden davon oder wird sogar völlig vernichtet.«

»Er erscheint mir … unversehrt.«

Delaney nickte. »Ich weiß nicht, in welcher Form er Schaden genommen hat … aber Tighe sagte, es wäre passiert.«

»Kann eine derartige Verletzung wieder verheilen?«

»Ich weiß es nicht.«

Natalie beobachtete Wulfe, als dieser wie seine Gefährten die Faust hochriss, und es schmerzte sie, was er alles hatte durchmachen müssen. »Warum hat Beatrice nicht über seine Narben hinwegsehen können? Mir fallen sie kaum noch auf, und ich kenne ihn noch nicht einmal einen ganzen Tag. Er ist so schön«, hauchte sie. »Innerlich und äußerlich.«

Delaney legte eine Hand auf ihre Schulter. »Ich bin froh, dass du hier bist, Natalie. Sehr, sehr froh.«

Natalie sah Delaney lächelnd an. »Ich auch.« Allerdings würde ihr Aufenthalt vielleicht nur sehr kurz sein.

Als auch der letzte Krieger des Lichts seine Faust hochriss, begann der Krieger mit dem Bart zu singen. »Geister erwachet. Versammelt euch und versorgt die Tiere unter diesem Himmel mit eurer Kraft.«

Die anderen Krieger fielen in den Gesang ein. Ihre Stimmen waren erst leise und wurden dann lauter und lauter. Natalie bekam eine Gänsehaut. Blitze zuckten über den Himmel. Der Boden unter ihren Füßen bebte.

Mit großen Augen sah sie Delaney und Julianne an.

»Sieh hin, Natalie«, flüsterte Delaney.

Sie richtete den Blick wieder auf die Krieger, während alles um sie herum vor geballter Energie zu vibrieren schien.

»Die Kraft sei …«, riefen alle einstimmig.

»Dem Wolf!«, brüllte Wulfe.

Seine Brüder … und seine Schwester … riefen alle ihr Tier an. »Dem Bussard! Dem Falken! Dem Tiger! Dem Puma!«

Plötzlich verschwanden die meisten von ihnen in dem schon vertrauten Funkenregen, und an ihrer Stelle erschienen Sekunden später unglaublich prachtvolle Tiere … ein herrlicher afrikanischer Löwe, ein atemberaubender Bengalischer Tiger, ein schlanker schwarzer Panther und ein riesiger roter Fuchs. Zwei Raubvögel saßen so entspannt unter den größeren Tieren, wie es ihre Artgenossen nie gewagt hätten. Und der Wolf, den sie so bewunderte, war mitten unter ihnen.

Aber der Krieger mit der Glatze – ein Mann, den sie noch nicht kennengelernt hatte – stieß einen Schrei aus, der voller Wut und Schmerz war, und verwandelte sich nicht. Auch der Mann mit dem Bart warf den Kopf in den Nacken und erstarrte am ganzen Körper, als es ihm nicht gelang, die Gestalt zu wandeln. Jag stand einfach nur da und sah die beiden mit einer Mischung aus Kummer und Verzweiflung an.

»Es wird immer schlimmer«, sagte Delaney, und in ihrer Stimme schwang echte Furcht mit. »Kougar und Vhyper können sich jetzt auch nicht mehr verwandeln.«

Bleibt in euren Tieren. Lyons Stimme hallte in Natalies Kopf wider wie die von Wulfe, wenn dieser in seinem Tier war. *Konzentriert euch auf die Strahlende. Teilt eure Kraft mit ihr*.

Die Tiere liefen im Kreis um Kara herum, stießen sie sanft an oder legten ihren Kopf auf ihren Schoß. Schließlich nahm Lyon wieder menschliche Gestalt an, und die anderen taten es ihm nach, einer nach dem anderen. Natalie beobachtete, wie Wulfe sich zurückverwandelte und dann zu dem Krieger mit der Glatze ging, um ihm auf die Schulter zu klopfen. Ein dunkler schwerer Schatten lag über allen. Lyon nahm Kara auf den Arm und trat mit ihr zu den beiden Kriegern, denen es nicht gelungen war, sich zu verwandeln. Sein Blick war voller Bedauern.

»Ich hätte nie gedacht, dass das Ritual einem von euch Schaden zufügen könnte.«

Der bärtige Krieger ... Kougar? ... klopfte seinem Anführer auf den Arm. Sein Gesicht war bleich. »Das hätte auch nicht passieren können, wenn die Verbindung zu unseren Tieren nicht bereits zuvor beeinträchtigt gewesen wäre. Das war nicht deine Schuld, Boss.«

Lyon nickte, doch seine Miene wirkte weiter angespannt.

»Es geht um mehr als nur den Verlust ihrer Tiere, nicht wahr?«, fragte Natalie leise.

»Krieger, die sich nicht verwandeln können, sterben letztendlich.« Delaney erklärte ihr das mit nüchtern klingender Stimme, doch Natalie hörte die unterschwellige Angst in ihren Worten.

Natalie griff nach Delaneys Hand und drückte sie, während ihr Blick zu Wulfe ging, der bei seinen Freunden stand. Wie konnte so viel Kraft und Schönheit, so viel Güte und Sanftheit einfach so ausgelöscht werden? Das war in so vielerlei Hinsicht nicht richtig. Die Krieger des Lichts, diese mächtigen Unsterblichen, würde es vielleicht bald schon nicht mehr geben. Und obwohl sie begriff, dass die Auswirkungen viel weitreichender waren, als der Verlust von einigen wunderbaren, kräftigen Männern, konnte sie sich im Moment nur mit diesem einen Punkt beschäftigen.

Während sie beobachtete, wie Wulfe seine Jeans anzog, dann nach seinem T-Shirt griff und seine tiefblauen Augen auf sie richtete, wurde ihr klar, dass sie einen weit persönlicheren Verlust erleiden würde.

10

Wulfe streifte sich sein T-Shirt über. Die Sommersonne, die durch die Äste der Bäume fiel, wärmte ihm den Nacken, doch das Herz lag ihm vor Kummer schwer in der Brust. Und vor Angst. Kougar und Vhyper hatten genau wie Jag die Verbindung zu ihrem Tier verloren. Nun waren gleich drei Krieger nicht mehr in der Lage, sich zu verwandeln.

Tief in seinem Innern heulte Wulfes Tier wütend und ängstlich, weil er der Nächste sein könnte, und Wulfe fand keine Worte des Trostes. Denn soweit er das sah, war die Sorge seines Tiers berechtigt.

Um ihn herum strömten die Gefährtinnen seiner Brüder herbei. Als Ariana neben Kougar Gestalt annahm, zog der stoische, oft schweigsame Mann sie fest an sich und vergrub sein Gesicht in ihrem Haar. Olivia glitt in Jags Arme. Von den drei Kriegern, die jetzt nicht mehr in der Lage waren, sich zu verwandeln, stand nur Vhyper allein da, ohne den Trost, den eine Gefährtin ihm hätte geben können. Ohne eine Gefährtin, die er in Kummer und Schmerz zurückließ, wenn das Schlimmste passierte. Wenn sie alle starben.

Neben ihm schlang Fox seine Arme um Melisande.

Bei zwei weiteren Kriegern brennt das Licht nicht mehr, Herr. Schon bald wird es bei allen erloschen sein, und die Dämonen werden sich erheben.

Wulfe erstarrte beim Klang von Inirs mittlerweile allzu vertrauter Stimme in seinem Kopf.

Gegrüßet seien die Dämonen, Herr.

Gegrüßet seien die Dämonen.

Ein eisiger Schauer lief Wulfe über den Rücken, und sein Blick suchte Natalie, die jetzt neben Julianne und Zeeland stand. Hinter ihnen zogen sich die Angehörigen der Therianischen Garde mit gesenktem Kopf bedrückt ins Haus zurück.

Natalie musterte ihn besorgt. Ihre grauen Augen waren voller Mitgefühl und Kraft. Die Sonne ließ ihr Haar golden leuchten, und im hellen Licht verblasste ihre Aura. Sie war so schön, dass es ihn fast schmerzte. Es traf ihn mitten ins Herz, wenn sie ihn mit diesen hellgrauen Augen anlächelte.

»Sie mag dich«, sagte Fox leise, der mit Melisande im Arm neben ihn getreten war.

»Ich habe sie vor den Magiern gerettet.«

»Ich kenne mich mit dem Lächeln von Frauen aus, Wulfe. Lass dir gesagt sein, dass dieses Lächeln wärmer und einladender ist als jedes, das ich je gesehen habe.«

Als Fox plötzlich ein Ächzen ausstieß, drehte Wulfe sich zu ihm um und sah, dass Melisande Fox gerade mit hochgezogener Augenbraue, aber trotzdem sanftem Blick musterte. »Als jedes?«

»Außer natürlich dein Lächeln, Liebste.« Fox hob die Hand und strich seiner Ilina-Gefährtin über die Wange.

Die offenen Zärtlichkeiten zwischen den beiden waren zu intim für ihn. Wulfe wandte sich ab, schluckte und gab dann dem Verlangen nach, Natalie an seiner Seite zu haben. Als er sich ihr näherte, streckte sie ihm die Hand entgegen, und er reichte ihr seine.

»Geht es dir gut?«, fragte sie und drückte seine Finger.

»Ich kann mich immer noch verwandeln.«

Zwischen ihren hübschen Augenbrauen bildete sich eine steile Falte. »Es tut mir leid, was da passiert ist, Wulfe.«

»Mir auch.«

»Vhyper, warte«, rief Lyon. Wulfe schaute auf und sah, dass der Krieger ein paar Schritte von der Tür entfernt stehen blieb. »Der Schamane möchte dich, Jag und Kougar untersuchen.«

Vhyper nickte kurz und kam zu den anderen in den Garten zurück, um dicht vor dem Schamanen stehen zu bleiben. Der viel kleinere Mann zeigte sich nie von einem der Krieger eingeschüchtert und streckte jetzt die Arme nach oben, um Vhypers haarlosen Kopf zu berühren. Mit verwirrter Miene wandte der Schamane sich dann Kougar und gleich darauf Jag zu.

Als der Schamane sich schließlich zu Lyon umdrehte, waren alle Augen auf ihn gerichtet.

»Ihre Tiere sind nicht fort«, erklärte der Schamane. Die Hoffnung, die er mit seinen Worten geweckt hatte, wurde durch seine nächste Äußerung gleich wieder zunichtegemacht. »Noch nicht. Zwischen Mann und Tier sind Mauern errichtet worden … Mauern, die die Verbindung stören und schließlich ihren kompletten Bruch herbeiführen werden.«

Und sobald die Verbindung endgültig zerstört war, würden die Männer sterben.

»Wie viel Zeit haben sie noch?«, fragte Lyon.

»Ich weiß es nicht. Jags Verbindung zu seinem Tier scheint mir nicht viel schwächer als bei den anderen beiden zu sein. Deshalb würde ich sagen, dass keine deutliche Verschlechterung eingetreten ist, seit er nicht mehr in sein Tier kann. Es könnten Monate sein … oder vielleicht auch nur ein paar Tage.«

»Und wenn es uns nicht mehr gibt«, sagte Hawke mit düsterer Miene, »wird Inir die Dämonen befreien.«

»Vielleicht auch schon früher.« Wulfe, der immer noch Natalies Hand hielt, trat näher und zog sie hinter sich her. »Inir und Satanan spüren, dass einige unserer Lichter erloschen sind, wie sie es bezeichnen. Sie sagen, dass drei keine Krieger des Lichts mehr seien.«

Von allen Seiten wurden Überraschung und Bestürzung laut.

»Dann ist also noch nicht einmal unser Tod vonnöten, um die Dämonen zu befreien«, knurrte Vhyper. »Sie müssen nur abwarten, bis wir alle die Verbindung zu unserem Tier verloren haben.«

»Bei dieser Geschwindigkeit könnte das schon heute Abend der Fall sein«, murmelte Tighe.

Kougar strich sich über den Bart. »Aber sie brauchen trotzdem das Blut einer Strahlenden, deren Initiation noch nicht erfolgt ist.«

»Das versuchen sie ja gerade herzustellen«, entgegnete Paenther. Er sah Wulfe an. »Bis jetzt hatten sie noch keinen Erfolg damit, oder?«

Wulfe schüttelte den Kopf. »So weit ich gehört habe, nicht.«

Lyon wandte sich an Ariana, die dicht neben Kougar stand. »Wir brauchen das Ritual.«

Die Königin der Ilinas nickte. »Ich arbeite daran, Lyon.« Sie strahlte Entschlossenheit aus. »Ich werde es finden.«

Lyon nickte, aber Wulfe sah die Angst in seinen Augen … Angst, dass Ariana es nicht rechtzeitig schaffen würde. Eine Angst, die sie alle gleichermaßen teilten.

Die Stimmung war gedrückt, als Wulfe und Natalie wieder ins Esszimmer traten. Wulfe führte sie zurück in die Küche, wo Pink und Xavier arbeiteten.

Pink schaute mit besorgter Miene auf, als sie hereinkamen. »Was ist passiert, Wulfe? Ich habe gehört, wie unglücklich Vhyper klang.«

»Er und Kougar können auch keine Verbindung mehr zu ihren Tieren aufnehmen.«

Ein bekümmerter Ausdruck trat in die seltsamen Vogelaugen. Natalie hätte nie gedacht, dass solche Augen so ausdrucksvoll sein konnten, aber sie las in ihnen genauso leicht wie in allen anderen.

Xavier runzelte die Stirn. »Kumpel, das ist aber total uncool.«

»Ja, das ist es. Natalie muss etwas frühstücken, X.«

Xaviers Miene änderte sich blitzschnell, wie so oft. »Ich habe heute Morgen Moms Bananen-Nuss-Pfannkuchen für Pink gemacht, und von dem Teig ist noch etwas übrig, Nat. Das waren doch immer deine Lieblingspfannkuchen.«

»Das sind sie immer noch. Dann kochst du jetzt also für die Chefköchin?«, neckte sie ihn.

»He, einer muss es doch tun. Sie ist so damit beschäftigt, für alle anderen zu kochen, dass sie ständig vergisst selber etwas zu essen.«

Xavier goss etwas Teig in die Pfanne. Woher er wusste, wo alles war, wenn er es doch nicht sehen konnte, hatte sie nie begriffen. »Und … wie fandest du es denn nun, den Kriegern beim Gestaltwandeln zuzusehen? Du hättest hier sein müssen, als Maxim sich in einen Säbelzahntiger verwandelt hat. Das war *unglaublich*. Die Geräusche, die er von sich gab, hatten aber auch gar nichts mit den Lauten zu tun, die Katzen sonst so produzieren. Er ist jetzt tot. Er war ein ausgesprochen übler Zeitgenosse. Aber es wird einen Neuen geben. Letztendlich sind es sechsundzwanzig.«

Sie beobachtete Wulfe, während Xavier redete. Als er bei *sechsundzwanzig* die Lippen aufeinanderpresste, wusste sie genau, was er gerade dachte. Sechsundzwanzig neue Krieger. Alle frisch gezeichnet, weil die gegenwärtigen Krieger des Lichts möglicherweise bald sterben würden.

»Gib mir etwas zu tun, Pink«, knurrte Wulfe.

Pink schien erst widersprechen zu wollen … doch dann warf sie einen Blick auf sein Gesicht und sah die Verzweiflung, die er kaum verbergen konnte. Also reichte sie ihm ein Tranchiermesser. »Der Schinken, der im Kühlschrank liegt, muss aufgeschnitten werden, Wulfe. Danke.«

Während Xavier Natalie mit dem unterhielt, was er über die verschiedenen Tiere der Krieger wusste, holte Wulfe den Schinken aus dem Kühlschrank, legte ihn auf ein Schneidebrett und schnitt geschickt gleichmäßige Scheiben ab. Der Mann wusste, wie man mit einem Messer umging. Doch an seiner angespannten Haltung erkannte sie, dass er sich bei seiner Arbeit vorstellte, etwas anderes … oder jemand anders aufzuschneiden.

Xavier drehte den Pfannkuchen. »Du hättest hier sein sollen, als Grizz noch da war. Sogar in menschlicher Gestalt ist er ein Riese, aber als Tier ist er ein echt krasser Grizzlybär.« Gleich darauf ließ er den Pfannkuchen auf einen Teller gleiten, holte Messer und Gabel hervor und reichte ihr alles. »Butter und Ahornsirup stehen hier«, sagte er und zeigte auf die Arbeitsplatte vor ihr.

Während Natalie sich ein Stück Butter abschnitt, rückte Xavier näher, und ein sanfter Ausdruck legte sich auf sein Gesicht. »Was hältst du von Pink?«, flüsterte er. »Sie ist so toll, Nat. Du musst sie unbedingt besser kennenlernen.« Ihr Bruder strahlte vor Begeisterung. Vielleicht gingen seine Gefühle aber auch tiefer. Er hatte sich eindeutig in dieses Mädchen verguckt.

»Sie scheint sehr nett zu sein. Ich freue mich, dass ihr Freunde seid.«

»Ich auch.« Seine Stimme hatte jetzt wieder ihre normale Lautstärke, und er erzählte ihr Geschichten über das Haus des Lichts, während sie ihren Pfannkuchen aß und Wulfe dabei zusah, wie er den Schinken zerlegte.

Es war wirklich ein sehenswerter Anblick, wie sich Wulfes kräftige Armmuskeln bei jedem Schnitt mit dem Messer zusammenzogen, sodass sich sein Reif mit dem Wolfskopf hob und im Schein der Deckenlampe aufblitzte. Plötzlich schaute er auf, und ihre Blicke trafen sich. Das Messer verharrte mitten in der Bewegung, und in seinen Augen lag eine Mischung aus Sorge, Wut und Kummer, die sie mit Schmerz erfüllte. Mit seinem Blick klammerte er sich an sie, und die Sehnsucht und Wärme darin verlockten sie, einzutauchen wie in ein Meer bei Nacht.

Plötzlich fiel ihr das Atmen schwer, und sie zwang sich, den Blickkontakt abzubrechen. Sie schluckte den letzten Bissen des Pfannkuchens hinunter und sah sich dann suchend nach dem Geschirrspüler um. Es dauerte etwas, bis sie merkte, dass es drei gab, die unter der schweren Granitarbeitsplatte untergebracht waren.

»Ist von den Geschirrspülern einer speziell nur für Teller?«, fragte sie ihren Bruder.

Xavier lächelte. »Hast du je so etwas gesehen? Jede Küche sollte mehrere Geschirrspüler haben.«

»Das war Jags Idee.« Pinks sanfte, hohe Stimme war voller Zuneigung. »Als die Krieger vor ein paar Jahren meine Küche renoviert haben, hat Jag mehrere Geschirrspüler gefordert, damit ich nie wieder etwas von Hand abwaschen müsste. Ich sagte zwar, dass so viele Geschirrspüler nicht notwendig seien, aber Jag bestand darauf, und am Ende haben sie mir drei eingebaut.«

Natalie lächelte. »Das ist hervorragend.«

Xavier nickte. »Nicht wahr? Im Moment wird der mittlere befüllt.«

Natalie tat Teller und Besteck hinein und drehte sich dann wieder zu ihrem Bruder um. »Der Pfannkuchen war köstlich.« Sie gab ihm einen Kuss auf die Wange. »Besser als die von Mom, aber wenn du ihr erzählst, dass ich das gesagt habe …« Sie zuckte zusammen. »Xave …«

Ihr Bruder legte einen Arm um ihre Schultern und zog sie an sich. Ausnahmsweise sagte er einmal nichts, aber auch er sah traurig aus. »Ich vermisse sie.«

»Ich weiß. Die Bemerkung ist mir einfach so herausgerutscht.«

»Schon in Ordnung. Es ist nicht verkehrt, über Mom zu reden, wenn wir zusammen sind. Ich wünschte nur …«

Natalie umarmte ihn. »Ich liebe dich, Xavier Cash. Alles wird so kommen, wie es kommen muss.« Sie begegnete Wulfes Blick. »Daran müssen wir ganz fest glauben.«

Xavier erwiderte die Umarmung. »Ich bin wirklich froh, dass du hier bist, Nat.«

»Ich auch.« Und obwohl die beiden Worte genauso automatisch und von selbst herauskamen wie das, was sie eben so gedankenlos dahergeplappert hatte, entsprachen sie doch der Wahrheit. Nichts an der gegenwärtigen Situation war normal oder richtig, und doch gab es keinen Ort auf der ganzen Welt, an dem sie lieber gewesen wäre in diesem Moment, in dem sie ihren Bruder im Arm hielt und über seine Schulter hinweg Wulfes Blick begegnete.

Wulfe hängte das Handtuch, mit dem er sich die Hände abgetrocknet hatte, wieder zurück an seinen dekorativen Haken und sah sie an. »Willst du jetzt telefonieren?«

»Ja, gern.« Natalie gab ihrem Bruder einen schnellen Kuss auf die Wange. »Ich komme später noch mal zu dir.« Als sie an Pink vorbeiging, berührte sie den weichen, mit Federn bedeckten Unterarm, drückte ihn leicht und warf ihr ein dankbares Lächeln zu, ehe sie Wulfe durch die Schwingtür hinausfolgte.

»Ist Pink eine Kriegerin?«, fragte Natalie leise, als sie und Wulfe das Esszimmer durchquerten. Mehrere Leute saßen an dem großen Esstisch, doch Natalie meinte keinen Krieger unter ihnen zu sehen. Sie kannte keinen von ihnen, und Wulfe sprach auch mit keinem, sondern führte sie einfach, ohne stehen zu bleiben, in den Flur, während er ihre Frage beantwortete.

»Ja, Pink war es eigentlich bestimmt, ein Gestaltwandler zu

werden. Einige der nicht aktiven alten Tierlinien überstanden ein paar Jahrhunderte, starben aber schließlich alle aus. Der Flamingo war der Letzte von ihnen, und ich muss selber gestehen, dass es eine der seltsamsten Tierlinien war. Aber aus ihr gingen niemals Krieger hervor. Der Tiergeist zeichnete immer Frauen und gab ihnen die Fähigkeit, sich mit mystischen Energien zu verbinden, sodass Mystikerinnen, Heilerinnen, Seherinnen und Ähnliches aus ihnen wurden. Die Flamingo-Gestaltwandlerinnen waren also eine große Bereicherung. Doch der Tiergeist kann nur Therianer mit der jeweiligen DNA zeichnen ... jemanden, dessen Vorfahren bereits Gestaltwandler dieser Linie waren. Wir nehmen an, dass die Flamingo-Linie fast ausgestorben war, als Pink gezeichnet wurde. Sie war gerade erst empfangen worden und nur ein Embryo. Das Problem war jedoch, dass sich der Embryo zu Zwillingen teilte und der Tiergeist dabei zerstört wurde. Beide Mädchen kamen als Mischwesen mit tierischen und menschlichen Merkmalen zur Welt. Pinks Schwester wurde getötet, weil man hoffte, den Tiergeist dadurch wieder zu einen, doch es war zu spät.«

»Das ist ja schrecklich.«

»Das ist es. Sowohl für sie als auch für die Gestaltwandler, denn mit dem Tod des Tiergeistes ging auch die Gabe verloren. Pink verfügt über keine der mystischen Kräfte, die ihre Linie eigentlich auszeichnete.«

Vor lauter Mitgefühl wurden Natalies Lippen ganz schmal. »Sie muss vor den Augen der Menschen verborgen werden.«

»Ja. Sie bleibt bei uns. Auch wenn der Tiergeist in ihrem Innern tot ist, braucht sie genau wie wir Strahlung. Davon abgesehen sind wir die Einzigen, bei denen sie sicher aufgehoben ist. Aber von ihr kommt auch viel. Sie rackert sich wirklich ab, glaub mir. Sie verdient sich hier ein Vielfaches ihres Lebensunterhalts.«

»Ist sie schon lange bei euch?«

»Jahrhunderte.«

Jahrhunderte. Sie sah ihn an. »Seid ihr alle Hunderte von Jahren alt?«

Er begegnete ihrem Blick, in dem trockene Ironie funkelte, und nickte.

Sie durchquerten die Eingangshalle und gingen dann durch den Flur, der zu Lyons Arbeitszimmer führte. Als sie hereinkamen, saß er an seinem Schreibtisch, und Paenther und Tighe hatten ihm gegenüber Platz genommen. Kara hockte mit hochgezogenen Beinen in einem Sessel neben dem Fenster.

»Hallo, Natalie«, sagte Kara mit einem Lächeln, das kaum ihre Augen erreichte.

Die Stimmung im Raum war ernst und bedrückt, und Natalie kam sich plötzlich selbstsüchtig vor, weil sie sie mit etwas so Banalem wie Telefonanrufen belästigte.

»Natalie möchte jetzt gerne telefonieren«, sagte Wulfe zu den anderen.

Sie schüttelte den Kopf, während sie ihn ansah. »Das kann warten. Ihr habt gerade viel größere Probleme.«

Lyon sah erst sie an und dann Tighe. »Natalie möchte ein paar Anrufe machen, damit ihre Leute Bescheid wissen, dass sie ein paar Tage nicht in der Stadt ist. Wenn sie dabei vorsichtig ist, halte ich das eigentlich für eine gute Idee, aber ich will nicht, dass sie von hier aus telefoniert. Mir wäre zum Beispiel Leesburg lieber.«

»Ich bring sie hin, Boss«, sagte Wulfe.

Lyon schüttelte den Kopf. »Nein. Ich will kein Risiko eingehen, dass die Magier euch wieder aufspüren.«

»Boss …«, widersprach Wulfe.

Aber Lyons Miene ließ keinen Widerspruch zu.

»Ich begleite dich, Natalie«, sagte Tighe. »Das Haus kommt

mir mittlerweile wie eine Totenkammer vor. Ich könnte einen kleinen Ausflug gut brauchen.«

»Ich auch«, sagte Paenther und sah Lyon fragend an. Als Lyon nickte, drehte er sich zu Natalie um. »Bist du dann so weit?«

»Ich brauche noch mein Handy.«

Lyon rutschte mit seinem Stuhl nach hinten, zog eine Schublade an seinem Schreibtisch auf und holte ihr Handy heraus. »Haltet die Augen offen … ihr alle.«

»Machen wir.« Paenther nahm das Handy und stand auf. »Lasst uns gehen.«

Als sie das Arbeitszimmer verließen, drückte Tighe kurz Wulfes Schulter. »Wir werden gut auf sie aufpassen.«

Wulfe nickte. »Ich weiß.« Aber er wirkte gar nicht glücklich.

Als sie in die Eingangshalle traten, kam Jag aus einem der anderen Flure.

»Wir machen 'ne Spritztour«, sagte Tighe zu ihm. »Wir werden ein oder zwei Stunden lang weg sein. Natalie möchte ein paar Anrufe machen und braucht eine Eskorte. Hast du Lust mitzukommen?«

»Aber klar doch.«

Natalie spürte Wulfes Hand auf ihrer Schulter. Er drehte sie zu sich um, und sie sah ihm seine Frustration deutlich an. Doch sie war mit so viel Sorge vermischt und dem Wunsch, sie zu beschützen, dass Natalie sich ihm am liebsten an die Brust geworfen hätte.

»Mir geht's gut, Wulfe«, sagte sie leise. Er war derjenige, um den sie sich Sorgen machte … und um seine Freunde. Wenn sie nicht bald einen Durchbruch erzielten, würden sie einer nach dem anderen sterben. Sie sah dieses Wissen in Wulfes Blick … die Wut, die Trauer. Und sie spürte sie selber auch.

»Ich werde auf dich warten«, sagte er.

Und sie hoffte inständig, dass das stimmte.

11

Wulfe folgte seinen Brüdern und Natalie, als sie das Haus verließen und zu Tighes Landrover gingen, und achtete darauf, dass Natalie sicher auf der Rückbank untergebracht war. Es gefiel ihm überhaupt nicht, dass sie ohne ihn wegfuhr. Doch gerade als er ihre Tür schließen wollte, begegneten sich ihre Blicke, und es sprang ein Funke über … Seine Brust und sein Herz fühlten sich mit einem Mal erfüllt und warm an.

War es nur Einbildung, oder sah er ein Spiegelbild dieser wunderbaren Empfindung in ihren Augen?

»Ihr wird nichts passieren, Wulfe«, ertönte Jags Stimme vom Beifahrersitz. »Aber wir können sie nicht zurückbringen, wenn du uns jetzt nicht endlich fahren lässt.«

Wulfe schloss die Tür und trat zurück, während Tighe mit Wulfes Herz auf der Rückbank davonfuhr. Die Sonne brannte auf seinen Nacken, während er dem Landrover nachsah, als dieser die geschwungene Auffahrt hinunterfuhr, in die Straße abbog und verschwand. Doch als er zum Haus zurückkehrte und auf die gepflasterte Eingangsterrasse trat, ertönten wieder die mittlerweile vertrauten Stimmen in seinem Kopf.

Die Frau verlässt die Herde.

Ja.

Wulfes Herz sackte wie Blei nach unten, und sein Puls fing an zu rasen. Er war erstarrt und wusste nicht, ob er dem instinktiven Aufschrei seines Tieres folgen und sich in seinen Wolf verwandeln sollte, um Tighes Geländewagen einzuholen, oder ob er lieber die Autoschlüssel und Verstärkung holen sollte.

Aber mein Dämon ist nicht bei ihr.

Das spielt keine Rolle. Wenn wir sie haben, wird er kommen. Dann werden uns beide gehören, Herr. So, wie du es gewollt hast.

Wulfe wirbelte herum und rannte ins Haus. »Boss! Inir weiß, dass sie das Haus verlassen hat«, brüllte er und griff in die flache Schale mit den Autoschlüsseln. Er packte den erstbesten. »Sie werden versuchen, sie zu entführen!«

»Bleib hier«, befahl Lyon, als er auch schon aus seinem Arbeitszimmer in die Eingangshalle stürzte. »Ich brauche eine Ilina!«

Eine Sekunde später nahm Melisande in der Eingangshalle Gestalt an. »Du hast gerufen?«

»Bring Natalie sofort wieder hierher zurück.« Schnell erklärte Lyon ihr, wo Natalie war.

Kaum war die Ilina verschwunden, als auch schon Olivias Stimme aus dem oberen Stock zu ihnen hallte.

»Sie sind angegriffen worden!«, rief sie und kam die Treppe heruntergerannt.

Wulfe wirbelte zur Tür herum.

»Wulfe, bleib, wo du bist«, fuhr Lyon ihn an.

»Boss.« Die Ungeduld zerrte an Wulfes Nerven, jeder einzelne angespannte Muskel drängte ihn zur Tür hinaus … zu Natalie.

»Das Letzte, was wir jetzt brauchen können, ist eine Schlacht am helllichten Tage zwischen Kriegern und Magiern mitten auf einer belebten Vorstadtstraße. Was zur Hölle denken die sich dabei?«

»Die denken nicht«, entgegnete Wulfe schroff. »Oder es ist ihnen egal. Satanan ist derjenige, der jetzt den Ton angibt, und es ist ihm völlig egal, ob die Menschen von uns erfahren oder nicht. Er will die Menschheit in Angst und Schrecken versetzen, dann können seine Dämonen noch leichter von den Menschen zehren, wenn sie erst einmal befreit sind.«

»Sie werden nicht freikommen.«

»Nicht?« Wulfe war sich da nicht mehr so sicher.

Endlich erschien Melisande mit einer schwankenden Natalie im Arm. »Ihnen sind von zwei Seiten Autos reingefahren. Die müssen an der Kreuzung auf sie gewartet haben, als sie die Leesburg Pike runtergefahren sind.«

Wulfe packte Natalie und zog sie eng an sich. »Bist du verletzt?«

»Nein. Mir ist nur … schwindelig.«

»Das kommt von der Ilina-Art zu reisen.« Er legte die Hand um ihren Hinterkopf und drückte ihr Gesicht an seine Schulter, während er es genoss, ihren Körper so warm und lebendig an seinem zu spüren.

Ihre Arme legten sich um ihn, und sein Herz seufzte vor Freude und Erleichterung – es fühlte sich einfach so richtig an. Sie standen immer noch so da, als Tighe, Jag und Paenther zehn Minuten später zur Tür hereinkamen. Sie wirkten alle unverletzt. Widerstrebend ließ Wulfe Natalie gehen, als sie sich von ihm löste, um sich ein paar Schritte von ihm entfernt auf die Treppe zu setzen.

»Die Mistkerle haben uns von zwei Seiten in die Mangel genommen«, knurrte Jag.

»Die Falle war ziemlich clever gestellt«, bestätigte Tighe. »Der Wagen vor mir stellte sich in dem Moment quer, als ich auf die Kreuzung fuhr, sodass ich anhalten musste. Und dann kamen von beiden Seiten Autos auf uns zugeschossen, die im letzten Augenblick so dicht vor uns bremsten, dass wir unsere Türen nicht mehr öffnen konnten.«

»Ihr seid also nicht verletzt worden?«, stellte Lyon fest.

»Nein. Sie haben den Rover fast nicht berührt. Und kaum

war Melisande mit Natalie verschwunden, traten sie den Rückzug an.«

Wulfe sah Natalie an. »Satanan kann uns spüren.«

»Uns alle?«, fragte Tighe. »Oder nur dich und Natalie?«

»Ich bin mir nicht sicher. Eher Letzteres, glaube ich. Er wusste es, als ich bei ihr zu Hause war. Und nun wusste er, dass sie gerade eben das Haus verlassen hatte … und ich nicht.«

»Wie macht er das?«, wollte Lyon wissen. »Bei dir verstehe ich es ja noch. Du hast Dämonenblut in dir. Aber warum spürt er Natalie? Hat sie einen Peilsender bei sich?«

»Du hast Dämonenblut in dir?«, fragte Natalie leise. Sie klang schockiert.

»Nur ein bisschen.« Aber offensichtlich trotzdem zu viel. Er wandte sich wieder Lyon zu. »Mein Gefühl sagt mir, dass es irgendetwas mit ihrer Aura zu tun haben muss. Aber was es auch sein mag … er will uns in seine Gewalt bekommen. Uns beide.« Wulfe stieß ein leises Knurren aus. »Aber es wird ihm nicht gelingen.«

»Keiner von euch beiden wird ab jetzt das Haus verlassen«, sagte Lyon. »Paenther, verstärk die Überwachung. Ich will wissen, wo diese Magier sind, und sie müssen die ganze Zeit beobachtet werden. Die sind einfach viel zu nah an uns dran, wenn sie innerhalb von Minuten, nachdem ihr ins Auto gestiegen seid, bereit sind, eine Falle zu stellen.« Er wandte sich wieder an Tighe. »Gab's irgendwelche Zeugen?«

»Schwer zu sagen, aber ich habe zumindest niemanden Fotos machen sehen. Es ging ganz schnell, Boss. Das Ganze hat höchstens eine Minute gedauert.« Tighe sah Natalie an. »Und jetzt hast du diese Anrufe immer noch nicht gemacht.«

»*Ich* kann sie doch an einen anderen Ort bringen«, meinte Melisande. »Wir wären hin und wieder zurück, ehe die Magier uns folgen könnten.« Ohne die Ilinas als Verbündete waren die Magier auf herkömmliche Fortbewegungsmittel angewiesen … Autos und Flugzeuge.

Wulfe sah Lyon an, und es lag eine Härte in seinem Blick, die er seinem Anführer gegenüber selten zeigte. »Ohne mich geht Natalie nirgendwo mehr hin.«

Lyon starrte Wulfe nur wortlos an. Es war ihm deutlich anzumerken, dass er eigentlich widersprechen wollte. Wulfe verstand all die Gründe, die dagegensprachen, dass sie gemeinsam das Haus verließen. Aber das spielte keine Rolle. In seinem Innern stieß der Wolf ein zustimmendes Knurren aus.

Lyon presste die Lippen aufeinander, ehe er sich zu Melisande umdrehte. »Bring die beiden an einen Ort, der so weit entfernt ist, dass die Magier ihn nicht rechtzeitig erreichen können, aber trotzdem nah genug, dass Natalie ihn theoretisch selbst mit dem Auto erreicht haben könnte.«

»Cape May ist sehr schön zu dieser Jahreszeit«, meinte Natalie und erhob sich.

»New Jersey?« Lyon nickte und sah Wulfe an. »In Ordnung. Nimm Verstärkung mit. Und bringt sie möglichst schnell hin und wieder zurück.«

Etwas strich durch Wulfes Gedanken … eine Stimme, ein Raunen nur. *»Dämon?«*

Wulfe blinzelte verwirrt und senkte den Blick, ehe irgendjemand seine Bestürzung bemerken konnte. Sein Kopf pochte heftig, aber zugleich stellte er fest, dass die Stimme … *diese Stimme* … sich anders anfühlte als die von Satanan und Inir. Er spürte keine … Niedertracht. Es war mehr eine Art Bitte um Antwort.

Warum konnten diese verdammten Dämonen ihn nicht in Ruhe lassen?

»Wulfe?«, fragte Lyon mit scharfer Stimme.

Er schüttelte den Kopf und zwang sich, seine Aufmerksamkeit wieder auf die gegenwärtige Situation zu richten. »Dann geht's also nach Cape May«, sagte er.

»Hier«, sagte Tighe und warf ihm Natalies Handy zu.

Wulfes Magen zog sich zusammen. Sein Dämonenblut erwachte allmählich zum Leben, und nur die Göttin wusste, was das zu bedeuten hatte. Nichts Gutes. Das war schon mal sicher. Ganz gewiss nichts Gutes.

»Noch einmal.«

Zeeland ließ seine Leute unten im Trainingsraum vom Haus des Lichts die elementaren Bewegungsabläufe bei einem Nahkampf durchführen und beobachtete sie dabei zufrieden. Es herrschte eine Anspannung, wie sie heute Morgen noch nicht da gewesen war, und in den Augen aller Angehörigen der Therianischen Garde, die das Ritual im Garten miterlebt hatten, lag jetzt eine völlig neue Ernsthaftigkeit.

Sie waren Zeuge geworden, als drei Krieger des Lichts, die Beschützer der gesamten Rasse, nicht mehr in der Lage gewesen waren, sich zu verwandeln. Und vermutlich begriffen die meisten erst jetzt, in welch verzweifelter Situation sie sich befanden. Zeeland konnte dieses Bewusstsein in den angespannten Gesichtern und der verbissenen Konzentration sehen, mit der trainiert wurde.

Viele hatten diesen Einsatz als die seltene Gelegenheit betrachtet, endlich mal das Haus des Lichts zu sehen und die Krieger, die darin wohnten, kennenzulernen. Doch nun hatten sie endlich erkannt, dass Inir kurz davorstand zu siegen. Und wenn die Krieger des Lichts untergingen, würde die Therianische Garde an vorderster Front eines Krieges gegen die Dämonen stehen.

Allein der Gedanke reichte, um allen Anwesenden das Blut in den Adern gefrieren zu lassen.

»Zee.«

Zeeland drehte sich um und sah Olivia in der Tür stehen. Er hatte im Verlauf der Jahrzehnte mehrfach mit dem zierlichen Rotschopf gearbeitet und hielt sie für eine der besten Kämpferinnen der Garde.

»Lyon möchte mit dir sprechen.«

Zeeland nickte und drehte sich wieder zu seinen Leuten um. »Ryland übernimmt.« Er folgte Olivia die steile Kellertreppe nach oben und durch die Eingangshalle. Als sie vor Lyons Arbeitszimmer standen, winkte der Anführer der Krieger sie herein.

»Schließ die Tür, Zeeland«, sagte er. »Nehmt beide bitte Platz.« Lyon verschränkte die Hände vor sich auf dem Tisch und sah Zeeland mit ernster Miene an. »Wenn das Schlimmste passiert und die Krieger des Lichts aufhören zu existieren, wirst du die Verantwortung für das Haus des Lichts und seine Bewohner übernehmen.«

Zeeland zuckte zusammen, und bei der Vorstellung wurde ihm übel.

»Olivia wird deine Stellvertreterin sein«, fuhr Lyon fort. »Wenn sie in der Lage ist, diesen Posten zu übernehmen.«

Wenn sie in der Lage ist … und er begriff. Olivia war eine starke, fähige Anführerin und das schon seit Jahrhunderten, aber jetzt war sie mit einem der Krieger des Lichts verheiratet. Und wenn Jag starb, war nicht abzusehen, was die zerstörte Paarbindung bei ihr bewirkte. Möglicherweise würde sie überhaupt nicht in der Lage sein, eine Führungsposition zu übernehmen.

»Es gibt viele Dinge, die unsere Nachfolger wissen müssen.« Lyon klang zwar ruhig und beherrscht, aber in seiner tonlosen Stimme klang eine Trostlosigkeit mit, die Zeeland schwer zu schaffen machte. »Hawke ist dabei, alles aufzuschreiben, und wird es mit euch beiden durchgehen und zwei oder drei anderen, die ihr auswählt – Therianer, denen ihr mehr als allen anderen vertraut. Ihr müsst alles lernen – unsere Rituale, unsere Gewohnheiten, all die Geheimnisse, die sich im Verlauf von fünf Jahrtausenden angesammelt haben. Wenn es uns nicht mehr gibt, seid ihr die Einzigen, die all das an nachfolgende Generationen weitergeben könnten.«

Diese schreckliche Verantwortung lastete schwer auf Zeelands Schultern. Der Kummer zerriss ihn innerlich. Die Krieger des Lichts – von denen er einige zu seinen engsten Freunden zählte – würden vielleicht schon bald aufhören zu existieren und Ehefrauen zurücklassen, denen es bestimmt war, bis in alle Ewigkeit unter ihrem Verlust zu leiden. Soweit er wusste, hatten alle erst vor Kurzem geheiratet. Vor einem Monat war Fox, einer von Zeelands ältesten Freunden, Melisande noch nicht einmal begegnet und auch noch nicht gezeichnet worden. Dieses Paar hatte durch so viele wunderbare Wendungen zueinandergefunden, und nun drohten die Magier und das Böse das alles wieder zu vernichten.

Die Vorstellung, dass er unter Umständen seine geliebte Julianne allein, schutzlos und durch die zerrissene Paarbindung geschwächt zurücklassen müsste, war für ihn unerträglich, und er wusste, dass die Krieger des Lichts unter der gleichen quälenden Furcht litten.

»Wir werden tun, was getan werden muss, Lyon. Nichts wird verloren gehen.«

»Beschütze unsere Frauen und Tighes Kind, als wären sie deine eigene Familie, Zeeland. Sorge dafür, dass sie in Sicherheit sind. Das ist das Wichtigste. Wenn wir versagen, werden wir eine Hölle auf Erden hinterlassen, die jenseits aller Vorstellungskraft liegt. Ich habe nicht vor zu versagen«, fügte er grimmig hinzu, »aber ich kann auch nicht den Kopf in den Sand stecken und meine Nachfolger hilflos zurücklassen. Du wirst sie – hoffentlich mit Olivias Hilfe – ausbilden und anführen. Ich weiß, dass ich auf dich zählen kann.«

»Auf jeden Fall.«

Lyon erhob sich und beendete damit das Gespräch. Doch als Zeeland aufstand, um den Raum zu verlassen, reichte Lyon ihm die Hand und streckte den Arm dabei ein wenig zu weit aus. Mit dieser Geste – dem Kriegergruß – brachte Lyon wortlos seinen Respekt und von Herzen kommenden Dank zum Ausdruck, und Zeeland erkannte es.

Die Männer schlugen die Unterarme aneinander, nickten sich zu und gingen auseinander. Sein ganzes Leben lang hatte Zeeland davon geträumt, eines Tages zum Krieger gezeichnet zu werden. Doch als er mit Olivia hinter sich Lyons Arbeitszimmer verließ, dankte er der Göttin, dass dieser Traum nie wahr geworden war.

Wulfe stand im Schatten einer kleinen Pension in der Nähe des Strandes von Cape May in New Jersey. Die vier Ilinas, die sie hergebracht hatten, waren jetzt wieder in Nebelgestalt und hielten schweigend Wache. Paenther und Jag hatten sich an die jeweils gegenüberliegenden Seiten des Gartens begeben.

Natalie stand ein paar Schritte von Wulfe entfernt und sprach mit ihrer Assistentin. Sie schlug dabei einen knappen, professionellen Tonfall an, wie er in ihrem medizinischen Bereich üblich war. Er beobachtete sie gern in dieser Rolle und stellte sich vor, wie sie in ihrem weißen Arztkittel in die Augen ihrer Patienten schaute. Vielleicht trug sie ja auch gar keinen Arztkittel. Das musste er sie fragen. Er wusste zwar, was ein Optometrist tat, aber er war selber nie bei einem gewesen. Therianer brauchten nie Brillen. Außer Sonnenbrillen natürlich.

»Ich werde die ganze Woche weg sein«, sagte sie gerade und schaute Wulfe dabei an. »Ja, ich bin auf jeden Fall nächsten

Dienstag wieder in der Praxis.« Ein unsicherer Ausdruck lag auf ihrem Gesicht, auch wenn ihre Stimme selbstsicher und bestimmt klang. »Danke, Cheryl. Der Empfang hier in der Gegend ist nicht sonderlich gut. Schick mir also eine SMS, wenn du mir etwas Wichtiges mitzuteilen hast. Ich werde mich wieder bei dir melden, sobald ich kann.« Sie beendete das Gespräch, holte tief Luft und atmete langsam wieder aus.

Wulfe konnte sehen, wie verkrampft ihre Schultern waren.

»Jetzt meine Mutter«, murmelte sie, und ihr war anzusehen, dass sie das Gespräch fürchtete. »Mom, ich bin's … Ich mache ein wenig Urlaub, das habe ich einfach dringend nötig … Nein. Mir geht's gut, wirklich. Ich musste nur …«

Wulfe beobachtete, wie Natalie das Gesicht vor Schmerz verzog. Ihm war sofort klar, was gerade passierte, und er wusste, dass sie nicht in der Lage sein würde, das Gespräch zu Ende zu führen. Er nahm das Handy aus ihrer schlaffen Hand, beendete den Anruf und schob es in seine Gesäßtasche, ehe er sie in seine Arme zog.

»Meine Wange«, keuchte sie.

»Ich weiß.« Seine Hand bedeckte die Hälfte ihres Gesichts, als er ihre Wange umfasste und sie fest in den Armen hielt. Ihr süßer Duft stieg ihm in die Nase, ihr Haar streifte sein Kinn, und ihre köstlichen Rundungen drückten sich herrlich verführerisch an seinen Körper. In einem Winkel seines Kopfes keimte plötzlich der Gedanke, diese Rundungen zu berühren, jeden Zentimeter ihrer zarten Haut zu erforschen. Doch die einzige Berührung, die wichtig war – seine Hand an ihrer Wange –, schien nicht das zu bewirken, was sie eigentlich sollte.

Sein Herz begann zu rasen. »Ist es immer noch deine Wange, und nur die?«

Die Tränen strömten aus ihren Augen. »Ja. Es fühlt sich so an, als … würde sie in Flammen stehen. *Wulfe*.«

Er konzentrierte sich noch stärker darauf, ihr Leid zu lindern. Doch er fühlte sich hilflos … und wütend. *Verdammter Schmerz, lass sie endlich in Ruhe!*

Schließlich wich die Starre allmählich aus ihrem Körper.

»Okay«, keuchte sie.

»Besser?«

»Ja. *Ja.*« Sie sackte in seinen Armen zusammen, als alle Anspannung sie verließ.

Er nahm die Hand von ihrer Wange und zog sie fester an sich. »Geht's dir jetzt wieder gut?«

Sie holte noch einmal tief Luft und stieß einen langen, bebenden Seufzer aus. »Der Schmerz ist weg.« Sie löste sich aus seinen Armen und wischte die Tränen weg. »Das war nicht schön.«

Nicht schön. Ihre Untertreibung ließ ihn lächeln, und er strich ihr eine Haarsträhne hinters Ohr. »Komm … wir machen uns wieder auf den Weg nach Hause.«

Sie stutzte. »Wulfe, meine Mutter wundert sich bestimmt, was passiert ist. Ich muss den Anruf beenden.«

Noch während sie sprach, begann ihr Handy in Wulfes Tasche zu vibrieren. Seufzend zog er es hervor und reichte es ihr.

»Hallo, Mom. Tut mir leid. Ich bin aus Versehen auf einen Knopf gekommen und hatte dann Schwierigkeiten mit dem Empfang.« Nach einer kurzen Pause sagte sie: »Cape May.« Ihr Blick suchte Wulfes. »Ich werde mich in die Sonne legen, die Aussicht genießen und mich erholen. Nein, es geht mir gut, Mom. Wirklich.«

Während sie ihn leicht hilflos ansah, setzte plötzlich ein schon bekanntes Rauschen in Wulfes Ohren ein. Roter Nebel trübte seine Sicht. Ehe er auch nur ein Wort sagen konnte, um Natalie oder seine Brüder zu warnen, kam die Dunkelheit über ihn und riss ihn mit.

»Mom, warum bleibst du nicht noch ein bisschen länger in Birmingham bei Tante Deb? Das tut dir bestimmt gut.«

Natalie sah den Moment, als sich Wulfes Blick veränderte. Eben hatte er sie noch mit sanftem Mitgefühl angeschaut, und im nächsten strahlte er die kalte Gleichgültigkeit eines unwirschen Fremden aus. Ihr Herz setzte einen Schlag aus, als sie sich an das letzte Mal erinnerte.

»Mom, ich muss los«, sagte sie rasch und bemühte sich, ihre Stimme normal klingen zu lassen. »Ich hab dich lieb!« Schnell beendete sie die Verbindung. »Paenther!«

Doch noch während sie rief, riss Wulfe sie hoch und warf sie sich über die Schulter, sodass die Luft aus ihrer Lunge gedrückt wurde und das Handy aus ihrer Hand flog.

»Wulfe!«, brüllte Jag.

»Melisande«, rief Paenther leise. »Bring sie von hier weg. In den Hintergarten vom Haus des Lichts. Und sag Lyon Bescheid!«

Einen Moment später drehte sich alles vor Natalies Augen, und die Umgebung verschwand im Dunkel, bis sie sich plötzlich auf allen vieren in strahlendem Sonnenschein wiederfand. Ein paar Meter weiter kniete Wulfe auf dem Rasen und übergab sich. Sekunden später knieten auch Paenther und Jag neben ihm.

Die Hintertür vom Haus des Lichts wurde aufgerissen, und Lyon kam zusammen mit Kougar und Tighe angerannt.

»Was ist passiert?«, wollte Lyon wissen.

»Er war nicht mehr er selbst«, erklärte Melisande. »Er packte Natalie so fest, dass er sie hätte verletzen können, und rannte dann mit ihr über der Schulter davon.«

Während die Krieger zu den Männern gingen, die immer noch auf dem Rasen knieten und sich übergaben, sah Lyon Natalie an. »Bist du in Ordnung?«

»Ja. Mir ist nur die Luft weggeblieben.«

Lyon nickte und richtete den Blick dann wieder auf Wulfe, als der Gestaltwandler aufsprang. Seine Augen waren immer noch die eines Fremden, als er sich umschaute, sie erspähte und mit langen, entschlossenen Schritten auf sie zukam.

Lyon und Tighe stellten sich ihm in den Weg. Wulfe knurrte, seine Augen verwandelten sich in Tieraugen, und Reißzähne traten aus seinem Mund hervor.

»Wulfe, verdammt«, knurrte Tighe. »Wir sind nicht unsterblich!«

Wenn Wulfe sie in seiner animalischen Gestalt mit Klauen und Reißzähnen angriff, konnte er ihnen schlimme Wunden zufügen. Vielleicht brachte er sie sogar um, und das wäre auch sein eigener Untergang.

Natalie sprang auf und rannte auf die Männer zu. »Wulfe, nein!«

Während sich seine Muskeln zusammenzogen, als wollte er gleich angreifen, fuhr sein Blick zu ihr herum, und er erstarrte. Langsam wich die Kälte aus den Tieraugen und wurde von Verwirrung, Bestürzung und wachsendem Entsetzen abgelöst.

»Du hast niemanden verletzt«, versicherte sie ihm und beobachtete erleichtert, wie seine Reißzähne verschwanden und sein Gesicht wieder sein normales Aussehen annahm.

Lyon starrte ihn an. »Was zum Teufel ist passiert?«

Wulfe wandte sich mit einem Ruck ab, während seine Schultern vor Scham heruntersackten. »Ich habe die Kontrolle verloren. Schon das zweite Mal.«

Und beide Male …

Plötzlich begriff Natalie. Sie drängte sich an den Kriegern vorbei und stellte sich direkt vor Wulfe, sodass er sie ansehen musste, auch wenn er weiter den Boden anstarrte. »Bei beiden Malen hat meine Wange wehgetan. Beide Male hast du den

Schmerz genommen und dann … nur Augenblicke später … hast du dich in den Wolfsmann verwandelt.« Mit gerunzelter Stirn überlegte sie. »Als ich die Schmerzen in der Wange das erste Mal hatte, habe ich dir nichts davon gesagt. Und es ist auch nichts passiert.«

»Wo wolltest du sie hinbringen?«, fragte Paenther. Damit die anderen wussten, worum es bei seiner Frage ging, fügte er, ohne Wulfe aus den Augen zu lassen, hinzu: »In Cape May hat er sie einfach gepackt und ist losgerannt.«

»Ich weiß es nicht.« Er schüttelte den Kopf, um wieder klar denken zu können. »Ich weiß es nicht.«

»Inir hat eine Möglichkeit gefunden, ihn zu beeinflussen«, murmelte Kougar. »Ich frage mich, ob wir wohl die Nächsten sind.«

Die Gestaltwandler sahen einander fassungslos und voller Entsetzen an.

»Wir sind so am Arsch«, brummte Jag.

Lyon musterte seinen Wolfswandler nachdenklich. »Ich glaube nicht, dass Inir uns unter Kontrolle hat. Ich glaube, das ist nur eine weitere Facette deines Dämonenblutes. Und irgendwie hat Natalie damit zu tun. Wenn ihre Wange das nächste Mal schmerzt, ruf sofort nach Unterstützung. Und fass sie nicht an.« Er richtete seinen bernsteinfarbenen Blick auf Natalie. »Sobald du den Schmerz spürst oder bemerkst, dass Wulfe sich verändert, brüll, so laut du kannst. Und hör erst auf, wenn wir da sind.«

»In Ordnung.«

Der Anführer der Krieger des Lichts wandte sich dem Haus zu, und die anderen folgten.

Wulfe zögerte und richtete den Blick jetzt zum Himmel statt auf den Boden. Schließlich wandte er sich ihr mit bekümmerter Miene zu. »Ich habe dir wehgetan.« Seine Stimme bebte.

»Du warst ein bisschen ruppig, aber du hast mir nicht absichtlich wehgetan. Es geht mir gut.«

»Blaue Flecken?«

»Vielleicht. Aber ich habe mir nichts gebrochen. Alles in Ordnung. Wie geht es dir?«

Eine Weile lang sagte er nichts, und sein Blick richtete sich wieder auf die Baumkronen und den Himmel. »Ich weiß nicht, was da geschieht.« Er machte ein finsteres Gesicht und setzte sich in Bewegung. »Lass uns hineingehen.«

Sie folgte ihm durch die Hintertür ins Esszimmer und von dort in die Eingangshalle.

Wulfe drehte sich zu ihr um. »Ich muss trainieren. Die Wut ist zwar verschwunden, aber ich spüre immer noch dieses Bedürfnis in mir zu kämpfen. Ich werde mich im Trainingsraum verausgaben. Würde es dir etwas ausmachen, ein Weilchen in deinem Zimmer zu bleiben? Ich kann dir ein paar Bücher holen.«

»Bücher wären schön.« Wenn sie ehrlich war, brauchte sie ebenfalls ein bisschen Zeit für sich selber, und sei es auch nur, um die Ereignisse der letzten anderthalb Tage zu verarbeiten … und ihre Gefühle wieder unter Kontrolle zu bringen.

Wulfe führte sie durch einen weiteren Gang in einen wunderschönen Raum, der mit deckenhohen Bücherregalen gefüllt war. Eine riesige Feuerstelle nahm den größten Teil einer Wand ein, und überall standen bequeme Sessel herum.

»Bücher«, sagte er und machte eine schwungvolle Bewegung.

»Wow.« Während sie die Regale unter die Lupe nahm, entdeckte sie alle erdenklichen Bücher, von denen die meisten ziemlich alt waren und Sachthemen behandelten. Doch es gab auch eine große Abteilung mit bekannten Romanen des zwanzigsten und einundzwanzigsten Jahrhunderts. Beim Lesen der Titel musste sie an die Zeit denken, als sie noch klein gewesen war und ihre Mutter ihr vorgelesen hatte. Natalie war es nie langweilig geworden, den Geschichten zu lauschen.

Bei dem Gedanken an ihre Mutter stiegen ihr plötzlich Tränen in die Augen. Die kurze Unterhaltung mit ihr hatte sie mehr aus der Ruhe gebracht, als sie sich eingestehen wollte. Trotz Wulfes anderslautender Versicherungen hatte sie Angst, genau wie Xavier nicht mehr von hier wegzukommen. Unter Umständen sah sie ihre Mutter niemals wieder.

»Du hast Angst vor mir«, sagte Wulfe mit leiser, bekümmerter Stimme.

Natalies Blick suchte seinen, während sie die Tränen wegblinzelte. »Nein. Ich dachte nur gerade an meine Mutter.«

»Du vermisst sie.«

»Ja, natürlich, und wegen Xavier geht es ihr gerade überhaupt nicht gut.« Plötzlich sah sie ihn bittend, ja, fordernd an. »Ich darf nicht auch noch verschwinden, Wulfe. Sie hat bereits meine beiden Brüder verloren … wenn auch in unterschiedlicher Weise. Das erträgt sie nicht, wenn sie uns alle verliert. Sie würde daran zugrunde gehen.«

Er nickte, und in seinen Augen war absolute Entschlossenheit zu erkennen. »Ich werde dafür sorgen, dass du wieder nach Hause kommst, Natalie. Auf jeden Fall.« Doch trotz seiner Ankündigung spürte sie den Hauch von Unsicherheit. Er mochte es noch so sehr wollen, doch er konnte ihr im Grunde nichts versprechen. Das wussten sie beide.

Und Tatsache war auch, dass sie sich in einem Zwiespalt befand, der sich mit jeder Stunde noch verstärkte. Sie musste wieder nach Hause. Natürlich musste sie das. Sie liebte ihre Arbeit und ihre Patienten. Sie liebte ihr Leben oder hatte es zumindest geliebt, ehe alles in sich zusammengebrochen war. Aber wenn sie dahin zurückkehrte, würde sie Xavier aufs Neue zurücklassen … und ihn nie wiedersehen.

Und es würde bedeuten, dass sie Wulfe verlassen musste.

Er streckte die Hand nach ihr aus, und sein Blick war voller Zärtlichkeit, als er ihr mit dem Daumen übers Kinn strich. Sie bewegte sich nicht, weil sie Angst hatte, er würde sonst aufhören. Er berührte sie so selten auf diese Art.

Während sie in seine unergründlichen dunklen Augen schaute, wurde ihr klar, dass sie diesen Mann über alles liebte … ein so intensives, starkes Gefühl hatte sie noch nie zuvor empfunden. Sie konnte kaum noch atmen, aber was machte das schon? Sie brauchte keinen Sauerstoff, sie brauchte gar nichts, solange dieser Mann nur ganz nah bei ihr blieb. Sie war ihm gerade erst begegnet – ihr Verstand wusste das –, aber sie hatte das Gefühl, ihn schon immer zu kennen … und als hätte sie schon immer nach ihm gesucht.

Wie konnte sie mit dem Wissen von ihm gehen, ihn vielleicht nie wiederzusehen?

Ihr Herz pochte, flüssige Wärme strömte durch ihre Adern, schwächte und stärkte sie gleichermaßen, während jede einzelne Zelle in ihrem Körper zum Leben erwachte.

Wulfe hob ihr Haar an, ließ es durch seine Finger gleiten und beugte sich dann vor, um ihr einen Kuss auf die Stirn zu hauchen. »Such dir ein paar Bücher aus.«

Als er sich abwandte, starrte sie seinen Rücken an, seine breiten Schultern, und der Druck auf ihrer Brust wurde so groß, dass sie meinte, ihn nicht mehr aushalten zu können.

Der Himmel möge ihr beistehen … Sie hatte sich in einen Gestaltwandler verliebt.

12

Während Wulfe darauf wartete, dass Natalie sich ein paar Bücher aus der umfangreichen Bibliothek der Krieger aussuchte, beobachtete er sie bedrückt. Sie wollte nach Hause, zurück in ihre Welt, zu ihrer Mutter. So viel war klar. Er verstand es auch, und würde absolut alles tun, um sie glücklich zu machen. Trotzdem war es wirklich das Letzte, was er wollte, sie wieder nach Hause zu bringen.

Er hoffte nur inständig, dass er so lange für ihre Sicherheit sorgen konnte.

Schließlich trat sie wieder zu ihm. Sie drückte drei Bücher an ihre Brust – einen Jane-Austen-Roman und zwei andere Bücher, deren Titel er nicht lesen konnte. Ein leichtes Lächeln lag auf ihren wunderschönen Lippen.

»Ich bin fertig.«

Zusammen verließen sie die Bibliothek in Richtung der Eingangshalle. Als sie sich der großen Treppe näherten, hörten sie zufällig Paenther und Vhyper miteinander reden.

»Mir ist nicht klar«, brummte Vhyper, »ob der echte Satanan – der Dämon, der immer noch in der Dämonenklinge gefangen ist – weiß, was dieses Fragment seines Bewusstseins, mit dem Inir infiziert worden ist, vorhat. Arbeiten sie zusammen, oder sind sie völlig getrennt voneinander?«

»Ich weiß es nicht«, erwiderte Paenther.

»Es sind zwei völlig voneinander losgelöste Wesen«, sagte Wulfe, als er und Natalie in die Eingangshalle traten. Er stellte sich zu seinen Freunden. »Das eine hat keine Ahnung davon, was das andere tut, aber die Überlegung ist irrelevant, da beide darauf aus sind, die Dämonen aus der Klinge zu befreien.«

Vhypers Augen wurden schmal. »Und woher weißt du das?«

Wulfe zögerte. »Ich habe keine Ahnung.« Sein Gesicht verzog sich zu einer finsteren Miene, und er wollte sich schon abwenden, als Paenther ihn zurückhielt.

»Wulfe … was weißt du sonst noch über Satanan oder zumindest über dieses Bewusstseinsfragment in Inir? Wir brauchen alle Informationen, die wir kriegen können.«

»Das meiste wisst ihr doch schon.«

»Ach, komm schon, tu mir den Gefallen und erzähl.« Paenthers durchdringender Blick war fordernd.

Verdammt! Er hatte keine Ahnung, woher er all diese Dinge wusste. Ihm wäre es lieber, er wüsste sie nicht. Aber na ja, vielleicht half es ja – und wenn auch nur ein bisschen.

»Während der Dämonenkriege brach das Bewusstsein von Geisterdämonen recht häufig, und die Fragmente verbargen sich in Felsspalten, in Gegenständen und in der Erde, bis jemand – für gewöhnlich ein Mensch – in Kontakt damit kam. Dieses Fragment, welches wir als bösen Geist bezeichnen, verwandelte seinen Wirt für dessen kurze Lebensspanne in ein bösartiges Wesen, ehe Wirt und Bewusstseinsfragment sich mit dessen Tod für immer verflüchtigten.«

Während er sprach, kamen Lyon und Kougar vorbei, blieben stehen und hörten ebenfalls zu.

»Aber von den wahren Dämonen«, fuhr Wulfe fort, »hinterließen nur die jeweils stärksten ein Stück ihres Bewusstseins und auch nur, wenn es gar keine andere Möglichkeit gab. Das kleine Stück von Satanans Bewusstsein in Inir löste sich und blieb zurück, als er in die Dämonenklinge gezogen wurde. Er leistete dem Sog so heftigen Widerstand, dass ein Teil von ihm tatsächlich zurückblieb. Erst als Inir zufällig damit in Kontakt kam, fand dieses Fragment von Satanans Seele einen Wirt und erwachte wieder zum Leben.«

Hawke und Falkyn traten zu ihnen. Wulfe sah das Erstaunen bei seinen Brüdern und seiner Schwester, doch Paenther nickte ihm zu, damit er fortfuhr, und er erzählte weiter.

»In diesen Fällen wird das verlorene Fragment normalerweise nicht wiedergefunden, und der Dämon, der den Verlust zwar spürt, wird dadurch aber kaum beeinträchtigt. Es ist ein Gefühl, das sich vielleicht mit der Trauer vergleichen lässt, die man wegen eines längst verstorbenen geliebten Wesens empfindet. Das Stück ist einfach nicht da. Wenn es sich doch wiederfindet, nachdem es jemanden infiziert hat, können die beiden Teile erneut zusammengeführt werden, doch das gelingt nur, wenn man den Wirt des Fragments umbringt.«

Stille senkte sich über die Eingangshalle, während ihn alle mit einer Mischung aus Interesse, Erstaunen und Entsetzen anstarrten.

»Woher weißt du das alles?«, fragte Hawke leise.

Wulfe zuckte die Achseln. »Dämonenblut.« Er führte Natalie die Treppe hoch, denn für einen Tag hatte er genug von sich selber und seinem bizarren Wesen preisgegeben. Aber er fragte sich unwillkürlich, wie viel seltsames Dämonenwissen sich noch in seinem Kopf befand … und warum.

»Die Frau, die Vhyper schon einmal gesehen hat, ist wieder da«, ertönte plötzlich Melisandes Stimme hinter ihm in der Eingangshalle. »Sie kommt die Auffahrt hoch.«

»Behalt sie im Auge.« Lyon übernahm sofort die Führung. »Wenn sie das Grundstück wieder verlässt, folge ihr. Alle anderen bleiben drinnen. Ich will sie nicht verscheuchen, aber dieses Mal kommt sie mir nicht davon. Ich will wissen, wer sie ist und was sie von uns will. Wenn sie eine weitere frisch gezeichnete Kriegerin ist, kommt sie auf direktem Wege in den Zellentrakt.«

»Zehn Scheine, dass sie auf jeden Fall dort unten landet, egal, wer sie ist.«

»Sie parkt ihren Wagen«, rief Falkyn aus dem Wohnzimmer. »Sie steigt aus und kommt auf die Haustür zu.«

»Entfernt euch von der Tür«, befahl Lyon. »Bleibt außer Sichtweite, bis sie im Haus ist.«

Wulfe nahm Natalies Hand und eilte mit ihr zum Treppenabsatz im ersten Stock hoch, von wo aus sie über das Geländer einen guten Blick in die Eingangshalle hatten. Fox, Hawke und Falkyn folgten ihnen nach oben, während die anderen in die angrenzenden Flure traten, die wie die Speichen eines Rades von der Halle abgingen.

Kurz darauf wurde der Türklopfer laut und energisch betätigt, was einen interessanten Gegensatz zur ersten vorsichtigen Annäherung der Frau darstellte.

Lyon öffnete die Tür, und davor stand eine mittelgroße Frau mit unscheinbarem Äußeren, das klassische Mädchen von nebenan. Sie trug Wanderstiefel, knielange Shorts und eine leichte Cargoweste über einem braunen T-Shirt. Das dunkle Haar fiel ihr in Korkenzieherlocken bis auf die Schultern.

Die Frau sah Lyon mit einer Mischung aus Vorsicht, Ehrfurcht und erstaunlichem Selbstvertrauen an, als sie die Hand ausstreckte. »Ich bin Dr. Vivian Mars, Juniorprofessorin und Leiterin des Internationalen Zentrums für Nordafrikanische Archäologie an der Boston University. Ich glaube, bei Ihnen wohnt ein Dämon, und ich würde mich sehr gern mit ihm unterhalten.«

Wulfe zuckte zusammen.

Lyon ließ sich sein Erstaunen nicht anmerken, als er ihr die Hand schüttelte und zurücktrat. »Kommen Sie herein, Dr. Mars. Ich werde mich sehr gern mit Ihnen unterhalten.«

Die Frau rührte sich nicht von der Stelle. »Ehe ich hereinkomme, lassen Sie mich erklären, wer ich bin und warum ich Sie aufgesucht habe.«

»Es ist besser, wenn wir uns drinnen unterhalten.«

Ein leicht ironischer Ausdruck huschte über das Gesicht der Frau. »Besser für wen?« Sie hob eine Hand mit der Handfläche nach oben. »Lassen Sie mich Ihnen zumindest sagen, dass ich ein Mensch bin. Vor zwei Jahren wurde ich bei einer Grabung in der Ost-Sahara unwissentlich, aber nicht ganz widerwillig der Wirt des Fragments eines Dämonenbewusstseins, das vor einiger Zeit von seinem Körper getrennt worden war. Er weiß nicht, wie lange das her ist. Sein Name ist Strome, und er will unbedingt wissen, was mit den Angehörigen seiner Rasse passiert ist.«

Lyon winkte in Richtung eines der Flure. »Handelt es sich um einen bösen Geist oder mehr?«

Kougar kam in die Eingangshalle und stellte sich neben Lyon. »Meiner Erfahrung nach ist ein böser Geist auf Gewalt aus, nicht auf Antworten. Ich würde gern mehr hören. Wulfe weiß vielleicht sogar mehr?«

Lyon sah zu Wulfe nach oben, aber dieser schüttelte den Kopf. Er hatte keine Ahnung.

»Strome hat gespürt, dass ihr Gestaltwandler seid, und will eure Zusage, dass ihr mir nichts tut«, erklärte die Frau. »Er spürt ein Erstarken einer mächtigen Kraft unter den Dämonen und will diejenigen warnen, die vielleicht in der Lage sind, diese Entwicklung aufzuhalten. Vor einem Monat spürte er das Erwachen eines ehrenwerten Dämonenbewusstseins, aber wir haben bis heute gebraucht, um es aufzuspüren. Deswegen sind wir hier.«

»Sie sind heute schon mal da gewesen.«

»Ja.« Sie lächelte kläglich. »Strome erkannte, dass er mich

in die Höhle … zu einem Haus voller Gestaltwandler geführt hatte, und er befahl mir, sofort wieder zu verschwinden. Ich brauchte einige Stunden, um ihn davon zu überzeugen, dass ich angesichts dessen, was alles auf dem Spiel steht, bereit bin, das Risiko auf mich zu nehmen. Wir würden es beide sehr zu schätzen wissen, wenn Sie sich anhören, was Strome zu sagen hat, und den Überbringer nicht töten.« Plötzlich hob sie den Kopf, und ihr Blick richtete sich auf Wulfe. »Sie sind es.« Sie lächelte und betrat auf einmal, ohne zu zögern, die Eingangshalle, während ihr Blick förmlich an Wulfe klebte. »Sie sind derjenige, zu dem er versucht Kontakt aufzunehmen … mit dem er unbedingt reden muss.«

Wulfes Herz hämmerte. Sein schlimmster Albtraum wurde gerade wahr. Nun streckte nicht mehr nur Satanan seine Krallen nach ihm aus, sondern jetzt kamen auch noch andere Dämonen aus ihren Löchern gekrochen, um nach ihm zu suchen … oder zumindest Bruchstücke von Dämonenseelen. Ihm kam ein Gedanke.

»Sind Sie … ist er derjenige, der *Dämon* in meinem Kopf geflüstert hat?«

»Ja. Er hoffte, dass Sie antworten und ihm sagen würden, wo Sie sind.«

»Holt den Schamanen«, befahl Lyon. Seine Hand schloss sich um den Oberarm der Frau. »Ihnen wird nichts passieren, aber ich werde auch kein Risiko eingehen. Sie werden im Zellentrakt warten, bis der Schamane herausgefunden hat, was Sie wirklich sind.«

»Ich glaube, dafür ist es ein bisschen zu spät, Kumpel«, murmelte Vivian.

Lyon erstarrte, und seine Miene wurde hart wie Stein.

Vivian schaute plötzlich zu ihm auf. »Ich habe nicht mit Ihnen geredet. Strome sagte eben zu mir, ich solle sofort verschwinden, und ich meinte zu ihm, dass es dafür zu spät sei. Irre ich mich?«

»Nein.«

»Das dachte ich mir. Ich antworte ihm meistens laut, obwohl er eigentlich in der Lage zu sein scheint, meine Gedanken zu lesen. Denken Sie bitte daran. Es könnte mir schwerfallen, diese Gewohnheit abzulegen.«

Während Lyon die Frau durch die Eingangshalle zur Kellertür führte, drehte Wulfe sich zu Natalie um. »Ich gehe ihnen nach. Möchtest du mitkommen oder lieber in deinem Zimmer lesen?« Es mochte vielleicht sein schlimmster Albtraum sein, aber er wollte erfahren, was zur Hölle dieser Dämon wusste.

Natalie legte die Bücher auf den Boden. »Lass uns gehen.«

Zusammen stiegen sie die Treppe in die Eingangshalle hinunter und dann die längere Treppe in den Keller, wo sie den anderen durch den Trainingsraum in den Zellentrakt folgten.

»War ich beim letzten Mal auch hier untergebracht?«, fragte Natalie leise.

»Ja. Geh nicht in die Nähe der Zellen«, warnte Wulfe sie. »Ich glaube nicht, dass einer der Männer dir etwas tun wird, aber ich bin mir nicht sicher.« Er umfasste ihre Hand fester. Er hätte sie nicht mit nach unten mitnehmen sollen, aber er brauchte sie jetzt in seiner Nähe.

Lyon öffnete eine der leeren Zellen für Vivian, und die Frau ging widerspruchslos hinein. Sie drehte sich um, als er die Tür hinter ihr schloss.

»Woher wussten Sie von Wulfe?«, wollte Lyon wissen. Er hatte die Arme über der Brust verschränkt.

»Strome hat ihn gespürt, wie ich schon gesagt habe.« Ihre Selbstsicherheit schien überhaupt nicht ins Wanken zu geraten, obwohl sie jetzt im Verlies der Gestaltwandler eingesperrt war.

»Er hat so viele Fragen … Fragen, die ich nicht beantworten konnte, weil wir Menschen gar keine Ahnung hatten, dass es Dämonen … oder Gestaltwandler … überhaupt gibt.«

Sie trat an die Zellentür, legte die Hand beiläufig um einen der Gitterstäbe und suchte Wulfes Blick. »Was ist mit den Dämonen passiert?«

Ihren durchdringenden Blick empfand er wie einen Scheinwerferstrahl, aber sie schwieg nicht lange genug, als dass er hätte antworten können.

»In der Anfangszeit, nachdem Strome sich an mich gehängt hatte, spürte er überhaupt keine anderen Dämonen«, fuhr sie fort. »Das ist nun fast zwei Jahre her. Ich hab wie eine Wilde geforscht und versucht, etwas über die Leute oder die Ereignisse seiner Zeit in Erfahrung zu bringen, aber ich habe nichts gefunden. Dann spürte er vor ein paar Monaten plötzlich etwas … den Schatten eines alten Widersachers. Er nennt ihn den Zerstörer. Satanan. Es ist nur ein schwacher Hauch, als würde es sich um eine nicht voll ausgebildete Seele handeln.«

»Wir wissen von Satanan«, sagte Wulfe schroff.

Sie nickte. »Dann wurden plötzlich drei Gräuel in der Welt freigesetzt, verschwanden aber wieder innerhalb weniger Tage. Ungefähr zur gleichen Zeit erwachte ein helles neues Dämonenlicht. Ihres. Ihr Erwachen war nicht unbedingt wie eine Geburt, sondern eher wie das Auslösen einer Blutlinie – einer der alten, ehrenwerten Linien –, und er wusste, dass er Sie unbedingt finden musste, um zu erfahren, was passiert war. Er sieht es als seine Aufgabe an, Sie zu warnen, dass Satanan erwacht.«

Wulfes Kiefermuskeln arbeiteten. Obwohl er hören wollte, was sie zu sagen hatte, drängte ihn sein ganzer Körper, auf dem Absatz kehrtzumachen und zu gehen. Warum starrte sie nur ihn so an? Es war schon schlimm genug, dass er so ein abartiger

Dämon war. Musste sie ihm unbedingt das Gefühl geben, dass es wie eine Leuchtreklame über seinem Kopf stand?

»Bitte.« Vivian packte die Gitterstäbe mit beiden Händen und sah ihn beschwörend an. »Strome sehnt sich verzweifelt danach, alles zu erfahren, was Sie ihm erzählen können. Dass Satanan die Seelen seiner Leute – Dämonenseelen – vereinnahmt, ist das Letzte, woran er sich erinnert. Strome hat, so lange und so heftig er konnte, dagegen angekämpft, sodass sich ein Teil seiner Seele gelöst hat und verloren ging … das kleine Stück, das ich zufällig entdeckte und das jetzt in mir ist.«

Lyon antwortete schließlich auf ihre Fragen, nachdem Wulfe keine Anstalten machte, es selber zu tun. »Satanan und seine Horden standen kurz davor, die anderen Rassen und auch die Menschen vollständig zu vernichten. Die Gestaltwandler und die Magier taten sich zusammen und mit Hilfe der Ilinas gelang es ihnen, alle in einem magischen Gefängnis, der Dämonenklinge, einzusperren.«

»Dann sind sie also nicht tot?«, fragte sie und drehte sich – endlich – zu Lyon um.

»Wir nehmen es nicht an. Nein. Wir gehen davon aus, dass der gegenwärtige Anführer der Magier, Inir, vor ein paar Jahren von einem mächtigen Fragment von Satanans Bewusstsein vereinnahmt wurde und daraufhin begann, die Seelen seiner eigenen Leute, der Magier, zu stehlen, um irgendwann die Dämonen befreien zu können. Sie stehen kurz davor, das zu schaffen.«

»Mit anderen Worten, Satanan ist noch nicht frei, wird aber innerhalb seines Wirtes immer stärker. Strome kann das spüren.« Vivian verstummte und wandte den Blick ab. »In Ordnung. Lass es mich versuchen.« Sie sah Lyon wieder an und sagte: »Er will direkt mit Ihnen reden. Ich weiß zwar nicht, wie das gehen soll, aber ich werde ihm meinen Mund überlassen.«

Sie grinste plötzlich, und es war ein sehr weibliches Lächeln. »Benimm dich, Strome.«

Vivian schloss die Augen und atmete zweimal tief ein, ehe sie erstarrte. Als sie die Augen öffnete und den Blick wieder auf Lyon richtete, lag eine Härte darin, die vorher nicht da gewesen war.

»Wenn du ihr was tust …« Es war Vivians Stimme und zugleich doch wieder nicht. In den harten Blick trat Verzweiflung. »Ich bin machtlos, also flehe ich dich an … ihr nichts zu tun. Sie ist das Licht, die Schönheit und die Güte, und sie stellt keinerlei Bedrohung für dich dar. Ich werde dir in jeder Weise, die mir möglich ist, helfen, Satanan zu besiegen, wenn du mir schwörst, Vivian Mars zu beschützen. Satanans Bosheit kennt keine Grenzen. Er hat mehr unsterbliche Rassen vernichtet oder versklavt, als du wahrscheinlich überhaupt kennst … und seine eigene noch dazu.«

»Wenn Satanan sich nicht erhebt, kannst auch du nicht frei sein.« Tighe zog eine blonde Augenbraue hoch. »Warum solltest du es also verhindern wollen?«

Vivian/Strome drehte sich zu ihm um. »Auch wenn die Dämonen aus der Klinge freikommen, können mein wahres Ich und ich nicht wieder vereint werden, denn das würde das Gefäß zerstören, in dem ich mich jetzt befinde. Ich müsste Vivian töten. Und das wäre eine sehr armselige Art und Weise, ihr ihre Freundlichkeit zu danken. Außerdem ist unsicher, ob der Mann, zu dem ich geworden bin, es noch wert ist, dieser Welt anzugehören, nachdem er von Satanan versklavt und in dieser Klinge eingesperrt war für … wie lange …?«

»Fünftausend Jahre«, antwortete Lyon.

Vivians Augen wurden groß. »*Fünftausend!*« Plötzlich war es wieder ihre eigene Stimme, die sprach. »Kein Wunder, dass ich nichts über die Orte oder Leute herausgefunden habe, die du kanntest. Sie waren prähistorisch. Okay, okay, ich geb dir ja das Mikro wieder.« Sie schloss die Augen, und als sie sie wieder öffnete, war Strome zurück.

Der durchdringende Blick richtete sich nun auf Wulfe. »Du bist nur zur Hälfte ein Dämon.«

Wulfe starrte ihn mehrere Sekunden lang finster an, ehe er antwortete. »Eher noch weniger.«

»Du bist ein Sohn von Ciroc. Ich kannte ihn und seine Gefährtin gut. Sie war eine Gestaltwandlerin, eine Schönheit und sehr verliebt in ihren Dämonengatten … und er liebte sie ebenso sehr.«

Wulfe schüttelte den Kopf und zog die Augenbrauen zusammen. »Wir sind Dämonen begegnet. Das sind Fressmaschinen, das personifizierte Böse. Und diese Kreaturen haben garantiert nicht die Ausstattung, um Kinder zu zeugen. Wie also …?«

»Du sprichst nicht von Dämonen, Gestaltwandler, sondern von Gräueln. Wenn die Dämonen seit fünftausend Jahren eingesperrt sind, hast du vielleicht nie einen echten Dämon gesehen, sondern nur diese drei Gräuel, die ich frei herumfliegen spürte.«

»Geisterdämonen«, sagte Lyon. »So nennen wir sie. Den Magiern ist es vor einem Monat gelungen, drei aus der Klinge zu befreien. Wir haben sie getötet.«

»Ich habe echte Dämonen gesehen«, sagte Kougar. »Ich wurde vor dem Sieg über Satanan geboren.« Er drehte sich zu den anderen um. »Ein wahrer Dämon ist einer Ilina sehr ähnlich, denn sie können zu reiner Energie werden oder auch feste Gestalt annehmen. Im Gegensatz zu den Ilinas ist ihr natürlicher Zustand aber die körperliche Gestalt, und sie sehen eigentlich ziemlich menschlich aus.«

Vivian/Strome runzelte die Stirn. »Satanan schuf die Gräuel, um mehr Macht zu erlangen. Dadurch, dass sie andere in Angst und Schrecken versetzen, versorgen die Gräuel ihn mit dieser widerlichen Energie, die ihn stärker macht als jeden anderen Dämon – als jedes andere Wesen irgendeiner Rasse. Deshalb konnten wir ihn nicht aufhalten.«

»Du willst also behaupten, dass nicht alle Dämonen auf Tod und Vernichtung aus sind?«, fragte Kougar mit gepresster Stimme.

»Das will ich, und das tue ich. Die Dämonen, die ich kannte, waren nicht böse. Einige von uns waren natürlich Krieger, aber wir bildeten eine große, vielfältige Gemeinschaft, die in Frieden mit unseren menschlichen und unsterblichen Nachbarn lebte. Unsere ganze Rasse war fein abgestimmt auf die Energien der Erde – Sonne, Magnetismus, Wärme. Wir gaben und nahmen, und es war ein natürlicher Kreislauf, der die Erde einst im Gleichgewicht hielt und die Lebewesen in unserer Nähe gesund und stark machte. Auch die Menschen. Es ist ein Kreislauf, der seit Hunderten Millionen Jahren existiert … existiert hat. Nur Satanan zehrte vom Leid der Menschen, und nur er besaß die mächtige Gabe, die Lebenskraft anderer anzuzapfen und uns unsere Kraft zu nehmen. Leider erfuhren wir von dieser Gabe viel zu spät. Und nachdem er uns erst geschwächt hatte, begann er uns zu kontrollieren, bis wir nur noch das tun konnten, was er befahl. Ich habe gesehen, wie es meinen Freunden und Brüdern erging, als sie seiner Kontrolle unterlagen. Ich kämpfte, um nicht das gleiche Schicksal zu erleiden … und verlor.«

»Was wird passieren, wenn die Magier Satanan aus der Klinge befreien?«, fragte Lyon.

»Ich weiß es nicht. Diejenigen, die mit ihm zusammen eingesperrt sind, werden wahrscheinlich ebenfalls freikommen, aber man kann unmöglich voraussagen, in welchem Zustand sie sein werden oder ob er sie nach dieser langen Zeit überhaupt noch unter Kontrolle hat.«

Vivian schüttelte den Kopf, und es war wieder ihre Stimme zu hören. »*Fünftausend Jahre*.«

Tighe machte einen Schritt nach vorn. »Wie viele von diesen Gräueln hat er geschaffen, Strome? Wie viele sind zusammen mit ihm in der Klinge eingesperrt?«

Strome war sofort wieder da. »Als ich damals versklavt wurde, hatte er bereits Hunderte erschaffen. Da ich nicht weiß, wie viel Zeit zwischen meiner Versklavung und Satanans Niederschlagung vergangen ist, kann ich noch nicht einmal schätzen, wie viele es tatsächlich sind. Und ich weiß auch nicht, wie viele in die Klinge gesperrt wurden.«

»Mehr als siebentausend Gräuel ... Dämonengeister ... wurden zusammen mit Satanan in die Klinge gesperrt«, informierte Wulfe sie. »Zusammen mit den vereinnahmten Seelen von vierzehn anderen Rassen, zu denen auch Satanans Dämonen gehören.« Warum riss er nur immer wieder den Mund auf und gab diesen Unsinn von sich?

Seine Brüder starrten ihn an, als wäre ihm plötzlich ein zweiter Kopf gewachsen.

Vivian/Strome musterte ihn interessiert und nickte dann langsam.

»Wie viele Dämonen haben Fragmente ihres Bewusstseins wie du und Satanan zurückgelassen?«, fragte Lyon.

»Ich weiß es nicht. Von dem Augenblick an, als sich dieser kleine Teil löste, bis zu dem Moment, als Vivian mich fand, war ich wie im Tiefschlaf. Erst in ihr wurde ich wieder wach, und ich werde leben, bis sie stirbt. Wenn die anderen Bewusstseinsfragmente wie ich überlebt haben, sind sie mittlerweile womöglich längst dahingegangen.«

Vivian/Strome richtete den Blick wieder auf Wulfe. »Warum

gefährdest du deine Bemühungen, Satanans Befreiung zu verhindern?«

Wulfe runzelte die Stirn, und seine Muskeln waren zum Zerreißen gespannt, weil sein Verlangen zu kämpfen übermächtig wurde. »Was willst du damit sagen?«

»Warum hast du einen Schlüssel zur Pforte erschaffen?«

Wulfe zog die Augenbrauen zusammen, ehe seine Miene langsam versteinerte. »Das habe ich nicht.«

»Doch.« Vivian/Strome richtete den Blick auf Natalie. »Sie.«

13

»Was?« Fassungslos starrte Wulfe Vivian und das Dämonenbewusstsein, das in ihren Augen funkelte, an. Sein Griff um Natalies Hand wurde noch fester. *So ein beschissener Blödsinn!* Er schlang einen Arm um ihre Schulter und zog sie ganz eng an sich, erfüllt von dem drängenden Verlangen, sie zu beschützen. »Ich habe Natalie auf keinen Fall zu einem Schlüssel gemacht.«

»Leuchte ich deshalb so?«, fragte Natalie ruhig.

Scheiße, Scheiße, Scheiße. Wulfes Kopf dröhnte. »Ich kann sie gar nicht zu einem Schlüssel gemacht haben. Ich weiß ja noch nicht einmal, wie das geht!«

Delaney war von Tighes bösem Klon zu einem Schlüssel gemacht worden, und der hatte sie … *gütige Göttin* … mit einer dämonischen Essenz infiziert, um dann ein Pentagramm in ihre Brust zu ritzen. Das hätte sie beinahe umgebracht, wäre Tighe nicht dazwischengegangen und hätte Tighes Tiergeist nicht ein Wunder vollbracht, in dessen Folge sie unsterblich geworden war.

Er hatte *nichts* mit Natalie gemacht. Auf gar keinen Fall. Aber der Wolf in seinem Innern begann zu heulen.

Vivian/Strome sah ihn unverwandt an, und trotz des harten Blicks lag auch Mitgefühl in seinen Augen. »Es gibt nur eine Möglichkeit, wie es passiert sein kann. Zwischen euch beiden muss eine Verbindung geöffnet worden sein, sodass dunkle Energie aus Urzeiten übertragen werden konnte.«

»Ich habe nicht … ich würde nie …« Aber er hatte doch. Plötzlich begriff er, was passiert war. »Ihr war von einem der

Geisterdämonen eine Wunde zugefügt worden. Ich nahm ihre Verletzung auf mich.«

Vivian/Strome nickte langsam. »Das wäre eine Möglichkeit. Wie lange ist das her?«

»Einen Monat.«

Die harten Augen verengten sich. »Ungefähr zu der Zeit habe ich dein Erwachen gespürt. Indem du sie zu deinem Schlüssel gemacht hast, hast du vielleicht auch das in dir schlafende Dämonenblut zum Leben erweckt. Aber darüber hinaus verstehe ich jetzt auch, woher Satanan die Energie bezieht, durch die er immer mächtiger wird. Er stärkt sich durch deine Verbindung zu deinem Schlüssel, indem er euch beiden Energie aus uralten Zeiten entzieht, was ihr wahrscheinlich noch nicht einmal spürt.«

Das wurde ja immer schlimmer.

»Wie halten wir ihn davon ab?«, fragte Lyon.

Wulfes Nackenmuskeln fühlten sich an wie straff gespannte Taue. Er zog Natalie vor sich und schlang beide Arme um sie. Obwohl ihr Duft und die Nähe ihres warmen Körpers ihn ein wenig beruhigten, ließ sein übermächtiger Beschützerinstinkt ihren ganzen Körper beben.

»Wie mache ich die Sache mit dem Schlüssel rückgängig?« Das war nun das Wichtigste. Er musste die Sache wieder in Ordnung bringen.

Vivian/Strome musterte sie alle der Reihe nach. »Ich werde euch erst dann weitere Informationen geben, wenn ihr Vivian freigelassen habt. Alles andere werde ich euch dann am Telefon mitteilen.«

Lyon schüttelte den Kopf. »Ihr wird nichts passieren, solange wir sie … oder dich … nicht als Bedrohung für uns empfinden. Aber sie wird vorerst in dieser Zelle bleiben. Ich will, dass der Schamane sie untersucht. Von ihm hast du nichts zu befürchten. Er ist eine alte, ehrenwerte Seele, und er wird ihr nichts tun.«

»Kumpel«, sagte Vivian, die jetzt wieder übernahm und eindeutig mit Strome redete. »Ich habe ihnen doch bereits alles über mich erzählt. Sie wissen, wer ich bin und wo ich arbeite, und würden mich innerhalb weniger Stunden aufspüren – es sei denn, ich lasse alles hinter mir und tauche unter. Ich glaube, wir sollten ihnen vertrauen. Ich glaube, wir *können* ihnen vertrauen.« Sie wandte sich mit kläglicher Miene Lyon zu. »Sie können bestimmt verstehen, wie schwer es einem Alphamännchen und ehemaligen Anführer fällt, jetzt nur noch eine Nebenrolle zu spielen. Es ist ihm so wichtig, mich zu beschützen, aber er ist machtlos.« Ihr Blick wurde durchdringend, als sie Wulfe musterte. »Ich hoffe, es war kein Fehler, Sie aufzusuchen.«

Wulfe sah Lyon an. Er würde nicht für seinen Anführer sprechen.

»Wenn Strome tatsächlich so ehrenwert ist, wie er sagt«, erklärte Lyon ihr, »dann habt ihr beiden nichts von uns zu befürchten. Wir befinden uns im Krieg mit den Magiern, die versuchen, Satanan zu befreien. Sie werden es uns nachsehen müssen, wenn wir übervorsichtig sind. Aber ein echter Verbündeter, besonders einer, der uns dabei helfen würde, unseren Gegner besser zu verstehen, wäre uns sehr willkommen.«

Vivian nickte. »Strome will wieder das Mikro übernehmen.« Sie schloss die Augen, und im nächsten Moment übernahm erneut der Dämon die Kontrolle.

»Ich werde euch helfen, weil sie entschlossen ist, euch zu vertrauen.« Er richtete den Blick auf Wulfe. »Und weil es Ciroc gefallen würde, dass ich etwas für seinen Nachkommen tue. Aber wenn ihr dieser Frau in irgendeiner Weise Schaden zufügt …« Er schüttelte den Kopf, und seine Miene war finster vor hilfloser Verzweiflung. »Tut es nicht. Ich habe noch nie in meinem ganzen Leben um etwas gebeten, aber ich bitte jetzt. Tut ihr nichts.«

»Wir tun Unschuldigen nichts, außer wir haben keine andere Wahl«, erwiderte Lyon. »Was passiert eigentlich, wenn Wulfe diese Energie aus Urzeiten selber nutzen will?«

»*Boss*.« Wie kam Lyon dazu, so eine Frage überhaupt zu stellen? »Das würde ich doch *niemals* … Ich müsste ein Pentagramm …« Er schluckte die bittere Galle runter, die seine Kehle heraufkroch. »… in ihre Brust schneiden.«

Vivian schüttelte den Kopf. Ihre Miene – Stromes Miene – drückte höchstes Entsetzen aus. »Warum solltest du je ein Pentagramm in die Brust eines Menschen schneiden? Damit würdest du sie umbringen.«

Wulfe starrte ihn an. »Das hat Tighes Klon bei Delaney getan, als er sie zu seinem Schlüssel machte.«

»Sein Klon?«

»Das ist eine lange Geschichte«, brummte Wulfe. »Es reicht, wenn ich sage, dass er böse war … durch und durch.«

Strome sah ihn nachdenklich an. »In früheren Zeiten, ehe ich erkannte, was Satanan vorhatte, habe ich ihn dabei beobachtet, wie er die uralten Energien heraufbeschworen hat. Ich weiß, wie es gemacht wird. Du müsstest dafür nur die Pforte vollkommen öffnen, deren Schlüssel du mit der Heilung der Frau geschaffen hast. Du müsstest ihr die Wunde zurückgeben, die du ihr nahmst. Durch diesen Schnitt werden dann die uralten Energien strömen. Aber ich warne dich: Das Heraufbeschwören der Dunkelheit verdirbt auch den edelsten Charakter. Solltest du dich für diesen Weg entscheiden, würdest du innerhalb kürzester Zeit so mächtig sein, dass deine Freunde dich nicht mehr aufhalten könnten. Du wirst sie umbringen.«

»Nein.«

»Ich habe nur ein einziges Mal jemanden auf den Wogen dieser Energie reiten sehen, ohne von ihr verschlungen zu werden. Und sogar er verlor am Ende den Kampf, weil er es nicht über sich brachte, die Macht wieder aufzugeben.«

»Wenn diese urzeitliche Energie heraufbeschworen worden ist, kann sie also nicht wieder freigesetzt werden?«, fragte Kougar.

»Doch. Das Ritual lässt sich rückgängig machen. Das Problem ist nur, dass keiner, der von dieser Macht gekostet hat, in der Lage ist, sie wieder aufzugeben. *Absolute Macht erschafft absolute Verdorbenheit*.« Er wandte sich wieder Wulfe zu. »Ich sollte dich jedoch warnen: Sobald Satanan frei ist, wird er in jedem Fall die Kontrolle über dich erlangen – genau wie über alle anderen Dämonen –, auch wenn du die urzeitlichen Energien jetzt nicht selbst heraufbeschwörst. Er wird dich dazu bringen, es für ihn zu tun … ohne dass du die Macht für dich selber in Anspruch nehmen könntest. Und somit wirst auch du ein Lakai des Bösen werden wie schon so viele andere vor dir.«

»Wie halten wir ihn auf?«, wollte Wulfe wissen, während er Natalie weiter eng an sich drückte. »Wie verhindere ich, dass es so weit kommt?«

»Es gibt nur eine Möglichkeit. Die Verbindung muss getrennt werden. Du, dein Schlüssel oder Satanans Wirt …«

»Inir.«

»Ja, Inir … muss sterben.«

Wulfe spürte, wie Natalie zusammenzuckte.

»Ich werde nicht zulassen, dass dir etwas passiert«, raunte er nachdrücklich. Aber bei der heiligen Göttin, wenn er diese unselige Verbindung, die er unabsichtlich geschaffen hatte, kappen wollte, ohne sie oder sich selber weiter zu gefährden, musste er Inir töten. Natürlich war das ganz in seinem Sinne. Er täte nichts lieber als das, aber sie versuchten diesen Mistkerl jetzt schon seit Monaten aufzuspüren und umzubringen, doch bislang ohne Erfolg.

»Der Schamane ist da«, sagte Tighe.

Als der so jung aussehende Alte zusammen mit Fox den Zellentrakt betrat, straffte Wulfe die Schultern. Langsam ließ er Natalie los. Sein Kopf hämmerte, weil er so sehr bedauerte, was er ihr angetan hatte … und er schämte sich zutiefst. Wie hatte er das alles nur wieder so gründlich vermasseln können? Seine Gabe bewirkte nie etwas Gutes. *Niemals*.

Als er von ihr wegtrat, schaute sie ihn voller Sorge und Verwirrung an.

Wenn er sie doch nicht berührt hätte … sie nicht geheilt hätte.

Der Schamane ging zu Vivians Zelle und sah sie voller Interesse an. »Man hat mir gesagt, Sie wären der Wirt für das Bewusstsein eines Dämons, der behauptet, ein Feind Satanans zu sein.«

»Ja, genau. Er heißt Strome und gehört zu den Guten«, erklärte Vivian. »Du siehst sehr jung aus für einen Schamanen.«

Der Schamane lächelte. »Das Aussehen kann täuschen, wenn man es mit Unsterblichen zu tun hat. Viele Dinge können täuschen. Ich habe nie zuvor gehört, dass Satanan Feinde unter den eigenen Leuten hatte. Wenn das stimmt, ist das sehr aufschlussreich.«

»Es stimmt.« Ein finsterer Ausdruck trat auf Vivians Gesicht, und es war deutlich erkennbar, dass Strome wieder die Führung übernommen hatte. »Satanan hatte nur Feinde. Er wurde zu stark, ehe wir überhaupt wussten, welche Macht er besaß. Als wir endlich die Bedrohung erkannten, war es zu spät. Er hatte uns bereits vollständig unter seine Kontrolle gebracht. Als meine Erinnerung aussetzte – und ich weiß nicht, wie lange das her ist …«

»Vierhundert Jahre«, sagte Wulfe, der sich nicht zurückhalten konnte, wenn ihm dieses Wissen auf der Zunge lag. »Satanan brachte die Dämonen, vierhundert Jahre bevor alle in der Dämonenklinge gefangen wurden, unter seine Kontrolle.«

Vivian/Strome sah ihn interessiert an. »Woher weißt du das alles, Gestaltwandler?«

»Ich habe keine Ahnung. Es hat heute angefangen. Plötzlich weiß ich all diese Dinge.«

»Du bist in Satanans Bewusstsein eingedrungen … oder hast Zugang zu seiner Erinnerung und seinem Wissen. Wie das?«

Wulfe schüttelte den Kopf.

Natalie legte ihre schmale, aber trotzdem starke Hand auf seinen Unterarm. »Wenn ich Schmerzen habe und du mich berührst, erlangt Satanan eine gewisse Kontrolle über dich. Könnte es sein, dass die Verbindung in beide Richtungen funktioniert? Womöglich zapfst du ihn auch in gewisser Weise an?«

Wulfe erstarrte. Kalter Schweiß brach ihm aus. Er hasste es. Er hasste *das alles*. Er wollte dieses verdammte Dämonenblut nicht, er wollte nicht den verdammten Erzdämon höchstpersönlich anzapfen. Heilige Göttin, was geschah nur mit ihm?

»Das ist sehr gut möglich«, meinte Strome. »Und ziemlich gefährlich. Wenn so ein winziger Teil seines Bewusstseins bereits eine solche Verbindung zu dir herstellt, hast du kaum eine Chance, ihm zu entgehen, wenn der Erzdämon aus der Klinge freikommt. Du wirst seinem Bann sofort vollständig unterliegen.« Der Dämon ließ den Blick von einem Gestaltwandler zum nächsten gleiten. »Darauf müsst ihr vorbereitet sein. Wenn Satanan ihn erst hat, kann man ihn nicht mehr zurückholen. Ich habe viele Freunde so verloren. Gute Männer. Ehrenwerte Männer.«

»Satanan wird ihn nicht bekommen«, knurrte Tighe.

Wulfe starrte die Frau an und begegnete dem Blick des Dämons. Sein ganzes Leben lang war er davon überzeugt gewesen, dass Dämonen das personifizierte Böse waren. Seit einem Monat war er nun entsetzt darüber, dass dieses Böse auch durch sein Blut floss, dort lauerte und nur darauf wartete hervorzubrechen. Doch wenn das stimmte, was Strome sagte, war dem vielleicht gar nicht so. Ein erlösender Gedanke, aber auch schrecklich verwirrend. Es sei denn, das Ganze war ein Trick von der Frau, ein ausgeklügelter Plan, um sich bei ihnen einzuschleusen und ihr Vertrauen zu gewinnen. Aber aus welchem Grund?

Nein, das konnte er sich nicht vorstellen. Sein Bauchgefühl sagte ihm, dass Vivian Mars und der Dämon Strome echt waren. Aber dennoch saßen er und Natalie ziemlich tief in der Scheiße.

Der Schamane hielt Vivian seine Hand hin. »Bitte, ich möchte dich berühren.« Als Vivian ihre Hand durch die Gitterstäbe schob, nahm er sie und schloss die Augen. Schließlich öffnete er sie nach mehreren Minuten wieder. »Ich spüre kein Dunkel in dieser Frau. Im Gegenteil … ich sehe nur Helligkeit und Licht und eine tiefe, beständige Liebe.« Er legte den Kopf auf die Seite, während er Vivian überrascht ansah. »Du hast dich in den Dämon, mit dem du infiziert worden bist, verliebt.«

Vivian sah ihn pikiert an. »Er hat mich nicht infiziert. Er hat mich gefunden. Wir sind ein Team. Und es stimmt … ich habe ihn gern.« Ihre Miene wurde ganz weich. »Er ist mein bester Freund.«

Der Schamane nickte. »Wenn ich mich nicht irre, hat er dich genauso gern.«

»Du irrst dich nicht«, fuhr ihn Vivians Stimme in Stromes barscher Art an.

Der Schamane drehte sich zu Lyon um. »Ich bin kein Experte, was Dämonen betrifft, aber ich spüre nichts Dunkles bei ihm.«

Lyon nickte. »Strome behauptet, Natalie sei ein Schlüssel zur Pforte.«

Die so jung aussehenden Augenbrauen schossen nach oben. »Wer hat sie dazu gemacht?«

»Ich«, erklärte Wulfe schroff und wünschte sich, seine Brüder würden ihn dafür strafen, ihre Klauen in sein Fleisch schlagen und ihn in Stücke reißen. »Ich tat es, als ich ihre Wunde nahm.«

Als der Schamane sich zu Natalie umdrehte, verkrampfte sich Wulfe, auch wenn er wusste, dass der uralte Mann ihr nie etwas tun würde. Der Schamane griff nach ihrer Hand, schloss noch einmal die Augen und schüttelte dann den Kopf. »Keine Dunkelheit, keine Schatten. Ich spüre nichts Schlechtes.«

»Und doch behauptet der Dämon, dass Satanan durch sie Kraft bezieht«, erklärte Lyon. »Durch sie und Wulfe.«

Die Augen des Schamanen öffneten sich, und er ließ Natalies Hand los. »Das ist möglich. Ich weiß nur wenig über Dämonen, aber ich habe gehört, dass sie viel enger miteinander verbunden sind als andere Rassen.« Er sah Wulfe an. »Kannst du spüren, dass Satanan dich … euch beide … im Griff hat?«

Wulfe schüttelte den Kopf.

Der Schamane richtete den Blick wieder auf Vivian/Strome. »Kannst du uns das erklären?«

Stromes unnachgiebiger Blick flackerte in den Augen der Archäologin, als Vivian sich zu Lyon umdrehte. »Ich kann, aber ich werde es nicht tun. Dein Schamane hat erklärt, dass Vivian ohne Dunkel ist, deshalb wirst du sie freilassen. Ich werde dir mitteilen, was ich weiß, wenn sie aus diesem Verlies heraus ist.«

Lyons Kiefermuskeln arbeiteten. »Ich werde dich in Kürze über meine Entscheidung informieren.« Als er sich umdrehte, um zu gehen, schlossen sich ihm Kougar, Tighe, Fox und der Schamane an.

Wulfe ließ Natalie den Vortritt und bildete selber die Nachhut.

Die kleine Gruppe suchte sich einen Weg durch die Gardisten im Trainingsraum, und als sie den Flur erreichten, der zur Treppe führte, ging Lyon weiter in den Ritualraum und betätigte den Schalter, der die künstlichen Fackeln aufleuchten ließ. Die anderen folgten ihm, aber der Schamane zögerte.

»Wenn du mich nicht mehr brauchst, Lyon, würde ich gern mit Ariana weiterarbeiten.«

»Natürlich. Danke, Schamane.«

Wulfe betrat mit Natalie und den anderen den Raum und schloss die Tür. Wulfe hatte die Atmosphäre hier immer schon gemocht, die hohe, gewölbte Decke und die dunklen Wände. All das war den alten Höhlen nachempfunden, in denen die Krieger vor langer Zeit ihre primitiven Rituale durchgeführt hatten. Natalie blieb neben der Tür an der Wand stehen, und Wulfe stellte sich auf die andere Seite der Tür.

Sie sah ihn an, und in ihrem besorgten Blick standen Tausende von Fragen. Er war nicht einmal sicher, ob er ihre Fragen überhaupt beantworten konnte.

»Können wir Vivian Mars trauen?«, fragte der Anführer der Krieger, sodass Wulfes Aufmerksamkeit sich wieder auf ihr gegenwärtiges Problem richtete.

»Die Geschichte ist viel zu seltsam … die muss wahr sein«, brummte Tighe. »Mein Gefühl sagt mir, dass Strome Vivian schützen will und nicht sich selber.«

»Wenn wir sie töten, stirbt er«, entgegnete Lyon.

»Ich glaube, Tighe sieht es richtig«, meinte Fox. »Die Forderung des Dämons klingt so, als wollte da ein Mann seine Frau beschützen.«

»Er liebt sie«, erklärte Natalie mit fester Stimme und überraschte Wulfe damit. Er freute sich, dass sie keine Hemmungen hatte, in Gegenwart seiner Brüder das Wort zu ergreifen. »Ich kann sehr gut in Augen lesen«, fuhr sie fort. »In Vivians Blick sehe ich große Neugier und überhaupt keine Arglist. Wenn Strome die Kontrolle übernimmt, erkenne ich absolute Ehrlichkeit … und Ehrenhaftigkeit … und die Liebe, die auch der Schamane gespürt hat. Ich bin fest davon überzeugt, dass Strome – oder zumindest dieses Bewusstseinsfragment von ihm – in Vivian Mars verliebt ist.«

»Dann schenken wir ihnen also unser Vertrauen?«, fragte Lyon. »Lassen wir Vivian frei, oder sperren wir sie weiter ein?«

»Wenn der Dämon böse ist und mit Satanan unter einer Decke steckt«, meinte Kougar nachdenklich, »könnte es gefährlich sein, ihn gehen zu lassen. Ihn hierzubehalten könnte aber noch gefährlicher sein. Auf der sicheren Seite wären wir nur, wenn wir ihn töten.«

»Aber wenn er mit Satanan nicht unter einer Decke steckt«, entgegnete Tighe, »wäre ein Dämon ein mächtiger Verbündeter.«

»Ich glaube, er sagt die Wahrheit«, brummte Wulfe. »Ich glaube, er hasst Satanan abgrundtief.«

»Das sehe ich auch so«, erklärte Tighe. Kougar und Fox stimmten ihm zu.

Lyon nickte. »Dann haben wir also entschieden, ihm zu trauen. Behalten wir ihn hier, oder lassen wir ihn gehen?«

»Verbündete einzusperren ist der sicherste Weg, sie gegen sich aufzubringen«, meinte Fox leise.

Tighe nickte. »Da muss ich ihm zustimmen. Wir sollten ihn gehen lassen.«

Lyon öffnete die Tür. »Dann sind wir zu einer Entscheidung gelangt. Wir treffen uns in zehn Minuten im Besprechungsraum. Fox, sag den anderen Kriegern Bescheid. Ich will alle dabeihaben. Wulfe, bring Natalie in ihr Zimmer. Tighe und Kougar, begleitet Vivian nach oben.«

Während Wulfe mit Natalie wieder in Richtung Eingangshalle ging, wappnete er sich gegen ihre Fragen oder Vorwürfe. Man sah ihr deutlich an, dass sie sich kaum zurückhalten konnte. Aber sie sagte nichts und ging neben ihm die Treppe hoch, ohne ihn anzuschauen.

Sie hatte jedes Recht, wütend auf ihn zu sein, für das, was er ihr angetan hatte. Wütend und verängstigt. Heilige Göttin, er hatte ihr doch keinen Schaden zufügen wollen. Das war wirklich das Allerletzte, was er im Sinn gehabt hatte.

Als sie schließlich bei ihrem Zimmer ankamen, ging sie hinein und drehte sich mit ruhiger, rätselhafter Miene zu ihm um. »Wenn die Besprechung vorbei ist, schuldest du mir ein paar Erklärungen.«

»Ich weiß.«

Sie wandte sich ab, und Wulfe zögerte kurz, ehe er langsam die Tür zuzog und von außen abschloss. Er war voller Angst, dass er all ihre Chancen, hier lebendig wieder herauszukommen, zerstört hatte, weil sie durch ihn zu seinem Schlüssel gemacht worden war. Wenn *sie* am Ende den höchsten Preis für seinen Fehler bezahlen musste, konnte er gleich mit ihr sterben. Denn das würde seine Seele unwiederbringlich zerstören.

Natalie stand am Fenster und schaute zu der bogenförmigen Auffahrt hinunter. Die Sonne strahlte auf die Autos und Trucks und warf Schatten durch das Laub der Bäume auf den Rasen. Doch obwohl sie sah, was vor ihren Augen lag, war ihr Blick nach innen gekehrt. Sie hatte Angst.

Sie hatte zwar versucht, sich mit einem Buch abzulenken, das sie mitgenommen hatte, doch noch nicht einmal Jane Austens *Emma* – ein Buch, das sie immer geliebt hatte – konnte ihre Gedanken lange genug fesseln, dass die Sätze, die sie las, einen Sinn ergaben. Schließlich hatte sie aufgegeben und sich ans Fenster gestellt.

Wie konnte all das, was sie gerade erlebte, nur möglich sein? Gestaltwandler und Dämonen, seltsame Auren und Schlüssel. Wie hatte sie nur in so etwas hineingeraten können?

Wulfe gab sich die Schuld an allem. Das hatte sie an seinem Blick gesehen und daran gespürt, wie wundervoll fest er sie erst an sich gezogen und dann losgelassen hatte, als könnte er es nicht ertragen, sie zu berühren. Und vielleicht war er ja tatsächlich an allem schuld, aber das spielte wohl kaum eine Rolle mehr. Jetzt war nur noch wichtig, dass sie den Kriegern bei ihrem Kampf gegen Inir und Satanan nicht irgendwie im Weg stand.

Ach, Wulfe, was hast du getan?

Doch was es auch sein mochte … es war nie seine Absicht gewesen, ihr zu schaden. Sie kannte den Wolf erst seit ein paar Wochen und den Mann noch viel kürzer, doch sie sah ganz deutlich das Gute in ihm und seine Ehrenhaftigkeit. Diese Charakterzüge machten ihn aus. Er war eine wunderbare, goldene Seele, sanft und stark und ach, so wunderschön.

Kein Wunder, dass sie sich in ihn verliebt hatte. Doch welche Folgen ihre Gefühle haben würden, ließ sich noch nicht einmal erahnen. Wenn er ihre Liebe nun erwiderte? Würde sie bereitwillig alles aufgeben, für das sie so hart gearbeitet hatte, um hier bei ihm zu bleiben? Konnte sie ihrer Arbeit und ihrer Mutter wirklich den Rücken zukehren, um sich bis ans Ende ihres Lebens vor allen zu verstecken? War die Liebe irgendeines Mannes das wert?

Ehrlich gesagt wusste sie das nicht. Und sie war sich noch nicht einmal sicher, ob das überhaupt noch eine Rolle spielte, nachdem sie zu einem Werkzeug des Bösen geworden war. Die Chancen standen gut, dass sie gar kein Leben mehr haben würde, wenn das hier erst vorüber war. So vieles konnte schiefgehen. So vieles war bereits schiefgegangen, auch wenn sie die Folgen gar nicht abschätzen konnte.

Sie wandte sich vom Fenster ab und ging hinüber zum Bett, wo sie das Buch liegen gelassen hatte. Gedankenverloren strich sie mit dem Finger über den Buchtitel. Sie mochte vielleicht nicht viele Möglichkeiten haben, überlegte sie, aber sie hatte dennoch ein paar. Man besaß immer die Wahl, und sei es auch nur, dass man sich entschied, zu kämpfen oder aufzugeben.

Vor langer Zeit hatte sie es sich zum Ziel gesetzt, das Leben anderer zu verbessern. Sie hatte immer geglaubt, dass ihr das mit ihrer Arbeit gelingen würde … indem sie Leuten und insbesondere Kindern half, besser zu sehen. Doch dann waren sie und ihre Freunde von Magiern entführt und von Geisterdämonen angegriffen worden … und damit war alles anders geworden. Alles.

Sie war nicht mehr die Frau, die sie früher gewesen war. Stattdessen war sie zu einer Art Kanal für eine schreckliche Macht geworden. Eine Schachfigur, vielleicht ein Bauer. Aber sogar ein Bauer konnte einen König unter bestimmten Voraussetzungen schlagen. Mit den richtigen Verbündeten.

Es gab immer Möglichkeiten. Aber um die richtigen Entscheidungen zu fällen, musste man die Spielregeln durchschauen. Bis jetzt war Wulfe ihr Beschützer gewesen und in gewisser Weise auch ihr Gefängniswärter. Aber jetzt waren sie beide in diese Sache verwickelt, und sie steckten viel tiefer drin, als selbst ihm bewusst gewesen war. Manches würde sich ändern.

Und sie hatte das Gefühl, dass das die einzige Möglichkeit war, um zu überleben.

Zehn Minuten später saßen oder standen alle Krieger im Besprechungsraum. Vivian, die man aus ihrer Zelle herausgelassen und nach oben geführt hatte, saß am Kopfende des Tisches, wo alle sie sehen konnten, um ihr gegebenenfalls Fragen zu stellen. Lyon brachte die anderen, die zuvor nicht mit im Zellentrakt gewesen waren, schnell auf den neuesten Stand.

Wulfe lehnte mit finsterer Miene an der Wand, während die anderen Vivians Geschichte lauschten und ihm immer wieder schnelle Blicke zuwarfen.

»Aha, der Wolf hat sich also einen eigenen Schlüssel angefertigt«, meinte Jag nachdenklich. »Wissen wir überhaupt, was ein Schlüssel ist? Oder was er macht?«

Wulfe sah den Jaguarwandler überrascht an, weil er vermutete, dass die anderen es tatsächlich nicht wussten. Sie waren wahrscheinlich von der Notwendigkeit, ein Pentagramm in Natalies Brust zu schneiden, in die Irre geführt worden. Aber das war eigentlich völlig egal, da er die Energie nicht durch sie heraufbeschwören würde. Niemals.

»Strome?«, fragte Lyon und wandte sich an Vivian.

Die Frau saß kerzengerade auf ihrem Stuhl. Ihr Blick – der Blick des Dämons – behielt aufmerksam und vorsichtig alle Männer im Raum im Auge. Wulfe wunderte sich, dass er so leicht erkennen konnte, wer gerade das Sagen hatte … Vivian oder der Dämon. Sein ganzes Mitgefühl galt dem Mann, der so eindeutig von dem Verlangen erfüllt wurde, die Frau zu beschützen, aber absolut keine Möglichkeit dazu besaß.

»Ein Schlüssel ist die Abwandlung eines uralten Verfahrens, bei dem eine Frau in einen Dämon verwandelt wird.« Als Vivian/Strome anfing zu sprechen, wurde es im Raum still, und alle Krieger lauschten aufmerksam. »Wir bestehen nicht vollständig aus Fleisch und Blut, wie einer von euch schon gesagt hat. Dämonen sind Wesen aus Energie, und es werden nur männliche

Abkömmlinge geboren. Wir können uns nur fortpflanzen, indem wir eine Frau einer anderen Rasse in einen Dämon umwandeln. Die Frau nimmt dabei keinen Schaden und konnte früher auch nicht gegen ihren Willen dazu gebracht werden. Die Verwandlung war Teil der Trauungszeremonie. All das änderte sich … absolut *alles* änderte sich … als Satanan herausfand, wie er sich die urzeitlichen Energien zunutze machen konnte. Er erkannte, dass Menschenfrauen mit ihrer irdischen Physiologie von fast jedem Dämon dafür missbraucht werden konnten, Zugang zu dieser dunklen Energie zu bekommen. Satanan lehrte seine mutigsten Gefolgsleute, sich auf diese Weise zu stärken, denn damit stärkten sie ihn gleichermaßen.«

Wulfe runzelte die Stirn. »Wie konnte ich Natalie dann unabsichtlich in meinen Schlüssel verwandeln?«

Vivian/Strome sah ihn nachdenklich an. »Du hast Gefühle für sie. Starke Gefühle.«

Wulfe presste die Lippen aufeinander. Das ging den Dämon nichts an … oder vielleicht doch. Er nickte.

»Und du sagtest, du hättest sie geheilt.«

»Ich habe eine Gabe.« *Sie ist ein Fluch*. »Ich kann Menschen ihre Wunden nehmen, wenn ich es mir fest genug wünsche.«

»Eine seltene Gabe, Gestaltwandler. Ich bin mir nicht sicher, aber ich glaube, dass die Verwandlung in Gang gesetzt wurde, als du mit weit offenem Herzen deine Gabe eingesetzt hast. Doch weil das Ganze über eine Wunde erfolgte, die ihr von einem Gräuel zugefügt worden war, nahm die verdorbene Form des Prozesses ihren Lauf, wodurch sie zu einem Schlüssel zu den urzeitlichen Energien wurde.«

»Befindet sie sich in Gefahr?«, wollte Wulfe wissen.

Strome nickte, und ein mitfühlender Ausdruck trat in seinen Blick. »Ich fürchte ja. Es hätte wahrscheinlich keinerlei Einfluss auf sie, dass du sie zu deinem Schlüssel gemacht hast, wenn du sie nie als solchen nutzen würdest. Aber Satanan benutzt sie. Je mehr Energie er über sie bezieht, desto schneller wird sie sterben. Es tut mir leid.«

Wulfe stieß einen gequälten Wutschrei aus und drehte sich mit erhobener Faust zur Wand, um darauf einzuschlagen.

»Wulfe«, warnte Lyon ihn. »Du bist nicht unsterblich.«

Verdammt! Im letzten Moment stoppte er den Hieb und ließ stattdessen seine animalische Seite heraus. Heilige Göttin, er musste unbedingt irgendjemanden verprügeln und selber verprügelt werden. Er brauchte ein Ventil!

Er drehte sich wieder um und suchte mit gequälter Miene den Blick des Dämons. »Wie lange dauert es, bis es sie umbringt?«

»Bei der Geschwindigkeit, mit der Satanan zurzeit Energie über sie bezieht, vermutlich einige Monate. Wenn du die Pforte mithilfe des Schlüssels weiter öffnest und selber Energie abziehst, wird sie höchstens noch einen Tag leben. Vielleicht auch nur Stunden.«

Natalie würde auf keinen Fall sterben. Sein rasender Beschützerinstinkt trieb ihn dazu, mit ungestümem Schritt durch den Raum zu marschieren, während ihm die Tragweite des Ganzen nun immer klarer wurde. Beim jetzigen Stand der Dinge hatte sie noch Monate, und er hatte vielleicht nur noch wenige Tage.

Mühsam riss er sich zusammen. Nichts hatte sich geändert. Inir musste sterben und mit ihm zusammen der böse Hauch Satanans. Das war immer noch das einzige akzeptable Endergebnis, auch wenn es mit jedem Tag weiter in die Ferne zu rücken schien.

»Hat noch jemand Fragen?«, wollte Lyon wissen.

»Ich«, sagte Kougar. »Falls Wulfe irgendwann diese Energien heraufbeschwören muss, müssen wir wissen, wie es funktioniert.«

»Du hast doch gehört, was er gerade gesagt hat! Ich werde es nicht tun«, knurrte Wulfe. »Damit würde ich sie umbringen.«

»Er muss ihr die Wunde zurückgeben, die er ihr genommen hat …«

»Wie?«, fragte Kougar mit gepresster Stimme.

Vivian/Strome sah Wulfe an. »Wie hast du sie ihr denn genommen?«

Wulfe blieb stumm, bis Kougar ihn mit seinem Blick durchbohrte. Seufzend erklärte er: »Ich habe meine Hand auf ihre Wange gelegt und die Wunde zu mir gerufen. Mehr nicht.«

Vivian/Strome nickte. »Tu das Gegenteil. Sobald das getan ist, stell sie in die Mitte eines Pentagramms und sag die Worte, um die Energie heraufzubeschwören.«

»Welche Worte?«

»Die Worte sind jedem Dämon auf die Seele geschrieben. Dämonenmagie kann nicht geteilt werden. Sie muss von innen heraus kommen, und die Worte sind ein Teil davon. Sie sind so individuell wie ein Fingerabdruck, und sie werden dir offenbart werden, wenn du es dir nur stark genug wünschst.« Vivian runzelte die Stirn, und Stromes durchdringender Blick war immer noch in ihren Augen zu erkennen. »Ich warne dich, Gestaltwandler. Wenn du die Dunkelheit heraufbeschwörst, wird sie versuchen, dich zu vereinnahmen. Es besteht allerdings die Möglichkeit, dass dein Schlüssel zur Pforte dich davor bewahrt, in dieses Dunkel abzustürzen, weil du zärtliche Gefühle für sie hegst. Aber es wird nicht leicht sein. Meines Wissens ist es noch nie versucht worden.«

Alle schwiegen eine Weile, ehe Lyon wieder das Wort ergriff: »Noch irgendwelche Fragen?«

»Tausende«, murmelte Hawke. »Ich würde gern mehr über die gesellschaftlichen Bedingungen der Dämonen vor Satanans Machtergreifung hören.«

Vivian/Strome nickte. »Ich werde gern alles erzählen, was ich weiß. Vivian kennt die Geschichte bereits, aber ich erkenne jetzt, wie wichtig es für die Unsterblichen ist, zu erfahren, wie die Dämonen waren, ehe der Zerstörer Satanan an die Macht kam.«

Hawke bombardierte Strome mit Fragen, und dieser bemühte sich, alle zu beantworten, doch Wulfe hörte nichts mehr von dem, was er sagte, weil es in seinem Kopf so laut dröhnte. Am liebsten wäre er in seinen Truck gesprungen, zu Inirs Festung gerast und hätte seinem Feind das Herz herausgerissen.

Schließlich trat Strome zur Seite und übergab Vivian wieder das Ruder. Sie stand auf und schüttelte allen Kriegern lächelnd die Hand. »Sie haben ja keine Ahnung, wie aufregend das alles ist.«

»Ihnen ist klar, dass Sie niemandem jemals von unserer Existenz erzählen dürfen, oder?«, mahnte Lyon sie.

»Natürlich!«, schnaubte sie. »Man würde mich einsperren, wenn ich irgendjemandem erzähle, dass ich einen Dämon in meinem Kopf habe. Ich weiß, was auf dem Spiel steht, Lyon. Dank der Horrorgeschichten, die Strome mir über Satanan erzählt hat, ist mir der Ernst der Lage wie nur wenigen anderen bewusst. Strome und ich werden alles in unserer Macht Stehende tun, um dafür zu sorgen, dass Sie diesen Krieg gewinnen. Darum habe ich doch alles auch alles versucht, um Sie überhaupt zu finden. Satanan muss aufgehalten werden.«

Lyon nahm ihre Hand. »Wenn Sie irgendetwas brauchen, lassen Sie es uns wissen. Die Krieger des Lichts sind Ihre Verbündeten.«

Vivian grinste. »Cool.«

Hawke tauschte Telefonnummern mit ihr aus. Als Hawke und Tighe mit ihr den Raum verließen, um sie zu ihrem Wagen zu führen, wandte Kougar sich an Lyon.

»Ich befürworte es zwar nicht, aber ich werde es sagen, weil es gesagt werden muss. Wenn Strome recht hat, dann steht es in unserer Macht, Wulfe nicht nur der Gewalt von Satanan zu entreißen, sondern auch zu verhindern, dass Satanan immer stärker wird.«

Wulfe stieß ein leises Knurren aus. »Nein.« Er wusste, worauf Kougar hinauswollte.

Kougar drehte sich zu ihm um, und ein Anflug von Mitgefühl war in seinem Blick zu erkennen. »Ihr wird bereits jetzt durch die Energie, die durch sie strömt, Schaden zugefügt. Und jedes Mal, wenn Satanan die Kontrolle über dich an sich reißt, riskierst du es, sie zu töten.«

Er sprach davon, Natalies Leben zu beenden. *Jetzt*. Um die Verbindung auf diese Weise zu unterbrechen. Auf gar keinen Fall. Eher würde die Hölle zufrieren!

»Und wenn Satanan dich in so einem Moment zwingt, diese Energien mit aller Macht heraufzubeschwören, wirst du dich wahrscheinlich auf sie stürzen und sicherlich auch einen oder mehrere von uns töten. Man geht ein schrecklich großes Risiko ein, wenn derjenige, den man beschützen will, so eine geringe Chance hat, überhaupt zu überleben.«

»Verdammt noch mal. *Nein!*« Wulfes Reißzähne und Klauen traten hervor, und die Wut auf Kougar raste wie eine Feuersbrunst durch ihn hindurch. Er wollte ihn in Fetzen reißen.

Lyon packte Wulfs einen Arm und Paenther den anderen. »Keiner wird Natalie anrühren, Wulfe. Keiner außer dir«, erklärte Lyon ruhig. »Kougar hat es zur Sprache gebracht, weil wir das Problem aus allen Blickwinkeln betrachten müssen. Aber du weißt, dass keiner von uns der Frau eines anderen etwas antun würde. Nicht einmal Kougar. Nicht jetzt.«

Obwohl er vor Wut kochte, ließ Wulfe sich aus dem Raum in die Eingangshalle führen.

»Reagier dich ab, Wulfe. Geh nach unten in den Trainingsraum und such dir einen Therianer, der bereit ist, dir den Kampf zu liefern, den du jetzt brauchst.« Die Angehörigen der Therianischen Garde mochten vielleicht nicht in der Lage sein, Reißzähne oder Krallen hervorzubringen, aber sie waren zumindest immer noch unsterblich.

»Wenn einer sie anfasst, bring ich ihn um.«

»Keiner wird ihr etwas tun.«

Aber Wulfe hörte auch die Worte, die nicht ausgesprochen wurden. Keiner würde ihr etwas tun, solange er einer von ihnen blieb und sich in der Gewalt hatte. Aber sollte er sich je von der Dunkelheit, von den Energien aus uralten Zeiten vereinnahmen lassen, würden seine Brüder alles tun, um ihn zurückzuholen und dafür auch die Verbindung trennen, die das bewirkte … Natalie. Vorausgesetzt, er brachte sie vorher nicht selber um. Darüber war er sich vollkommen im Klaren.

Die Göttin möge ihm beistehen.

Mit einem wütenden Aufschrei schlug er ein Loch in den Putz, dann ging er die Kellertreppe hinunter, um einen Unsterblichen zu finden, der bereit war, mit ihm zu kämpfen. Er wünschte, er könnte sich stattdessen seine eigene Dämonenseele herausreißen.

14

Schweren Schrittes stieg Wulfe die Treppe zum zweiten Stock hoch. Er hatte ohne seine Reißzähne und Krallen gekämpft und es mit fünf Gardisten gleichzeitig aufgenommen, die von ihm windelweich geprügelt worden waren … was diese ihm mit gleicher Münze heimgezahlt hatten. Allerdings hatten die Mistkerle nicht zu fest zugeschlagen, um dem Sterblichen keinen ernsthaften Schaden zuzufügen. Er konnte sich nun vorstellen, wie Menschen sich fühlen mussten, wenn sie alt wurden und von Jüngeren auch wie Alte behandelt wurden.

Er rieb sich den Kiefer an der Stelle, wo ihn ein Ellbogen erwischt hatte, und kniff das Auge zusammen, das allmählich zuschwoll. Ja, er hatte genauso viel Prügel eingesteckt, wie er ausgeteilt hatte, aber er fühlte sich jetzt zweihundert Prozent besser. Natürlich ging es ihm nicht gut. Das war ja auch gar nicht möglich, wenn seine ganze Welt immer noch kopfstand. Aber er hatte zumindest das Gefühl, dass er wieder vernünftig damit umgehen konnte, ohne gleich zum Berserker zu werden.

Jedenfalls solange Satanan nicht seine bösartigen Klauen nach seinem Verstand ausstreckte.

Doch als er sich Natalies Zimmer näherte, wurden seine Schritte langsamer. Er hatte versprochen, ihr Antworten zu geben, und war unsicher, was er ihr erzählen sollte. Was gab es überhaupt zu sagen? *Ich habe Gott gespielt und dein Leben vermasselt. Es tut mir leid*?

Er klopfte an ihre Tür.

»Komm herein, Wulfe.«

Er schloss die Tür auf und trat ins Zimmer. Ihr bestürzter Blick ließ ihn zusammenzucken.

»Was ist passiert?«

»Ich musste mich abreagieren. Ich habe mit ein paar Therianern gekämpft.«

Sie ließ ihr Buch aufs Bett fallen und kam auf ihn zu. »Du brauchst ein Kühlelement für dein Auge.« Als sie sein Gesicht berühren wollte, packte er ihr Handgelenk und hielt sie davon ab.

»Es geht mir gut.«

Sie schien zwar widersprechen zu wollen, sagte dann aber nichts, sondern sah ihn einfach nur an. Viele widersprüchliche Gefühle spiegelten sich in ihren Augen, ganz zu schweigen von den Hunderten von Fragen. Plötzlich war die Luft zwischen ihnen elektrisch geladen.

»Ich muss wissen, was hier gerade passiert, Wulfe. Alles.«

Verdammt! Langsam ließ er ihren Arm los. »Ich weiß.« Er presste die Lippen aufeinander und ging zum Fenster. Während er auf die Auffahrt hinausschaute, erzählte er ihr alles, was im Besprechungsraum gesagt worden war. Mehrere Male behielt er zunächst das eine oder andere für sich, aber dann zwang er sich doch, ihr nichts zu verschweigen und die ganze Wahrheit zu sagen. Er schonte sie nicht … und sich selber auch nicht. Er hatte sie zu einem Werkzeug des Bösen gemacht. Es war das Mindeste, was er jetzt für sie tun konnte, dass er völlig ehrlich zu ihr war.

Während er sprach und seine Stimme leise durch den stillen Raum hallte, hörte er das leise Quietschen von Matratzenfedern, und er wusste, dass sie sich aufs Bett gesetzt hatte. Er spürte ihre Anwesenheit mit jeder Faser seines Körpers, während er weitererzählte, dass Strome glaube, er habe sie zu einem Schlüssel gemacht, als er ihr die Wunde mit offenem

Herzen genommen hatte. Seine Gefühle waren sein Problem, nicht ihres, und diese Bürde wollte er ihr eigentlich nicht auch noch aufladen. Aber sie wollte die Wahrheit hören, und die gab er ihr jetzt.

Nachdem er zu Ende geredet hatte, schaute er mehrere Minuten lang weiter aus dem Fenster. Bedauern und Scham lagen wie ein bleischwerer Klumpen in seinem Magen. Schließlich zwang er sich dazu, sich umzudrehen und sie anzusehen.

Natalie schaute ihn bekümmert an, mit zusammengezogenen Augenbrauen und gerunzelter Stirn. Einerseits wäre er am liebsten aus dem Raum gestürmt, andererseits sehnte er sich danach, sie in die Arme zu schließen. Wäre er der Meinung, das könnte sie vielleicht trösten, hätte er es gemacht. Aber er hatte ihr den ganzen Schlamassel hier angetan.

Eine ganze Weile sagte sie nichts, sondern sah ihn nur mit diesem kummervollen Gesichtsausdruck an.

»Wenn du noch Fragen hast«, murmelte er, »stell sie, Natalie. Ich werde dir alles erzählen.« Das schuldete er ihr.

»Wie bin ich zu der Verletzung gekommen, durch die ich zu einem Schlüssel wurde?«, fragte sie schließlich. »Wenn du mir meine Erinnerungen nicht zurückgeben willst, dann erzähl mir zumindest, was passiert ist.«

Er holte tief Luft. »Muss ich wirklich?«

Erleichtert sah er, dass sie lächelte, wenn auch nur kurz. »Ja, mein Wolf, das musst du.«

Mein Wolf. Ihm gefielen diese Worte. Der Tiergeist in seinem Innern gab ein leises, zustimmendes Bellen von sich. Sie gefielen ihnen beiden.

»Hast du was dagegen, wenn ich mich hinsetze?«

Mit sanfter Miene klopfte sie neben sich aufs Bett, und ihre Herzlichkeit erleichterte ihn in einer Weise, wie es durch nichts anderes hätte erreicht werden können.

Nachdem er sich mit den Händen zwischen den Knien neben ihr auf die Bettkante gesetzt hatte, wandte er sich ihr zu. »Was ist das Letzte, woran du dich erinnerst, ehe … alles passierte?«

Sie ließ den Blick ziellos durch den Raum schweifen. »Zwei alte Highschool-Freundinnen von mir und ich wollten uns endlich mal wieder treffen und beschlossen, einen Tag lang Touristen zu spielen und nach Harpers Ferry zu fahren. Eine von meinen Freundinnen lud ihren jüngeren Bruder und dessen Freundin ein, uns zu begleiten, und deshalb bot ich Xavier ebenfalls an mitzukommen. Das Letzte, woran ich mich erinnere – und das habe ich der Polizei mindestens zehnmal erzählt –, ist, dass wir über einen der alten Friedhöfe gingen. Eine Frau kam mit Gutscheinen für Eis in der Stadt auf uns zu. Ich erinnere mich vage, dass sie mir den Gutschein gab … und dann ist alles weg.«

»Sie ist bestimmt eine Magierin gewesen. Als sie deine Hand berührte, zog sie dich in ihren Bann und führte dich weg.«

Natalie drehte den Kopf wieder zu ihm um. Ihr Blick war umwölkt. »Aber warum? Sollten wir Dämonenfutter werden?«

Er wandte sich von ihr ab. Die Erinnerungen an jenen Tag waren bei ihm nur allzu präsent, doch er wollte sie ihr ersparen.

»Tu das nicht, Wulfe. Halte nichts zurück. Ich muss es wissen.«

Mit einem gequälten Seufzer erzählte er es ihr. »Sie brauchten Köder. Geisterdämonen werden von Schmerz und Leid angezogen.«

»Wie brachten sie uns dazu zu leiden?«

»Natalie …«

»*Wie*, Wulfe? Du musst nicht jede blutige Einzelheit erzählen, aber ich muss es wissen.«

Er sah auf seine Hände. »Die Magier …« Heilige Göttin, er wollte ihr das nicht erzählen.

»Wulfe …«

»Sie verletzten deine beiden Freundinnen. Sie fügten ihnen … schlimme Wunden zu. Die Dämonen haben die Mädchen nicht angerührt. Sie stürzten in die Geistfalle, als die Erde sich öffnete, und so kamen sie auch ums Leben. Aber es ist unwahrscheinlich, dass sie das überlebt hätten, was die Magier ihnen angetan hatten.«

Er wagte einen schnellen Blick in ihre Richtung und sah ihre gequälte Miene.

»Was ist mit uns anderen geschehen?«, fragte sie ruhig. Ihre Stimme war immer noch hart wie Stahl, obwohl sie ganz leise sprach. Sie würde sich nichts ersparen. Also sollte auch er den Mut aufbringen, ihr so viel von der Wahrheit zu erzählen, wie sie wollte. Das war das Mindeste, was er tun konnte.

»Menschen können Geisterdämonen erst dann sehen, wenn sie von einem verletzt worden sind. Dir war die Wange aufgerissen worden, Christy hatte eine Wunde auf der Brust. Der andere Mann …« Er schüttelte den Kopf. »Er starb an seinen Verletzungen, und ich werde sie dir nicht beschreiben. Deine und Christys Wunden waren nur oberflächlich, und ich konnte die Blutung schon an Ort und Stelle stoppen.«

»Und Xavier?«

»Er wurde überhaupt nicht angerührt. Ich weiß zwar nicht woher, aber die Geisterdämonen müssen gewusst haben, dass er nicht in der Lage sein würde, sie zu sehen.«

Natalie hob die Hand an ihre makellose Wange, wo sie immer wieder den Schmerz spürte. »Der Dämon hat mich hier aufgeschlitzt.«

»Ja.« Tief in seinem Innern knurrte sein Wolf genauso wütend wie der Mann, weil so eine Kreatur sie verletzt hatte.

»Du sagst, du hättest die Blutung vor Ort gestoppt – sowohl bei mir als auch bei Christy.« Sie sah ihn verwirrt an.

»Das habe ich. Die Wunde habe ich dir erst später genommen.«

»Wie hast du sie geheilt? Und warum?«

Er wandte den Blick ab. »Ich weiß nicht, warum ich es getan habe. Vielleicht weil ich dich zu hübsch für so eine klaffende Wunde fand. Außerdem tat sie dir weh. Ich mochte dich nicht leiden sehen.«

»Wulfe?« Als er sich ihr wieder zuwandte, musterte sie ihn mit unnachgiebigem Blick. »Sag mir, wie du sie verschwinden lassen konntest.«

»Ich bin ein Heiler. Ich nahm sie dir.« Er zuckte die Achseln. »Ich tat es einfach.«

Ihre Augen leuchteten auf, als sie endlich verstand. »Du hast sie *genommen*. Du hast sie *auf dich* genommen.« Plötzlich war es mit ihrer Ruhe vorbei. Sie sprang auf und stellte sich vor ihn hin.

Mit einem Finger fuhr sie die Linie nach, die von seinem linken Wangenknochen bis fast zum Mundwinkel reichte. Er zuckte zurück.

»Das ist sie, nicht wahr?«, fragte sie. »Das ist die Narbe der Wunde, die du mir genommen hast. Es ist jetzt deine Narbe. Wenn du eine frische Wunde nimmst, behältst du die Narbe.« Ihre Augen wurden ganz groß. *»Dein Gesicht …«*

Wulfe packte sie bei den Hüften und schob sie zur Seite, damit er aufstehen und von ihr weggehen konnte.

Doch sie kam ihm hinterher. »Mein Gott, Wulfe, *wie viele Leute hast du denn geheilt?*«

»Das ist nicht wichtig.«

»Du musst *Hunderte* geheilt haben.«

Er drehte sich zu ihr um. »Habe ich nicht«, fuhr er sie an. »Ich bin kein Held. Ich habe zwei geheilt. Nur zwei.«

Sie starrte ihn an, und langsam sackte ihr Kinn nach unten. »Von all den Narben ist nur eine von mir?«

Er presste die Lippen zusammen, nickte aber.

»Die andere Person …« Ein schmerzlicher Ausdruck trat in ihre Augen. »Wer war das? Wie standst du zu ihr?«

Er wollte nicht darüber reden. Er hatte noch nie darüber gesprochen … mit niemandem, und jetzt würde er auch nicht damit anfangen. Sie hatte die Wahrheit hören wollen, und die hatte er ihr gegeben. Das war genug für einen Tag. Mehr als genug. Mit langen Schritten ging er zur Tür.

»Ich hätte nicht gedacht, dass du so feige bist, Gestaltwandler.« Ihre herausfordernden Worte hielten ihn auf. Er blieb stehen und sah über seine Schulter zurück.

»Das geht dich nichts an.« Er wollte wütend klingen oder zumindest bestimmt, aber er hörte selber den bittenden Unterton in seiner Stimme.

Als sie auf ihn zukam, war er nicht in der Lage, sich von ihr abzuwenden … zumal die Verärgerung aus ihrem Blick gewichen war und nur noch Schmerz daraus sprach.

»*Wulfe*.« Natalie trat vor ihn und streckte beide Arme nach ihm aus. Sie legte ihre Hände flach auf seine vernarbten Wangen.

»Fass mich nicht an«, flüsterte er. Doch er konnte sich nicht von ihr lösen.

»Erzähl mir, was passiert ist. Die Geschichte frisst dich auf. Sie vergiftet deine Seele. Teile sie mit mir.«

»Ich kann nicht.«

»Doch. Du kannst.« Mit den Daumen strich sie über seine Wangenknochen. Die federleichte Berührung stürzte seinen Geist ins Chaos, während sie gleichzeitig sein Herz liebkoste. Mit einer Hand strich sie eine Strähne aus seiner Stirn. Ihre Berührung erinnerte an weiche Daunenfedern, und sein Wolf winselte vor Freude.

Sie sagte nichts mehr, fragte nicht noch einmal nach, bat

nicht, sondern streichelte nur sein Gesicht und sein Haar, womit sie ihn völlig in ihren Bann zog und seine Schutzmauern einriss. Er wollte diese Geschichte nicht erzählen. Er wollte noch nicht einmal selber daran erinnert werden. Aber er war einfach nicht in der Lage, ihr etwas abzuschlagen, wenn sie ihn so ansah … mit einer Sanftheit, die an Bewunderung grenzte … und wenn sie ihn so zärtlich streichelte.

»Sie hieß Liesel.« Schon ihren Namen nach all den Jahren laut auszusprechen schnitt ihm in die Seele. Er löste sich von Natalie und trat an ihr vorbei, denn er musste auf Abstand gehen, ehe er diese erbärmliche Geschichte preisgeben konnte. Er ging zum Fenster und legte beide Hände an den Rahmen. Doch während er auf die Auffahrt hinunterschaute, sah er nur die Vergangenheit.

»Lange bevor ich zum Krieger des Lichts gezeichnet wurde, und als ich noch ein sehr junger Mann war, kam die sterbliche Tochter eines Therianers in die Enklave, in der ich geboren worden war, um dort zu leben. Liesel war schön, allerdings nicht so schön wie du. Und in jenen Tagen hatte ich … ich hatte nicht all diese Narben. Die Frauen fanden mich schön.«

»Du bist immer noch schön«, murmelte Natalie.

Er wusste nicht, was er auf diese offensichtliche Lüge erwidern sollte. »Alle Männer der Enklave waren hin und weg von ihr, aber ich war der Einzige, für den sie sich interessierte. Und mein Interesse für sie war eher … körperlich. Eines Tages schnitt sie sich in die Hand. Es war nur ein kleiner Schnitt in der Handinnenfläche, und ich stoppte die Blutung, wie ich es schon ein paarmal bei Sterblichen getan hatte. Aber die Wunde tat immer noch weh, und so hielt ich ihre Hand weiter fest und wollte sie mit purer Willenskraft verschwinden lassen … und zwar vollständig. Plötzlich hatte ich den Schnitt in meiner Hand, aber er verheilte innerhalb weniger Momente und hinterließ eine Narbe, was bei früheren Verletzungen nie der Fall gewesen war. Ich war verblüfft. Ich sprach mit dem Mystiker der Enklave darüber, und mir wurde erklärt, dass es sich um eine seltene Dämonengabe handeln würde. Alle seltsamen Gaben wurden in meiner Enklave als Dämonengaben bezeichnet. Der Mystiker sagte mir, dass die Gabe nur bei Sterblichen wirken würde und ich sie niemals benutzen solle, weil nichts Gutes dabei herauskommen könne.«

Wulfe fuhr sich mit der Hand – der Hand, die immer noch die kleine Narbe trug – über den schweißnassen Nacken. Die Worte fühlten sich wie Glassplitter in seinem Mund an. Er hörte Natalies leise Schritte, als sie zum Fenster kam. Dann spürte er den leichten Druck ihrer schlanken Hand, als sie ihn streichelte. Sein ganzer Körper spannte sich an. Er wollte, dass sie wegging und Abstand hielt zu seiner Hässlichkeit. Doch da stieg ihm ihr angenehmer Duft in die Nase und linderte den schrecklichen Druck, der auf ihm lastete, und er wurde sogleich ruhiger. Nun wollte er nur noch, dass sie in seiner Nähe blieb.

Er starrte auf die Bäume draußen, während er weitererzählte. Die Nähe der Frau an seiner Seite war ihm überdeutlich bewusst.

»Liesel war noch zu jung für Sex. Sie war erst achtzehn, aber sie genoss meine Küsse, und mir gefiel es, sie zu küssen. Einige Male schlichen wir zusammen in den Wald. Sie war wirklich sehr hübsch, aber mich beschäftigten wichtigere Dinge. Obwohl ich selber auch noch recht jung war – ich war damals Mitte dreißig –, war ich nicht nur der größte der Männer, sondern auch der beste Kämpfer der Enklave, und der Chief unseres Clans hatte mir gesagt, dass ich das Zeug zum Anführer hätte. Eines Tages versprach ich Liesel, mich mit ihr nach dem Mittagessen an unserem gewohnten Platz zu treffen. Aber ehe ich mich auf den Weg machen konnte, nahm mich unser Chief beiseite und erklärte mir, dass er mich zu seinem Stellvertreter machen wolle. Das war eine riesige Ehre für mich. Ich ging mit ihm in sein Haus, wo wir stundenlang miteinander redeten.« Er schüttelte den Kopf. »Ich war so von mir und meiner Wichtigkeit eingenommen, dass ich Liesel vollständig vergaß.«

Starke, schlanke Arme schlangen sich von hinten um seine Hüfte, und ein weicher Körper drückte sich an seinen Rücken. Er wurde von einer solchen Zärtlichkeit erfüllt, dass er meinte, daran zu zerbrechen.

»Während Liesel auf mich wartete, wurde sie von drei jungen Menschenmännern entdeckt. Eine therianische Frau ist so stark wie ein Menschenmann, und Liesel wusste, wie man kämpft.« Er verzog den Mund. »Das Mädchen sah keinen Grund zur Vorsicht. Als die Männer auftauchten, grüßte sie sie wahrscheinlich freundlich, bis sich herausstellte, dass sie offensichtlich nichts Gutes im Sinn hatten. Bestimmt hat sie gekämpft wie eine Wildkatze. Als ich sie fand …« Er musste tief Luft holen, als er wieder alles vor Augen hatte, was ihm auch nach sechshundert Jahren nicht aus dem Sinn gehen wollte. »Sie war bei Bewusstsein. Sie sagte nur: ›Ich habe ihm das Gesicht aufgeschlitzt. Aber er meins auch.‹ Und geheiligte Göttin, so war es. Teilweise waren es zwar nur oberflächliche Schnitte, aber über das ganze Gesicht verteilt. Zusätzlich zu den Schnitten hatte er sie mehrfach geschlagen und ihr die Nase gebrochen. Das Blut …« Er lockerte Natalies Griff um seine Taille und drehte sich in ihren Armen um, denn er wollte sie ansehen. »Du kannst genau erkennen, was er ihr angetan hat, wenn du mich anschaust. Ich wollte es unbedingt wiedergutmachen, und deshalb setzte ich meine Gabe ein. Sie war so hübsch, Natalie. Ich dachte die ganze Zeit nur, dass ich nicht schuld daran sein durfte, dass sie ihre Schönheit verloren hatte. Ich nahm ihr eine Wunde nach der anderen und spürte, wie die brennenden Schnitte mein Gesicht übersäten, ehe ich mich auch ihrer gebrochenen Nase annahm. Am Ende hatte ich ihr alle Wunden genommen und wischte ihr mit dem Saum meiner Tunika das Blut vom Gesicht, das nun wieder genauso schön war wie ein paar Stunden zuvor. Einen herrlichen Moment lang öffnete sie die Augen und sah mich voller Kummer an. Dann starb sie.«

Natalie zog die Augenbrauen zusammen. »Warum?«

»Die Männer hatten sie vergewaltigt. Sie war innerlich verblutet. Ich hatte gar nicht daran gedacht, sie zu untersuchen, und nicht bemerkt, dass sie in einer Blutlache lag, dass ihre Röcke mit Blut getränkt waren. Während ich nur daran dachte, ihre Schönheit wiederherzustellen, ist sie verblutet.«

»Hättest du innere Verletzungen denn heilen können?«

»Ich weiß es nicht. Es spielt auch keine Rolle, weil ich es gar nicht versucht habe. Ich war nur darauf aus, ihre Schönheit zu bewahren.«

»Das glaube ich nicht.«

»Ich war eitel, Natalie. Ich war so von meiner eigenen Schönheit und Kraft eingenommen und hielt mich für so wichtig. Und die Göttin hat mich dafür bestraft, indem sie mich in ein Monster verwandelte, dessen Anblick keiner ertragen kann.«

Er löste sich von ihr, weil er ihrem traurigen Blick nicht standhalten konnte. »Ich habe nichts dazugelernt. Trotz der Wunde auf deinem Gesicht warst du so schön, aber ich konnte nicht damit umgehen. Ich wollte nicht, dass du leidest. Deshalb nahm ich dir die Verletzung und machte dich damit zu einem Werkzeug des Bösen.«

Wieder legte sie ihre Hand auf seinen Rücken, als hätte sie kein Wort von dem gehört, was er soeben gesagt hatte. Die Berührung ließ ihn erzittern, und er hasste es … brauchte es.

»Wulfe, dreh dich um.« Natalies Stimme war so ruhig, so

sanft, dass er angesichts der schmerzhaften Zärtlichkeit die Augen schließen musste. Langsam tat er das, was sie von ihm verlangte, und zwang sich dazu, ihrem Blick zu begegnen. In den grauen Tiefen ihrer Augen sah er dieselbe ruhige Sanftheit, die er in ihrer Berührung gespürt und in ihrer Stimme gehört hatte.

Sie hob die Hände, als wollte sie wieder seine Wangen berühren, aber er packte ihre Handgelenke und hielt sie davon ab.

»Du hast mir nicht zugehört.«

Ein trauriges Lächeln lag auf ihren Lippen. »Ich habe alles gehört, was du gesagt hast, und vieles, was von dir nicht ausgesprochen wurde. Ich habe die Geschichte eines jungen Mannes gehört, der bewusst seine eigene Schönheit hergab, um einer jungen Frau zu helfen, an der er nur ein flüchtiges Interesse hatte.«

»Ich habe sie sterben lassen.«

»Du wusstest nicht, dass sie im Sterben lag. Du hattest keine Ahnung, dass sie vergewaltigt worden war.«

»Ich hätte es wissen müssen. Ihre Kleidung war zerrissen, ihre Arme voller Kratzer und blauer Flecke. Ich hätte es wissen müssen.«

»Vielleicht hast du es unbewusst geahnt, aber womöglich war der Gedanke unfassbar für dich, dass einer Jungfrau, die dir etwas bedeutete, so etwas widerfahren war. Deshalb hast du die Wunden geheilt, die du sehen konntest. Du hast es versucht, Wulfe. Du hast bei dem Versuch, sie zu retten, alles geopfert.«

Sie entzog ihre Hände seinem locker gewordenen Griff und hob sie wieder an sein Gesicht. Dieses Mal hielt er sie nicht davon ab. »Du siehst deine Narben als Strafe für etwas, das du nicht verhindert hast. Sie sollen das Zeichen deiner Schuld sein. Für mich sind deine Narben ein Zeichen des Mitgefühls, und sie spiegeln die Selbstlosigkeit deines Wesens wider.«

»Es war meine Schuld, dass sie gestorben ist.«

»Es war die Schuld der Männer, die sie angegriffen haben. Dein einziger Fehler war, eine Verabredung nicht eingehalten zu haben. Wenn du auch nur geahnt hättest, dass sie dort im Wald zu Schaden kommen könnte, hättest du dich doch gar nicht an diesem Ort mit ihr getroffen. Du hättest dafür gesorgt, dass sie niemals allein hingehen würde.«

Das stimmte. »Die Menschen kamen sonst nie so tief in den Wald hinein. Niemals … bis zu jenem Tag.« Und danach hatten sie es auch nie wieder getan. Er hatte sie zur Strecke gebracht. Jeden Einzelnen.

»Genau. Allein die Tatsache, dass du diese Schuld auf dich genommen und so lange daran festgehalten hast, zeigt, was für ein guter, selbstloser Mann du in Wirklichkeit bist.«

Er schüttelte den Kopf, während sie mit den Fingern den entstellten Umriss seines Mundes nachfuhr.

»Du bist der freundlichste, sanfteste und außergewöhnlichste Mann, den ich je kennengelernt habe.«

Wulfe starrte sie an. Sie verstand es nicht. Wie konnte sie ihn nach dem, was er ihr erzählt hatte, mit diesem sanften Blick anschauen? Seine Hände fanden ihre Taille, ohne zu wissen, ob er sie nun wegstoßen oder festhalten sollte. Er wusste nur, dass er sie im nächsten Moment näher an sich zog … Er brauchte ihre Nähe.

Natalie lächelte und streichelte sein Gesicht weiter, fuhr mit dem Finger seine krumme Nase nach. »Du bist ein halber Dämon, ein Gestaltwandler und dazu noch unsterblich. Wie kann es dich überhaupt geben? Trotzdem bin ich so froh darüber.«

»Es wäre besser für dich, wenn es mich nicht gäbe.«

»Das stimmt nicht. Ohne dich und deine Freunde wäre ich jetzt tot. Ein Dämonenköder.« Zarte Finger glitten über seine Augenbrauen. Sein Herz zog sich zusammen, und seine

Arme sehnten sich danach, sie noch fester zu umschlingen und nie wieder loszulassen. Aber er zwang sich dazu, gar nichts zu tun … Er umfasste einfach nur locker ihre Taille, während sie sein entstelltes Gesicht erforschte.

»Du bist schön, Wulfe.«

»Du bist blind.« Erschrocken schnappte er nach Luft, weil er Angst hatte, sie beleidigt zu haben. Doch das liebevolle Lächeln, mit dem sie ihn bedachte, ließ ihn stattdessen dahinschmelzen.

»Du bist so viel mehr als deine Narben. Ich wünschte, du könntest das sehen. Ich wünschte, du könntest sehen, was ich sehe … die Sanftheit, die Inbrunst, mit der du Schwächere beschützt, das Ehrenwerte, den Mut und die Güte. Deine Haut mag vielleicht voller Narben sein, aber sie mindern nicht deine Schönheit … nicht einmal ein bisschen.«

Er war so gebannt von ihren Worten und den sanften Berührungen, dass er erst merkte, was sie vorhatte, als sie plötzlich ihre Finger in sein Haar schob, seinen Kopf umfasste und zu sich hinabzog.

Natalie küsste ihn mitten auf den Mund.

Als ihre so wunderbar süßen Lippen warm über seine strichen, bebte Wulfe, und er schloss die Augen angesichts des Sturms der Gefühle, den diese kleine Berührung in ihm auslöste. Er zog sie enger an sich, erwiderte den Kuss, drückte zärtliche Küsse auf ihre Lippen, die weichen Wangen, die Augen und die Stirn. Eine überwältigende Zärtlichkeit stieg in ihm auf, bis er meinte, seine Brust würde jeden Moment zerspringen.

Sie zitterte in seinen Armen. Er hörte, wie ihr leise der Atem stockte, und spürte die steigende Anspannung in ihrem Körper. Der Duft ihres Verlangens stieg zu ihm auf und hüllte ihn ein, bis auch seine Hände anfingen zu zittern. Sie wollte ihn. Er fühlte ihre wachsende Leidenschaft sogar durch ihre Finger in seinem Haar, aber sein Körper weigerte sich, darauf zu reagieren, und das machte ihn über die Maßen traurig.

Langsam löste er sich von ihr und sah ihr in die Augen. Beim Anblick der Glut, die er in den grauen Tiefen erblickte, sodass sie wie Silber schimmerten, bekam er weiche Knie. Er streichelte ihre Wange, und dann strich er über ihr seidiges Haar. »Ich kann dir nicht mehr geben, Natalie. Ich wünschte, ich könnte es.«

Sie zitterte, als sie den angehaltenen Atem ausstieß. Tief enttäuscht senkte sie den Blick. »Du stehst in der Hinsicht nicht auf mich. Das ist wirklich schade, aber ich verstehe es.«

Er packte ihr Kinn und zwang sie, ihn anzuschauen. »Dann verstehst du gar nichts. Vom Kopf her würde ich dir am liebsten die Kleider vom Leib reißen, dich aufs Bett werfen und dir auf der Stelle folgen.«

»*Wulfe*.« Ihr Blick glühte förmlich vor Verlangen, und er hätte sich am liebsten selber einen Tritt versetzt, weil er so ein Idiot war.

»Aber Körper und Geist sind bei mir nicht mehr in dieser Weise verbunden. Ich gehörte … ich war mit der vorherigen Strahlenden, Beatrice, über hundertvierzig Jahre verheiratet. Sie ist vor neun Monaten bei einem Angriff der Magier gestorben. Das hat mich in vielerlei Hinsicht beschädigt, Natalie. Ich bekomme … ihn nicht mehr hoch. Bei keiner Frau. Essen hat seinen Geschmack verloren, Farben ihre Leuchtkraft. Meine Sinne und meine Libido sind völlig abgestumpft, und ich glaube nicht, dass sich das jemals wieder ändern wird.«

»Ist es mehr als nur … du weißt schon …?«

»Impotenz?«, schnaubte er. »Ja. Ich kann es mir mit der Hand machen … und kommen. Verzeih mir meine groben Worte. Aber mir fehlt das Gefühl, das *Verlangen*.« Er streichelte ihr Haar und genoss dessen seidige Spannkraft. »Wenn ich könnte, würde ich dich wollen. Nur dich.«

Die Enttäuschung wich aus ihren Augen und ließ sie strahlen. »Magst du es, mich zu berühren? Mich zu halten?«

Er nickte langsam, und ein Lächeln spielte um seine Mundwinkel. »Ich mag es sehr, dich zu berühren.«

Das Lächeln, das sich daraufhin auf ihrem Gesicht ausbreitete, war so strahlend hell, dass es ihm den Atem raubte. Hatte die Göttin jemals eine schönere Frau erschaffen?

»Gut«, sagte sie. »Auch wenn du mir nicht mehr geben kannst, würde es mir doch sehr gefallen, von dir berührt und gehalten zu werden. Kuschelst du gern?«

Er grinste. »Ich bin ein Wolf.« Das Herz ging ihm auf und fühlte sich nach langer, langer Zeit zum ersten Mal wieder leicht an, als wäre eine Last von ihm genommen worden. Und vielleicht war das ja auch so.

Sie lachte. »Ich will alles, was du mir geben kannst.«

»Ich könnte dir Lust schenken.« Der Gedanke war verführerisch.

Ihre Lider senkten sich, und sie schien plötzlich Schwierigkeiten mit dem Atmen zu haben. Als sie die Augen wieder öffnete und ihn ansah, war ihr Blick verhangen. Aber dann schüttelte sie den Kopf. »Vielleicht später. Jetzt halt mich einfach nur fest, Wulfe.«

Sein Tier winselte vor Freude.

»Es gibt nichts, was ich lieber täte.« Er nahm sie mit einer Selbstverständlichkeit auf den Arm, als hätte er das schon unzählige Male getan, dann legte er sie aufs Bett und kam zu ihr. Als er sie in seine Arme zog, war seine Welt plötzlich wieder im Gleichgewicht, und die schreckliche Anspannung wich aus seinen Gliedern. Er drückte sie an sich, und sie schmiegte ihren Kopf an seine Brust. Er streichelte ihr seidiges Haar, und eine herrliche Ruhe erfüllte ihn mit einem Mal, während er immer noch darüber staunte, dass sie ihn so akzeptierte, wie er war. Er schwor sich, sie zu beschützen – das war das Mindeste, wenn er ihr schon nichts anderes bieten konnte.

Doch tief in seinem Innern lauerte die Furcht, dass er bereits versagt hatte.

15

Natalie genoss das Gefühl, in Wulfes starken Armen auf dem Bett zu liegen. Sein Körper war hart wie Stahl und seine Arme so mächtig wie Baumstämme, doch er hielt sie so sanft, als bestünde sie aus zerbrechlichem Glas. Er duftete nach dunklem Wald und sonnenbeschienenen Wiesen, und dieser warme männliche Duft berauschte sie förmlich. Sein Kinn lag auf ihrem Scheitel und ihre Wange an seiner Schulter. Nichts zuvor hatte sich für sie je so vertraut, so richtig angefühlt.

Manchmal hatte sie mit Rick auf diese Weise im Bett gelegen, aber sie hatte dabei nie das Gefühl gehabt, als würden sie die gleiche Luft atmen und ihre Herzen im gleichen Takt schlagen … so wie bei Wulfe.

Sie schlang ihren Arm fester um seine Taille, als Liebe – reine, helle Liebe – in ihr aufstieg. Wahrscheinlich würde nie etwas daraus werden – vor allem nichts Körperliches. Aber sie würde ihm trotzdem gerne das T-Shirt ausziehen und die Wange an seiner nackten Brust reiben. Sie sehnte sich danach, seinen nackten Körper an ihrem zu spüren. Allein der Gedanke ließ ihr den Atem stocken. Aber er fühlte nicht in der gleichen Weise wie sie … er konnte nicht das Gleiche fühlen nach dem Bruch, den er erlitten hatte.

Wenn sie doch nur bedeutsam für ihn sein könnte … wenn sie irgendetwas verändern könnte. Ihre Hand glitt über seine Brust, und sie schaute zu ihm auf. »Wulfe, ich weiß, dass Strome gesagt hat, es könnte gefährlich sein, diese urzeitliche Energie durch mich heraufzubeschwören. Aber wenn du es je tun musst … wenn es die einzige Möglichkeit ist, Satanan zu vernichten, dann zögere nicht, es zu tun.«

Er drehte sich auf die Seite, drückte sich mit einem Ellbogen hoch und sah sie eindringlich an. »Ich werde dich niemals in dieser Weise benutzen, Natalie. Niemals.« Er streichelte ihre Wange, und seine Finger waren so sanft wie Regentropfen trotz seines durchdringenden Blicks.

»Wenn es jemals erforderlich sein sollte …«

»Nein.«

»Ich bin auch bereit, Opfer zu bringen.«

Er legte einen Finger auf ihre Lippen. Seine Augen leuchteten. »Ich weiß. Aber es kommt für mich nicht infrage, wenn du dabei Schaden nehmen könntest.«

Plötzlich erstarrte er und lag still wie ein zugefrorener See da.

»Wulfe?«

»Schsch«, sagte er leise, während sein Blick zur Decke ging und er ihr Haar streichelte.

Ungeduldig wartete sie auf eine Erklärung, doch sie genoss dabei seine Berührung. Schließlich entspannte er sich wieder und atmete tief ein und aus. Er ließ den Kopf sinken, sodass er an ihrer Schläfe lag. Sie erwiderte seine zärtliche Berührung und streichelte jetzt ihrerseits sein Haar – völlig euphorisch, dass sie es endlich tun konnte.

»Ich habe Inir und Satanan wieder gehört«, sagte er leise.

»Haben sie irgendetwas Wichtiges gesagt?«

Er hob den Kopf. »Ja und nein.«

Mit dem Zeigefinger fuhr er über ihre Nase, die Augenbrauen, ihr Ohr, und jede seiner Berührungen war so herrlich sanft. Ihr Herz zog sich zusammen, ihr Puls beschleunigte sich, und sie atmete ganz flach. Wenn ihre Berührungen doch nur die gleiche Wirkung auf ihn hätten.

»Satanan rast vor Wut, dass die Magier immer wieder versagen. Es ist beinahe amüsant. Am Anfang war Inir derjenige, der das Sagen hatte, und Satanan war nicht mehr als ein Ratgeber, aber allmählich wird Inir immer mehr zur Seite gedrängt.« Er schnaubte. »Das sollte mich wahrscheinlich in Angst und Schrecken versetzen.«

»Musst du zu Lyon gehen und es ihm sagen?« Sie streichelte seine Wange und zog mit dem Finger eine bestimmte Narbe nach … die Narbe, von der sie wusste, dass es ihre war.

Er musterte sie, und sein Körper versteifte sich etwas, während sie die Narbe erforschte. »Ich sage es ihm, wenn ich nach unten gehe. Das, was ich eben gehört habe, hat keine direkten Auswirkungen.«

»Schön. Ich will nämlich nicht, dass du gehst.«

Sein Blick wurde ein bisschen durchdringender, seine Nasenflügel weiteten sich, und er drückte die Nase gegen ihren Hals. »Du duftest himmlisch.« Langsam hob er den Kopf, und in seinen Augen lag ein sehnsüchtiger Ausdruck. »Ich möchte dich berühren.«

Ihre Atemzüge gerieten ins Stocken, und ihr Herz hämmerte so heftig, dass sie es bis in den Bauch spürte. »Berühre mich, wo du willst.«

Sie spürte, wie ein Zittern seinen Körper durchlief, und sah sanftes Erstaunen in seinem Blick, während er seine warme Hand unter den Saum ihres T-Shirts schob und auf ihren Bauch legte.

Ihr stockte der Atem. Gebannt beobachtete sie, wie er den Kopf senkte, dann fühlte sie seine Lippen erst an ihrem Kinn und danach an ihrem Hals. Sie drehte den Kopf, damit er leichter an sie herankam, und keuchte vor Lust, als seine Zunge über die Stelle strich, unter der ihr Puls pochte.

Heiße Glut wälzte sich wie Lava durch ihren Körper. Sie vergrub die Finger in seinem Haar, ehe sie sie über seinen Hals bis zu seinen breiten Schultern gleiten ließ. »Stört es dich, dass deine Berührungen eine so starke Wirkung auf mich haben, während du nicht auf die gleiche Weise … reagieren kannst?«

Seine Lippen strichen über ihr Kinn. »Es erfüllt mich mit Ehrfurcht, dass meine Berührungen eine so starke Wirkung auf dich haben.« Die Wahrheit, die in seinen Worten lag, war nicht nur deutlich hörbar, sie spürte sie auch in der Zärtlichkeit, mit der er Küsse auf ihre Wange, ihre Schläfe und ihre Augenbraue hauchte. »Ich liebe es, wie du duftest, wie du schmeckst.« Seine Hand glitt nach oben und legte sich auf eine Brust. Er hielt die Luft an. »Wie du dich anfühlst.«

Während seine Finger ihre Brust durch den BH hindurch mit unendlicher Zärtlichkeit streichelten, kam er hoch, um ihr ins Gesicht zu schauen. Liebevolles Verlangen, dem jede fleischliche Gier abging, leuchtete in seinen Augen. »Ich möchte dich sehen.«

Sie drückte den Rücken durch, griff nach hinten und hakte den BH auf. Nachdem sie das T-Shirt über den Kopf gezogen hatte, warf sie es zusammen mit dem BH ans andere Ende des Bettes und legte sich wieder zurück.

Sie zitterte vor Erregung, als Wulfe mit ehrfürchtiger Miene die Hände nach ihr ausstreckte. Er strich mit federleichten Berührungen über ihre Brüste und sah sie an, als wären sie das Schönste, was er je gesehen hatte. Sein Daumen glitt über einen festen Nippel, und sie keuchte. Er warf ihr einen schnellen Blick zu, ehe er den Kopf senkte und dieselbe Knospe mit seiner Zunge berührte. Pure Lust schoss durch ihren Körper, sie stöhnte und drängte sich ihm entgegen. Ihre Hände glitten wieder in sein Haar, und sie zog ihn ganz eng an sich, während seine Lippen sie erforschten, er von ihr kostete und schließlich das warme Fleisch in seinen feuchten Mund sog.

Als er nach einer Weile den Kopf hob und ihr wieder in die Augen sah, glühte ihr Körper vor Verlangen, und sie selber bekam kaum noch Luft. In seinem Blick sah sie Freude, aber auch Unsicherheit.

»Was ist los?«, fragte sie. Sie streichelte seine Wange und fuhr mit dem Daumen über seine Unterlippe.

Er küsste ihren Daumen und sah sie weiter durchdringend an. »Erlaubst du mir, dir Lust zu bereiten?«

Ihr wurde ganz schummrig. »Ich gehöre dir, Wulfe. Alles, was ich bin, alles, was ich habe, gehört dir … in jeder Form, in der du mich haben willst.«

Zwischen seinen Augenbrauen bildete sich eine kleine Falte, als wüsste er nicht so genau, was er davon halten sollte. Und vielleicht ging es ihr im Grunde genauso. Sie wusste nur, dass es stimmte. In einer seltsam elementaren Weise war sie für diesen Moment geschaffen worden, für diesen Mann.

Sie griff nach dem Knopf ihrer Jeans. »Sagst du mir, wie ich dir ebenfalls Lust bereiten kann?«

Seine Finger schoben ihre Hände zur Seite. »Du bereitest mir schon Lust.«

Langsam und mühelos öffnete er den Reißverschluss ihrer Jeans und zog sie ihr aus, sodass sie nur noch mit einem weißen Spitzenhöschen bekleidet war. Dann streichelte er zart ihre Beine, wie ein Mann, der eine zerbrechliche Skulptur bewundert. Erst das eine und dann das andere vom Knöchel bis zum Schenkel, dann ihren Bauch und wieder ihre Brust. Lust war in seinen Zügen zu erkennen, wenn auch nicht die fleischliche Lust, die sie sich gewünscht hätte.

Endlich schob er die Finger unter das Bündchen ihres Höschens und zog es über ihre Beine nach unten, um es gleich darauf zur Seite zu werfen.

Sein Blick wurde magisch angezogen von der Stelle, wo ihre

Schenkel sich vereinten, und er verharrte regungslos. »Zeige dich mir.«

Sie beugte die Knie und ließ die Beine auseinanderfallen, sodass er ungehindert alles sehen konnte, was er wollte. Heiße Flammen züngelten zwischen ihren Beinen, als er sie wieder mit dieser ehrfürchtigen Miene betrachtete.

»Wie sehr wünschte ich mir …«, murmelte er leise vor sich hin und schüttelte bekümmert den Kopf. Er schaute zu ihr auf und begegnete ihrem Blick. »Du bist die schönste Frau, die ich jemals gesehen habe.«

Es klang wie eine übertriebene Schmeichelei, aber in seinen Augen sah sie, dass er es ernst meinte. Für ihn war es die reine Wahrheit. Ohne ihren Blick loszulassen, kniete er sich langsam zwischen ihre Schenkel. Er küsste erst ihren Bauch und wanderte dann weiter nach unten, wo ihr Verlangen sich ballte.

Als er ihre empfindsamste Stelle das erste Mal mit der Zunge berührte, schrie sie auf.

Sie hörte ihn knurren, ein unendlich männlicher Laut der Selbstzufriedenheit. Dann strich er erneut mit seiner Zunge über ihr Fleisch, leckte der Länge nach über die Stelle, an der sie von ihm ausgefüllt werden wollte. Wenn er es doch nur täte …

Als würde er ihren Wunsch spüren, schob er einen Finger in sie hinein, und sie stöhnte vor Befriedigung. Während er immer wieder aufs Neue mit dem Finger in sie eindrang, leckte, saugte und zupfte er mit Zunge, Lippen und Zähnen an ihr, bis sie mit einem heftigen Beben kam und keuchend um seinen Finger zuckte.

Langsam löste er sich von ihr. Während sie versuchte, wieder zu Atem zu kommen, legte er sich neben sie und zog sie an sich.

»Du bist so schön«, murmelte er und gab ihr dann einen Kuss auf die Schläfe.

Sie legte den Kopf auf seine Brust und hörte den kräftigen, gleichmäßigen Schlag seines Herzens … den viel zu gleichmäßigen Schlag seines Herzens. »Es hat dich nicht erregt«, seufzte sie. »Überhaupt nicht.«

»Es hat mir Spaß gemacht.«

Aber es war nicht richtig, von einem Mann zu nehmen, dem sie nichts geben konnte. Er war noch vollständig angezogen, und plötzlich war es ihr unangenehm, dass sie so nackt und befriedigt neben ihm lag. Sie löste sich von ihm und griff nach ihrer Kleidung, um sich rasch anzuziehen.

»Es tut mir leid, Natalie.«

»Es ist nicht deine Schuld, Wulfe.« Aus dem Flur drangen Stimmen und ein leises Bellen zu ihnen. Skye musste nach oben gekommen sein.

»Ich weiß.« Er verzog bekümmert den Mund. »Es tut mir für uns beide leid.«

»Würdest du dich wohl für mich verwandeln?«, fragte sie und schlüpfte in ihre Schuhe. »Ich vermisse meinen Freund, den Wolf.«

Er lächelte leicht. »Aber du weißt schon, dass er auch nur ich ist.«

Sie lachte. »Natürlich. Aber ich sehe dich eben immer noch gerne so.«

»Bist du dir sicher, dass du mich nicht einfach bloß nackt sehen willst?« Er neckte sie, aber trotzdem strahlten seine Augen auf eine Art, die sie absolut liebenswert fand.

Sie grinste. »Ich liebe es, dich nackt zu sehen.«

Ohne zu zögern, zog er sich vor ihr aus, und sie genoss den Anblick über alle Maßen. Dann verschwand der Mann in einem Funkenregen, und der Wolf nahm seinen Platz ein.

Eine ganz andere Art der Freude erfüllte sie beim Anblick ihres alten Freundes. Sie kniete sich auf den Teppich, breitete die Arme aus, und er lief auf sie zu, um ihren Hals zu lecken, während sie die Arme um ihn schlang und sein Fell streichelte. Vor Glück bebte der Wolf am ganzen Körper.

»Ich habe noch nicht ganz begriffen, wo du, dein Wolf und dein Tiergeist anfangen und enden, aber der Geist ist stärker, wenn du in dieser Gestalt bist, nicht wahr?«

Hmm. Ich würde sagen, Nein, aber mein Tier widerspricht mir. Zumindest wenn es um dich geht. Er fühlt sich dir in dieser Gestalt näher. Er spürt, dass er dir gehört … oder vielleicht betrachtet er dich auch als sein. Eindeutig Letzteres. Du gehörst ihm. Uns. Ich glaube, er bewundert dich genauso sehr wie ich.

Sie streichelte ihn und schaute tief in diese intelligenten Tieraugen. »Du … bewunderst mich?«

Du weißt, dass es so ist.

Es klopfte an der Tür. »Wulfe? Ist Natalie bei dir?«

Natalie schaute zur Tür. »Darf ich sie hereinlassen?«

Klar.

Sie kam hoch und durchquerte das Zimmer, wobei der riesige Wolf nicht von ihrer Seite wich. Sie öffnete die Tür und stand Olivia und Skye gegenüber. Beide Frauen grinsten und streckten gleich die Hand aus, um seinen Kopf zu streicheln.

Natalie hörte Wulfe in ihrem Kopf leise lachen. *Es hat Vorteile, ein Hund zu sein.* Ganz offensichtlich liebten es die Frauen, ihn zu streicheln, wenn er in dieser Gestalt war. Sogar der Welpe, Lady, geriet ganz außer sich und wollte unbedingt seinen überdimensionierten Rudelgefährten begrüßen.

»Wir treffen uns für eine Happy Hour mit Kara in Lyons Zimmer«, sagte Olivia lächelnd zu Natalie. »Möchtest du dich uns anschließen?«

Natalie grinste. »Liebend gern.« Sie sah Wulfe an und streichelte seinen Rücken. »Hast du was dagegen?«

Ein Lächeln leuchtete in den dunklen Wolfsaugen. *Sie darf mitgehen, wenn du auf sie aufpasst, Olivia. Befehl von Lyon.*

»Schon verstanden«, sagte Olivia und salutierte kurz. »Ich sorge dafür, dass ihr Glas nie leer sein wird.«

Wulfe schnaubte. *Unter Aufpassen verstehe ich etwas anderes.*

Olivia grinste Natalie kurz an.

Natalie beugte sich nach unten und küsste Wulfes pelzigen Kopf. Als sie beiseitetrat, legte er sich auf den Boden, sodass der Welpe endlich an ihn herankam und vor Freude fiepte und auf und ab hüpfte. Alle drei Frauen lachten.

Ich bringe dir Lady in ein paar Minuten, sagte Wulfe zu Skye. *Wir müssen erst ein bisschen miteinander spielen.*

Natalie sah dem riesigen Wolf und dem winzigen Welpen eine Weile beim Spielen zu und lächelte, weil es so herzallerliebst war, ehe sie den beiden Frauen zur nächsten Tür folgte. Lyons Zimmer war nicht größer als ihres oder Wulfes, was sie überraschte, wenn man bedachte, dass Lyon der Anführer und Kara die Strahlende war. Zugleich war es aber überhaupt nicht verwunderlich, denn Kara war bescheidener als jeder andere, den Natalie kannte.

Der Raum war in einem leuchtenden Orangegold gestrichen, und die Vorhänge waren dunkelbraun. An den meisten Wänden hingen Gemälde. Die Motive bildeten eine bunte Mischung aus Segelschiffen, Waldtieren und Landschaften.

Kara saß in der Mitte eines riesigen Bettes und wurde im Rücken von einem halben Dutzend Kissen gestützt. Sie hatte dunkle Ringe unter den Augen.

»Hallo, Natalie«, sagte sie fröhlich, trotz ihrer gar nicht gesund aussehenden blassen Gesichtsfarbe. »Komm her und leiste mir Gesellschaft.«

Falkyn, Delaney und Julianne traten ebenfalls in den Raum.

Falkyn hatte eine Weinflasche in jeder Hand, Delaney trug eine große Wasserflasche sowie einen Korkenzieher, und Julianne hielt eine Platte mit kleinen Leckerbissen, die sie in die Mitte des Bettes stellte. Mehrere schöne, von Hand bemalte Weingläser standen ordentlich aufgereiht auf der Kommode.

Olivia und Skye öffnete beide jeweils eine Flasche Wein und begannen die Gläser zu füllen.

»Melisande ist gerade eben verschwunden, wird aber gleich wieder da sein«, berichtete Kara ihnen. »Sie meinte nämlich, wir bräuchten unbedingt mit Schokolade überzogene Erdbeeren zum Chardonnay.«

Olivia zog eine Augenbraue hoch. »Wo will sie die denn besorgen?«

»In Kalifornien.«

Delaney lächelte. »Nur eine Ilina ist in der Lage quer durchs Land zu sausen und innerhalb von zehn Minuten wieder da zu sein. Na ja, zehn Sekunden. Die Minuten gehen für den eigentlichen Einkauf drauf. Setzt euch«, forderte Delaney die Frauen auf. »Ihr alle. Ich serviere den Wein.«

»*Du* solltest dich hinsetzen«, entgegnete Skye. »Du bist diejenige, die schwanger ist.«

»Ja, darum trinke ich ja auch keinen Wein. Deshalb finde ich es nur fair, wenn ich ihn serviere.«

Skye schüttelte lächelnd den Kopf. »Ja, Madam. Danke, D.«

Natalie schloss sich den anderen an, als diese aufs Bett stiegen und sich im Schneidersitz im Halbkreis um Kara und die Platte mit den Kanapees setzten. Delaney reichte jeder ein Glas und kam dann mit ihrer Wasserflasche dazu.

»Das machen wir jeden Nachmittag«, sagte Olivia. »Das ist unsere Art, den Magiern eine lange Nase zu drehen, auch wenn die Mistkerle es gar nicht wissen und sicher nicht ernst nehmen würden. Wir wollen uns einfach nicht von der Angst beherrschen lassen, was alles passieren kann. Und wenn der schlimmste Fall eintritt, werden wir dieses Ritual der Schwesternschaft fortführen … weil wir dann immer noch einander haben.«

Delaney und Olivia legten Falkyn beide eine Hand aufs Knie. Ihre Mienen waren bekümmert. »Die meisten zumindest.« Falkyn würde das gleiche Schicksal wie die anderen Krieger des Lichts erleiden müssen.

Natalie bemerkte eine Bewegung am anderen Ende des Raumes, als Melisande plötzlich mit einer weißen Schachtel in der Hand erschien.

»Ich hab's geschafft!«, verkündete Melisande. »Ich habe gleich drei Dutzend gekauft, weil sie einfach so köstlich sind.«

»Erdbeeren!« Delaney stöhnte. »Ich habe plötzlich einen absoluten Heißhunger auf Erdbeeren.«

Melisande grinste und kam zu den anderen aufs Bett. Sie stellte die Packung in die Mitte des Kreises und nahm das Weinglas, das Skye ihr reichte.

Als alle saßen, hob Olivia ihr Glas. »Auf die Schwesternschaft.«

»Auf die Schwesternschaft«, erwiderten die anderen.

Natalie hob ihr Glas lächelnd, sagte aber nichts und bemerkte, dass Julianne es genauso machte. Die hübsche dunkelhaarige Frau mit den hellblauen Augen war zwar verheiratet, aber nicht mit einem Krieger des Lichts, wenn Natalie sich recht erinnerte. Trotzdem hatte man sie beide mit in diese außergewöhnliche Gruppe einbezogen.

Natalie nahm einen Schluck von ihrem Wein und ließ den Blick durch die Runde gleiten. Dabei staunte sie wieder einmal darüber, wie herzlich sie von jeder Einzelnen aufgenommen worden war. Sie waren eine wundervolle Gruppe, und sie würde diese Frauen gern als Freundinnen behalten. Wenn und falls der Tag kam, an dem sie wieder nach Hause zurückkehrte, würde Wulfe ihr erneut die Erinnerung nehmen, und sie würde so viel verlieren.

Während die Frauen Wein und Erdbeeren miteinander teilten, sparten sie bewusst das Thema aus, von dem Natalie wusste, dass es sie alle beschäftigte: die schwindende Unsterblichkeit der Krieger. Schon bald stand sie im Mittelpunkt des Interesses.

Olivia musterte sie neugierig. »Also … was läuft da zwischen dir und Wulfe? Du magst ihn. Ist es vielleicht ein bisschen mehr als nur ›mögen‹?«

Natalie sah mit gesenktem Blick auf ihr Weinglas und kämpfte mit ihrer Verwirrung, weil plötzlich so viele Empfindungen auf sie einstürmten. Sie liebte ihn. Aber es wäre wirklich dumm, solch ein Geständnis zu machen, wenn man sie höchstwahrscheinlich schon bald ohne jede Erinnerung an ihn in ihre Welt zurückschicken würde. Es war besser für sie beide, wenn er nie erfuhr, was sie für ihn empfand.

»Ich mag ihn«, erklärte sie ruhig und hob den Blick, um Olivia in die Augen zu schauen. »Wulfe ist einer der besten Männer, die ich je kennengelernt habe. Ob nun als Wolf oder in seiner menschlichen Gestalt – ich sehe seine Seele in seinen Augen, und die ist wirklich wunderschön. *Er* ist wunderschön.«

Olivia lächelte. »Ich mag dich, Natalie. Du bist einzigartig.«

Natalie lächelte. Eine ganze Weile nippten alle schweigend an ihrem Wein, und die dunklen Schatten, die sie für eine Weile erfolgreich verdrängt hatten, breiteten sich wieder zwischen ihnen aus.

»Es muss doch etwas geben, das wir tun können, um das alles aufzuhalten … um Inir aufzuhalten«, murmelte Kara. »In diesem Mann ist so viel Grausamkeit, so viel Bosheit – und dabei ist er noch harmlos im Vergleich zu den Dämonen.«

Natalie öffnete schon den Mund, um einige Fragen loszuwerden, schloss ihn jedoch rasch wieder. Aber dann kam sie zu der Einsicht, dass diese Frauen ihr wohl als Einzige die ganze Wahrheit sagen würden.

»Erzählt ihr mir etwas über die Dämonen?«, bat Natalie. »Zumindest über die Geisterdämonen. Ich bin von einem angegriffen worden, aber ich habe keine Erinnerung mehr daran. Ich höre immer wieder, dass alles ganz schrecklich werden wird, wenn sie freikommen, aber ich will es richtig verstehen.« Einen Moment lang schwiegen alle und wirkten so bedrückt, dass Natalie es schon bedauerte, das Thema überhaupt angeschnitten zu haben. »Dies ist weder der richtige Zeitpunkt noch der richtige Ort, nicht wahr?«

Delaney tätschelte ihre Schulter. »Du hast jedes Recht zu fragen. Die Jungs versuchen, uns die ganze Zeit zu beschützen, aber wenn die Dämonen sich erheben, müssen wir wissen, womit wir es zu tun haben. Wir alle.«

Skye nickte. »Wir haben nicht geschwiegen, weil wir deine Frage unpassend fanden, Natalie, sondern weil man nicht weiß, wo man anfangen oder was man sagen soll. Ich habe die drei Geisterdämonen gesehen, die in den Höhlen befreit worden waren. Ich habe gesehen, wie sie fraßen.« In ihrem Blick flackerte das Entsetzen auf angesichts der Gräuel, an die sie sich erinnerte.

Natalie nahm ihre Hand. »Es tut mir leid.«

»Das muss es nicht. Du musst es erfahren. Sie sind wirklich schrecklich. Es sind Monster, die sich vom Schmerz und der Angst ihrer Opfer ernähren. Stell dir die schlimmste Folter vor, die dir einfällt, und multipliziere das mit Hundert. So töten sie.«

Natalies Magen zog sich zusammen, und ihre Stirn wurde ganz heiß.

Kara nickte. »Kougar sagt, dass sie in den alten Zeiten, ehe sie in die Klinge gesperrt worden waren, die Kinder von Menschen gefoltert haben. Zu Tausenden.«

»Ja, so war es«, bestätigte Melisande. »Sie trieben sie zusammen …«

Natalie hob eine Hand. »Ich hab einen Eindruck bekommen.«

»Die Geisterdämonen besitzen kein Gewissen«, fügte Olivia hinzu. »Ich bin mir noch nicht einmal sicher, ob sie überhaupt zu irgendeiner Empfindung fähig sind.«

Und Wulfe behauptete, dass über siebentausend von ihnen freikommen würden, wenn sich die Klinge öffnete. »Sie dürfen nicht freikommen.«

»Die Krieger werden das nicht zulassen«, erklärte Kara mit fester Stimme.

Keiner widersprach ihr, aber die Blicke, die sie tauschten, sagten Natalie, dass sie sich alle nicht sicher waren. Selbst Kara nicht. Und den Kriegern des Lichts lief die Zeit davon.

16

Nachdem Wulfe nach Natalie gesehen und Lady zu ihrer zweibeinigen Mama zurückgebracht hatte, ging er nach unten. Gerade als er die letzten Stufen nahm, kam Lyon zusammen mit dem Schamanen, Paenther, Tighe und Kougar in die Halle.

»Komm mit uns, Wulfe.«

Wulfe trat neben Tighe und folgte den anderen. »Was ist los?«

»Wir haben gerade wieder einen Anruf von unseren Ausreißern erhalten … diesmal von Grizz. Sie haben die Frau gefunden, nach der sie gesucht haben. Offensichtlich ist sie zur Hälfte Walküre.«

»*Walküre?*«

Kougar drehte den Kopf zu ihm um. »Walküren waren Angehörige der Nyaden … eine der Rassen, die schon frühzeitig von Satanan vernichtet wurden, als er nach der Macht griff. Diese Frau, Sabine, hat offensichtlich überlebt, weil sie nicht reinrassig ist.«

»Und sie ist bereit, uns zu helfen?«

»Nein, sie ist kein bisschen bereit dazu. Sie ist Empathin und viel zu empfindsam, um es in der Nähe anderer überhaupt auszuhalten. Grizz bringt sie trotzdem her.«

Wulfe runzelte die Stirn. »Und warum meint er, sie würde kooperieren? Wenn man sie zu irgendetwas zwingt, werden wir dem, was sie sagt, nicht trauen können.«

»Eine Walküre kann nicht lügen, wenn es darum geht, zu sagen, ob eine Seele gut oder schlecht ist.«

Lyon öffnete die Tür zum Keller und ging den anderen voraus die Treppe hinunter. »Grizz bat darum, von Ilinas abgeholt zu werden, und Ariana hat ihm welche geschickt. Die Ilinas werden alle direkt in den Zellentrakt bringen.«

All die positiven Konsequenzen, die das haben konnte, wirbelten durch Wulfes Kopf. »Das wäre ja hervorragend. Wenn die Frau uns sagen kann, ob die frisch gezeichneten Krieger gut oder schlecht sind, können wir die guten in ihre Tiere bringen, und das wiederum könnte Kara heilen. Und da die neuen Krieger nicht vom dunklen Zauber infiziert wurden, besteht auch nicht die Gefahr, dass sie ihre Unsterblichkeit verlieren. Inirs Plan, die Dämonen zu befreien, wird scheitern.«

»Ja, das hoffen wir«, sagte Tighe, doch auch wenn in seiner Stimme ein gewisses Maß an Erleichterung mitschwang, schien er sich doch nicht wirklich freuen zu können. Denn die gegenwärtigen Krieger des Lichts waren immer noch in Schwierigkeiten, weil damit das Problem ihrer schwindenden Unsterblichkeit nicht gelöst war.

»Hat sonst noch einer die Fähigkeit verloren, sich zu verwandeln?«, fragte Wulfe.

»Hawke«, erwiderte Tighe, während sie die letzten Stufen hinunterstiegen. Tighe wartete, dass er zu ihm aufschloss, und sah ihn niedergeschlagen an. »Vor ungefähr zwanzig Minuten … genau wie ich.«

»Verdammt. Tut mir leid, Kumpel.« Falls Tighe seinen ungeborenen Sohn jemals sehen sollte, würde das an ein Wunder grenzen.

Sie gingen durch den Trainingsraum, und die Angehörigen der Therianischen Garde, die im Raum waren, wichen respektvoll zurück. Am anderen Ende des Raumes öffnete Lyon die Geheimtür, und sofort drang der durchdringende Schmerzensschrei einer Frau zu ihnen.

Lyon rannte auf der Stelle los, und die anderen folgten dicht hinter ihm. Sie stürmten in den Zellentrakt, in dem sechs Zellen besetzt waren. Zu den drei neuen Kriegern waren jetzt Grizz, Lepard und Sabine hinzugekommen. Die Ilinas, die sie hergebracht hatten, standen außerhalb der Zellen und warteten darauf, von Kougar oder Lyon entlassen zu werden.

Lyon bedeutete ihnen mit einer Handbewegung, noch zu bleiben, dann drehte er sich zu Grizz um, der gar nicht mehr aufhörte zu schimpfen.

»Was zum Teufel soll das? Ihr Arschgeigen! Ich sagte, ich will hergebracht werden, aber doch nicht in eine Zelle.« Grizz packte die Gitterstäbe und rüttelte daran. »Sie ist eine verdammte Empathin! Welchen Teil von *Empathin* versteht ihr nicht? Ich sagte euch doch, dass sie das Ganze nur ertragen kann, wenn sie mich berührt. Lasst mich zu ihr. Sofort!«

Sabine lehnte an den Stäben ihrer Zelle. Sie hatte ihren Kopf mit beiden Händen umfasst und schrie vor Schmerzen.

Es herrschte pures Chaos.

»Ich kann ihr helfen«, sagte Grizz, und er bemühte sich sichtlich, sein Temperament zu zügeln. »Es ist leichter für sie, wenn sie mich berührt.«

Lyon drehte sich zu der Ilina um, die neben ihm stand. »Bring die Frau in Grizz' Zelle.«

Die Ilina verschwand, und einen Moment später befand sich Sabine, wie befohlen, bei Grizz. Grizz nahm sie sofort auf den Arm und drückte sie fest an sich, während Sabine die Arme um seinen Hals schlang und das Gesicht unter seinem Kinn verbarg.

»Es tut mir leid. Es tut mir leid. Es tut mir leid«, raunte er ihr ununterbrochen zu.

Doch obwohl Sabine sich verzweifelt an ihn klammerte, war ihre Erwiderung schroff und schmerzerfüllt. »Ich hasse dich.«

Grizz hob den Kopf, sah finster durch die Stäbe seiner Zelle und knurrte: »Bringen wir es hinter uns, damit sie verdammt noch mal wieder nach Hause kann. Ich weiß nicht, wie lange sie das hier aushält.«

Der Schamane trat vor. »Bemerkenswert. Ich habe seit bestimmt über fünftausend Jahren keine Nyade mehr gesehen. Ich dachte, ihr wärt alle tot, Sabine.«

»Das wird auch der Fall sein«, keuchte sie, »wenn ihr mich nicht bald freilasst.«

»Wirst du uns dabei helfen, die Seelen der hier eingesperrten Männer zu bestimmen?«, fragte Lyon.

Sabine hob den Kopf und sah ihn an, um ihren Mund lag ein gequälter Zug. »Habe ich denn eine andere Wahl?«

Einen Moment lang sagte Lyon nichts. »Wenn du uns anlügst, könnte das den Tod meiner Frau bedeuten. Und damit wird nicht nur mein Herz aufhören zu schlagen, sondern die Krieger des Lichts werden ohne ihre Strahlende die Magier nicht davon abhalten können, die Dämonen zu befreien. Ich gehe davon aus, du weißt, was Dämonen sind?«

Sabine schaute so wütend zu Grizz auf, dass Wulfe vermutete, sie würde ihm liebend gern das Herz aus der Brust reißen, wenn sie ihn nicht brauchen würde, um mit ihrem Schmerz fertig zu werden.

»Lass mich runter«, fuhr sie ihn an.

Grizz stellte sie hin, hielt sie jedoch mit einem Arm weiter fest umschlungen, und sie klammerte sich mit beiden Händen an diesem Arm fest.

»Ich werde der Schamane genannt, Sabine«, erklärte der jung aussehende Mann und trat dichter an die Zelle heran. »Ich bin trotz meiner äußeren Erscheinung uralt und kannte die Nyaden einst. Ich würde dich gern berühren, wenn du es mir erlaubst, damit ich mich davon überzeugen kann, dass du die bist, die du zu sein behauptest, und nicht mit dem Dunkel infiziert bist, das die Welt heimsucht.«

Sie starrte ihn an. »Allein in der Nähe von anderen zu sein ist schon schrecklich für mich, aber Berührungen sind noch zehnmal schlimmer.«

Lyon trat vor. Seine Miene war entschlossen, aber sie drückte zugleich sein Mitgefühl aus. »Ich fürchte, ich muss darauf bestehen, dass du tust, was der Schamane sagt, Sabine. Du verstehst bestimmt meine Sorge.«

Sabine schloss die Augen und presste die Lippen aufeinander, als würde sie all ihren Mut zusammennehmen. Sie löste sich aus Grizz' Armen, hielt aber weiterhin seine Hand, als sie an die Gitterstäbe trat und ihre andere Hand hindurchschob.

In dem Moment, als der Schamane ihre Finger berührte, warf sie den Kopf in den Nacken, und ihr Rücken krümmte sich vor Schmerz. Grizz drückte sich so eng wie irgend möglich an sie, seine Miene war verbissen. Der Mann mochte zwar Probleme haben, seine Wutanfälle unter Kontrolle zu bringen, doch er litt eindeutig unter der Qual der Frau.

»Eine gute Seele«, schrie Sabine.

Der Schamane ließ ihre Hand los und trat vorsichtig zurück. »Sie ist eine Nyade, wie sie gesagt hat. Und reinen Herzens. Da ist überhaupt kein Dunkel … dessen bin ich mir sicher.«

Sabine sank gegen Grizz, und er zog sie fest an sich. Wulfe konnte deutlich sehen, dass sich der Grizzlywandler die allergrößten Vorwürfe machte, weil sie seinetwegen solche Qualen litt.

»Warum beruhigt sie deine Berührung?«, fragte der Schamane.

Grizz hob den Kopf und sah den anderen Mann an. »Ich habe nicht den blassesten Schimmer.«

»Bringt diese Sache endlich zu Ende!«, rief Sabine. »Und dann lasst mich gehen. *Bitte*.«

Lyon ging zur Tür von Grizz' Zelle und öffnete sie. Grizz sah ihn einen Moment lang eindeutig erstaunt an, ehe er Sabine auf den Arm nahm und aus der Zelle trug.

Lyon winkte ihn zu der Zelle, in der Castin alles mit durchdringendem Blick beobachtete.

»Deine Hand.«

Castin schob seine Hand durch die Gitterstäbe.

Sabine zögerte. Sie zitterte jetzt am ganzen Leib. Wulfe konnte ihr Entsetzen über die bevorstehende Berührung sehen und stellte sich vor, wie er sich fühlen würde, wenn man ihm sagte, er müsse ein Stück rot glühendes Eisen mit bloßer Hand aus einem Feuer holen. Ihrer Reaktion nach zu urteilen war dies hier für sie genauso schlimm.

Grizz, der eindeutig dasselbe dachte, zitterte und legte den Kopf auf ihren Scheitel. »Es tut mir leid«, wisperte er wieder.

Langsam griff Sabine nach Castins Hand und hielt sie fest, bis ihr Körper heftig zitterte. »Alt«, keuchte sie. »So viel Tod, so viel Leid. Eine *gute* Seele«, rief sie schließlich und ließ die Hand los.

Die Krieger beobachteten das alles mit einer Mischung aus Faszination, Hoffnung und Kummer. Keiner von ihnen würde eine Frau sinnlos leiden lassen, und es quälte jeden Einzelnen, dass diese Frau eine solche Prozedur auf sich nehmen musste.

Als Nächstes deutete Lyon auf eine Zelle, in der ein Mann saß, den Grizz noch nie gesehen hatte. Ein dunkelhäutiger Mann, der ihn aufmerksam musterte. Als der Mann die Hand ausstreckte, griff Sabine schwach danach und schrie. »Tod, *Schmerz*.« Sie zitterte jetzt noch heftiger, doch ihre Worte waren fest und sicher. »*Eine gute Seele*.«

Heilige Göttin, wie viel mehr konnte sie noch ertragen? Wie viel mehr konnte jeder Einzelne von ihnen noch ertragen? Wulfe stand kurz davor, *Es reicht!* zu rufen. Sie hatten doch schon zwei, die sie ohne Gefahr in ihre Tiere bringen konnten. Aber die anderen im Ungewissen zu lassen, wenn sie doch die Möglichkeit hatten, die Wahrheit zu erfahren, war auch undenkbar. Sie hatten keine andere Wahl, als Sabine zu drängen weiterzumachen, und Lyon tat genau das.

Grizz drehte sich zu den Zellen auf der anderen Seite des Ganges um, wo Lepard mit ausgestreckter Hand und zusammengezogenen Augenbrauen stand.

Sabine griff nicht nach ihm. Sie zitterte so heftig, dass Wulfe sich fragte, ob sie überhaupt noch dazu in der Lage war, selbst wenn sie es wollte. Mit tief bekümmerter Miene hob Grizz ihre Hand und reichte sie Lepard.

Sabine schrie auf, und ihr Körper krümmte sich, als würde sie unendliche Qualen leiden. Aber dennoch verkündete sie das Gleiche wie zuvor bei den anderen. »Eine gute Seele«, erklärte sie mit dieser ungewöhnlichen Stimme, die irgendwie losgelöst von ihr klang.

Kaum hatte sie es ausgesprochen, trat Lepard zurück, und sie fiel schwer atmend an Grizz' Brust.

Grizz drückte sie zart an sich, als wäre sie ein Kind. »Es tut mir leid, Sabine. Es tut mir leid.«

»Noch einer«, sagte Lyon. »Und dann du selbst.«

»Ich kann nicht«, keuchte sie. »Ich kann nicht in Grizz lesen. Nur deshalb kann ich ihn auch berühren.«

Als hätte er Bleigewichte an den Füßen drehte Grizz sich zu Rikkert um, der ihn mit hasserfülltem Blick ansah. Die Krieger wussten bislang noch nicht, was die Ursache für diese Abneigung war.

Grizz reichte ihm Sabines Hand, und der Mann griff vorsichtig danach. Sabines Schrei war so durchdringend, dass er leicht Trommelfelle hätte zum Platzen bringen können.

Schließlich erklärte sie mit derselben festen Stimme: »Eine gute Seele.« Gleich darauf sackte sie in Grizz' Armen in sich zusammen.

Grizz fuhr zu Lyon herum. »Es ist vollbracht. Schick sie nach Hause.«

»Geh zuerst in deine Zelle zurück.«

Grizz funkelte den Anführer der Krieger wütend an, tat aber wie ihm befohlen. Als die Tür hinter ihm zuschlug, senkte er den Kopf dicht neben Sabines.

»Ich hasse dich.« Sogar für die Ohren eines Kriegers waren ihre abgehackten Worte kaum zu verstehen.

»Ich weiß.«

Wulfe sah, wie eine der Ilinas in Grizz' Zelle erschien, und einen Lidschlag später stand Grizz wieder allein da.

»Führen wir das Ritual der Wiedergeburt jetzt sofort durch, oder warten wir bis zum Anbruch der Nacht?«, fragte Tighe, und man merkte seinen Worten an, wie aufgeregt er war.

Kougar strich sich über den Bart. »Sie hat jeden Einzelnen von ihnen als gute Seele bezeichnet.«

Paenther nickte. »Und Kara hat uns gesagt, dass es sie völlig unberührt gelassen hat, als sie von Inir gezwungen wurde, zwei frisch Gezeichnete in ihre Tiere zu bringen. Sie besaßen keinen außerordentlichen Mut, und ehrbar waren sie schon gar nicht. Die Vermutung liegt nahe, dass die Ehrenwerten sich zu uns hingezogen fühlten und die bösen zu Inir.«

Lyon machte auf dem Absatz kehrt und verließ mit grimmiger Miene den Zellentrakt. Wulfe und die anderen tauschten Blicke miteinander und folgten ihm dann schweigend.

»In mein Arbeitszimmer«, sagte Lyon, als alle in der Halle angekommen waren.

Einen Moment später brüllte Paenther plötzlich auf. »Nein!« Sein Gesicht war aschfahl, und in seinen Augen stand die blanke Angst. »Mein Panther …«

Es hatte einen weiteren von ihnen getroffen. Wulfe berührte seine Schulter, und einer nach dem anderen traten sie in Lyons Arbeitszimmer. Während Lyon um seinen Schreibtisch herumging, streckte er die Hand aus, als suchte er nach Halt.

»Boss?« Kougar wollte ihm helfen, doch Lyon wich mit einem gequälten Schrei, in dem unendliche Verzweiflung mitschwang, vor ihm zurück. Da wusste Wulfe, dass auch ihr Anführer sein Tier verloren hatte.

Sie fielen um wie Dominosteine.

»Hast du deins noch?«, fragte Tighe.

Wulfe nickte. Soweit er wusste, waren sie jetzt nur noch fünf, die in der Lage waren, sich zu verwandeln … er selber und die vier neuesten Krieger: Falkyn und Fox, Lepard und Grizz. Wie lange würde es dauern, bis auch ihr Licht erlosch?

Tief in seinem Innern heulte der Wolf vor Kummer laut auf.

Lyon sank auf seinen Stuhl und vergrub das Gesicht in beiden Händen. Die anderen setzten sich hin oder blieben schweigend stehen, während sie warteten, dass er seine Trauer in den Griff bekam und seine Gedanken sammelte. Schließlich schaute er auf, und in seiner Miene stand mehr als nur Wut, mehr als nur Trauer. Im Gesicht des Mannes, den Wulfe mehr als alle anderen respektierte, sah er Furcht.

»Es wird immer wichtiger, dass wir die neuen Krieger so schnell wie möglich mit ihren Tieren vereinen.« Lyons Miene erstarrte zu Stein, und seine Stimme war kaum mehr als ein gepeinigtes Flüstern. »Aber wenn Sabine sich geirrt hat?«

»Eine Walküre kann nicht lügen«, sagte Kougar.

»Wir haben auch geglaubt, dass die Tiere immer nur die stärksten, ehrbarsten Therianer zum Krieger des Lichts zeichnen«, entgegnete Lyon. »Und wenn nun beide Annahmen falsch sind?«

Dann würde Kara sterben.

Paenther holte tief Luft und meinte: »Wir brauchen nur einen neuen Krieger in sein Tier zu bringen, um Inir aufzuhalten.«

»Wen?« Lyon sah ihn an. Seine Augen waren so düster wie ein arktischer Sturm. »Ist nur einer unter den dreien, dem du Skyes Leben anvertrauen würdest?« Sein durchdringender Blick glitt von einem zum Nächsten. »Oder Arianas? Oder Delaneys? Oder Natalies?«

Sofort ballte Wulfe die Hände zu Fäusten. Es war ihm völlig egal, was Sabine behauptet hatte. Er würde Natalies Leben nicht aufgrund der Worte einer Fremden aufs Spiel setzen. Und Karas ebenfalls nicht. Doch das Schicksal der Welt hing unter Umständen von dieser Entscheidung ab.

Einer nach dem anderen wandte den Blick ab. Keiner der Männer konnte seinem Anführer länger in die Augen sehen.

Mit einem wütenden Brüllen sprang Lyon auf. »Wir *müssen* einen von ihnen in sein Tier bringen. Wir *müssen*.« Seine Stimme wurde ganz leise und kraftlos, als er die Hände flach auf den Tisch legte und den Kopf senkte. »Aber ich kann nicht. Ich kann Karas Leben nicht aufs Spiel setzen, nicht einmal um die Welt zu retten.« Langsam hob er den Kopf und sah sie alle an. In seiner Miene spiegelten sich Schuldgefühle, Trostlosigkeit und Streitlust wider, als erwartete er einen Kampf … als *wollte* er unbedingt einen.

Doch keiner wagte es, ihm zu widersprechen. Sie alle hätten an Lyons Stelle die gleiche Entscheidung getroffen, wenn es um ihre Frauen gegangen wäre, und zudem betete jeder Einzelne von ihnen Kara an. Keiner würde ihr Leben riskieren.

»Grizz wird ausrasten, wenn er erfährt, dass all seine Anstrengungen umsonst waren«, meinte Tighe leise.

Paenther zuckte die Achseln. »Der ist doch ständig wütend.« Sein Blick richtete sich auf Lyon. »Was nun?«

»Es bleibt dabei … Wir finden heraus, wie wir unsere Unsterblichkeit wiedererlangen, dann bringen wir Inir zur Strecke und halten ihn auf, ehe er die Dämonen befreien kann.«

So einfach war es.

So verdammt unmöglich.

17

Wulfe stieg die Treppe hoch. Sein Herz war vor Sorge und Furcht schwer, und seine Nerven lagen blank. Er musste Natalie sehen, um seinen Wolf zu beruhigen und seine eigene Trostlosigkeit zu lindern. Er fand sie zusammen mit den anderen Frauen der Krieger auf Karas Bett. Sie nippte an einem Glas und hörte der Strahlenden zu, die von ihrer Zeit als Inirs Gefangene erzählte. Wenn das eine Party sein sollte, war sie seiner Einschätzung nach ein Reinfall. Andererseits waren alle hier anwesenden Frauen äußerst scharfsinnig und wussten genau, womit die Krieger des Lichts zu kämpfen hatten. Da war es nur logisch, dass sie miteinander über ihre Sorgen sprachen.

Sein Blick fiel wieder auf Natalie, und er musterte ihre ernste Miene, während sie Karas Beschreibungen der Grausamkeiten lauschte, die diese erlebt hatte. Sie war gezwungen worden, zwei neue Krieger in ihre Tiere zu bringen … Männer, die sie für böse hielt. Während er sie beobachtete, nahm Olivia die Schachtel, die in der Mitte des Bettes stand und bot sie reihum an. Eine Frau nach der anderen nahm sich eine mit Schokolade überzogene Erdbeere heraus. Wulfe ließ Natalie keine Sekunde aus den Augen, sein Blick folgte der süßen Frucht, die sie an den Mund führte und dann mit Zähnen und Lippen umschloss.

Tief in seinem Innern rührte sich etwas. Eine erstaunlich heiße Woge strömte durch seinen Körper bis in seine Lenden, die daraufhin voll und schwer wurden. Er schnappte überrascht nach Luft, als er seine erste Erektion seit Monaten oder vielleicht auch Jahren spürte. Warum ausgerechnet jetzt? Das waren einfach viel zu viele Dinge, die da mit ihm passierten!

Er trat von der Tür weg, ehe eine der Frauen seine Anwesenheit bemerkte, und ging los, um sich bei irgendwem Rat zu holen. Er fand Kougar in der Bibliothek, wo er sich gerade mit Hawke unterhielt, und schloss die Tür hinter sich. Beide Krieger drehten sich mit besorgter Miene zu ihm um.

Hawke seufzte. »Jetzt hast du also auch die Verbindung zu deinem Tier verloren.«

»Nein. Zum Teufel. Nein. Ich hab einen Ständer gekriegt.«

Kougar sagte nichts und gab auch nicht zu erkennen, dass er ihn überhaupt gehört hatte.

Hawke zog nur eine Augenbraue hoch. »Was war der Auslöser?«

»Ich habe gerade zugesehen, wie Natalie eine mit Schokolade überzogene Erdbeere gegessen hat.«

Hawke nickte ganz und gar ernst. »Du magst sie.«

»Ja, aber ich bin beschädigt, Hawke. Ich habe seit Beatrice' Tod kein einziges Mal mehr einfach so einen Ständer bekommen.«

»Vielleicht wirst du wieder gesund.«

»Wie kann man sich denn von einer zerbrochenen Paarbindung wieder erholen?« Ruckartig wandte er sich Kougar zu. »Ist es möglich?«

Kougar strich sich über den Bart. »Ich habe schon davon gehört. Aber in diesen Fällen war die ursprüngliche Paarbindung nicht die richtige ... und irgendwann tauchte dann der passende Partner auf.«

»Und die Bindung zwischen dir und Beatrice war von Anfang an verkehrt«, meinte Hawke. »Das wussten wir alle. Wären es die gleichen Gefühle gewesen, wie ...« Hawke schüttelte den Kopf, und seine Augen fingen an zu strahlen. »... wie ich sie für

Falkyn, meine geliebte Faith, empfinde … Es fällt mir schwer, die richtigen Worte dafür zu finden, weil diese innigen Gefühle mein Denkvermögen übersteigen. Sie ist die Welt für mich – mein Herz, mein Leben, der Atem in meinem Körper. Es gibt keine Worte, um so eine überwältigende Liebe zu beschreiben. Eine solche Liebe hast du nie für Beatrice empfunden, da bin ich mir ganz sicher.«

Das hatte er tatsächlich nicht. Er hatte gedacht, er würde sie lieben, und vielleicht hätte er es auch getan, wenn sie sich zumindest ein bisschen was aus ihm gemacht hätte. Doch Hawkes Worte fanden trotzdem einen Widerhall in seinem Innern … wegen Natalie.

»Ist irgendetwas passiert?«, fragte Kougar. »Hast du sie geküsst?«

Wulfe zögerte und entschied dann, dass er auch gleich ganz Farbe bekennen konnte. »Sie hat mich geküsst.«

Hawke lächelte. »Das muss ja ein ziemlich toller Kuss gewesen sein.«

»Er war ganz unschuldig.«

Kougar zupfte an seinem Bart. »Er mag vielleicht unschuldig gewesen sein, aber das Gefühl, das dahinterstand, war eindeutig stark.«

»Du meinst also, meine Gefühle für sie haben das bewirkt?«

»Nein, ich glaube eher ihre Gefühle für dich.«

Wulfe sah ihn verwirrt an, aber gleichzeitig freute er sich. Sie mochte ihn. Das wusste er. Aber Kougar hatte das Wort *stark* benutzt. »Ich habe keine Ahnung, was sie für mich empfindet.«

Hawke klopfte ihm auf die Schulter. »Was auch immer der Grund für deine Latte sein mag. Es ist ein Segen. Such sie, und küss sie noch einmal.«

Als ob er das nicht längst getan hätte … und noch viel mehr.

Wulfe nickte. Sein Freund hatte recht. Nachdem sein Körper sich jetzt wie ein heißer Sommerwind regte, könnte er endlich so intim mit Natalie werden, wie sie beide es sich wünschten.

Die Frage war nur … Sollte er es jetzt wirklich tun, wenn seine ganze Welt so im Argen lag?

Wulfe war schon halb im zweiten Stock und träumte davon, Natalie in die Arme zu ziehen und sich mit ihr zu vereinen, als er laute Schritte hinter sich hörte. Lyon und Tighe kamen die Treppe hochgerannt, indem sie jeweils zwei Stufen auf einmal nahmen.

»Wulfe, warte«, rief Tighe.

»Was ist los?«

Lyon presste die Lippen aufeinander. »Natalie. Melisande hat mir Bescheid gegeben.«

Verdammt. Natalie hatte Schmerzen, und die Frauen hatten Lyon holen lassen … nicht ihn. Er drehte sich um und stürmte die restlichen Stufen nach oben und durch den Flur.

»Fass sie nicht an!«, rief Lyon hinter ihm.

Wulfe stürzte ins Schlafzimmer seines Anführers, wo er Natalie zusammengekauert neben Kara auf dem Bett vorfand. Sie hatte die Hände zwischen die Knie geklemmt, und auf ihren Wangen glitzerten Tränen.

Die Frauen schauten auf, als er den Raum betrat, und Delaney und Falkyn wichen zurück, um ihm Platz zu machen. Doch als er vor Natalie stand und sie in seine Arme zog, riss sie die Hände hoch, damit er ihr Gesicht nicht berührte.

»Bitte nicht. Es wird aufhören.« Sie packte seine Hand. »Halt mich einfach nur fest.«

»Immer.« Aber es zerriss ihm das Herz, sie so leiden zu sehen und nicht das tun zu dürfen, was ihre Schmerzen beenden würde.

Lyon und Tighe kamen ins Zimmer gestürmt und blieben auf halbem Weg zum Bett stehen. Lyon erteilte Befehle. »Melisande, bring Kara in den Raum der Strahlenden. Alle, die keine Krieger sind, raus hier. Sofort.«

Olivia rührte sich nicht von der Stelle. »Lass mich helfen, Lyon. Ich kann ihn schwächen, wenn du mich brauchst, und er kann mir keinen Schaden zufügen. Ich bin immer noch unsterblich.«

Wulfe kam sich plötzlich wie ein wildes Tier vor, das kurz davorstand, tollwütig zu werden.

Lyon nickte und wandte sich dann Melisande zu. »Dich könnte ich auch wieder hier brauchen, sobald du Kara weggebracht hast.«

Eine einzelne Ilina war nicht in der Lage, einen sich wehrenden Krieger in Nebel zu verwandeln und fortzuschaffen, aber sie konnte in zwei Sekunden ein halbes Dutzend Helferinnen herbeirufen. Und ein halbes Dutzend Ilinas war in der Lage, ihn bis zum Nordpol zu schaffen, wenn sie wollten – oder auch ins Kristallreich, ihr Schloss im Himmel.

»Ich bin gleich wieder da.« Kurz darauf verschwanden Melisande und Kara.

Die Sehnen an Wulfes Hals traten hervor … so viel Kraft kostete es ihn, sie nicht anzubrüllen, dass er nicht zum Berserker werden würde! Denn zur Hölle, er wusste selber nicht, was er gleich tun würde. Auch wenn er das Verlangen unterdrücken konnte, Natalie die Schmerzen zu nehmen, wussten sie nicht mit Sicherheit, ob er womöglich trotzdem die Kontrolle über sich verlieren würde. Keiner von ihnen hatte schließlich eine Ahnung, was zum Teufel eigentlich mit ihm los war.

Natalie zitterte immer schlimmer in seinen Armen, und die Tränen strömten ihr nur so über die Wangen. Wie viel mehr konnte er noch ertragen? Wie viel mehr konnte *sie* ertragen?

Er zog sie enger an sich, und seine große Hand streichelte über ihr Haar und über ihren Rücken. »Natalie, Liebste …«

»Nicht, Wulfe. Es wird mir gleich besser gehen.«

Aber da war er sich nicht so sicher. »Boss, es könnte doch sein, dass Satanan immer wieder versucht, einen steten Strom dieser urzeitlichen Energien durch uns heraufzubeschwören, und ich dies unterbinde, indem ich den Kreislauf schließe und Natalie die Schmerzen nehme. Vielleicht wird ihr Leiden nicht mehr aufhören, wenn ich es diesmal nicht tue. Satanan würde immer stärker werden.«

»Wir wissen nicht, ob es so läuft.«

»Wir wissen auch nicht, dass es *nicht* so läuft.« Woher auch, verdammt noch mal?

Aber abgesehen davon … Wie viel länger konnte er einfach hier sitzen und nichts tun, wenn er ihre Qualen doch mit einer einzigen Berührung seiner Hand beenden konnte? Und sie litt, gütige Göttin, schreckliche Qualen. Er spürte ihre Anspannung, das krampfhafte Zucken und Beben. Ihre Haut war schweißbedeckt und ihre Wangen nass von Tränen.

Sie begann leise Schreie auszustoßen, kurze, erstickte Schreie, die an seinen Nerven zerrten.

Seine Hände zitterten, weil er ihr unbedingt helfen wollte. »Es wird schlimmer, nicht wahr?«

»Ja«, keuchte sie.

»Es hört nicht auf, Boss. Es wird nicht aufhören.« Er hatte so lange durchgehalten, wie er konnte. Er hob die Hand, drückte sie an ihre Wange, schloss die Augen und konzentrierte sich mit ganzer Kraft darauf, den Schmerz zu bannen. Aber wie schon zuvor stieß er auf Widerstand. Satanan leistete Widerstand und wollte die Verbindung nicht abreißen lassen.

»Holt noch zwei Krieger rauf. Sofort«, befahl Lyon schroff.

Wulfe knirschte mit den Zähnen und knurrte, während er an

dem Schmerz zog und den Dämon zurückdrängte, damit er sie aus seinem Griff entließ.

Endlich, endlich spürte er, wie der Schmerz von ihr wich. Tief in seinem Innern winselte sein Wolf vor Erleichterung.

Natalie sackte gegen ihn, und ihre zarten Rundungen drückten gegen seinen Arm und seine Brust. »Danke.«

Nachdem sie nun keine Schmerzen mehr hatte, wurden sich sein Körper, seine Sinne plötzlich überdeutlich der Frau in seinen Armen bewusst. Ihr Duft erwärmte die Luft zwischen ihnen, und ihre Hände klammerten sich an seine Arme, während seine Hand die zarten Konturen ihres Rückens und des schlanken Halses nachfuhr. Seine Finger glitten in ihre Haare, die ihm wie gesponnenes Gold erschienen, und er konnte sich gerade noch davon abhalten, das Gesicht in ihnen zu vergraben, um ihren reinen, weiblichen Duft aufzusaugen.

Seine Hände zitterten vor Verlangen. Mit jedem Schlag seines Herzens verstärkte sich der Drang, sie enger an sich zu ziehen und wieder von ihr zu kosten. Es fiel ihm immer schwerer, sich zu beherrschen.

Sein Herzschlag beschleunigte sich, seine Atemzüge wurden immer schneller und flacher. Beim letzten Mal hatte er ihre Lust, ihre seidige Haut mit Händen und Lippen genossen. Aber es hatte ihn nicht bewegt. Bisher hatte sich in ihrer Gegenwart noch nie etwas bei ihm gerührt.

Bis jetzt. Das Verlangen, tief in sie einzudringen, steigerte sich zu einem schmerzhaften Pochen.

Natalie löste sich gerade so weit von ihm, dass sie ihn anschauen konnte. Ihre Blicke versanken wie gebannt ineinander, ließen sich nicht mehr los, und er beobachtete, wie ihre wunderschönen, wenn auch müden grauen Augen überrascht aufleuchteten und dann ganz langsam die Leidenschaft in ihnen erwachte. Ihr stockte der Atem.

»Ach, Wulfe.« Ihre Worte waren kaum mehr als ein Flüstern.

»Wulfe«, rief Lyon schroff. »Wir müssen dich hier rausbringen. Runter in den Trainingsraum.«

Am liebsten hätte er Natalie hochgehoben und in sein Bett getragen. Doch stattdessen strich er ihr mit zitternden Fingern übers Haar. »Geh. Melisande bringt dich in dein Zimmer zurück.«

Ohne Vorwarnung setzte das schon vertraute Summen in seinen Ohren ein. Den Bruchteil einer Sekunde später erfasste ihn rasende Wut und eine Dunkelheit, die über seinen Geist hinwegspülte und ihm seine Willenskraft raubte.

»Wulfe!«, brüllte eine Männerstimme.

Feinde. Reißzähne und Klauen traten hervor, und er sprang vom Bett und wirbelte zu denen herum, die ihn angreifen wollten.

»Nehmt euch vor seinen Krallen in Acht!«, rief einer von ihnen, als Wulfe nach ihnen ausholte. »Schafft Natalie hier raus.«

Zwei Männer überwältigten ihn und rangen ihn zu Boden. »Jag, Fox, helft uns.« Zwei weitere Männer drückten seine Hände auf den Dielenboden. »Olivia, schwäch ihn. Aber nicht zu sehr!«

Wulfe wehrte sich gegen die vier Männer, die ihn festhielten, und versuchte sich loszureißen, aber schon breitete sich Erschöpfung in seinen Gliedern aus.

Als er Glas klirren hörte, drehte er den Kopf und sah die Frau, die er eben noch gehalten hatte, eine zerbrochene Weinflasche wie eine Waffe schwingen. Der wilde Ausdruck in ihren Augen war für ihn wie ein Schlag in den Magen.

»Natalie.« Er presste den Namen zwischen Lippen und Reißzähnen hervor. »Natalie, nein!«

»Verdammt! Sie nicht auch noch«, stieß einer der Männer hervor. »Der Mistkerl hat sie jetzt beide in seinen Klauen.«

Während Wulfe gegen die Männer kämpfte, die ihn festhielten, um zu Natalie zu kommen, wichen die Dunkelheit und der Zorn wieder von ihm. Hals über Kopf kam Wulfe wieder zu sich.

»Lasst mich los«, fuhr er die anderen an, während sich seine Reißzähne und Klauen zurückbildeten. »Ich bin wieder okay. Lasst mich zu ihr.«

Die Hände, die ihn eben noch gehalten hatten, ließen von ihm ab, und Wulfe sprang auf, während Natalie sich weiterhin gegen den viel kräftigeren Jag wehrte.

»Sie hat versucht, mich zu schneiden«, rief Jag. »Ich glaube, sie hat versucht, dich zu beschützen.«

»Natalie.« Wulfe streckte die Hand nach ihr aus, griff vorsichtig nach ihrem Kinn und zwang ihre wild blickenden Augen, sich auf ihn zu fokussieren. »Natalie, komm zu mir zurück.«

Sie stieß einen animalischen Laut aus, während sie ihn anstarrte, doch dann blinzelte sie verwirrt. Da wusste er, dass auch bei ihr der Bann gebrochen war.

»Wulfe?« Sie zog die Augenbrauen zusammen, als sie seinen Namen keuchte.

Er nahm die zerbrochene Weinflasche aus ihren schlaffen Fingern und reichte sie Jag, ehe er sie in die Arme zog. »Alles ist gut.« Doch als er es sagte, wanderte sein Blick zu seinem Anführer, und er wusste, dass die Worte eine Lüge waren.

Nichts war gut. Gar nichts.

»Sind das die urzeitlichen Energien, die auf die beiden einwirken, oder Satanan?«, fragte Tighe und suchte Wulfes Blick. »Weißt du es?«

»Nein.« Diese Verbindung musste gekappt werden, und zwar schnell. Die Göttin möge ihnen beistehen. Er schlang einen Arm um Natalies Schultern und führte sie zur Tür. »Wir sind in ihrem Zimmer.« Er brauchte nicht nur Zeit zum Nachdenken, sondern wollte auch weg von den wachsamen und besorgten Blicken seiner Brüder.

»Hältst du das für eine gute Idee?«, fragte Lyon ruhig.

»Ich werde rufen, wenn irgendetwas passiert.« Sein Kopf pochte, und sein Körper stand kurz vor dem Zusammenbruch. Er musste Natalie Cash unbedingt in den Armen halten.

Natalie verließ mit Wulfe Lyons Zimmer und ging die paar Schritte zu ihrem eigenen. Was um Himmels willen war da gerade passiert? Eben hatte sie noch voller Entsetzen beobachtet, wie Wulfe sich mit diesen gefährlichen Klauen auf seine Freunde stürzen wollte, und im nächsten Moment hatte Wulfe sie in den Armen gehalten und ihr eine zerbrochene Weinflasche abgenommen, während alle sie angestarrt hatten, als wäre ihr ein zweiter Kopf gewachsen.

Wulfe führte sie in ihr Zimmer, schloss die Tür und drehte sie zu sich herum, sodass sie ihn ansehen musste. Seine Hände streichelten ihre Schultern, während er sie mit sanftem, besorgtem Blick musterte. »Geht es dir gut?

»Ich weiß nicht.« Ihr Puls hämmerte. Sie legte eine Hand auf ihre Brust. »Mein Herz schlägt hundert Kilometer pro Minute.«

»Du hast keine Schmerzen mehr?«

»Nein, überhaupt keine.« Ihr Blick bohrte sich in seinen. »Was wäre deiner Meinung nach passiert, wenn du mich bewusstlos geschlagen hättest?«

Er zog die Augenbrauen hoch, und ein nachdenklicher Ausdruck trat in seine Augen. »Ich weiß es nicht. Möglicherweise würde es die Verbindung unterbrechen. Wir können es versuchen.«

»Okay. Gut.« Die Anspannung wich allmählich aus ihren

Schultern. »Dann haben wir also einen Plan.« Fürs Erste. Aber wenn der auch nicht funktionierte, was dann? Sie hatte gehört, was Strome gesagt hatte, genau wie Wulfe. Die einzige Möglichkeit, diese Verbindung zu unterbrechen, bestand darin, dass einer von ihnen dreien starb. Und obwohl es heroisch sein mochte, ihr Leben zu opfern, würde Wulfe niemals darauf eingehen. Er würde es sich bis in alle Ewigkeit vorwerfen, sich selber dafür hassen. Davon abgesehen liebte sie ihr Leben, egal, welch seltsame Wendung es genommen hatte. Nein, Inir war derjenige, der sterben musste. Für sie beide.

Wulfe hob eine Hand und streichelte ihre Wange. »Lass mich dich halten.« Den Bruchteil einer Sekunde bröckelte seine Miene. »Ich brauche es«, erklärte er ruhig.

Sie merkte, dass sie nicht die Einzige war, die bis in die Grundfesten erschüttert war. Sie glitt in seine Arme, drückte ihren Körper an seine feste, muskulöse Gestalt und fand, dass sich nichts jemals so richtig angefühlt hatte. Wulfe zog sie noch enger an sich, schloss die Arme um ihren Körper und ließ das Kinn mit einem tiefen, von Herzen kommenden Seufzer auf ihren Scheitel sinken.

Mit den Armen um seine Taille drückte sie die Wange an sein T-Shirt. »Alles wird gut«, sagte sie leise. »Alles wird sich regeln.«

Er küsste ihr Haar. »Weißt du etwas, das ich nicht weiß?«, fragte er in einem fast neckenden Tonfall. Aber nur fast.

»Nein, doch das ist der einzige akzeptable Ausgang des Ganzen.« Langsam löste sie sich von ihm und schaute in sein wunderschönes Gesicht. »Wir werden Satanan und Inir besiegen, Wulfe. Wir werden gewinnen, weil ich dich kenne. Deine Seele ist zu edel und rein, so voller Licht, als dass Dunkelheit sich dort lange festsetzen könnte. Satanan wird dich nie beherrschen. Du wirst ihn besiegen.«

Der Blick, mit dem er sie daraufhin bedachte, war voller Erstaunen, aber auch Zweifel. »Ich wünschte, ich könnte mir da so sicher sein.«

»Das wünsche ich mir auch. Aber ich bin mir sicher. Egal, was passiert, du wirst mich niemals verletzen. Das Böse wird dich nicht vereinnahmen können. Es wird nicht gewinnen.«

Ein völlig verwunderter Ausdruck huschte über sein Gesicht. »Du bist wie ein Wunder.« Und seine Augen strahlten vor überbordender Zärtlichkeit. Seine Lider senkten sich, und seine Hände glitten von ihren Schultern zu ihren Hüften. Kräftige Finger legten sich um ihre Taille, packten ihr Fleisch und bohrten sich in ihre Hüften. Bei einem anderen Mann hätte sie gedacht, das wäre ein Zeichen seiner erwachenden Leidenschaft. Er zog sie enger an seine Hüften, an die große Wölbung in seiner Jeans.

»Wulfe?«, keuchte sie und erinnerte sich wieder an das Verlangen, das sie in seinen Augen gesehen zu haben meinte, als er sie eben in Lyons und Karas Zimmer in den Armen gehalten hatte.

Er hob die Lider wieder, und enthüllte damit eine herrlich funkelnde Glut in seinen dunklen Augen. Ihr Herz hämmerte, und ihr Körper schmolz dahin.

»Was ist passiert?«, hauchte sie.

Er legte seine warme Hand an ihren Hals, von wo sie langsam nach unten glitt, bis sie oberhalb ihres Busens verharrte. Sein Puls ging so schnell und unregelmäßig, dass sie ihn durch seine Hand hindurch spüren konnte.

Er wollte sie. Und damit entzündete er auch in ihrem Körper ein loderndes Feuer.

»Du«, sagte er leise und ließ seine Hand an ihren Unterkiefer gleiten. »Du bist passiert.« Er senkte den Kopf und küsste sie voller Verlangen und mit einer solch zärtlichen Leidenschaft, wie sie es sich erträumt hatte. Seine Lippen strichen warm und fest über ihre, und seine Zunge fuhr die Konturen ihrer Unterlippe nach. Sie öffnete den Mund für ihn, und er tauchte darin ein, seine Zunge strich über ihre, liebkoste sie und löste damit eine Feuersbrunst aus, die in ihrer Brust explodierte und sich dann nach unten ausbreitete – ein Sturm der Gefühle und der Lust, ein Tumult aus Chaos und Staunen. Er schmeckte nach Sommerregen und winterlichem Wald … sauber, frisch und gesund und wundervoll männlich.

Seine eine Hand glitt in ihr Haar, die andere über ihren Rücken nach unten, um ihre Hüften fest gegen sich zu ziehen, und wieder spürte sie den überaus deutlichen Beweis seines Begehrens.

Als sie zitternd ausatmete, musste sie lächeln.

Er lehnte sich zurück und schaute sie mit vor Leidenschaft verschleiertem Blick an. Sein Lächeln weckte eine zärtliche Sehnsucht in ihr. »Was ist so lustig?«

»Nicht lustig. Sondern wundervoll. Du willst mich wirklich.«

Seine Lippen strichen über ihre Wange und über ihren Hals immer weiter nach unten. Er leckte und knabberte an ihr und brachte sie damit vor Verlangen zum Beben. Ihre Brüste kribbelten, und ihre Knie wurden ganz weich, als ihr Schoß sich zusammenzog und pochend darum flehte, ausgefüllt zu werden.

»Ich will dich«, stöhnte er an ihrem Hals. »Ich will dich so sehr …«

Langsam kam er wieder hoch. Sein Atem ging stoßweise, und sein Blick war heiß, aber auch sorgenvoll.

»Wulfe …«

Er musterte ihr Gesicht, und seine Augen strahlten vor Leidenschaft und Zärtlichkeit. »Du bist so schön.« Seine Finger zitterten leicht, als sie ihr Haar zurückstrichen und sein Daumen über ihren Wangenknochen fuhr.

Sie streichelte währenddessen seine Brust und zerrte dann sein T-Shirt aus der Jeans. Das Verlangen, endlich seine Haut an ihrer zu spüren, war kaum noch zu bändigen.

»Liebe mich, Wulfe.« Ihre Hände glitten unter sein Shirt, über sein warmes, festes Fleisch. Die Luft schien plötzlich wie elektrisch geladen, und sie keuchte. Das Pochen zwischen ihren Beinen wurde stärker. »Ich brauche dich.«

Seine großen Hände legten sich auf ihre Brüste, und sie stieß einen Schrei voller Lust und rasendem Verlangen aus. »Ich habe Angst, dir wehzutun.«

»Das wirst du nicht. Du wirst mir nie wehtun.« Ihre Finger gingen zu seinem Hosenbund, und sie öffnete seine Jeans.

Er packte ihre Handgelenke, um sie aufzuhalten. »Ich bin groß, Natalie. Und du bist ein Mensch.« Seine Stimme bebte. Er ließ seine Stirn gegen ihre sinken und atmete unregelmäßig. »Ich habe Angst, dass ich die Kontrolle über mich verliere.«

Sie hob die Arme, umfasste sein Gesicht und küsste ihn fest. »Ich möchte, dass du das tust, Wulfe. Ich will das.«

Er widerstand gerade mal eine Sekunde und eine halbe, dann zog er sie mit einem Ruck an sich, küsste sie voller Leidenschaft und tat endlich genau das, worum sie ihn gebeten hatte. In der ihm eigenen intensiven, sanften Art verlor Wulfe die Kontrolle über sich.

18

Wulfe hatte das Gefühl, er würde sterben, wenn er nicht bald in die Frau eindrang, die in seinen Armen lag. Seine Natalie. Sein Herz. Feuer, Schönheit, Lachen … sie war alles für ihn. Sein Ein und Alles.

Er riss an ihrer Kleidung, während sie an seiner Jeans und seinem T-Shirt zerrte, bis beide schwer atmeten und fast rasten vor Verlangen. Ihre Lippen verschmolzen miteinander, ihr wundervoller Busen drückte sich fest gegen seine Brust, und die Haut auf ihrem Rücken, auf ihrem Hintern fühlte sich wie warme Seide unter seinen zitternden Fingerspitzen an.

Ihre Nägel bohrten sich in seine Schultern, als er sie küsste, sie verschlang. Ihre Zunge strich mit der gleichen verzweifelten Sehnsucht über seine, wie ihre Hüften gegen seine riesige Erektion stießen, die zwischen ihnen eingeklemmt war. Solch ein heftiges Verlangen, sich mit einem anderen Körper zu vereinen, hatte er noch nie erlebt.

Seine Hände glitten über ihren Rücken, ihre Haut, ihr Haar. Er konnte nicht genug von ihr bekommen. Er würde nie genug von ihr bekommen. Schwungvoll hob er sie auf seine Arme, trug sie zum Bett und warf sie in die Mitte, was ihr ein heiseres Lachen entlockte. Als sie ihn angrinste und ihre Augen dabei wie poliertes Silber glänzten, zog sich sein Herz wundervoll schmerzhaft zusammen. Noch nie hatte er solch freudige Erregung, solch ausgelassene Freude erlebt.

Leise lachend kam er zu ihr. Sein Mund fand ihren Hals, ihre Brüste und saugte fest daran, während er eine Hand zwischen ihre Schenkel schob. In dem Augenblick, als er ihre empfindsamste Stelle berührte, schrie sie auf und drängte sich ihm entgegen, als würde sie sich völlig verzweifelt nach seiner Berührung sehnen. Sie war offen, nass, *bereit*.

Er konnte es kaum glauben, dass diese Frau, diese schöne, wunderbare, herrliche Frau ihn wollte. *Ihn*.

Er hob den Kopf von ihrer Brust, sah sie an und begegnete ihrem strahlenden Blick.

»Du raubst mir den Atem.«

»So wie du mir.«

Seine Hand griff sanft in ihr Haar, und er küsste sie mit einem Nachdruck, der schon an Wahnsinn grenzte, während er einen Finger tief in sie hineinschob. Sie stöhnte an seinem Mund und wimmerte leise vor Begehren. Sie drängte sich ihm entgegen, küsste ihn wie eine Wildkatze und gab die verführerischsten heiseren Schreie von sich.

Voll hilfloser Verzweiflung löste sie sich schließlich von ihm. Ihre Finger bohrten sich in seine Schultern. »Komm in mich. Bitte. *Jetzt*.«

Sein Körper erstarrte, weil er Angst hatte, zu groß für sie zu sein. Aber sie war keine kleine Frau, und vielleicht würde es ja gehen. Sein Schwanz fand ihre feuchte Spalte, und sie kam hoch, um die Spitze mit einem Stöhnen purer Lust in sich aufzunehmen. Wulfe hielt sich zurück. Er klammerte sich an den letzten Rest seiner Selbstbeherrschung, aber das ließ Natalie nicht zu.

Sie packte seinen Kopf mit beiden Händen. »*Quäl mich nicht. Ich brauche dich.*«

Oh, heilige Göttin. Stöhnend drang er tiefer in das feuchte Nass ein, in ihren engen, glatten Schoß, und er staunte, dass er trotz seiner Größe auf keinen Widerstand stieß. Sie umschloss ihn ganz fest, war aber trotzdem groß genug … und wichtiger noch … bereit.

Sie drängte sich ihm entgegen und nahm ihn noch tiefer und noch tiefer in sich auf, bis er vollkommen in ihr steckte. Die Göttin möge ihm beistehen, aber sie hatte ihn tatsächlich ganz in sich aufgenommen. Nur wenige Frauen waren je dazu in der Lage gewesen.

Knurrend vor Begierde zog er sich fast gänzlich wieder zurück, um gleich darauf erneut in sie einzutauchen. Natalie drückte den Rücken durch, und ihr Mund öffnete sich zu einem lautlosen Schrei. »Es ist perfekt. *Du* bist perfekt. Liebe mich, Wulfe. Fest.«

Während er immer wieder in sie eindrang, legte sich ein goldener Schleier vor seine Augen … ein helles Licht, das sich herrlich warm in ihm ausbreitete. Liebe.

Natalies Augen wurden groß, als würde auch sie es spüren. Dann lächelte sie und bog den Kopf nach hinten, während sie vor Lust stöhnte. »Fester, Wulfe. *Fester*.«

Er presste seine Hüften an ihre, bis sie beide schweißbedeckt waren und stöhnend dem Höhepunkt entgegenstürmten. Und darüber hinaus. Weit darüber hinaus. Als sie jenen hochgesteckten Gipfel erreichten, trafen sich ihre Blicke, sie tauchten tief ineinander ein, und Natalie lächelte, als der Höhepunkt sie packte, was ihn wie ein Pfeil mitten ins Herz traf.

Während sich ihr Körper um ihn herum verkrampfte und ihre leisen, verführerischen Schreie in sein Ohr drangen, kam auch er mit einem lauten Brüllen … die Schönheit des Moments, seine Vollkommenheit war jenseits aller Worte, aller Vorstellungskraft.

Und dann lachte sie, und dieser heisere Laut schoss direkt in seine Lenden, als er erschöpft über ihr zusammenbrach. Um sie nicht zu erdrücken, drehte er sich auf die Seite und nahm sie, immer noch tief in ihr vergraben, mit. Ihr goldenes Haar, das ihren Kopf wie einen Heiligenschein umrahmte, flog dabei herum, und sie lachte wieder. Dann bedeckte sie seinen Mund mit ihrem und küsste ihn, als hätte er ihr gerade die Welt zum Geschenk gemacht.

Das Herz ging ihm auf, bis er meinte, es würde ihm jeden Moment aus der Brust springen.

Seine Hände lagen fest auf ihrem süßen Hintern, damit sie da unten verbunden blieben, während ihre Lippen wieder zusammenkamen. Heilige Göttin, er wollte sie nicht gehen lassen. Er wollte so bleiben, genau so … für immer. Oder zumindest für einige Tage.

Während er mit der einen Hand ihren weichen, perfekt geformten Hintern umfasste, glitt die andere über ihren schmalen Rücken auf und ab, und sein Körper wurde von einer unbändigen Liebe erfüllt. Ein goldenes Band begann sich um sein Herz zu knüpfen … ein Band, das ihrem Herzen entgegenstrebte. Der Beginn einer Paarbindung.

Tief in seinem Innern heulte der Wolf, und Wulfes Verlangen hallte in diesem Laut nach. *Mein*. Sie gehörte ihm, verdammt. *Ihnen beiden*. Ihm und dem Geist des Wolfes. Und sie würden sie nicht wieder gehen lassen.

Es sei denn, er konnte sie nicht dazu überreden zu bleiben. Bei diesem Gedanken wurde sein Griff fester, und seine Seele schrie auf. Doch er würde sie nie zwingen, bei ihm zu bleiben. Niemals. Das wäre gleichbedeutend mit einer Gefangenschaft.

Sobald sie einen Weg gefunden hatten, sie aus diesem Durcheinander zu befreien, würde er ihr die Möglichkeit geben, sich zu entscheiden. Und wenn sie in ihre Welt zurückkehren wollte, würde er ihr die Erinnerung nehmen, wie er es schon einmal getan hatte, und sie nach Hause gehen lassen. Für ihn zählte allein, was *sie* wollte und was sie glücklich machte.

Aber bei dem Gedanken, sie wieder zu verlieren, traten beinahe seine Reißzähne und Klauen hervor. Er vergrub sein Gesicht in ihrem Haar und zog sie liebevoll an sein Herz.

Wulfe war bereits angezogen, und Natalie kämmte sich noch die nassen Haare, nachdem sie gemeinsam geduscht hatten – was erneut zum Liebesspiel ausgeartet war –, als es an der Tür klopfte. Vhyper stand davor, als Wulfe sie öffnete.

»Ariana hat wahrscheinlich das Ritual gefunden, nach dem sie suchen sollte. Lyon will, dass alle in den Ritualraum kommen … pronto.«

»Gesegnet sei die Göttin. Ich werde gleich da sein.« Wulfe schloss die Tür, als Natalie den Kopf aus dem Badezimmer streckte. Sie hatte sich ein Laken um den nackten Körper geschlungen. In ihren Augen sah er dasselbe zaghafte Aufflackern von Hoffnung, das auch er verspürte. »Wenn die Information, die ich Satanan gestohlen habe, richtig ist, müsste das das Ritual sein, welches den Schaden rückgängig macht, der uns durch Inirs dunklen Zauber zugefügt worden ist.«

»Der Göttin sei Dank«, hauchte Natalie inbrünstig.

Wulfe ging zu ihr, umfasste ihren feuchten Kopf mit einer Hand und gab ihr einen schallenden Kuss. »Ruh dich aus, während ich mir meine Unsterblichkeit zurückhole. Danach werde ich dich noch einmal lieben.«

Ein wissendes Lächeln hob ihre Mundwinkel, erreichte aber nicht ganz ihre Augen. »Sobald ihr alle wieder unsterblich seid, werdet ihr euch auf die Suche nach Inir machen. Bitte geh nicht, ohne mir vorher auf Wiedersehen zu sagen.«

Er konnte ihren Worten nicht widersprechen. »Das werde ich nicht. Versprochen.« Er fuhr mit den Fingern durch ihr nasses Haar. »Möchtest du, dass ich Melisande bitte, dir Gesellschaft zu leisten?«

»Nein. Ich würde lieber ein Weilchen allein sein.« Ein besorgter Ausdruck lag auf ihrem Gesicht, und er wusste, was sie gerade dachte.

»Ich werde dafür sorgen, dass jemand in der Nähe ist, der dich hört, wenn du Hilfe brauchst … und mich dann holt.«

»Okay.«

Er zog sie an sich und küsste sie noch einmal. Er tauchte in sie ein, verschlang sie förmlich und hatte das Gefühl, niemals genug von ihr zu bekommen … und ganz bestimmt nicht in den paar Jahrzehnten, die sie unter Umständen nur miteinander hatten … oder in den paar Tagen.

Schließlich gab er ihr noch einen letzten Kuss auf die Nasenspitze, bevor er ging und die Tür hinter sich abschloss.

Wie versprochen bat er erst noch eine von Arianas Ilinas, in seinem Zimmer zu bleiben, wo sie Natalie hören konnte, wenn diese rief, ehe Wulfe sich in den höhlenartigen Ritualraum begab. Der Raum wurde von einem halben Dutzend Ritualfeuern erhellt, die in den Ecken aufgestellt waren. Ihre Flammen warfen Schatten an die Decke und die Wände, wodurch eine Atmosphäre wie in früheren, mystischen Zeiten entstand.

Die meisten Krieger waren bereits anwesend und hatten sich in der Mitte versammelt, wo sie ihre Hemden auszogen. Wulfes erwartungsvolle Stimmung spiegelte sich auch in den Gesichtern seiner Brüder wider. Gütiger Himmel! Sogar der Rauch der Feuer roch nach Hoffnung. In seinem Innern heulte der Wolf. Es klang beschwörend, bittend, als der Geist des Tieres die Göttin um Erfolg anzuflehen schien … oder um Gnade.

Wulfe zog ebenfalls sein Shirt aus und drehte sich gerade zur Tür um, als die Letzten – Fox, Jag und Olivia – hereinkamen.

»Stellt euch im Kreis auf«, befahl Ariana. Die Königin der Ilinas hatte jetzt die Führung übernommen. Ihr Blick suchte Wulfes. »Ich habe die Worte des Rituals, von dem du mir erzählt hast, in meinen Erinnerungen gefunden. Ich werde sie auf telepathischem Wege an Kougar weiterleiten, und er wird sie wiederholen. Blut ist natürlich ein Bestandteil des Rituals.«

»Fügt euch nur kleine, oberflächliche Schnitte zu«, warnte Lyon. »Und schneidet euch nicht in die Schwerthand.«

Wenn das hier so funktionierte wie erhofft, würden alle Wunden schnell verheilen, aber Lyon war ein vorsichtiger Anführer, wenn es um das Wohlergehen seiner Leute ging, und das schätzte Wulfe an ihm.

Erwartungsvolle Nervosität hing fast greifbar in der Luft, auch wenn der Optimismus durch frühere Fehlschläge gedämpft wurde. Doch Wulfe wusste, dass dieses Ritual den gewünschten Erfolg haben würde. Wie es funktionierte, wusste er nicht, aber das Wissen, dass es das richtige Ritual war, hatte er im Dämonenblut. Trotzdem würde er erst wirklich aufatmen können, wenn seine Freunde wieder mit ihren Tieren verbunden und unsterblich waren.

Während sie sich im Kreis aufstellten, entzündete Kougar ein letztes Feuer in der Mitte des Kreises. Der flackernde Schein des Feuers ließ die goldenen Armreife aufleuchten und betonte die scharfen, wie versteinert wirkenden Züge der Männer, die meinten, allein durch ihre Willenskraft dafür sorgen zu können, dass das Ritual den gewünschten Ausgang nahm. Es waren Krieger, die darin ausgebildet waren, es mit jedem Gegner mit Klinge und Klauen aufzunehmen. Doch nun hatten sie es mit einem Feind zu tun, dessen Waffe die Magie war … und diese Waffe hätte sie beinahe niedergerungen. Es dürstete sie nach einem richtigen Kampf. Wenn das hier funktionierte, würden sie ihn endlich bekommen. Endlich würden sie Inirs Festung stürmen und ihre Feinde vernichten können.

Kougar griff nach der Klinge, die bei Ritualen immer eingesetzt wurde, und nahm dann eine Schüssel aus einem Regal. Es handelte sich um den oberen Schädelteil eines längst verstorbenen Gestaltwandlers. Die Klinge übergab er an Lyon, und der Anführer der Krieger machte einen kleinen Schnitt in seine linke Hand, ballte sie zur Faust und ließ das Blut in die Schüssel tropfen, ehe er das Messer an Paenther weiterreichte, der das Gleiche tat. Ein Krieger nach dem anderen ließ sein Blut in die Schüssel fließen.

Als Wulfe an der Reihe war, machte er den erforderlichen Schnitt und spürte den scharfen Stich der Klinge. Während er die Faust über Kougars Schüssel hielt, reichte er das Messer an Fox weiter, der neben ihm stand.

Kougar gab als Letzter sein Blut in die Schüssel und begann gleich darauf, in der Sprache der alten Gestaltwandler zu singen. Langsam fielen auch die anderen in den Gesang ein. Ihre Stimmen waren erst leise, wurden dann aber immer kräftiger, während Kougar zwei Finger in das Blut tauchte und jedem Krieger damit über die Brust strich.

Dann wurden die Stimmen lauter, und der Gesang brachte Wulfes Blut zum Pochen. Magie lag in der Luft und verwob sich mit der wachsenden Aufregung.

Und trotzdem war irgendetwas falsch. Verdammt. Irgendetwas fehlte. Er spürte es tief in seinem Innern.

»Strahlung«, rief der Schamane. »Ihr braucht Strahlung.«

Lyons Gesicht versteinerte. Er hatte Karas letzte Kraft aufsparen wollen, um damit einen neuen Krieger in sein Tier zu bringen … ein Krieger, bei dem sie sicher sein konnten, dass er der Richtige war. Aber der musste erst noch kommen.

Schließlich nickte Lyon, und Delaney und Olivia, die vom Rande aus alles beobachtet hatten, standen auf und halfen Kara in den Kreis, wo sie sich zu Füßen ihres Gefährten auf den Boden sinken ließ.

»Singt weiter!«, befahl Ariana, und die Krieger taten es.

Als Lyon Kara das Haar aus der Stirn strich, schloss sie die

Augen. Doch als sie eigentlich wie von selbst wie eine Sonne hätte erstrahlen sollen, mühte sie sich ab, ihr Gesicht wurde rot, und Schweiß bedeckte ihre Stirn, als sie versuchte, die Strahlung heraufzubeschwören. Wulfes Muskeln spannten sich an, weil er ihr allein durch seine Willenskraft helfen wollte. Er konnte nur schwer mit ansehen, dass sie so schwach war und sich so quälen musste.

Schließlich, nach langem Ringen fing Kara an zu strahlen. Die Erleichterung, die daraufhin alle erfasste, hing nahezu greifbar in der Luft, während ihr Strahlen immer heller wurde.

»Berührt sie«, befahl Lyon.

Wulfe hatte die Leben spendende Energie zwar schon in dem Moment gespürt, als Kara aufleuchtete, doch als er seine Hand um ihren Oberarm legte, schoss die reine Energie förmlich durch seinen Körper. Er warf den Kopf in den Nacken, erfüllt von der Kraft, die direkt aus der Erde kam. Der Gesang wurde wieder aufgenommen, und die eng zusammenstehenden Krieger erhoben ihre Stimmen, bis die Worte von den Wänden widerhallten und Wulfes Körper vibrieren ließen.

»Tretet zurück«, wies Kougar sie an, und einer nach dem anderen ließ Kara los, um wieder seinen Platz im Kreis einzunehmen. Während sie sangen, goss Kougar das Blut, welches übrig geblieben war, in das Feuer in der Mitte, das sofort zischend aufflackerte.

Kougar warf die Schüssel zur Seite und hob beide Hände hoch in die Luft. »Holt euch eure Tiere zurück!«

Tief in seinem Innern heulte Wulfes Tier plötzlich vor Schmerz auf … ein Schmerz, den auch Wulfe empfand, als ein Feuer in seinem Kopf explodierte. Sein Tier knurrte und jaulte gequält und wütend. Eine schreckliche Trauer erfasste Wulfe und entriss ihm einen Schrei.

»Nein!«

Dann wurde alles still. Sein Wolf war fort. *Fort*. Wulfe brüllte auf. Sein Wutschrei hallte von den Wänden wider und war plötzlich das einzige Geräusch im Raum.

Erst da merkte er, dass Kara nicht mehr strahlte. Der Gesang war verstummt.

»Es hat nicht funktioniert«, sagte Lyon mit rauer Stimme, als er sich hinkniete, um Kara in die Arme zu nehmen. Sein trostloser Blick richtete sich auf Wulfe. »Du hast dein Tier verloren.«

Wulfe nickte, während sein Blut zu Eis gerann. Er war wie betäubt. Der Zustand ähnelte den ersten Sekunden der Fassungslosigkeit, wenn einem ein Körperteil abgerissen wurde und es einen Moment dauerte, bis der Schock eintrat und der Schmerz explodierte. Fort. Er war kein Gestaltwandler mehr.

Das Ritual hatte versagt.

Ariana sah ihn mit einem leicht vorwurfsvollen Blick an. »Das war das Ritual, von dem du sagtest, es würde funktionieren, Wulfe.«

Wulfe starrte sie an und war sich deutlich bewusst, dass alle Blicke im Raum auf ihn gerichtet waren. Argwöhnische Blicke, grimmige Blicke, Blicke voller Verzweiflung.

»Ich konnte spüren, dass der Zauber sich erheben wollte«, erklärte der Schamane. »Ich verstehe nicht, warum es nicht funktioniert hat.«

»Die Worte waren richtig«, meinte Wulfe mit tonloser Stimme. »Sie waren richtig.« Sie hatten an einer anderen Stelle einen Fehler gemacht. Und plötzlich wusste er es. »Wir haben das falsche Blut benutzt.«

»Welches Blut hätten wir denn benutzen sollen?«, fragte Paenther, der seine Wut kaum verbergen konnte.

»Ich weiß es nicht.«

Jag stieß einen ganzen Schwall von Schmähungen aus. »Es war ein verdammtes Dämonenritual! Wahrscheinlich braucht man dafür das Blut von Jungfrauen, erstgeborenen Kindern oder Kaninchenbabys.«

»Oder das Blut von Dämonen«, meinte Kougar nachdenklich.

Wulfes Kopf dröhnte. »Wir könnten es noch einmal nur mit meinem Blut versuchen.« Doch als er sich zu Lyon umdrehte, war Kara in dessen Armen eingeschlafen. Das Heraufbeschwören der Strahlung hatte ihr die letzte Kraft geraubt.

Lyon schüttelte mit fest zusammengepressten Lippen und trübem Blick den Kopf.

»Vielleicht war ja auch *alles* falsch.« Wulfe schüttelte langsam den Kopf. Wut und Verzweiflung wurden immer größer. »Es könnte sein, dass Satanan mich manipuliert und glauben lässt, ich wüsste Dinge? Er könnte mir das Ritual eingegeben haben, um auch unsere letzte Chance zunichtezumachen. *Verdammt!*«

Seine Wut brach sich in einem wilden Schrei voller Kummer und Schmerz Bahn. Als er sich wieder beruhigt hatte und den Blick langsam über den Kreis schweifen ließ, sah er die Verzweiflung in den Augen seiner Gefährten … eine Verzweiflung, die auch seinen Blick trübte.

Sie hatten ihre letzte Chance vertan.

Natalie stand am Fenster ihres Zimmers und drückte Jane Austens *Emma* an ihre Brust. Sie hatte versucht zu lesen, aber ihr Geist kam nicht zur Ruhe, sodass sie die Worte nicht hatte aufnehmen können. Es spielte keine Rolle, dass sie das Buch im Laufe der Jahre bereits dreimal gelesen hatte und es praktisch auswendig kannte. Eine Weile hatte sie an ihrem Computer gearbeitet, aber das war noch unfruchtbarer gewesen.

Sie kam einfach nicht darüber hinweg, dass sie eine leere Weinflasche an der Kante von Karas Kommode zerschlagen hatte. Warum hatte sie das getan? Was hatte sie damit vorgehabt? Vielleicht sich selber schützen? Doch wenn sie den Hauch einer Erinnerung an die Situation richtig interpretierte, dann hatte sie auf die Krieger losgehen wollen, die Wulfe am Boden festhielten.

Hatte sie wirklich vorgehabt, Gestaltwandler anzugreifen? Vielleicht. Aber womöglich war sie auch völlig außer sich gewesen und hätte sich auf den Nächstbesten in ihrer Reichweite gestürzt.

Der Gedanke machte ihr Angst. Schon zweimal waren ihr jetzt Momente ihres Lebens abhandengekommen, wobei man ihr beim ersten Mal die Erinnerung mit Absicht genommen hatte, was wahrscheinlich zu ihrem eigenen Besten passiert war. Dieses Mal fand sie es viel beunruhigender, weil sie einfach nicht bei klarem Verstand gewesen war. Sie war sich ihrer Taten überhaupt nicht bewusst gewesen. Und es bestand die Möglichkeit, dass Satanan sie in irgendeiner Form gesteuert hatte.

Natalie wandte sich vom Fenster ab und legte das Buch auf den Nachttisch, ehe sie sich auf die Bettkante sinken ließ und ins Leere starrte. Wie konnte das alles möglich sein? Sie hatte das Gefühl, als wäre sie in einem anderen Universum erwacht, wo nichts mehr wahr war, was sie zuvor gewusst oder geglaubt hatte. Gestaltwandler, Dämonen, Magie … all das existierte in dieser Welt. Xavier lebte. Und sie selber wurde irgendwie benutzt, um einen Dämon mit Kraft zu versorgen … einen Dämon, bei dem es sich vielleicht um das böseste Wesen handelte, das es je auf Erden gegeben hatte.

Zum ersten Mal meinte sie zu verstehen, wie es sich für einige ihrer Patienten anfühlen musste, wenn diesen nach Jahren die Augen geöffnet wurden und sie plötzlich in der Lage waren, die geschriebenen Worte auf einer Seite wirklich aufzunehmen und zu verarbeiten, was ihnen früher unmöglich gewesen war, und die Dinge, die früher unsichtbar oder verzerrt gewesen waren, nun deutlich zu erkennen. Letzte Woche erst war sie von einer Mutter angerufen worden, deren Kind gerade die Therapie beendet hatte. Die Frau hatte fast geweint, weil ihre Tochter jetzt in der Lage war, ihrem Alter entsprechende Texte zu lesen. Sie hatte nicht mehr daran geglaubt, dass das jemals möglich sein würde. Wörter, die vor den Augen der Siebenjährigen früher über die ganze Seite gehüpft waren, standen nun in Reih und Glied, wie es sich gehörte.

Im Falle des Kindes war es ein Segen, plötzlich alles deutlich zu sehen. Natalie war sich nicht sicher, ob sie das für sich auch behaupten konnte. Allerdings war das nicht weiter verwunderlich, wenn man bedachte, dass ihr die Augen für etwas geöffnet worden waren, von dem sie fürchten musste, es nicht zu überleben.

Sie stand auf und ging wieder zum Fenster, wo sie den Blick Richtung Nordwesten, nach Fredrick, wandern ließ, wo ihr Zuhause war und wohin sie zurückkehren musste. Sie hatte eine Aufgabe. Es gab zu viele Kinder, die behandelt werden mussten, und zu wenige Ärzte, die ihnen helfen konnten. Wie viele Male hatte sie mitbekommen, dass ansonsten hervorragende Augenärzte eine Augentherapie als Voodoo abtaten? Sie hatte den Verdacht, dass viele Ärzte ihre Arbeit mit der gleichen Skepsis betrachteten, die auch der Akupunktur entgegengebracht wurde. Sie waren einfach nicht bereit, sich mit einem Spezialgebiet zu befassen, über das sie nur wenig wussten, und verbauten damit so manchem Patienten die Möglichkeit, sein Leben grundlegend zu verändern.

Doch eine Rückkehr in dieses Leben bedeutete, diese Welt hier zu verlassen und Wulfe – und Xavier – nie wiederzusehen. Allein der Gedanke war wie ein Schlag in den Magen.

Schneide dich!

Natalie erstarrte, und ihr Puls begann unregelmäßig zu schlagen, als dieser seltsame Gedanke plötzlich durch ihren Kopf schoss.

Fang dein Blut auf!

Mit fassungslosem Entsetzen beobachtete sie, wie sie eine Hand hob und mit den Fingernägeln an der zarten Haut des Gelenks der anderen Hand kratzte.

»Nein.« Das Wort war kaum mehr als ein Flüstern, als sie es zwischen zusammengebissenen Zähnen hervorstieß. Ein beißender Schmerz zuckte durch ihr Handgelenk, und ihre Adern füllten sich mit Eis, weil sie sich nicht bewegen konnte. Sie konnte nicht rufen. Sie konnte nur das tun, was die Stimme in ihrem Kopf ihr befahl.

Satanan. Das war sein Werk!

Plötzlich schmerzte ihre Wange. Oh Gott, nein! Nicht jetzt. Nicht auch das noch.

Sie öffnete den Mund und wollte um Hilfe rufen, aber sie brachte keinen Laut über die Lippen. Er hatte die vollständige Kontrolle über sie übernommen. Ihre Augen füllten sich mit Tränen, und das Herz schlug ihr vor Entsetzen bis zum Hals, während sie weiter an ihrem Handgelenk kratzte, bis ihre Fingerspitzen voller Blut waren.

Endlich kamen die Worte, aber es waren nicht ihre eigenen. Sie strömten flüsternd in einer rasenden Flut über ihre Lippen … in einer Sprache, die sie nie zuvor gehört hatte. Wenn sie doch nur irgendein Geräusch von sich geben könnte, und sei es auch nur ein Klopfen gegen die Wand. Aber ihr Körper weigerte sich, ihrem Willen zu gehorchen. Er gehörte nicht mehr ihr.

Sie war gefangen im Netz eines Dämons.

19

»Ich muss aus diesem verfluchten Haus raus!«, brüllte Wulfe und hämmerte mit der Faust so fest gegen die Wand des Ritualraums, dass der Putz herunterrieselte. Er war gefangen in einem Körper, der nicht mehr in der Lage war, sich zu verwandeln, in einem dreistöckigen Gefängnis, vor dem Satanan nur darauf wartete, ihn wieder in die Finger zu bekommen.

Am schlimmsten aber war Wulfes Furcht, Satanan könnte sein Denken manipulieren.

Wenn er sich doch nur in seinen Wolf verwandeln und bei einem ausgiebigen Lauf völlig verausgaben könnte, aber zu der anderen Hälfte seines Wesens hatte er jetzt keinen Zugang mehr. Er konnte noch nicht einmal zum Fels der Göttin gehen, um dem Geräusch der Stromschnellen des Potomac zu lauschen und dabei den Wind auf seinem Gesicht zu spüren.

Er war so verdammt wütend! So frustriert. So … verängstigt … dass dieser Albtraum vielleicht nie ein Ende finden würde.

Hawke klopfte ihm auf den Rücken. »Na los, Kumpel. Hol Natalie. Es gibt bald Abendessen. Danach wirst du dich besser fühlen.« Auch Hawkes Blick trübte ein Schatten wegen des Verlusts seines Tieres, und er schnaubte. »Nein, wirst du nicht. Aber dein Magen wird sich besser fühlen, und das ist zumindest etwas.«

Wulfe nickte. Doch als er sich der Tür zuwandte, hatte er das seltsame Gefühl, als würde etwas an seinem Verstand zupfen, als versuchte irgendetwas, seine Aufmerksamkeit zu erregen. Hatte er irgendetwas übersehen?

Er schüttelte den Kopf. Nein, er hatte das Gefühl, dass es von draußen kam. Von Satanan? Der Gedanke ließ ihn erstarren.

»Wulfe?«, fragte Kougar, der neben ihn trat, weil er mitten im Schritt stehen geblieben war. »Was ist los?«

»Ich bin mir nicht sicher.« Wieder spürte er diesen Sog, der nicht nachließ. Versuchte, sein Tier ihn zu erreichen? Der Gedanke freute ihn, bis ihm klar wurde, dass das Gefühl von woanders kam … von einem hauchdünnen Faden, den er nie zuvor bemerkt hatte. *Die aufkeimende Paarbindung.*

Am Ende des feinsten aller Fäden hörte er etwas, das leiser war als ein Flüstern im Sturm.

Einen Schrei.

»Natalie.« Er stürmte los und drängte sich an seinen Brüdern vorbei. »Natalie ist in Schwierigkeiten.«

Die anderen machten ihm Platz, und er rannte die Kellertreppe hoch, durch die Halle, um dann die nächste Treppe zu nehmen. Doch als er sich dem zweiten Stockwerk näherte, begannen sich am Rande seines Blickfeldes Rauchschwaden auszubreiten.

»Boss!« Er durfte nicht die Kontrolle über sich verlieren. Nicht jetzt … nicht wenn Natalie ihn brauchte.

»Wir sind direkt hinter dir«, rief Lyon.

Wulfe rannte den Flur entlang und hörte hinter sich die beruhigenden Schritte seiner Brüder, die ihm folgten. »Sie hat Schmerzen, und die Dunkelheit will mich wieder überwältigen. Wenn ich es nicht vorher zu ihr schaffe, schlagt sie bewusstlos.«

»Das machen wir.«

Doch als er sich ihrer Tür näherte, hörte er nichts. Keine Schreie, keine Schmerzenslaute, keine Hilferufe. Nur eine schreckliche allumfassende Stille. Entweder hatte die Ilina Natalie bereits geholt, oder Natalie hatte überhaupt nicht nach ihm gerufen. Wulfe stürmte durch die Tür und blieb abrupt stehen bei dem schrecklichen Anblick, der sich ihm bot.

Natalie stand mit dem Gesicht zu ihm in der Mitte des Raumes. Von ihren Fingerspitzen tropfte Blut auf den Teppich, den Kopf hatte sie gepeinigt in den Nacken gerissen, und die Tränen liefen in ihr Haar, während sie Worte sprach, die er nicht verstand.

Doch plötzlich verstand er die Worte. *Dämonenworte*.

»Satanan hat sie.« Mit einem Satz war Wulfe bei ihr. Er zog sie an sich, und ihr entsetzter Blick richtete sich erleichtert auf ihn. Er hauchte ihr einen Kuss auf die Stirn und drückte ihr rasch den Daumen direkt unter dem Ohr in den Hals. Als sie das Bewusstsein verlor, hob er sie auf die Arme.

Er zitterte am ganzen Körper und drehte sich zu Lyon, Hawke und Kougar um, die gerade in den Raum kamen. »Das waren Dämonenworte, mit denen die Pforte zu den urzeitlichen Energien geöffnet wird.«

»Vielleicht solltest du sie herunterlassen, Wulfe«, meinte Lyon ruhig. Alle drei Männer sahen ihn wachsam an, als wollten sie ihn gleich auf den Boden werfen und festhalten.

»Es geht mir gut. Die Schatten sind wieder verschwunden.« Zumindest für den Moment.

»Ist die Pforte offen?«, fragte Kougar.

»Ja.« Er konnte ein leises energiegeladenes Summen spüren, das vorher nicht da gewesen war. Heilige Göttin, wenn dieses Dunkel nun übermächtig wurde, ihn völlig vereinnahmte und er nie wieder zurückfand? Doch schon während ihm dieser beunruhigende Gedanke durch den Kopf schoss, wusste er, dass er wegen so einer geringen Menge an urzeitlicher Energie nicht die Kontrolle über sich verlieren würde.

Er schüttelte den Kopf, als er Lyons Blick begegnete. »Die Pforte ist nur einen Spaltbreit geöffnet. Ich bin derjenige, der die Worte aussprechen muss, um sie ganz zu öffnen … nicht Natalie. Aber Satanan ist es gelungen, sich einen kleinen, aber steten Strom von Energie zu verschaffen. Das wird ihn stärken.«

»Hat er sie jetzt völlig unter Kontrolle?«, fragte Hawke.

»Nein.« Er runzelte die Stirn und hatte das Gefühl, als würden Bleigewichte in seinem Magen liegen. »Ich hoffe nicht.«

»Diese Verbindung, die Satanan zu dir unterhält, ist nicht gut … das weißt du«, meinte Lyon ruhig.

»Ich weiß.« Wulfes Griff, mit dem er Natalie hielt, wurde fester. Er wusste, was Lyon durch den Kopf ging. Wahrscheinlich nicht nur Lyon, sondern allen anderen auch. Die vernünftigste, weil sicherste Entscheidung wäre, die Verbindung zu unterbrechen. Auf der Stelle …

»Ich liebe sie.« Er sah seine Brüder nacheinander an, diese Männer, die er liebte. Er würde jederzeit sein Leben für sie hergeben. »Ich bringe dich um, ehe ich zulasse, dass du ihr etwas tust.«

Lyons Gesichtszüge verhärteten sich, aber er nickte. »Wir setzen für die Frauen, die wir lieben, viel aufs Spiel.«

»Was hätten wir denn, wofür es sich zu kämpfen lohnt, ohne die Frauen, die wir lieben?«, fragte Hawke.

Erstaunt sah Wulfe, wie Kougar nickte. »Natalie bleibt am Leben. Inir ist derjenige, der sterben muss.«

Aber damit waren sie wieder genauso weit wie zuvor. Wulfe sah die bewusstlose Frau in seinen Armen an und wünschte sich, er könnte sie einfach fortbringen, weg von den argwöhnischen Blicken, an einen Ort, an den Satanan ihnen nicht folgen könnte.

Mit einem Ruck drehte er sich zu Kougar um. »Würden die

Ilinas für ein paar Stunden Gäste mit nicht gasförmigen Körpern bei sich aufnehmen? Ich werde noch völlig verrückt, wenn ich nicht aus diesem Haus herauskomme.«

»Die Ilinas würden euch willkommen heißen, aber ich empfehle, dass Melisande euch begleitet.«

Lyon nickte. »Wenn es irgendwelche Schwierigkeiten gibt, können sie und ihre Nebelkriegerinnen euch entweder sofort wieder zurückbringen oder uns holen.«

»Ihr werdet dort in Sicherheit sein«, fügte Kougar hinzu. »So sicher wie überall sonst auch.«

Und das war die wahre Krux an der Sache. Solange diese Verbindung zu Satanan bestand, gab es keinen Ort, an dem sie sich verstecken konnten.

Natalie spürte, dass eine große, zärtliche Hand ihr Haar streichelte, als sie langsam erwachte. Es war Wulfes Hand. Ohne überhaupt die Augen zu öffnen, wusste sie, dass sie in seinen starken Armen auf seinem Schoß saß.

»Bist du wieder da?«, fragte er sanft.

Sie holte tief Luft, öffnete die Augen und begegnete seinem besorgten Blick. Doch als sie die Trostlosigkeit darin sah, verkrampfte sie sich. Mühsam rappelte sie sich auf, dann streckte sie die Hand nach ihm aus und drückte sie an seine Wange.

»Was ist passiert? Irgendetwas Schreckliches ist passiert. Jemand ist gestorben.«

Er starrte sie an und schüttelte den Kopf. »Du erstaunst mich immer wieder damit, wie viel du siehst. Keiner ist gestorben. Nicht im eigentlichen Sinne. Ich habe mein Tier verloren.« Bei den letzten Worten zog er die Augenbrauen zusammen, und tiefe Trauer lag in seinem Blick.

»Ach, Wulfe.« Sie wusste, dass das in vielerlei Hinsicht schlimm war. Doch in diesem Moment spürte sie nur seinen

Kummer, und der brachte sie fast um. Sie schlang die Arme um seinen Hals, zog ihn an sich und hielt ihn fest, als er sein Gesicht an ihrer Schulter barg. Eisige Furcht erfasste sie, weil sie wusste, dass ein Gestaltwandler ohne sein Tier irgendwann sterben würde.

Sie klammerte sich immer fester an ihn, bis ihre Muskeln anfingen zu zittern. »Du darfst nicht sterben.«

»So weit wird es nicht kommen«, versprach er. »Wir werden es nicht zulassen.« Doch seiner Stimme fehlte die Überzeugungskraft, auch wenn er sich darum bemühte.

Als ihr Blick langsam die Umgebung in sich aufnahm, breitete sich ein verwirrter Ausdruck auf ihrem Gesicht aus. Wulfe saß auf einem Felsbrocken am Fuße eines felsigen Hanges, und über ihnen spannte sich ein strahlend blauer Himmel. Doch die Luft ... sie funkelte, als wäre sie voller winziger Kristalle!

Mit einem Ruck kam sie hoch, löste sich von ihm und schaute sich um. Vor ihnen lag ein hübscher Weiher, der von einem kleinen plätschernden Wasserfall genährt wurde. Es war ein reizender Ort, auch wenn er ein bisschen seltsam anmutete. Nirgends waren irgendwelche Pflanzen oder Blumen zu sehen, aber es lag der unverkennbare Duft von Pinien in der Luft.

»Was ist das für ein Ort?«, fragte sie und erhob sich von Wulfes Schoß, um sich umzusehen.

»Wir sind hier in Sicherheit.« Wulfes nackte Füße hingen im Wasser. »Wir befinden uns im Kristallreich. Das Schloss der Ilinas liegt gleich hinter den Felsen da.«

Sie legte den Kopf auf die Seite und sah ihn mit fragendem Blick an. »Ist das so eine Art Paralleluniversum?«

»Nein, kein Paralleluniversum. Es befindet sich in den Wolken.«

Natalie verzog das Gesicht. »Das ist nicht möglich. So etwas gibt es nicht.«

»Und ein Volk, das nur aus Frauen besteht, die sich in Nebel verwandeln, im Handumdrehen verschwinden und innerhalb von Sekunden überall auf der Welt sein können, gibt es?«

Natalie sah ihn einen Moment lang an, dann blinzelte sie und gab auf. Sie hatte bereits akzeptiert, dass es Gestaltwandler, Dämonen und Magier gab. Und sie hatte gesehen, wie die Ilinas plötzlich auftauchten und wieder verschwanden – sie war ja sogar mit einer gereist. Was war im Vergleich dazu schon ein Schloss in den Wolken?

Was sie viel mehr beschäftigte, war die Frage, warum sie hier waren. »Was ist passiert, Wulfe? Das Letzte, woran ich mich erinnere, ist, dass du mit den Kriegern ein Ritual durchführen wolltest, um eure Unsterblichkeit zurückzubekommen.« Sie runzelte betroffen die Stirn, als die Erkenntnis durchsickerte. »Es hat nicht funktioniert, nicht wahr?«

»Nein, hat es nicht. Erinnerst du dich an das, was in deinem Zimmer passiert ist?«

Sein Blick sagte ihr, dass es etwas Schlimmes gewesen sein musste. »Erzähl es mir.«

Er streckte ihr die Hand entgegen, und als sie danach griff, zog er sie auf den Fels neben sich und schlang einen Arm um ihre Schultern. »Irgendwie hat Satanan dich dazu gebracht, ein Ritual durchzuführen, das die Pforte einen kleinen Spalt geöffnet hat.« Als sie ihn mit offenem Mund anstarrte, fügte er hastig hinzu: »Nicht weit. Ich habe dafür gesorgt, dass du das Bewusstsein verlierst, und dich dann hierher gebracht.«

Ganz vage erinnerte sie sich wieder an … etwas. Es schien ihr eher wie ein Albtraum denn wie Realität. »Ich habe mich selber verletzt, nicht wahr?«

»Ja. Er zwang dich dazu, dir die Handgelenke aufzukratzen und eine Folge von Worten zu sagen, die zu einem bestimmten

Ritual gehören. Ich kam noch rechtzeitig, um dich daran zu hindern, es zu Ende zu bringen.«

Sie hob ihre Handgelenke und sah glatte, unversehrte Haut. Sie schob die Unterlippe vor, griff nach seiner freien Hand, drehte sie um und musterte die schmalen Kratzer.

»Du hast mir wieder meine Wunden genommen.«

Sein Blick war von unendlicher Wärme erfüllt, als er sie sanft ansah. »Ich werde dir immer deine Verletzungen nehmen. Ich kann es nicht ertragen, dich leiden zu sehen.«

Ihre Liebe für ihn war überwältigend, sie erfüllte ihre Brust und nahm ihr fast den Atem. Sie hob eine Hand an seine Wange, streckte ihm ihr Gesicht zum Kuss entgegen, und er kam ihr auf halbem Wege entgegen. Warme Lippen strichen federleicht über ihren Mund, starke Arme zogen sie fest an seine muskulöse Brust, und sein Kuss wurde mit wachsender Leidenschaft immer drängender. Ihr Puls raste, sie atmete immer flacher und dann gar nicht mehr, als ihre Münder miteinander verschmolzen, ihre Zungen sich ineinander verschlangen und ihre Glieder vor Begierde zitterten.

Seine Hand glitt in ihr Haar und umfasste ihren Hinterkopf, während er den Kuss vertiefte. Sein Verlangen sprang durch seine sehnsüchtigen Hände und die wilden Küsse sowie die wachsende Schwellung, die sich immer beharrlicher gegen ihre Hüfte drückte, auf sie über. Glühende Lava schien durch ihren Körper zu strömen, und sie bebte vor Verlangen, ihn wieder in sich zu spüren, sich aufs Neue mit ihm zu vereinen.

Wulfes Hand glitt über ihren Rücken nach unten und dann wieder nach oben, um ihre warme Haut überall zu fühlen. Er riss den Mund von ihrem los, presste die Lippen auf ihre Wange, ihr Auge, ihre Schläfe.

»Ich muss in dir sein, Natalie.«

»Ja. *Bitte*.«

Er bewegte sich mit einer Anmut, die ungewöhnlich war für so einen großen Mann, und zog sich und ihr die Shirts aus, ehe sie auch nur eine zitternde Hand heben konnte, um ihm zu helfen. Während sie ihre Schuhe abstreifte, stand er auf und legte seine restliche Kleidung ab. Er legte alle Kleidungsstücke auf den Felsen, nahm sie hoch und setzte sie darauf, um sie dann vollständig zu entkleiden.

Eine ganze Weile stand er nur da und sah sie an. Er war vollkommen nackt, bis auf den goldenen Armreif mit dem Wolfskopf, und sein Blick glitt langsam über ihren nackten Körper und setzte jeden Zentimeter in Brand.

Ihn nur anzusehen erfüllte sie trotz aller Kümmernisse mit solch einer Freude, dass sich ein flüchtiges Lächeln auf ihre Lippen stahl. Sein Blick huschte zu ihrem Gesicht, und ein schiefes Lächeln ließ auch seine Augen aufleuchten, als er die Hand nach ihr ausstreckte, sie über ihren Bauch nach oben gleiten ließ und dann ihre Brust umfasste. Gleich darauf lag sie auf dem Rücken, sein Mund eroberte ihre Brustwarzen, und seine Hand schob sich zwischen ihre Beine. Mit schnellen, festen Bewegungen steigerte er ihre Erregung, bis ein herrlicher Höhepunkt sie aufschreien ließ. Schließlich schob er sich zwischen ihre Schenkel, begegnete ihrem Blick mit einer Glut und Zärtlichkeit, die ihr Herz erwärmten, und glitt dann groß und wundervoll tief in sie hinein.

Natalie streckte die Arme nach ihm aus und schlang sie um seinen Hals. Sie hielt sich an ihm fest, während sie jedem seiner Stöße entgegenkam. Ihre Blicke verschmolzen miteinander, und ihr Herz öffnete sich so weit, dass sie das Gefühl hatte, auch ihre Herzen würden sich miteinander vereinen.

»Spürst du das?«, fragte er erstaunt.

Die Liebe überwältigte sie, und ihre Augen füllten sich mit Tränen. »Ja.« Doch keiner von beiden hatte je die Worte gesagt.

Und dann waren auch keine Worte mehr möglich, als ihr Körper wieder dem Höhepunkt entgegenstrebte ... höher noch als zuvor. Wulfe stieß immer schneller und fester zu, er folgte ihr in diese unglaublichen Höhen und fand im gleichen Moment wie sie die Erfüllung. Im Moment der herrlichen Erlösung schrie sie triumphierend auf, während sie von einer Liebe erfüllt wurde, die so tief war, dass sie sich fragte, ob sie wohl darin ertrinken würde.

Er stemmte sich mit den Unterarmen hoch und sah sie mit einem Blick an, der sanfter war, als sie ihn je bei ihm gesehen hatte. »Ich liebe dich, Natalie Cash.«

Wieder kamen ihr die Tränen. »Ich liebe dich auch, mein Wolf.«

Er küsste sie auf die Nasenspitze und sah sie dann wieder mit einem sanften Lächeln auf den Lippen an. »Ich weiß. Deine Liebe ist wie ein Wunder. Sie heilt mich in so vielerlei Hinsicht, wie ich es nie für möglich gehalten hätte.«

Sie sah ihn mit einem frechen Grinsen an. »Jetzt funktioniert wieder alles reibungslos.«

Er lachte. »Der Göttin sei Dank.« Doch dann wurde sein Blick wieder ernst. »Es war die Kraft deiner Liebe, die das verworrene Chaos meiner zerstörten Paarbindung durchbrach und alles fortschwemmte.« Er strich ihr das Haar aus der Stirn. »Essen hat wieder Geschmack, und Farben haben wieder einen strahlenden Glanz. Und ich kann wieder fühlen: Leidenschaft, Verlangen, Begierde.«

Als sie ihn voller Liebe ansah, verkrampfte sich ihr Herz, denn was sollte aus dieser Liebe werden? Was *konnte* daraus werden? Um bei ihm bleiben zu können, müsste sie ihre Arbeit aufgeben, ihre Mutter, ihr Leben. Und trotz seiner Worte hatte er nichts über die Zukunft gesagt.

Aber angesichts der Unsicherheit ihrer gegenwärtigen Situation könnte eine gemeinsame Zukunft ohnehin sehr kurz sein.

Wulfe glitt aus ihr heraus, drehte sich auf die Seite und zog sie an sich. Sie schmiegte sich an ihn, legte die Wange auf seine Schulter und den Arm um seine Taille, während er ihren Rücken streichelte.

Auch er war plötzlich nicht mehr so euphorisch, und sie wusste, dass er sich genauso viele Gedanken machte und ebenso besorgt war wie sie, was die Zukunft bringen würde. Seine Finger glitten in ihr Haar, und er küsste sie auf die Stirn.

»Ich werde dafür sorgen, dass dir nichts passiert. Was auch geschehen mag … diese eine Sache verspreche ich dir.« Schweigend lagen sie nebeneinander und genossen das Gefühl, den Körper des anderen zu spüren. »Erzähl mir von deiner Arbeit.«

Während sie an ihn gekuschelt dalag, eine warme, angenehme Brise über ihre nackte Haut strich und seine Hand ihren Rücken massierte, erklärte sie ihm, was sie beruflich machte und warum. Sie erzählte ihm, dass das Leben ihres Bruders James zerstört worden war, weil es ihn so viel Mühe gekostet hatte, Lesen zu lernen, und dass sie andere Kinder vor dem gleichen Schicksal bewahren wollte, wenn das möglich war.

Wulfe streichelte ihr Haar. »Ich liebe es, dass dir deine Arbeit so viel bedeutet und dass sie wichtig ist.« Er strich ihr mit den Lippen über die Stirn und stützte sich dann auf einen Ellbogen, um sie anzusehen. »Ich werde dich wieder nach Hause bringen, Natalie. Ich weiß zwar noch nicht wie, aber ich werde es tun.«

Sie streichelte seine Wange und nickte. Doch sein Versprechen machte sie traurig. Zum ersten Mal in ihrem Leben hatte sie ihr Herz wahrhaft an einen Mann verloren. Wie sollte sie bis an ihr Lebensende ohne ihn auskommen? Ohne den Mann, den Gestaltwandler, in den sie sich verliebt hatte?

Gemeinsam standen sie auf und zogen sich an. Wulfe nahm Natalies Hand und genoss es, wie sie sich instinktiv an ihn drängte, während sie durch die Steinformationen des Felsgartens der Ilinas gingen. Immer wieder lehnte sie sich mit ihrer Schulter an seinen Arm, als würde sie sein Bedürfnis nach Berührungen spüren – ein Bedürfnis, das alle Krieger hatten und das noch durch die Leere in seinem Innern verschärft wurde, weil sein Wolf nach fast sechshundert Jahren plötzlich nicht mehr da war. Die Stille in seinem Kopf drohte ihn taub zu machen.

Doch auch wenn er sich ohne seinen Wolf leer fühlte, so wusste er doch, dass seine Einsamkeit zehnmal größer sein würde, sobald er Natalie die Erinnerungen genommen und sie in ihre Welt zurückgebracht hatte. Allein der Gedanke versetzte ihm einen tiefen Stich ins Herz, aber er würde alles tun, um sie glücklich zu machen. *Alles*.

Aber, bei der Göttin, er würde leiden.

»Was passiert jetzt?«, fragte sie leise neben ihm.

»Ich weiß es nicht.« Sie saßen tief in der Scheiße. Das Ritual, das eigentlich ihre Unsterblichkeit wiederherstellen sollte, hatte nicht funktioniert, und sie wussten nicht warum. Die Dämonen würden sich erheben, und wenn sie das taten und er nicht schon längst tot war, würde er wahrscheinlich unter Satanans Bann fallen. Vielleicht würde er sich sogar gegen seine Freunde wenden. Gegen Natalie.

Sie saßen bis zum Hals in der Scheiße.

»Ich glaube, du solltest es in Erwägung ziehen, die urzeitlichen Energien heraufzubeschwören, Wulfe.«

Sein Verstand weigerte sich weiterzudenken. »Nein.«

»Mit der Art von Macht wärst du vielleicht in der Lage, Inir zu besiegen.«

Ein dunkler Schatten trat in seine Augen. »Du weißt ja gar nicht, worum du mich da bittest.«

»Ich weiß ganz genau, worum ich bitte – und es ist nicht nur eine Bitte. Ich verlange, dass du die Möglichkeit, diesen Krieg zu gewinnen, nicht gefährdest – erst recht nicht wegen mir. Wenn die Dämonen freikommen, Wulfe, werde ich ohnehin sterben, und wahrscheinlich wird es ein schrecklicher Tod sein. Für uns alle. Bitte, verlier diesen Punkt nie aus den Augen.«

Er drehte sich zu ihr um und wollte unbedingt, dass sie ihn verstand. »Schon das bisschen Macht, das ich aufnehme, wenn Satanan sie durch uns heraufbeschwört, genügt, dass ich nicht mehr weiß, wer ich bin. Was meinst du wohl, wird passieren, wenn ich die Pforte ganz öffne? Ich würde überrollt werden. Es könnte sein, dass ich jeden umbringe, der in meiner Nähe ist – jeden, der mir am Herzen liegt.«

»Ich glaube, du hast in diesem Zustand mehr Kontrolle über dich, als du denkst. Jedes Mal, wenn du scheinbar völlig den Halt verlierst, kommst du zu mir zurück. Zu *mir*, Wulfe.« Sie sah ihn eindringlich an, und ihre grauen Augen strahlten absolute Gewissheit aus. »Ich kann dich zurückholen.«

»Und wenn nicht?«

»Wenn die Dämonen sich erheben, sterben wir sowieso alle.«

»Nein.« Er ließ ihre Hand los und entfernte sich von ihr. Sein Blick war auf einen der kleinen Wasserfälle gerichtet, dessen feine Tröpfchen sich angenehm auf seiner erhitzten Haut anfühlten. Sie wusste ja nicht, worum sie ihn da bat. Er würde es noch nicht einmal in Erwägung ziehen.

Sie trat zu ihm und schlang ihre Arme von hinten um seine Taille, und er legte seine Hände darauf, um ihre Arme zu halten, um sie so festzuhalten, wie sie ihn festhielt. Er brauchte ihre Berührung jetzt, und ein leises Beben durchlief seinen Körper.

»Wir sind miteinander verbunden, Wulfe«, sagte sie leise, »über diese Sache mit dem Schlüssel hinaus. Ich verstehe es zwar nicht, aber ich weiß, dass es so ist. Von Anfang an hast du mich beschützt. Du wirst mir nichts tun. Ich weiß das. Und genauso, wie du mich beschützt, werde ich dich beschützen.«

»Natalie …«

»Vertrau mir, Wulfe. Und noch viel wichtiger … vertrau dir selbst.«

Wulfe beobachtete, wie das Wasser über die Felsen rieselte, und sein Herz pochte bis zum Hals, weil die Krieger ein Wunder brauchten. Aber wie sollte er das überhaupt bewerkstelligen? Wie sollte irgendwer dazu in der Lage sein? Wenn er die Kontrolle über diese Dunkelheit verlor, würde er ein Werkzeug zur Vernichtung der Welt werden.

Heilige Göttin, betete er im Stillen. *Ich flehe dich an … lass das nicht geschehen. Ich weiß, dass ich dich enttäuscht habe. Ich weiß, dass du mich für meine Eitelkeit bestraft hast und für die Fehler, die ich vor vielen Jahren begangen habe. Ich werde jedes Mal daran erinnert, wenn ich in den Spiegel schaue.* Sein Griff um Natalies Hände wurde fester. *Es tut mir leid. Bitte, lass Natalie nicht auch noch für meine Sünden bezahlen. Bitte, beschütze sie. Und beschütze meine Brüder. Wenn ein Leben geopfert werden muss, dann lass es meines sein.*

Er spürte ein sanftes Reiben an seiner Schulter. »Ich werde nicht zulassen, dass die Dunkelheit dich vereinnahmt, Wulfe. Das verspreche ich.«

Bebend zog er sie vor sich, bis er ihr kostbares Gesicht mit seinen Händen umfassen konnte. Ihr Blick war so ruhig, so sicher.

»Warum hast du so ein großes Vertrauen zu mir?«, fragte er verwundert.

»Weil ich dich kenne.« Sie legte eine schmale Hand auf ihr Herz. »Hier drin.«

Als er in diese grauen Augen schaute, die so voller Überzeugung strahlten, spürte er eine unendliche Ruhe in sich, eine grenzenlose Freude. »Heilige Göttin, ich liebe dich so sehr.« Er zog sie an sich, küsste sie und schwelgte in ihr, in ihrer Kraft, während er ihr seine gab.

Langsam lösten sie sich voneinander. Er streichelte ihre Wange und zog unbewusst die Narbe nach, die nicht zu sehen war, bis er merkte, was er tat. Ihm fielen wieder Stromes Worte ein, der gesagt hatte, dass er Natalie die Wunde, die er ihr genommen hatte, zurückgeben müsse, um die urzeitlichen Energien für sich selber heraufbeschwören zu können und die Pforte ganz zu öffnen.

»Wie könnte ich dir je mit Absicht wehtun?«, flüsterte er und fuhr die unsichtbare Linie auf ihrer Wange nach.

Ihre Hand legte sich auf seine. »Du wirst mir nicht wehtun, Wulfe. Du machst einfach nur rückgängig, was du getan hast, und gibst mir die Wunde zurück, die mir immer gehört hat.«

»Ich würde hundert davon auf mich nehmen, damit du nicht unter dieser einen leiden musst.«

»Es ist ein geringer Preis, um die Welt zu retten. Davon abgesehen würde mir so eine verwegene Narbe gefallen. Eine Kampfnarbe.« Sie lächelte verschmitzt. »Ich mag deine Narben, Gestaltwandler. Noch besser würde mir gefallen, selber eine zu haben.«

Er schüttelte den Kopf, dann schnaubte er und erinnerte sich daran, wie er sie das erste Mal gesehen hatte … mit ungewaschenen, zerzausten Haaren und der klaffenden Wunde auf der Wange. Von Anfang an war sie in seinen Augen wunderschön gewesen. Vom ersten Moment an, als er mit ihr geredet hatte, waren die Unvollkommenheiten in ihrem Aussehen von ihrer ruhigen Haltung und dem Mut, den sie zeigte, in den Hintergrund gedrängt worden. Damals schon hatte er sich in sie verliebt … mit der Wunde. Eine einzelne Narbe würde daran niemals etwas ändern. Hundert Narben würden daran nichts ändern.

Und endlich begriff er, dass es ihr genauso ging. Seine Narben bedeuteten ihr wahrhaftig nichts. Sie waren nur etwas, was frühere Ereignisse zurückgelassen hatten, und ihre Narbe – wenn der Tag je kommen sollte, dass er sie ihr zurückgeben musste – würde ebenso ein Zeichen ihres Mutes sein, ein Mal der Schlachten, die geschlagen worden waren.

»Du beschämst mich.« Er strich ihr das Haar aus dem Gesicht und küsste sie. Seine Lippen liebkosten ihre, er schob seine Zunge in ihren süßen Mund und zog sie fest an sein Herz. Er liebte sie. So wie sie ihn liebte. Doch während ihre Zungen einander streichelten, vernahm er ein Flüstern in seinem Kopf und erstarrte.

Herr, es ist vollbracht. Meine Zauberer haben das Unmögliche geschafft. Sie haben das Blut einer jungfräulichen Strahlenden erschaffen, das man braucht, um die Dämonenklinge zu öffnen. Nur zwei Lichter sind noch nicht erloschen, aber das müsste jetzt jeden Moment geschehen.

Ruf deine Krieger zusammen.

Das ist bereits geschehen. Sobald es die wahren Krieger nicht mehr gibt, werden wir mit dem Ritual beginnen. Endlich wirst du frei sein.

Wulfe riss sich von Natalie los.

»Was ist?«, fragte sie.

»Sie haben es geschafft. Sie haben jetzt, was sie brauchen, um die Dämonenklinge zu öffnen. Wir haben keine Zeit mehr.«

Wulfe packte Natalies Hand und lief auf das Schloss der Ilinas zu.

»Melisande«, brüllte er.

Eine Sekunde später nahm die zierliche Ilina mit kampfbereiter Miene vor ihm Gestalt an. »Was ist geschehen?«

»Bring uns zum Haus des Lichts zurück. *Sofort*.«

20

Wulfe kam mit Natalie und Melisande durch die Hintertür ins Esszimmer der Krieger gerannt. Paenther, Fox und Zeeland saßen am Tisch.

»Boss!«, brüllte er aus voller Kehle, denn sein Anführer konnte überall im Haus sein. »In die Eingangshalle!«

Die drei, die am Tisch gesessen hatten, sprangen auf und folgten ihm in die Halle. Alle Krieger, die ihn gehört hatten, stürzten innerhalb einer Minute nach seiner und Natalies Rückkehr aus dem Kristallreich in die Eingangshalle.

»Sie haben das Blut einer jungfräulichen Strahlenden erschaffen«, berichtete Wulfe. »Inir sagt, dass sich nur noch zwei von uns verwandeln können. Er bereitet seine Krieger darauf vor, die Klinge zu öffnen, sobald sich keiner mehr von uns verwandeln kann. Wir haben keine Zeit mehr.«

»Ich bin immer noch mit meinem Tier verbunden«, sagte Falkyn.

Fox nickte. »Genau wie ich.«

Lyons Blick richtete sich auf die Kellertür. »Grizz und Lepard?«

»Ich werde nachsehen«, sagte Melisande und verschwand. Vier Sekunden später war sie zurück. »Sie haben beide ihre Tiere innerhalb der letzten Stunde verloren.«

»Dann hat Inir also recht«, brummte Fox. »Wir sind nur noch zwei.«

Jags Hände ballten sich zu Fäusten. »Lasst uns diesen Mistkerl umbringen.«

»Wartet!«, sagte Olivia, die neben ihm stand. »Die Therianische Garde sollte sich Inir holen. Ihr seid immer noch sterblich. Lasst uns versuchen, ihn zu fangen und hierher zu bringen.«

»Auf gar keinen Fall, Rotschopf.« Jag zog sie mit einem Ruck an sich. »Das ist unser Kampf.«

Olivia sah ihren Gefährten mit kriegerischem Gesichtsausdruck an. »Kara hat Hunderte von unsterblichen Wächtern gesehen. Das sind zu viele, als dass ihr es in eurem Zustand mit ihnen aufnehmen könnt, Jag. Das weißt du selber. Davon abgesehen wisst ihr gar nicht, ob ihr den verzauberten Wall wieder überwinden könnt, der die Festung umgibt.«

Fox schaltete sich in die Diskussion ein. »Die Garde hat bestimmt auch keine besseren Chancen, den Wall zu durchbrechen, Liv.«

Plötzlich erschien Ariana mitten unter ihnen, und in ihrem Blick lagen Hoffnungslosigkeit und Verzweiflung. »Ich weiß jetzt endlich, warum das Ritual, das euch wieder mit euren Tieren verbinden sollte, nicht geklappt hat.« Eine bedeutungsvolle Stille legte sich über die Eingangshalle, als sich alle Köpfe in ihre Richtung drehten. »Für das Ritual braucht man das Blut desjenigen, der den Zauber erwirkt hat. Inir. Der Schamane hat von Anfang an gemerkt, dass es sein magisches Wirken war.«

»Verdammter Mist«, murmelte Fox. »Dann gibt es also überhaupt keinen Ausweg aus dieser vertrackten Situation. Wir werden die Festung angreifen, so wie wir sind … als Sterbliche, die sich nicht verwandeln können.«

Vhyper zuckte die Achseln. »Ich bin lieber unfähig, mich zu verwandeln, als tot.«

»Wir werden Inirs Festung sofort angreifen«, erklärte Lyon schroff. »Die zehn Krieger werden als Erstes mit Zeeland und Olivia und so vielen Angehörigen der Garde, wie die Ilinas bewältigen können, losziehen. Der Rest kommt so schnell nach, wie die Ilinas sie dorthin schaffen können. Verabschiedet euch von euren Frauen, packt Proviant ein und bewaffnet euch gut, da ihr euch ja nicht verwandeln könnt.« Er drehte sich zu Ariana um. »Sobald ihr uns in der Nähe des Schutzwalls abgesetzt habt – an derselben Stelle wie letztes Mal –, kehrt ihr hierher zurück, um unsere Frauen zu beschützen. Bring sie auf schnellstem Wege von hier fort, wenn es nötig werden sollte.«

»Wir gehen alle?«, fragte Tighe.

»Siehst du eine andere Möglichkeit?«

»Nein. Wir werden jeden brauchen. Was ist mit Grizz und Lepard? Sie sind von selber zurückgekommen, obwohl sie wussten, dass wir sie vielleicht töten würden.«

»Sie bleiben im Zellentrakt. Wir haben bereits herausgefunden, dass Inir seine bösen Rekruten auch dann noch unter Kontrolle hat, wenn sie von der Infektion des Dunkels befreit worden sind. Es ist zu riskant, ihnen zu trauen … vor allem bei Grizz, den noch nicht einmal Sabine durchschauen konnte.«

Wulfe musste ihm zustimmen. Sie könnten Grizz' und Lepards Hilfe zwar gut brauchen, aber Grizz war eine Zeitbombe mit einer kurzen Zündschnur. Wenn Inir eine Möglichkeit fand, ihn auf seine Seite zu ziehen, würde er unter Umständen zwei oder drei von ihnen töten, ehe sie überhaupt merkten, was passierte.

»Holt eure Waffen und kommt umgehend hierher zurück«, befahl Lyon. »Die Ilinas werden euch sofort in Richtung Festung bringen, sobald ihr wieder da seid.« Lyon drehte sich um, nahm Kara auf den Arm und rannte mit ihr die Treppe hinauf.

Wulfe nahm Natalies Hand und folgte ihm. Kaum hatte er sie in sein Schlafzimmer geführt, zog er sie an sich und gab ihr einen Kuss, in dem all seine Sorge und Verzweiflung zu spüren waren, die in seinem Innern tobten, weil er nicht wusste, was schlimmer war: sie aufs Schlachtfeld mitzunehmen oder sie hierzulassen, wo er ihr nicht helfen konnte, falls Satanan sie wieder angriff.

Schließlich löste er sich von ihr und umfasste ihr Gesicht. »Du musst hier bei den anderen Frauen bleiben.«

»Und wenn Satanan mich wieder kontrollieren will?«

Er schüttelte den Kopf und legte seine Stirn an ihre. »Ich hoffe inständig, dass das nicht passiert.« Er hob den Kopf und sah ihr tief in die Augen. »Es ist viel zu gefährlich, dich in eine Schlacht mitzunehmen.«

Ein entschlossener Ausdruck erschien auf ihrem Gesicht, und die Kraft einer Kriegerin strahlte aus ihren Augen. »Wenn du mich brauchst, lass mich holen, Wulfe. Zögere nicht.«

Er streichelte ihre seidige Wange und löste sich dann endgültig von ihr, um sich zu bewaffnen. Er schnallte sich seinen Jagdgürtel mit dem Messer um die Taille und zwei Schwerter auf den Rücken … eines für jede Hand. Schließlich schob er sich noch jeweils ein Messer in jeden Stiefel.

Als er sich aufrichtete, ertönten plötzlich Rufe und Freudenschreie in der Eingangshalle, die bis in den zweiten Stock zu hören waren.

»Heilige Göttin, bitte, lass es ausnahmsweise mal eine gute Nachricht sein«, brummte Wulfe. Er packte Natalies Hand und rannte los.

Zeeland stand in der Halle und war von der Therianischen Garde, Olivia und Fox umgeben. Die freudigen Rufe und die Hände, die ihm auf die Schulter klopften, drangen kaum zu ihm durch. Zu groß war der Schock, während er die Klauenspuren ansah, die vor ein paar Sekunden plötzlich auf seinem Unterarm erschienen waren: vier parallele Furchen, die mehrere Zentimeter lang waren und wie vor langer Zeit verheilte Narben aussahen.

Das Herz schlug ihm bis zum Hals, und er bekam eine Gänsehaut, als ihm in seinem betäubten Zustand allmählich dämmerte, was das zu bedeuten hatte.

»Lyon!«, rief Olivia neben ihm. »Zeeland ist gezeichnet worden!«

Gezeichnet. Zum Krieger des Lichts.

Vor Erstaunen hatte er den Mund aufgerissen, und er stand immer noch offen, als er Fox' grinsendem Blick begegnete. Fox hielt ihm die Hand hin und schlug den Unterarm gegen seinen, wie es unter den Kriegern Tradition war.

Julianne warf sich in seine Arme, und er drückte sie fest an sich, während er das Gesicht in ihrem Haar vergrub.

Ein Krieger des Lichts. Endlich.

Aber gehörte das Tier, das ihn gezeichnet hatte, zu den siebzehn, die infiziert worden waren? Es könnte eines von den beiden sein, die infiziert gewesen und gestorben waren. Somit wäre der Tiergeist jetzt frei von Inirs Gift. Aber es gab keine Möglichkeit, das herauszufinden.

Würden ihn die Krieger jetzt auch in den Zellentrakt sperren?

Heilige Göttin!

Er schaute auf und sah Lyon oben an der Treppe stehen. Schnell kamen auch die anderen Krieger und viele ihrer Gefährtinnen dazu.

»Stimmt es?«, fragte Lyon.

Zeeland hielt seinen Arm hoch.

»Ach, du heilige Scheiße!«, rief Jag erfreut.

»Gesegnet sei die Göttin«, sagte Hawke und stieg mit Falkyn die Treppe hinunter. Er warf einen Blick zurück. »Boss, ich kenne diesen Mann seit seiner Kindheit. Ich würde mein Leben und das meiner Frau darauf setzen, dass Zeeland der Beste der Besten ist. Es ist nicht ein Hauch von Dunkelheit in ihm.«

»Ich stimme dir zu«, sagte Fox, der neben Zeeland stand. »Ich habe über Jahrzehnte mit ihm gearbeitet, und er ist einer der ehrenwertesten Männer, die ich je kennengelernt habe.«

»Genau darauf haben wir gewartet«, sagte Tighe. »Ein Gezeichneter, bei dem wir uns sicher sind.«

Die Krieger strömten jetzt alle – bis auf Lyon – die Treppe hinunter. Als Hawke bei Zeeland ankam, schlugen sie ihre Unterarme gegeneinander, und Hawke grinste breit. »Einen guten Krieger in sein Tier zu bringen, wird den Schaden wiedergutmachen, der Kara zugefügt worden ist.«

»Du bist unser Ass im Ärmel.« Auch Wulfe streckte ihm den Arm entgegen. »Sobald wir dich mit deinem Tier vereint haben, kann Inir nicht mehr das Ritual zur Befreiung der Dämonen durchführen.«

»Zeit für eine Wiedergeburt, meine Herrschaften«, sagte Jag und klopfte Zeeland auf die Schulter, ehe er ihm seinen Arm hinhielt.

»Zum Fels der Göttin. Sofort.« Lyons Stimme dröhnte von oben die Treppe herunter, und als Zeeland aufschaute, sah er ihn Kara die Treppe heruntertragen. »Nur Krieger. Und Julianne. Olivia übernimmt hier die Verantwortung.«

Kougar schaute auf. »Boss, es ist immer noch helllichter Tag. Es werden überall Menschen sein.«

»Geh. Errichte einen Schutzwall. Wir anderen kommen mithilfe der Ilinas nach.«

Einige stöhnten verhalten, aber Kougar nickte, während Ariana sich neben ihm in Nebel verwandelte. Kurz darauf waren sie verschwunden. Die anderen Krieger zogen ihre T-Shirts aus, und einige legten Messer und Schwerter auf einen Haufen neben der Wand. Zeeland löste sich von Julianne und tat das Gleiche. Dann zog er seine Stiefel aus. In ein paar Minuten würde er sich verwandeln, und er hatte keine Ahnung, ob er in der Lage sein würde, Kleidung und Waffen zu behalten.

Ein Schauer jagte ihm über den Rücken. *Er würde sich verwandeln.*

»Nein!«, schrie Falkyn plötzlich auf.

Hawke griff nach ihr, als sie schwankte, und hielt sie fest. »Faith?«

»Mein Falke … ist fort!«

Die Krieger warfen einander ahnungsvolle Blicke zu. Es war nur noch einer von ihnen übrig.

Zwei Minuten später war Ariana zurück. »Es ist alles vorbereitet.«

Zeeland nahm Juliannes Hand und sah tief in ihre hellblauen Augen, die vor Liebe und Stolz strahlten. Sie grinste ihn an und entwaffnete ihn damit wie jedes Mal, wenn sie lächelte. Himmel! Wie sehr er diese Frau liebte.

Als in der Eingangshalle aus dem Nichts mehrere Ilinas auftauchten, ließ er Juliannes Hand los, und im nächsten Moment befand er sich in einer kitzelnden, kratzigen Wolke, die sich drehte, bis ihm vor Schwindel ganz übel wurde. Die Reise endete fast so schnell, wie sie begonnen hatte, und er fand sich auf dem Fels wieder, der den Potomac überragte. Er übergab sich so heftig wie nie zuvor in seinem Leben, und um ihn herum taten die anderen Krieger es ihm nach. Jetzt verstand er endlich, warum sie sich immer so sehr beschwerten, wenn sie mithilfe der Ilinas reisen mussten. Was für ein elendiger Trip.

Ariana trat zu Kougar und begann zu singen, während die anderen Ilinas sich an einen Felsvorsprung stellten, der am weitesten vom Fluss entfernt war.

Als Zeeland aufstand, sah er Julianne und ging zu ihr. »Geht's dir gut?«

Sie schüttelte den Kopf mit einem kläglichen Lächeln. »Was für eine fürchterliche Art der Fortbewegung.«

Er strich ihr eine Locke hinters Ohr und zog sie an sich. Die Sonne stand tief am westlichen Horizont und würde bald untergehen. Es war ein warmer, schöner Tag. Der perfekte Tag, um ein Gestaltwandler zu werden. Er musste plötzlich grinsen und küsste seine Frau überschwänglich, weil er seine Freude mit ihr teilen wollte.

Schnell bildeten die Krieger auf dem Fels einen Kreis. Lyon trug Kara in die Mitte, setzte sie ab und umfasste ihr Gesicht.

»Lass dir Zeit, Kleines.«

»Ich kann es, Lyon. Ich werde es schaffen.«

Aber bei der Göttin, sie sah aus, als wäre sie gerade von den Toten auferstanden. Sie schwankte und hielt den Kopf gesenkt, als würde es sie zu viel Kraft kosten, ihn aufrecht zu halten.

»Boss?«, fragte Paenther.

»Als sie vorhin die Strahlung heraufbeschworen hat, war das sehr kräftezehrend«, gab Lyon zu, während er seiner Gefährtin über den Kopf strich. »Aber das hier ist es, was sie jetzt braucht.«

»Ich werde die Strahlung heraufbeschwören«, sagte Kara so leise, dass Zeeland sie kaum verstand.

Schließlich trat Lyon zurück und nahm seinen Platz im Kreis ein. »Der Schutzwall wird verhindern, dass Zeeland flieht, falls er von einem der immer noch infizierten Tiergeister gezeichnet worden ist und das Dunkel ihn erfasst. Wenn er sich in den Adler oder den Säbelzahntiger verwandelt, ist alles in Ordnung, denn diese sollten jetzt nicht mehr vergiftet sein. Ansonsten werden uns die Ilinas sofort hier rausholen, damit er niemanden verletzt, während Ariana ihn heilt.«

Der Gedanke, dass er sich, wenn auch nur kurzfristig, in etwas Böses verwandeln könnte, nagte an Zeeland. Bei der ersten Gruppe neuer Krieger waren die alten überrascht worden, denn sie hatten von der Infektion nichts gewusst. Noch einmal würde es sie nicht unvorbereitet treffen.

Goldene Armreife funkelten in der hellen, untergehenden Sonne, als Kougar in einer alten Sprache zu singen anfing und die anderen in den Gesang einfielen. Wie er all das so gut lernen sollte, dass er es weitergeben konnte, war ihm schleierhaft. Die Vorstellung, dass er vielleicht immer noch der Bewahrer des Vermächtnisses der Krieger des Lichts sein musste, bedrückte ihn und schmälerte seine Euphorie. Aber er würde tun, was getan werden musste, so wie er es immer getan hatte … egal wie schwierig es sein würde oder wie viel ihn das kosten würde.

Kougar hob die Ritualklinge und setzte einen kleinen Schnitt auf seiner Brust, dann legte er die Hand auf die blutende Wunde und schloss die Finger um das Blut zur Faust. Er reichte das Messer an Lyon weiter, der das Gleiche tat. Ein Krieger nach dem anderen schnitt sich in die Brust und verschloss sein Blut in der Faust. Schließlich gab Paenther die Klinge an Zeeland weiter und bedeutete ihm, es allen anderen nachzutun. Nachdem er das getan hatte, riss Kougar die Faust hoch, und die anderen hoben ihre Faust ebenfalls zum Himmel empor.

»Kleine Strahlende«, sagte Lyon mit sanfter, aber vor Sorge angespannter Stimme.

Kara versuchte, ihre Arme zum Himmel zu heben. Ihr Gesicht war bleich, und der Blick getrübt von dem Gift, dem sie zu häufig ausgesetzt gewesen war, als sie unwissentlich die bösen Krieger mit ihren Tieren vereint hatte. Ihre Arme sanken wieder herab, als wären sie zu schwer für sie.

»Kara.« Lyons Stimme klang vor Kummer ganz gepresst. Er kniete sich neben sie und streichelte ihr übers Haar.

»Ich schaffe das«, sagte die Strahlende. Ihre Stimme klang entschlossen, wenn auch viel zu schwach.

Lyon küsste sie auf den Scheitel und nahm wieder seinen Platz im Kreis ein.

»Verflucht!«, rief Fox plötzlich. »Ich habe mein Tier verloren.«

»Scheiße«, brummte Jag. Über die hoffnungsvolle Stimmung, die eben noch geherrscht hatte, legte sich eine drückende Schwere. Das letzte Licht war erloschen, und Zeelands musste erst noch entzündet werden. Inirs böse Krieger begannen das Ritual, um die Dämonen aus der Dämonenklinge zu befreien.

Der Wettlauf hatte begonnen.

»Das wird knapp«, murmelte Paenther.

Oder auch nicht, wenn es Kara nicht gelang, die Strahlung heraufzubeschwören.

Dieses Mal presste Kara die Hände auf den Fels, auf dem sie saß. Sie schloss die Augen, legte den Kopf in den Nacken, und ihre Züge wurden hochkonzentriert. Die Sekunden verstrichen, dann eine Minute. Zwei. Zeelands Puls hämmerte, während er inständig hoffte, dass sie die Kraft fand, die sie brauchte. *Na los, Kara. Na los, Liebes.*

Eine tiefe Stille senkte sich über den Fels der Göttin, als alle den Atem anhielten und warteten. Wenn sie es nicht schaffte …

Plötzlich fing Kara an zu strahlen. Ein Licht flammte in ihr auf, das immer heller und heller wurde, bis es durch ihre Haut schien, als hätte sie ein kleines Stück der Sonne verschluckt. Zeeland jubelte innerlich vor Erleichterung und Freude, und sein Blick suchte Juliannes, die neben Ariana stand.

»Bleib, wo du bist, Zeeland«, befahl Lyon. »Wenn du sie ohne Armreif berührst, bringt die Strahlung dich um.«

Während die anderen Krieger vortraten und ganz nah an Kara heranrückten, einen Arm oder einen Knöchel umfassten oder die Hand auf ihren Scheitel legten, blieb Zeeland stehen und beobachtete alles. Kougar ließ Kara als Erster wieder los und kam zu ihm. Er drückte seine blutige Faust auf Zeelands, dann schlossen sich die anderen an. Lyon legte seine Faust auf Kougars, Paenther seine auf Lyons, Wulfe seine auf Paenthers. Jeder Einzelne brachte sein Blut ein, bis alle eng um ihn herumstanden. Dann begann Kougar erneut zu singen, und die anderen fielen mit ein.

»Geister, erwachet. Versammelt euch und versorgt die Tiere unter diesem Mond mit eurer Kraft. O erhabene Göttin, zeige uns den Krieger!« Ein Donnerschlag ließ den klaren Abendhimmel erbeben – ein Aufbrausen mächtiger Magie. Der Felsen unter Zeelands Füßen zitterte vor Erwartung … oder Furcht.

Zeelands Herzschlag dröhnte in seinen Ohren. Eine mächtige Energie strömte durch seinen Körper, und Freude, Glück und das Gefühl, dass es richtig war, was hier gerade passierte, überwältigten ihn. Und plötzlich verschob sich seine Perspektive, sodass er die Gürtel derjenigen ansah, die im Kreis um ihn herumstanden. Seine Sinne schärften sich schlagartig – Augen, Ohren, Nase. Er konnte den Herzschlag jedes Einzelnen hören, der neben ihm stand, und alle am Geruch unterscheiden.

Begeisterter Jubel brandete auf.

»Der Säbelzahntiger!«, rief Jag. »Dann warst du es also, den das Tier zeichnen wollte, und nicht diesen Mistkerl Maxim.«

Unglaublich. Ein Säbelzahntiger … ein Tier, das seit zehntausend Jahren nicht mehr in der Natur gesehen worden war.

»Verwandle dich zurück, Zeeland«, sagte Kougar. »Wünsche dir, wieder der Mann zu sein, und es wird geschehen.«

Zeeland tat, wie ihm geheißen, und in einem Funkenregen und mit einem Gefühl intensiver Freude verwandelte er sich wieder in einen Mann. Und er hatte immer noch seine Hose an!

Die anderen Krieger versammelten sich um ihn, klopften ihm auf die Schulter und schlugen den Unterarm mit ihm zusammen.

»Von nun an«, sprach Kougar, »wirst du von uns Zaber genannt.«

»Kara«, rief Paenther erleichtert, und alle drehten sich um. Lyon grinste, als er Kara hochhob und ihr Gesicht endlich wieder vor Gesundheit strahlte.

Kaum hatte Lyon Kara wieder abgesetzt, ging sie zu Zeeland, schlang ihre Arme um seinen Hals und drückte ihn fest an sich.

»Danke, Zee. Du hast mir gerade das Leben gerettet.«

»Es ist mir eine Ehre, Strahlende. Vielleicht hast du gerade die Welt gerettet.«

Die Erinnerung war wie ein Schwall eiskalten Wassers, das den Jubel dämpfte. Alle drehten sich zu Wulfe um. Aber ehe Wulfe auch nur den Mund aufmachen konnte, sagte ihnen sein fahles Gesicht alles, was sie wissen mussten.

»Wir haben Zeeland nicht rechtzeitig in sein Tier gebracht«, knurrte Tighe wütend.

»Nein.« Eine Mischung aus Wut und Schmerz loderte in Wulfes Augen. »Ein paar Minuten lang gab es nur Inirs böse Krieger. Das war genug. Sie haben mit dem Ritual zur Befreiung der Dämonen begonnen.«

21

»Wie viel Zeit bleibt uns noch, bis sie die Dämonen befreit haben?«, fragte Lyon und stemmte sich vom Boden im Garten des Hauses des Lichts hoch, wo die Ilinas sie abgesetzt hatten, nachdem Zeeland … jetzt Zaber … in sein Tier gebracht worden war.

Wulfe kam neben ihm hoch. Er war immer noch wie betäubt, weil Inirs triumphierender Schrei nach wie vor in seinen Ohren nachhallte. An dieser seltsamen Stelle in seinem Inneren, die Wulfe allmählich für seine Dämonenseele hielt, glaubte er zu spüren, dass die Klinge ganz allmählich zum Leben erwachte. Sie war bereit, sich zu öffnen.

»Es ist unmöglich, zu sagen, wie lange wir noch haben«, erwiderte Kougar und sah sie mit der Leidenschaftslosigkeit an, die früher einmal sein Wesen ausgemacht hatte, jetzt aber nur noch Fassade war. »Aber ich glaube nicht, dass die Dämonenklinge sich schnell öffnen wird. Es war ihr nie bestimmt, sich überhaupt zu öffnen.« Er streckte die Hand nach seiner Gefährtin aus. »Ariana wird mich als Erstes nach West Virginia bringen. Falls Inir seinen Schutzwall gegen Ilinas erweitert hat, müssen wir das vorher wissen.«

»Und wenn Ariana in Flammen aufgeht?«, fragte Lyon. Sie hatten das letzte Mal, als sie versucht hatten, zu Inir zu gelangen, um Kara zu retten, eine Ilina wegen dieses Schutzwalls verloren.

»Ich kann sie ins Kristallreich bringen. Ich kann sie dort rausholen.«

Lyon nickte, und eine Sekunde später war das Paar verschwunden.

Wulfe wandte sich der Hintertür zu, als die Frauen herauskamen. Beim Anblick von Natalie, die mit glänzendem Haar auf ihn zustürmte, machte sein Herz einen Satz. Er breitete die Arme aus, und sie stürzte sich hinein.

»Du musst gehen«, sagte sie leise.

»Ja.«

»Holt eure Waffen!«, rief Lyon seinen Leuten zu, dann wandte er sich an Olivia. »Steht die Garde bereit?«

»Sie ist bereit und wartet auf weitere Befehle, Lyon.« Olivia schlang die Arme um Kara, deren Augen strahlten, während die anderen Frauen sie umringten. »Ich bin so froh, dass es dir wieder gut geht.«

Wulfe küsste Natalie auf die Stirn. »Warte hier. Ich bin gleich wieder da.« Er rannte ins Haus, wo mehrere andere Krieger sich bereits ihre Shirts, Stiefel und Waffen holten. Eine Minute später marschierte er angezogen und bewaffnet durch das Esszimmer wieder in den Garten, als Kougar und Ariana zurückkamen.

»Die Stelle, an der wir letztes Mal abgesetzt wurden, ist immer noch sicher«, sagte Kougar.

Wulfe ging wieder zu Natalie und zog sie an sich. »Wünsch mir Glück.«

Doch stattdessen küsste sie ihn auf die Wange und sagte: »Sei vorsichtig!« Dann umfasste sie sein Gesicht mit beiden Händen und sah ihm mit so grenzenloser Liebe tief in die Augen, dass ihm der Atem stockte. Er packte ihre Hüften, zog sie an sich und nahm ihre Wärme, ihre süße Liebe und ihre Kraft in sich auf.

»Wulfe«, hauchte sie. »Du bist der beste Mann, den ich je kennengelernt habe. Ich weiß, dass du das schaffst.«

Er sah in ihre ruhigen grauen Augen und streichelte ihre Wange. »Oh heilige Göttin, wie sehr ich dich liebe.« Er küsste sie. Es war erst ein sanfter, zärtlicher Kuss, voller Staunen und Sorge, der dann leidenschaftlicher wurde, als sie ihre Arme um seinen Hals schlang, als wollte sie ihren Besitzanspruch demonstrieren … als wollte sie ihr gemeinsames Schicksal besiegeln.

»Wulfe!«, rief Paenther. »Wir müssen los.«

Mühsam löste Wulfe sich von Natalie, hielt aber weiter ihre Hüften umfasst, um ihr dann über die Wange und das weiche, seidige Haar zu streichen. »Bleib im Haus. Es sind Ilinas da, die auf euch aufpassen und sofort wegbringen, wenn Gefahr droht.«

Sie nickte, aber sie wussten beide, dass die Ilinas sie vor der größten Gefahr, die ihr drohte, nicht beschützen konnten.

»Wulfe, bring uns zur Festung!«, rief Lyon.

Die Allegheny Mountains mit ihren Hängen voller Fichten und Laubbäumen erhoben sich unter einem rosigen Abendhimmel. Wulfe drehte sich in die Richtung, in der Inirs Festung lag, wie er wusste. Sein Dämonenblut sagte ihm, dass das die Richtung war, die ihn zu Satanan führen würde, und er lief los. Heilige Göttin, er konnte den Mistkerl tatsächlich spüren.

Hinter ihm setzten sich seine Brüder und seine Schwester und mehr als hundertfünfzig Angehörige der Therianischen Garde in Bewegung. Das Donnern ihrer Schritte ließ den Berg vibrieren und hallte in seinem Blut wider. Sie stellten eine beeindruckende Armee dar, hätten allerdings weitaus mehr Kraft, wenn sie noch in der Lage gewesen wären, die Gestalt zu wandeln. Zumindest einen Gestaltwandler hatten sie immerhin unter sich: Zeeland.

Wulfe lief schneller, denn das Wissen, dass die bösen Krieger jetzt dabei waren, die Dämonenklinge zu öffnen, schrillte wie eine Sirene in seinem Kopf. Fünftausend Jahre lang hatten sie und ihre Vorgänger Satanan daran gehindert, sich zu befreien. Jetzt waren es vielleicht nur noch ein paar Minuten, ehe offenbar werden würde, dass sie versagt hatten. Um ihren Auftrag doch noch zu erfüllen, mussten sie gegen böse Krieger kämpfen, die nicht nur die Gestalt wandeln konnten, sondern auch unsterblich waren. Das würde kein Zuckerschlecken werden, aber mittlerweile war ihm das völlig egal. Er hatte es so satt, einfach nur herumzusitzen – er war bereit zu kämpfen!

»Wir haben nur ungefähr eine Stunde, bis die Drader herauskommen«, meinte Hawke, während sie liefen. Da sie nicht mehr in der Lage waren, sich zu verwandeln, stellten sie eine leichte Beute für diese kleinen Monster dar.

»Wenn wir es innerhalb einer Stunde nicht geschafft haben, das Ritual aufzuhalten, spielt das auch keine Rolle mehr. Dann werden wir eh sterben«, brummte Vhyper.

»Wir bekommen Gesellschaft«, warnte Paenther. »Magier … mehr als ein Dutzend.«

»Wir kümmern uns um sie«, rief Olivia.

Während die Hälfte der Garde ausscherte, stürmte Wulfe mit Lyon zur einen Seite und Paenther zur anderen weiter. Die restlichen Krieger waren dicht hinter ihnen.

Die Sekunden verrannen wie Herzschläge, und er spürte jede einzelne davon. Es lagen noch einige Meilen vor ihnen. *Meilen*. Und abgesehen von dem Magier-Empfangskomitee mussten sie auch noch den Schutzwall überwinden … und womöglich noch weit Schlimmeres. Das letzte Mal, als sie versucht hatten, diesen Berg zu erstürmen, hatten sie sich mitten in einem die Realität simulierenden Labyrinth wiedergefunden. Ohne Fox' Hilfe würden sie wahrscheinlich immer noch darin herumirren.

Als hinter ihnen plötzlich Kampfgetümmel zu hören war, spannten sich Wulfes Muskeln an, weil er sich ebenfalls in die Schlacht stürzen wollte. Neben sich spürte er die Unruhe seiner Brüder und wusste, dass er nicht allein so empfand. Es gehörte nicht zum Wesen eines Kriegers, dass er vor einem Kampf davonlief, aber die größere Schlacht lag noch vor ihnen. Und sie durften keine Zeit verschwenden.

Plötzlich zogen sich finstere Wolken zusammen. Ein heftiger Wind kam auf und peitschte über den Berg.

»Ein toter Magier«, murmelte Jag, und seine Stimme klang hart und angespannt. Es brachte ihn wahrscheinlich um, dass er bei seinen Brüdern bleiben musste, während Olivia, seine Gefährtin, den Kampf gegen die Magier anführte.

Ein Donnergrollen dröhnte über den Himmel. Mutter Natur wurde sauer, wenn ihre Magier, die früher so etwas wie Naturgeister gewesen waren, getötet wurden. Es begann zu regnen, Tropfen fielen auf Wulfes Schultern und liefen durch sein Haar.

Kurze Zeit später, als sie den Abhang erklommen hatten, erblickte Wulfe das, wonach er gesucht hatte: den bunt schimmernden Vorhang, der wie ein Schleier in Blau, Lila und Rot über der gesamten Landschaft lag. Davor war ein kleiner, kristallklarer See zu sehen, dessen Oberfläche durch den Regen zu brodeln schien.

Er hob eine Hand und wurde langsamer. »Der Schutzwall.«

»Ich kann ihn immer noch nicht sehen«, murmelte Hawke.

»Wie gut, dass wir Dämonenaugen auf unserer Seite haben«, meinte Jag.

»Wartet hier, während ich ihn überprüfe«, befahl Wulfe, den es selber überraschte, wie leicht es ihm fiel, die Führung zu übernehmen. In früheren Tagen war er einmal gut darin gewesen – bis die Göttin wütend geworden war und ihm alles genommen hatte. Würde sie das wieder tun? Bei dem Gedanken zog sich sein Magen zusammen.

Der Schutzwall flatterte vor und zurück wie ein zum Trocknen aufgehängtes Laken an einem windigen Tag. »Er sieht jetzt dicker aus«, erklärte er den anderen und wurde dabei fast vom donnernden Krachen eines Blitzes übertönt. »Er hat viel mehr Substanz.« Der Schutzwall versprühte Energiefunken, als wäre er überladen worden und immer noch an eine gigantische Steckdose angeschlossen.

»Das kann nicht gut sein«, murrte Tighe.

Als Wulfe sich dem schimmernden Vorhang näherte, stellten sich die Haare auf seinen Armen auf, und seine Kehle begann zu jucken und zu kratzen. Das letzte Mal hatte er überhaupt nichts gespürt. Vielleicht lag es aber auch nur daran, dass er sein Tier verloren hatte. Verdammt, das stellte möglicherweise ein Problem dar, denn das letzte Mal hatten sie den Schutzwall nur in ihren Tieren durchqueren können. Er hoffte, sein Dämonenblut ermöglichte es ihm, den Schutzwall trotzdem zu durchbrechen und seine Freunde an der Hand hindurchzuführen, auch wenn er sich nicht verwandeln konnte. Wenn ihm das nicht gelang, saßen sie bis zum Hals in der Scheiße.

Aber wahrscheinlich hatten sie so oder so ein Problem. Weder Inir noch Satanan waren Dummköpfe. Sie wussten, dass die Krieger zurückkommen würden, um sie aufzuhalten. Es war stark anzunehmen, dass sie den Schutzwall verstärkt hatten, damit sie ihn diesmal nicht überwinden konnten.

Es gab nur eine Möglichkeit, das herauszufinden.

Der Regen wurde teilweise zu Hagel, der auf Wulfes nackte Arme prasselte, als er vorsichtig weiterging und einen Schritt vom Schutzwall entfernt stehen blieb. Er streckte die Hand aus.

Ein Stromschlag zuckte durch seinen Körper und warf ihn mit einer Wucht zurück, die seine Nervenenden in Flammen setzte. Mit einem Schrei, in dem Wut und Schmerz mitschwangen, landete er auf dem Hintern im nassen Gras.

»Wulfe«, brüllte Lyon.

»Bleibt zurück!« Wulfe kam mühsam wieder hoch. Sein Blut kochte immer noch von dem Schlag. Er wischte sich den Regen aus den Augen und stolperte zu den anderen zurück. »Der Schutzwall ist viel stärker als das letzte Mal.«

Da Lyon es gewöhnt war, selber Befehle zu geben, statt sie anzunehmen, trat er vor, um den Schutzwall selbst zu überprüfen. Einen Moment später rappelte er sich ebenfalls wieder vom Boden auf.

Als Lyon wieder hochkam, sahen die anderen sich an, und eine unausgesprochene Frage hing in der verregneten Luft: *Was zum Teufel machen wir jetzt?*

Verdammt, dachte Wulfe und starrte den bunten Schleier an. Er wusste, was getan werden musste, und er war der Einzige, der es tun konnte. Er konnte förmlich sehen, wie Inirs Augen vor boshafter Freude aufleuchteten. Inir wusste natürlich, dass Wulfe höchstwahrscheinlich den Schutzwall durchbrechen konnte, wenn er über seinen Schlüssel zur Pforte Energien heraufbeschwor. Und er wusste auch – oder aber Satanan –, dass kein Dämon sich danach je wieder unter Kontrolle gebracht hatte. Die beiden rechneten fest damit, dass Wulfe diesen Kampf gegen sich selber verlieren würde. Inir hatte es ja bereits gesagt. *Der Dämonwandler wird zu uns kommen, Herr. Das verspreche ich. Und dann wird er dir gehören.*

Er erinnerte sich an Natalies Worte. *Du bist der beste Mann, den ich je kennengelernt habe … Und genauso wie du mich beschützt, werde ich dich beschützen … Ich werde nicht zulassen, dass die Dunkelheit dich vereinnahmt.*

Wulfe drehte sich zu Kougar um. Sein Magen verkrampfte sich, als er sagte: »Die Ilinas sollen Natalie herbringen. Ich werde die urzeitlichen Energien heraufbeschwören. Es ist die einzige Möglichkeit, den Schutzwall zu durchbrechen.«

Seine Brüder sahen einander skeptisch an, aber Lyon nickte. »Wir haben keine andere Wahl. Satanan darf sich nicht erheben.«

»Du schaffst das, Wulfe«, sagte Paenther. »Es gibt keinen Besseren als dich.«

Da war er sich zwar nicht so sicher, aber irgendwie musste er das jetzt durchziehen. Alle zählten auf ihn, und Natalie am meisten.

Wulfe lief den Weg zu der Stelle zurück, wo sie abgesetzt worden waren, weil die Ilinas es nicht riskieren durften, dem Schutzwall zu nahe zu kommen. Minuten später hielt er Natalie regennass, warm und liebevoll in seinen Armen.

»Ich glaube an dich, Gestaltwandler.«

Er sah tief in ihre ruhigen, geliebten Augen, deren Wimpern nass vom Regen waren, und nickte. »Ich weiß. Du wirst mich festhalten.« Aber das Herz schlug ihm vor Unsicherheit und Furcht bis zum Hals. Er zog Natalie fest an seine Brust und versuchte, sie vor dem peitschenden Wind zu schützen, während sein Blick über den nun wild schäumenden See glitt.

Heilige Göttin, bitte beschütze diese Frau, der mein Herz und mein Leben gehört gegen alle Gefahren … auch gegen mich. Hilf mir, angesichts der Dunkelheit stark zu bleiben, sodass ich ihr nicht wehtue. Und bitte hilf uns, Satanan und Inir zu besiegen. Ich erbitte das nicht aus Stolz, sondern weil so viele leiden werden, wenn wir versagen. Ich bitte dich, mir meine früheren Fehler zu verziehen. Ich bitte dich …

Ohne Vorwarnung brach plötzlich die Sonne durch die Sturmwolken, sodass ein einzelner breiter Sonnenstrahl die Landschaft erhellte. Und in diesem Sonnenstrahl erschien ein Regenbogen, der sich vom einen Ende des Himmels zum anderen hinzog. Ein vollkommener, herrlicher Regenbogen unter einem stürmischen Himmel. Schönheit inmitten der Finsternis. Ein Wunder. *Vergebung*. Er spürte, wie seine Schuldgefühle fortgespült wurden, sein Herz wurde gereinigt, und es jubelte vor Freude über dieses Zeichen, diesen Segen.

Dank sei dir, Göttin.

Er küsste Natalie aufs Haar, umarmte sie fest und blinzelte, um die Tränen aus seinen Augen zu vertreiben. »Bist du bereit?«

Nickend löste sie sich von ihm und gab ihm einen Kuss. »Ich bin bereit. Wir schaffen das.«

Er war zwar nicht überzeugt davon, aber sie hatten keine andere Wahl mehr.

Er durfte nicht versagen.

Im prasselnden Regen lief Natalie über den nassen Boden. Wulfes Hand hielt ihre Finger fest umschlossen.

»Der Schutzwall ist gleich da vorn«, sagte er zu ihr. »Nur ich kann ihn sehen.

Natalie sah nur Gras, Bäume, Berge und Regen. Vor allem Regen. Wulfe blieb schließlich stehen und zog sie fest an sich. Während er sie umarmte, spürte sie seine Anspannung und wusste, wie sehr er sich vor dem, was ihnen bevorstand, fürchtete.

Ein Schauer lief ihr über den Rücken, und auch ihr Körper stand unter Hochspannung. Obwohl sie ihn immer wieder dazu gedrängt hatte, das zu tun, was getan werden musste, hatte sie jetzt, wo er die Energie durch sie heraufbeschwören wollte, Angst. Wenn das bisschen Energie, das Satanan abgezogen hatte, schon so sehr schmerzte, welche Qualen würden dann nun auf sie zukommen? Doch vor allem machte sie sich Sorgen um Wulfe.

Sie würde ihn festhalten, ihn bändigen. Das musste ihr einfach gelingen.

Als er seine Hand an ihre regennasse Wange drückte, las sie den Schmerz in seinen sanften Augen.

Natalie legte ihre Hand auf seine. »Ich liebe dich, und ich werde dich nicht gehen lassen. Nur damit du's weißt.«

Er lächelte schwach und sagte nichts. Seine Gesichtszüge waren konzentriert. »Es funktioniert nicht«, murmelte er.

»Musst du singen?«

»Nein, hierbei nicht. Strome sagte, ich müsse meine Handlung wieder rückgängig machen. Ich habe dich geheilt, indem ich deine Wunde auf mich nahm.«

»War es leicht?«

»Nein. Ich kann die Verletzung eines Menschen nur heilen, wenn ich es stark genug will.«

»Wie stark war dieser Drang bei mir?«

»Sehr stark.« Er blinzelte den Regen weg. »Ich konnte den Anblick nicht ertragen.« Bei seinen Worten verzog er das Gesicht. »Ich wusste, dass du Schmerzen hattest.«

»Du musst mir die Wunde genauso stark wieder zurückgeben wollen.« Sie griff nach seiner Hand, die auf ihrer Wange lag. »Wulfe, ich *will* diese Wunde zurückhaben. Ich habe immer gewusst, dass ich eine Bestimmung habe, dass ich für dieses Leben ausgewählt worden bin, weil ich hier gebraucht werde. Bisher hatte ich immer geglaubt, meine einzige Bestimmung läge darin, Menschen zu besserem Sehen zu verhelfen und dafür zu sorgen, dass Kinder lesen lernen. Aber ich habe mich geirrt. Ich bin hier, weil du mich brauchst. Als Schlüssel zur Pforte. Vielleicht auch mehr. Dafür bin ich geboren worden.«

»Natalie …«

»Und genauso glaube ich, dass auch du für das hier auf diese Welt gekommen bist. Du wurdest als der, der du bist, geboren, weil in diesem gefährlichen Moment nur ein Wolfdämon es mit einem so mächtigen Bewusstsein wie dem von Satanan aufnehmen kann. Das ist dein Schicksal, Wulfe. Nimm es an. Lass es uns zusammen annehmen.«

Er musterte sie mit durchdringendem Blick, suchte in ihren Augen und fand. Sein großer Körper schien einen Seufzer auszustoßen, als die Anspannung aus seinen Schultern wich und er sich aufrichtete. Endlich akzeptierte er sein Schicksal, auch wenn die Sorge blieb.

Er nickte kurz und bewegte seine Hand an ihrer Wange, während er mit der anderen sanft ihren Hinterkopf hielt. »Du hast recht.«

Sie lächelte liebevoll. »Natürlich habe ich recht. Jetzt gib mir meine Wunde zurück, Gestaltwandler, damit wir diese üblen Typen aufhalten können.«

Ganz kurz huschte ein Lächeln über seine Züge, ehe er die Augen schloss. Zuerst passierte gar nichts. Dann begann es unter seiner Hand unangenehm zu pochen. Es war nicht wirklich schmerzhaft, als seine Narbe – die eigentlich ihre hätte sein sollen – langsam verblasste.

Wulfe zog plötzlich seine Hand weg und sah sie voller Sorge an. »Geht's dir gut?«

»Ja, alles gut. Jetzt beschwör die Energie herauf, wie es dir bestimmt ist.«

»Wir brauchen ein Pentagramm.«

»Hier«, sagte Hawke. Er kniete sich hin und zeichnete mit seinem Messer schnell ein Pentagramm in den nassen Boden.

Wulfes große Hand schloss sich vorsichtig um ihre, und er führte sie in die Mitte des Pentagramms. Er drehte sie so, dass sie ihn ansah, und umfasste dann ihr Gesicht sanft mit beiden Händen. Seine Lippen waren fest aufeinandergepresst.

»Es wird alles gut«, wisperte sie.

In seinem Blick sah sie Unsicherheit, Furcht und das Bewusstsein um die Verantwortung, die ihm aufgrund seines Dämonenblutes aufgeladen worden war. Er holte tief Luft, schloss die Augen und bedeckte ihre Wunde mit seiner Hand. Dann begann er etwas in einer Sprache zu flüstern, die Natalie noch nie gehört hatte.

Tief in ihrem Innern regte sich etwas. Sie spürte ein Kribbeln in den Füßen, das plötzlich nach oben schoss … durch die Beine, den Bauch, die Brust, den Hals in ihr Gesicht, um sich schließlich in ihrer Wange unter Wulfes Hand zu sammeln. Während die Worte in einer endlosen Flut über seine Lippen strömten, warf er den Kopf zurück vor Schmerz … oder Ekstase.

Die Worte flossen immer schneller aus seinem Mund, er wurde lauter und flüsterte nicht mehr.

Das Kribbeln in Natalies Körper steigerte sich zu einem Stechen und dann einem Brennen, aber sie unterdrückte das Stöhnen, das ihr auf der Zunge lag.

Wulfes Griff wurde fester, die Worte schossen jetzt aus seinem Mund, und die Energie strömte siedend heiß in ihr hoch, bis sie fürchtete, schreien zu müssen. Sie konnte kaum noch atmen, kaum noch stehen. Es war zu viel. *Zu viel.*

Plötzlich ließ Wulfe sie los.

Als Natalie auf die Knie fiel und nach Luft rang, stieß Wulfe einen fremdartigen bellenden Jubelschrei aus. Einen Schrei voller Macht und Stärke, in dem Unbezwingbarkeit und Grausamkeit mitschwangen.

Voller Furcht sah Natalie auf in die Augen eines Fremden, die hellrot leuchteten. Augen, in denen das Böse stand.

22

Natalie starrte den Mann an, der vor ihr stand. Ihr Blick war vom Schmerz getrübt, und das Herz schlug ihr bis zum Hals, während der Mann, in den sie sich verliebt hatte, sie anschaute, als hätte er sie noch nie gesehen. Strome hatte gesagt, dass sie ihn ganz fest halten müsse, um ihn zu bändigen, aber sie hatte doch gar keine Gelegenheit bekommen, nach ihm zu greifen! Und nun war er bereits fort.

Nein, er war nicht fort. Das durfte nicht sein.

Sie schloss die Augen und verdrängte die körperlichen Schmerzen, um sich voll und ganz auf den Mann zu konzentrieren, den sie kannte und der sie immer mit solch sanfter Bewunderung angesehen hatte … Dieser Mann hatte nichts mit diesem rotäugigen Fremden gemein. Sie konzentrierte sich auf seinen Wolf, der sie unter Einsatz seines Lebens beschützt hatte … Sie dachte an seine sanften, zärtlichen Berührungen.

Heftige Empfindungen wallten in ihr auf, und sie spürte etwas tief in ihrem Innern. Sein Herz. Sie spürte Wulfes Herz, das in Dunkel gehüllt war. *Unmöglich*. Aber andererseits … was war denn in einer Welt, in der Gestaltwandler und Dämonen lebten, wirklich unmöglich?

Hinter dem Schleier der Dunkelheit strahlte immer noch Wulfes unversehrtes Herz hell und golden. Es war nicht verloren. Noch nicht. Doch das Dunkel hatte es auf diesen Mittelpunkt, diesen Kern seiner Güte und seiner Ehre abgesehen, und wenn sie keine Möglichkeit fand, Satanan und seine Schergen aufzuhalten, würden sie es Wulfe für immer rauben.

Ein stechender Schmerz schoss durch ihre Glieder, als sie versuchte aufzustehen, und sie sank zurück auf die Knie.

»Natalie?«, fragte Hawke behutsam.

»Beweg dich nicht.« Sie hob eine Hand an die Augen, um sie vor dem schlimmsten Regen zu schützen, und schaute auf. »Wulfe, ich liebe ich. Und du liebst mich auch.«

Er reagierte nicht, und sie spürte, wie das Dunkel in seinem Innern sich verdichtete. Es vereinnahmte ihn immer mehr. Verzweiflung stieg in ihr auf. Doch plötzlich flackerte das goldene Licht, und die Ränder der Dunkelheiten wichen ein wenig zurück, als hätte ihr Versuch, ihn zu retten, es zurückgetrieben. Und vielleicht war es auch so. Vielleicht besaßen ihr Wille und ihre Gedanken bereits solch eine Macht durch die seltsame Verbindung, die zwischen ihnen entstanden war. Der Gedanke erfüllte sie mit noch mehr Entschlossenheit.

Plötzlich wandte sich Wulfe ihr mit wutentbrannter Miene zu. Knurrend packte er ihren Hals, den seine regennassen Finger fast vollständig umschlossen, und er zerrte sie hoch. Durch seinen Griff bekam sie kaum noch Luft. *Er wird mich umbringen.* Ihr Herz raste, ihr Verstand bäumte sich auf, und sie wehrte sich, indem sie auf sein Handgelenk einschlug. Aber er war viel zu stark.

»Natalie!«, rief einer der Krieger.

»Wulfe, lass sie los«, brüllte Lyon.

Einen kurzen Moment lang dachte sie, die Krieger würden sie retten. Doch ihre Hoffnung wurde gleich darauf zunichtegemacht, als Wulfe die andere Hand hob und die Krieger alle auf einmal nach hinten flogen, als wären sie gleichzeitig gegen einen Schutzwall geprallt.

Die Krieger des Lichts konnten ihr nicht helfen, und es gab auch keine Möglichkeit für sie, sich loszureißen.

Alle Hoffnung erstarb. Sie hatte es nicht in der Hand, was

als Nächstes, in den wahrscheinlich letzten Momenten ihres Lebens, geschehen würde. Doch da war dieses Wissen, diese unumstößliche Wahrheit, und für einen Moment entzog es der Angst die Macht über sie. Ihre Panik wich lange genug zurück, sodass sie wieder klar denken konnte ... Der Mann, den sie liebte, würde mit dem Wissen, ihr das Leben genommen zu haben, niemals fertig werden, sollte er je zurückkehren.

Das Bedürfnis, ihn davor zu bewahren, wurde übermächtig in ihrem Inneren. Das goldene Leuchten flackerte höher, nagte an der Dunkelheit und verbrannte sie am Rand. Der Griff der Finger um ihren Hals lockerte sich etwas, sodass sie zwar nicht flüchten konnte, aber doch wieder Luft bekam. Es war ihr gelungen, den Geist oder das Herz des edlen Mannes zu berühren, der sich in dieser grausamen Hülle verbarg. Aber es war nicht genug. Noch nicht. Nur sie allein war in der Lage, das Dunkel zurückzuschlagen. Sie konzentrierte sich und blickte durch die roten Augen des Fremden voller Liebe auf den Mann in seinem Innern. Sie übergoss ihn mit ihrer Liebe und beobachtete, wie die Schatten vor dieser Macht zurückwichen, dann wieder nach vorn drängten, um sich schließlich erneut zurückzuziehen.

Um sie herum kamen die Krieger wieder zu sich und stemmten sich hoch. Kougar und Hawke näherten sich Wulfe von hinten, und sie wusste, dass sie nach einer Möglichkeit suchten, ihn zu überwältigen. Doch ihre ganze Aufmerksamkeit galt nach wie vor Wulfe.

Einen kurzen Moment lang meinte sie zu sehen, dass er sie wiedererkannte. Entsetzen flackerte in seinem Blick auf, doch es dauerte nur ein paar Sekunden, dann war der Moment wieder vorbei. *Verdammt!*

Aber noch während die Finsternis wieder von ihm Besitz ergriff, ließ er sie los und riss die Hand zurück, als hätte er sich an ihr verbrannt. Und vielleicht hatte er das ja auch. Vielleicht besaß sie viel mehr Macht über das Dunkel, wenn sie ihn berührte.

Plötzlich wirbelte Wulfe zu seinen Brüdern herum, die er nicht mehr kannte. »Ihr meint, ihr könnt mir etwas anhaben?« Ein zweites Mal ließ er Hawke und Kougar nur mit einem Wink aus dem Handgelenk davonsegeln, um sich dann gleich wieder zu ihr umzudrehen, als wäre er sich bewusst, dass von ihr die wahre Gefahr ausging. Seine Reißzähne traten hervor, und an den Fingerspitzen erschienen mörderische Klauen. Er stieß ein animalisches Knurren aus, das Urängste in ihr weckte. Aber sie würde ihn der Dunkelheit entreißen, und wenn es das Letzte war, was sie tat.

Schweiß strömte über ihren Nacken und vermischte sich mit den kalten Regentropfen. Die urzeitlichen Energien flossen in einem steten, schmerzhaften Strom durch sie hindurch, lähmten sie aber nicht mehr. Jetzt zählte nur noch eins: Sie musste den Kampf um Wulfes Seele gewinnen.

Langsam tat sie einen Schritt auf ihn zu.

»Natalie, halte dich zurück«, warnte Lyon sie.

Ihr Blick war weiter auf Wulfe geheftet. »Du hast es dir nie verziehen, Liesel im Stich gelassen zu haben, Wulfe, obwohl das, was passiert ist, nicht deine Schuld war. Ich weiß, dass du mir nichts tun wirst. Du wirst mich nicht im Stich lassen. Kämpfe gegen das Dunkel. Komm zu mir zurück.«

»Natalie, er könnte dich mit diesen Klauen töten.«

»Das wird er nicht tun.«

Sie tat einen weiteren mühsamen Schritt auf Wulfe zu und noch einen, während sie inständig hoffte, dass sie recht hatte.

In Wulfes Innerem tobte die Macht, Feuer und Rauch verwirrten seinen Blick, seinen Geist, seine Seele. Er besaß die Macht, es mit all diesen Insekten um ihn herum aufzunehmen.

Aber warum wich die Frau nicht vor ihm zurück?

Er holte aus, und seine Klauen kamen ihrem Gesicht ganz nah, ohne sie jedoch zu berühren. Irgendetwas in seinem Innern knurrte, er solle sie nicht anfassen.

Der Regen prasselte auf ihn herab und durchnässte seine Kleider. Blitze zuckten unablässig über den Himmel.

Die Frau packte sein Handgelenk, und er zog es weg. Aber sie klammerte sich so fest an ihn, dass sie beinahe gegen seine Brust fiel. Ihr Duft hüllte ihn ein, gleichzeitig so süß und unerträglich. *Graue Augen*. Der Gedanke erhob sich aus dem Rauch, als ihre Berührung sein Handgelenk versengte und die knurrende Stimme in seinem Innern ihm befahl, sie gewähren zu lassen. Ein Name brach durch den Dunst hervor.

Natalie.

Sein Kopf hämmerte, und das Herz schlug ihm bis zum Hals. *Gefährlich*. Ein Licht brach durch die Dunkelheit, ein goldenes Schimmern, das die Schatten zu verdrängen drohte. Und dieses Schimmern war sie.

»Was tust du da?«, knurrte er.

»Dich lieben.« In ihren Augen stand solch eine Qual.

»Tu es nicht.« Instinktiv wollte er zurückweichen, ehe es zu spät war. Er riss seine Hand weg und erwischte sie dabei mit einer Kralle an der Handinnenfläche. Ein schmaler Streifen Blut quoll aus ihrer Haut, und tief in seinem Innern heulte etwas auf.

Er kämpfte gegen das Gefühl an, bleckte die Zähne und knurrte sie an. Sie war so klein im Vergleich zu ihm … nur eine Frau und noch dazu ein Mensch – sie müsste Angst haben vor ihm. Aber statt zurückzuweichen, wie er es eigentlich erwartet hätte, stürzte sie sich auf ihn, packte seinen Unterarm und drückte sich an ihn.

»Komm zu mir zurück, Wulfe. Ich weiß, dass du da drin bist. *Kämpfe* dagegen an. Für mich. Für deine Freunde.«

Ihre Hände zitterten, und ihr warmes Blut verteilte sich auf seinem Arm. Ihr Mund war leidvoll verzerrt, und der Anblick schmerzte ihn. Er wollte nicht, dass sie litt.

Was kümmerte ihn das überhaupt? Der Gedanke dröhnte durch seinen Kopf. Er war die Macht schlechthin. Mit einem Hieb seiner Klauenhand könnte er ihr den Kopf vom Körper schlagen.

Der Gedanke ließ ihn beinahe in die Knie gehen.

Natalie

Beschütze sie. *Beschütze sie*.

Der Gedanke, das Bedürfnis wurde immer größer, strömte heiß durch seinen Körper, schlug auf das Dunkel ein und brachte es zum Verstummen, obwohl es ihm die ganze Zeit zurief, er solle sie wegstoßen. Das Licht leuchtete immer heller, bis es selbst die Macht überstrahlte und die Dunkelheit.

Verwirrt und orientierungslos sah Wulfe mit großen Augen die Frau an seiner Seite an, die sich an ihn klammerte. *Natalie*. Seine animalische Seite war mit Reißzähnen und Klauen hervorgetreten. *Sie ist in Gefahr.* Der Gedanke explodierte in seinem Kopf, während sein Blick auf seine Brüder fiel, die ihn mit gezogenen Waffen anstarrten, als wäre er plötzlich der Feind.

Als er begriff, was geschehen war, traf ihn die Erkenntnis wie ein Faustschlag unter die Gürtellinie. Er hatte wieder die Kontrolle über sich verloren. Komplett. Als er Klauen und Reißzähne wieder einzog, wanderte sein Blick zu Natalie. Er sah den gequälten Ausdruck auf ihrem Gesicht und spürte die klebrige Wärme an ihrer Hand, die immer noch seinen Arm umklammerte.

»Ich habe dich verletzt.« Die Worte schnitten wie Rasierklingen in sein Herz.

»Du bist zurück.« Ihr Griff löste sich, und sie fiel völlig entkräftet gegen ihn.

»Ich habe dich verletzt.«

»*Nein*. Nur ein bisschen. Es sind die urzeitlichen Energien, die … Mir geht's gut.«

Die urzeitlichen Energien.

»Wulfe«, rief Lyon. »Reiß den Schutzwall ein.«

Und dann fiel ihm plötzlich alles wieder ein: West Virginia, Inirs Ritual zur Befreiung der Dämonen, der starke Schutzwall, der den Berg umgab und den nicht einmal er hatte durchdringen können.

Er drehte sich um, und sein Blick fiel wieder auf den bunten Schleier aus Energie, der im Wind flatterte, während er Natalie fest an sich zog. Er riss eine Hand hoch und zerstörte den Schleier allein mit der Kraft seines Willens. Voller Befriedigung sah er, wie der Schutzwall zischend platzte und zu einem Funkenregen wurde, der in der Luft verglühte, bis nichts mehr zurückblieb.

Heilige Göttin! Welch eine Macht er besaß!

Tief in seinem Innern spürte er den goldenen Faden, der immer heller strahlte – die beginnende Paarbindung. Ihre Liebe war es, die ihn zurückgeholt hatte. Ihre Liebe hatte ihn festgehalten, genau wie sie es versprochen hatte. Doch um welchen Preis? Sie zitterte am ganzen Körper, denn der Energiestrom bereitete ihr Schmerzen. Der goldene Faden drohte bereits wieder zu verblassen.

Er drehte sie zu sich herum und schaute ihr tief in die Augen. »Ich muss diesen Strom urzeitlicher Energien unterbrechen.«

»Nein.« Natalies Stimme war immer noch fest, und ihr Blick unnachgiebig. »Halte Inir davon ab, Satanan zu befreien. Erst das … *dann* unterbrich den Strom.«

Er schüttelte den Kopf, und es zerriss ihm fast das Herz. »Bis dahin bist du tot.«

»Das werde ich nicht sein.« Trotz der Schmerzen, die sie litt, lächelte sie ihn mit einer Stärke an, um die er sie beneidete. »Ich halte viel aus.«

Lyon kam hinzu, stellte sich neben die beiden und strich sich das nasse Haar aus dem Gesicht. »Wie viel von dem Schutzwall hast du außer Kraft gesetzt? Können uns die Ilinas näher an Inirs Festung bringen, ohne dabei Schaden zu nehmen?«

Sie waren immer noch mehrere Meilen von der Festung entfernt, und jetzt erinnerte er sich auch wieder daran, dass ihnen die Zeit davonlief.

Wulfe weitete seine Sinne, nahm die Energie des Berges in sich auf und spürte den Schutzwall, als wäre er ein Teil von ihm. Und in dämonischer Weise war er das wahrscheinlich auch. Das Unwetter, das plötzlich aufgezogen war, hatte den Tag zur Nacht gemacht.

»Der äußere Schutzwall ist zerstört«, sagte er zu seinem Anführer. »Der innere hält noch, aber ich kann uns hindurchbringen. Er verläuft in einem Abstand von rund zweihundert Metern um die gesamte Festung. Er wehrt Ilinas ab, aber ihnen droht keine Gefahr, solange sie sich außerhalb davon aufhalten.«

Lyon drehte sich zu Kougar um. »Jetzt bist du an der Reihe.«

Kougar schloss mehrere Sekunden lang die Augen. »Ariana ist unterwegs, um das zu überprüfen.«

»Haben sie die Dämonen befreit?«, fragte Paenther, der zu ihnen trat.

In dem Teil, der mit Satanan verbunden war, konnte Wulfe spüren, dass das Ritual immer noch im Gange war. »Noch nicht.«

Ariana nahm neben ihrem Gefährten in einer Nebelwolke Gestalt an. »Wir können euch bis an den Fuß des Berges bringen. Von dort aus ist es nur noch ein kurzes Stück bis zur Festung.«

Lyon nickte. »Bringt uns hin.«

Wie aus dem Nichts waren plötzlich überall Ilinas, die sich sowohl der Krieger als auch der Therianer annahmen. Wulfe zog Natalie eng an sich.

»Halt sie gut fest, Wulfe«, sagte Ariana. »Ich kann euch beide mitnehmen.«

Kurz darauf gab Wulfe am Fuße der Festung seinen Mageninhalt von sich. Natalie saß nur ein Stück von ihm entfernt auf dem Boden. Schließlich kam Wulfe hoch und half Natalie auf die Beine. Sie keuchte auf vor Schmerzen, und der leise Laut schnitt ihm ins Herz.

»Ich unterbreche den Energiestrom jetzt.«

»Nein, das wirst du nicht tun. Ich komme damit klar, Wulfe.« Mit stahlhartem Blick sah sie ihm in die Augen. Plötzlich ertönte ein Schrei, und Magierwächter strömten zu Dutzenden aus der Festung.

»Bringt die Krieger durch diese Tore«, brüllte Olivia ihren Truppen zu.

Wulfe gab Natalie einen sanften Kuss. Wie konnte er sie in diesem Zustand zurücklassen?

»Ich pass auf sie auf, Krieger«, sagte Melisande. »Ich lasse nicht zu, dass ihr irgendetwas passiert.«

Wulfe nickte und strich mit der Hand über Natalies Wange. Seine Miene drückte Entschlossenheit aus. »Ich werde ihn schnell töten.«

»Und ich werde dich festhalten. Lass die Dunkelheit nicht an dich heran.«

Er lächelte. »Abgemacht.« Er gab ihr rasch einen Kuss, um sich dann den anderen anzuschließen. In dem Moment verwandelte sich Zeeland … Zaber … mit einem wütenden Brüllen in einen Säbelzahntiger.

Tief in seinem Innern hörte Wulfe, wie sein Wolf Antwort gab.

Der Göttin sei Dank. Sein Tier war zurück. Aber er spürte den Schmerz seines Wolfgeistes, wenn auch nur aus der Ferne. Die Dämonenenergie hatte womöglich einen Riss in der Mauer verursacht, die der dunkle Zauber zwischen ihnen errichtet hatte, doch sie war noch nicht zum Einsturz gebracht worden.

Er beschwor seinen Tiergeist herauf und versuchte sich zu verwandeln, aber nichts passierte. Der Wolf winselte und knurrte. Doch dann schoss ein sengender Schmerz durch seinen Körper, und ganz langsam gelang es ihm, sich in einem Sprühregen dunkler Lichter zu verwandeln.

»Wie hast du das geschafft, Wolfmann?«, rief Jag.

Dämonenblut.

»Ich fange an, dich zu beneiden, Wulfe.«

Während die Therianische Garde vorrückte, um es mit den Magierwächtern aufzunehmen, griffen die Krieger an. Wulfe und Zaber setzten sich an die Spitze und ließen sich nur auf einen Kampf mit den Wächtern ein, wenn es sich nicht vermeiden ließ – nach Möglichkeit rannten sie sie einfach nur über den Haufen. Dies war nicht die entscheidende Schlacht.

Der Wind tobte und heulte, Regen und Hagel prasselten herab, und Blitze zuckten über den Himmel, während Inirs böse Magier zu Dutzenden starben. Als Wulfe und Zaber sich dem Tor näherten, durch das die Wächter aus der Festung gestürmt waren, senkten sich die schweren Metallstäbe des Fallgitters.

Instinktiv nahm Wulfe wieder in diesem Funkenregen aus Dunkelheit und Schmerz menschliche Gestalt an. Er hob eine Hand und hielt das Gitter auf halbem Wege an. Er schnaubte erstaunt, Dämonenkraft war wirklich äußerst hilfreich. Dann verwandelte er sich wieder in seinen Wolf und folgte dem Säbelzahntiger. Die anderen Krieger schlüpften ebenfalls unter dem halb gesenkten Gitter hindurch in den Hof. Schwere Holztore, die mit Metall verstärkt waren, verwehrten ihnen den

Zugang zur Burg, aber Wulfe spürte, dass kein verzauberter Schutzwall ihnen den Weg versperrte.

Wulfe sah das Tor an. *Zaber, lass uns das Tor auf drei durchbrechen. Eins, zwei, drei!*

Die beiden riesigen Tiere nahmen Anlauf, senkten die Köpfe und pflügten durch das Holz, das krachend zersplitterte.

Mit einem triumphierenden Knurren sprang Zaber durch die Öffnung und Wulfe ihm hinterher. Die anderen Krieger folgten ihnen.

Als noch mehr Magier auf sie zustürmten, zogen die Krieger ihre Schwerter. »Wir kümmern uns um die hier, Wulfe«, brüllte Lyon. »Lauf.«

Los, Zee, jetzt liegt's an uns. Wulfe rannte weiter und führte seinen Freund durch einen dunklen Gang nach dem anderen. Während er lief, bildete sich am Rande seines Bewusstseins wieder Rauch, als wollte das Dunkel ihn erneut vereinnahmen. Sein Wolf knurrte.

In seinem Kopf hörte er Satanans Stimme. *Es dauert zu lange!*

Herr, es ist nicht wirklich das Blut einer jungfräulichen Strahlenden, deshalb braucht es mehr Zeit. Aber es wird funktionieren. Die Klinge öffnet sich bereits.

Der Dämonenwandler ist nah, und ich habe keine Kontrolle über ihn. Sein Schlüssel hält ihn.

Kannst du ihn denn nicht losreißen, ohne die Verbindung zu unterbrechen?

Natürlich.

Wulfe sackte das Herz bis in die Kniekehlen. *Natalie?*

Keine Antwort.

Natalie!

Als sie wieder keine Antwort gab, versuchte er es auf einem anderen Weg. *Melisande?*

Irgendetwas geschieht hier, Wulfe. Natalie ist plötzlich losgerannt, und ich habe sie wieder eingefangen. Aber sie ist nicht sie selbst. Sie wehrt sich gegen mich.

Verdammt, verdammt, verdammt!

Warte. Ich glaube, sie kommt wieder zu sich.

Wulfe? Das war Natalies Stimme. *Ich weiß nicht, was passiert ist.*

Satanan merkt, dass du mich festhältst. Er versucht dich daran zu hindern.

Das wird ihm nicht gelingen. Ein heller Energiestrom floss durch den etwas trüben Faden, der sie beide verband … ein entschlossener Strom. *Du kämpfst an deinem Ende gegen ihn, Gestaltwandler, und ich an meinem.* Allein der Klang ihrer Stimme ließ Rauch und Dunkel zurückweichen.

Ihn erfüllten Dankbarkeit und Stolz, dass die Göttin ihn mit der Liebe einer so starken und wunderbaren Frau beschenkt hatte.

Er würde keine von beiden im Stich lassen.

Schließlich brachen er und Zaber durch ein weiteres massives Tor und standen erneut im strömenden Regen. Sie befanden sich auf der Rückseite der Burg, wo die Festung an eine steil abfallende Felswand grenzte. In nicht einmal zwanzig Metern Entfernung bildeten sechs Männer mit nacktem Oberkörper einen Kreis. Mehrere Feuerstellen erhellten den Ort und flackerten und zischten im Regen. Zu ihren Füßen lag auf dem Felsen ein Dolch.

Die Dämonenklinge.

Wulfe erkannte vier der Männer wieder: Polaris, Lynks, Croc und Witt. Bei den anderen beiden musste es sich um die Männer handeln, bei denen Kara von Inir gezwungen worden war, sie in ihre Tiere zu bringen, als sie seine Gefangene gewesen war. Sie wussten, dass Lynks der letzte Abschaum war – ein

Feigling mit pädophilen Neigungen. Polaris, den alle als Ewan kannten, war ein guter Mann, der ihrer Meinung nach dazu bestimmt gewesen war, gezeichnet zu werden. Doch er war der Infektion durch den Tiergeist zum Opfer gefallen und seitdem ein ahnungsloser Lakai Inirs. Ob die anderen vier ehrenhaft oder böse waren, ließ sich nur erraten.

Außerhalb des Kreises stand ein Mann in einem blutroten Gewand und beobachtete alles genau. Das kurz geschnittene Haar besaß selbst in nassem Zustand einen kupferfarbenen Schimmer. In den Tiefen seines Dämonenblutes spürte Wulfe Satanans Bewusstsein in dem Mann. Voller Befriedigung wurde ihm klar, dass er Inir vor sich hatte.

Inir ist der im roten Gewand, sagte er zu Zaber und den anderen Kriegern. *Sein Haar ist so kupferfarben wie seine Augen*. Als Inir sich zu ihm umdrehte, erkannte Wulfe, dass seine letzten Worte tatsächlich stimmten. Inirs Magieraugen wiesen keinen kupferfarbenen Ring um die Iris auf, sondern waren ganz und gar kupferfarben. Und in diesen Augen sah Wulfe Bestürzung und Verzweiflung, die den Magier nun jäh erfassten.

Sein Wolf heulte vor Freude.

»Tötet sie!«, brüllte Inir, und ein Dutzend Magierwächter zogen ihre Schwerter und stürmten auf sie zu.

Wulfes Muskeln waren zum Angriff bereit. *Ich unterbreche das Ritual, während du Inir aufhältst, Zee. Bring ihn nicht um. Wir brauchen sein Blut für das Ritual, mit dem wir den bösen Zauber umkehren und die Unsterblichkeit wiedererlangen. Ich weiß nicht, wie viel wir brauchen. Reiß ihm ein Bein aus oder beide, damit er nicht mehr flüchten kann. Dir wird der Geschmack des Blutes gefallen, wenn du in deiner Katze bist.*

Er wird mir nicht entkommen, brummte Zaber. *Lass mich vorgehen. Ich heile wieder*. Im Gegensatz zu Wulfe, der immer noch sterblich war.

Los.

Zaber stürmte los, und die stämmige, kräftige Katze walzte die Magier nieder, ohne sich von irgendwelchen Schwerthieben aufhalten zu lassen. Doch als Wulfe ihm folgte, traf ihn ein Schwert und schnitt durch seine Schulter. Und mit dem sengenden Schmerz streckte das Dunkel wieder seine gierigen Tentakel nach ihm aus.

Natalie.

Ich sehe es. Ich bin hier. Doch ihre Stimme verlor an Kraft, und es dauerte lange, ehe die Finsternis langsam wieder zurückwich, und sie schien ihn jeden Moment wieder überwältigen zu können. Natalie wurde immer schwächer, und sie waren zu weit voneinander entfernt.

Melisande, kannst du sie näher zu uns bringen, ohne sie zu gefährden? Vielleicht in den Wald auf der anderen Seite der Festung?

Kein Problem, Wulfe. Ich werde sie sofort hinbringen.

Danke, Mel. Halte durch, Natalie. Bald haben wir es geschafft. Das hoffte er inständig. *Und rede weiter, wenn du kannst. Sag das Alphabet auf, oder rede einfach. Deine Stimme gibt mir Halt …* Außerdem gab sie ihm die Gewissheit, dass es ihr gut ging.

Ein leises, heiseres Lachen ertönte in seinem Kopf, doch die Qualen, die darin mitschwangen, schmerzten ihn. *Dann also das Alphabet.*

Wulfe wurden noch zwei weitere Wunden zugefügt, ehe er und Zaber an den Wächtern und ihren Schwertern vorbei waren. Schließlich stand nichts und niemand mehr zwischen ihnen und ihrem Ziel.

Inir hob beide Hände und schloss die Augen, als wollte er beten, doch Wulfe hatte den Verdacht, dass er irgendeinen Zauber heraufbeschwören wollte. Aber Inir war nicht Wulfes

Problem … noch nicht. Er wandte sich den sechs Kriegern zu, die um die Dämonenklinge herumstanden. Knurrend machte er einen Satz, um in der Mitte des Kreises zu landen. Doch er krachte gegen einen undurchdringlichen Wall aus Energie, der ihn zu Boden stürzen ließ. Ein beißender Schmerz zuckte durch seinen Körper.

Er nahm menschliche Gestalt an, und in dem Moment wurde der Schutzschild für ihn sichtbar … eine blau schimmernde Kuppel, die die bösen Krieger und die Dämonenklinge umgab. Wulfe hob die Hand und versuchte auch diesen Wall mit der Kraft seines Willens zu zerstören, doch nichts geschah. *Verdammt!*

Als er versuchte, ihn mit der Faust zu durchbrechen, zerschmetterte er fast seine Hand. Da hätte er gleich auf eine Mauer aus Beton einschlagen können. Er verwandelte sich wieder in seinen Wolf und rief seinen Brüdern zu: *Ich komme nicht durch.*

Als er einen Mann vor Schmerz aufschreien hörte, drehte Wulfe den Kopf und sah, dass Zaber Inir gerade ein Bein ausriss.

Herr!, brüllte Inir. *Warum lässt du mir nichts von deiner Kraft zukommen?*

Weil ich sie brauche, um mich zu erheben!

Aber ich bin dein Diener, deine rechte Hand.

Du bist ein Nichts, Inir. Mein Gefäß. Mein Werkzeug … und ich brauche dich nicht mehr.

Wulfe knurrte abfällig. Nach all den Jahren, nach so viel Tod und Elend, wofür Inir die Verantwortung trug, ließ Satanan ihn nun zurück. Karma war ein mieser Verräter.

Wulfe rannte zu den beiden hinüber. Er humpelte, und eines seiner Hinterbeine war wahrscheinlich gebrochen. *Versuch, durch den Schutzwall zu kommen, Zaber. Ich kümmere mich um Inir.* Und bei der heiligen Göttin ... es würde ihm eine Freude sein.

Der Säbelzahntiger ließ von Inir ab, und Wulfe konzentrierte sich auf den Mann, dieses Ungeheuer, das für so viel Leid verantwortlich war. Als Wulfe knurrte, riss Inir die Hände hoch. In seinen Augen stand Entsetzen, und er tat Wulfe fast leid. Hätte Inir ein gutes Herz besessen, wäre er ein Mann gewesen, der schuldlos in die Gewalt Satanans geraten war, hätte er vielleicht tatsächlich Mitleid für ihn empfunden. Aber er wusste, dass dem nicht so war. Inir würde sterben – schon bald.

Wulfe machte einen Satz, und der Schmerz in seiner Hüfte ließ ihn beinahe aufstöhnen, als er Inirs anderes Bein packte. Mit seinem kräftigen Kiefer biss er es einfach ab, und das warme Blut, das in seinen Mund strömte, fühlte sich richtig und gut an. Das Blut seines Feindes. Der Mistkerl würde seinem Schicksal nicht entkommen.

Ich komme auch nicht durch, rief Zaber.

Wulfe humpelte zu ihm und traf ihn auf halbem Wege. *Lass es uns gemeinsam versuchen.* Zusammen sprangen sie auf den Schutzwall zu, und Wulfe spürte, wie er leicht nachgab. Aber es reichte nicht. *Wir brauchen die anderen.* Gemeinsam würden sie es schaffen, den Wall zu durchbrechen. Dessen war er sich sicher.

Während Zaber über Inir wachte, machte Wulfe kehrt und lief zu den anderen Kriegern zurück, die gerade den letzten Magier erledigt hatten. Die Tore der Festung schwangen auf, und Olivia stürmte hindurch, gefolgt von einem Heer von Therianern. In ihrer Mitte erblickte er Kara, und er hoffte, dass Natalie bei ihr war.

Plötzlich wurde ihm klar, dass sie aufgehört hatte zu reden, und das schon vor einer ganzen Weile.

Natalie? Melisande, geht es ihr gut?

Es geht ihr gut, Wulfe. Aber er wusste, dass Melisande log. Würde es Natalie gut gehen, hätte sie selber geantwortet.

Sag die Wahrheit, Mel.

Die Wahrheit ist, dass sie mit aller Kraft gegen Satanan kämpft. Und du musst das Gleiche tun.

Er musste ihr helfen. Das war das Einzige, was zählte. Er konzentrierte sich und fand Natalie in seinem Geist, in seinem Herzen, über jenen feinen leuchtenden Faden, der sie verband. Er ließ seine ganze leidenschaftliche, zärtliche Liebe in diese Verbindung strömen, um ihr mitzuteilen, dass sie durchhalten sollte.

Ein schwaches Zucken kam über den Faden zurück. Eiskalte Angst erfasste sein Herz, und der unbändige Wunsch, zu ihr zu gelangen, zerriss ihn innerlich, aber Melisande hatte recht. Jeder von ihnen beiden hatte seinen Kampf zu bestehen.

Als die Therianische Garde Kara zu ihrem Gefährten brachte, nahm Lyon ihre Hand und ging mit ihr zu Wulfe. »Konntest du durchbrechen?«

»Nein, der Schutzwall ist zu stark. Es sind mehr als nur zwei von uns in ihrem Tier nötig, um ihn zu zerstören. Aber wir haben Inir, und alles ist bereit für das Ritual.«

Lyon nickte. »Schnell.«

Zusammen rannten die Krieger zu der Stelle, wo der Säbelzahntiger über den stöhnenden, beinlosen Magier wachte. Doch als Zaber und Wulfe wieder menschliche Gestalt annahmen und die Krieger sich um ihn versammelten, fing Inir plötzlich an zu lachen.

»Ihr seid Narren, wenn ihr meint, mich aufhalten zu können. Ich werde mich erheben!«

»Satanan«, sagte Tighe leise. »Er hat seinen Diener nicht beschützt.«

»Sein Diener ist ihm völlig egal«, erwiderte Wulfe. »Er braucht ihn nicht mehr.« Doch während sein Blick diesen schrecklichen Gegner fixierte, der nun endlich zu ihren Füßen lag, waren Wulfes Gedanken voller Sorge um Natalie. Die urzeitlichen Energien waren zu viel für sie. Sie schwächten sie und würden sie umbringen. *Bitte, heilige Göttin, lass sie nicht sterben.*

Diese Gedanken gingen ihm durch den Kopf, als Kougar zu Inir trat und diesem, ohne zu zögern, eine Hand abschnitt. Während Inir schrie, hackte Kougar ihm auch die andere Hand ab und hielt beide so, dass das Blut nicht aus ihnen herauslief. Er drehte sich zu den anderen um und fing an zu singen. Es waren dieselben Worte, mit denen er im Ritualraum den bösen Zauber hatte umkehren wollen.

»Was ist mit den rituellen Feuern?«, fragte Tighe. Die Feuerstellen, die den Kreis der anderen Krieger erleuchtet hatten, waren längst erloschen.

Kougar schüttelte den Kopf. Es war ein schnelles, stummes ›Das ist jetzt egal‹.

Während die Krieger ihre Shirts auszogen, fielen sie in den Gesang ein, und Kougar strich jedem Einzelnen Inirs Blut auf die Brust. Ihre Stimmen wurden immer lauter, die Magie ballte sich zusammen und dröhnte laut in Wulfes Blut. Eine völlig durchnässte, doch stolze und wieder gesunde Kara trat in die Mitte des Kreises und wartete auf ihr Zeichen.

Auf dem anderen Fels, wo die bösen Krieger ihr Ritual fortgesetzt hatten, schoss plötzlich ein unheimliches rotorangefarbenes Licht aus der Dämonenklinge, und ein schrecklicher Schrei aus den Kehlen Tausender verdammter und plötzlich befreiter Seelen zerriss die Nacht.

Inir begann wie ein Verrückter zu lachen. »Ihr seid zu spät. Es ist vollbracht! Die Klinge ist geöffnet. Satanan erhebt sich!«

23

Der schlimmste Albtraum der Krieger war Realität geworden.

Mitten in einem orkanähnlichen Sturm und während die Erde vor rasendem Zorn brüllte, traten aus dem rotorangefarbenen Wirbel der Dämonenklinge Schemen hervor ... zu Dutzenden, zu Hunderten.

»Oh Mann, was für eine Scheiße«, knurrte Jag.

Die Dämonen waren frei.

Ihr Gesang war auf einen Schlag verstummt, und Kougar und Lyon sprachen gemeinsam die Worte zur Schaffung eines mächtigen Schutzwalls des Lichts, der die Dämonen abhalten würde ... zumindest bis sie ihre Unsterblichkeit wiedererlangt hatten.

»Bring es zu Ende«, befahl Lyon.

Kougar nahm den Gesang wieder auf, während er nacheinander Wulfes, Fox' und dann Zabers Brust mit Inirs Blut bestrich.

Wulfe schlug das Herz vor Fassungslosigkeit bis zum Hals, als Dutzende von Geisterdämonen an ihnen vorbeiflogen. Ihr schwarzes Haar sah wie verdrehte Seile aus und peitschte um Gesichter, die an Wachsfiguren erinnerten, welche zu lange in der Sonne gelegen hatten. Spitze Reißzähne ragten aus ihren Mündern, die langen Fingerspitzen waren mit Krallen bewehrt, und ihre unförmigen schwarzen Leiber wirkten seltsam körperlos.

Heilige Göttin! Er musste Natalie warnen. Sie musste hier weg, aber das konnte er ihr bei dieser Entfernung nur mitteilen, wenn er in seinem Tier war. Das Verlangen, zu ihr zu gehen, sie zu beschützen, pochte in seinem Kopf und seiner Brust.

Wulfe fiel in den Gesang ein, denn je eher sie das hier hinter sich brachten, desto schneller konnte er sie retten. Doch während er die rituellen Worte sang und zusah, wie die Dämonen frei herumflogen, hatte er das Gefühl, sein Kopf müsste jeden Moment platzen. Fünftausend Jahre hatten die Krieger des Lichts gekämpft, um das hier zu verhindern. *Fünftausend Jahre.*

Vor ihm begann Kara wundervoll zu strahlen. Reinigende, erneuernde, regenerierende Magie strömte durch seinen Körper. Er spürte, wie seine Wunden heilten, sein Körper zu alter Stärke zurückfand und sein Atem seine Lunge mit Leben und Licht füllte. Die Energien der Strahlenden und der Krieger des Lichts flossen jetzt durch seinen Körper und gaben ihm die Kraft, die ihm bestimmt war. Die Kraft der Krieger des Lichts. Die Kraft der Unsterblichkeit.

Tief in seinem Innern spürte er, wie die letzte Mauer, die von Inirs Gift errichtet worden war, einstürzte und dann völlig verschwand. Sein Wolf stieß ein triumphierendes Heulen aus, als sie wieder miteinander vereint waren.

Um ihn herum verwandelten sich alle Krieger vor Erleichterung knurrend, winselnd und seufzend in ihre Tiere. Doch ein Siegesschrei war nicht zu hören … bis auf einen.

Lyon drehte den Kopf mit der üppigen Löwenmähne zu Inir herum und stieß ein tiefes Knurren aus. *Das ist dafür, dass du meiner Gefährtin Leid zugefügt hast*, sprach er und riss Inir mit einem Brüllen, das selbst den Himmel hätte wecken können, den Kopf ab.

Wulfe verwandelte sich in seinen Wolf und war dadurch endlich in der Lage, sich mit Natalie und Melisande in Verbindung zu setzen. *Die Dämonen sind frei! Melisande, bring sie ins Kristallreich. Schnell.*

Doch es war Natalie, die ihm antwortete. *Wir sehen sie, Wulfe.* Ehrfurcht und Angst schwangen in ihrer viel zu schwachen Stimme mit. *Aber ich werde nirgendwohin gehen. Du brauchst mich.*

Natalie …

Nein, Wulfe.

Heilige Göttin. *Jetzt, wo die Dämonen frei sind, braucht Satanan die urzeitlichen Energien nicht mehr. Es besteht keine Gefahr.*

Das wissen wir nicht mit Sicherheit. Ich werde nicht gehen.

Im Grunde wusste er, dass ihre Vorsicht nicht unangebracht war. Die Finsternis könnte auch ohne Satanans Einfluss wieder von ihm Besitz ergreifen, und wenn das geschah, stellte er eine Gefahr für alle in seiner Nähe dar. Aber er wollte unbedingt, dass sie in Sicherheit war!

»Seht nur, die Klinge!«, rief Hawke plötzlich.

Alle drehten sich um. Direkt über der Klinge erhob sich ein Wirbel aus dichten, intensiven Farben, an dessen Spitze sich ein männlicher Kopf herausbildete.

Überall um sie herum nahmen fliegende Schemen Gestalt an. Scharenweise Geisterdämonen, aber auch menschlich aussehende Männer und Frauen, die völlig unbekleidet oder in Fell oder Leder gehüllt und bis zu den Zähnen mit Messern und Klingen jeder Art bewaffnet waren. Plötzlich stürzten sich die menschlich aussehenden Gestalten – waren das auch Dämonen? – auf die Geisterdämonen, als würde ihr Leben davon abhängen.

Scheiße, murmelte Fox.

Einer der Männer in Lederkleidung, ein großer Mann, dem das dichte Haar bis zu den Schultern reichte und dessen Körper fast vollständig und das Gesicht zur Hälfte mit Tätowierungen bedeckt war, drehte sich zu den Tieren – den Kriegern des Lichts – um.

»Haltet Satanan auf, ehe er sich befreit! Wir können ihn nicht anrühren, aber die Gräuel können wir zurückhalten.«

Gräuel. Derselbe Ausdruck, den auch Strome für die Geisterdämonen benutzt hatte. Die richtigen Dämonen hatten eine menschliche Gestalt, genau wie die Therianer und Magier.

Wulfe stürmte auf die bösen Krieger zu, die weitersangen, während Satanan langsam in dem bunten Wirbel Gestalt annahm. Außer dem Kopf waren jetzt auch Hals und Schultern sichtbar.

Wir können nur alle zusammen den Schutzwall dieses Kreises durchbrechen, erklärte er seinen Brüdern, doch dann wurde ihm klar, dass Lyon Kara angesichts der Dämonen niemals sich selbst überlassen würde.

Wenn doch nur die Ilinas herkommen könnten.

Er schärfte all seine Sinne und stellte fest, dass es möglich war.

Der Schutzwall gegen die Ilinas ist offensichtlich zusammen mit Inir vernichtet worden. Er ist fort. Es ist jetzt nur noch dieser eine Schutzwall da, der die bösen Krieger umgibt. Die Ilinas sollen Kara von hier fortbringen.

Kaum war Kara aus der Gefahrenzone verschwunden, rasten die Krieger des Lichts auf den Kreis zu, in dem das Ritual stattfand. An den Rändern von Wulfes Geist zog sich langsam wieder Rauch zusammen und zerrte an seiner Selbstbeherrschung, an seinem Bewusstsein. Sorge erfasste ihn.

Natalie?

Mir geht's gut, Wulfe.

Aber sie klang verdammt noch mal nicht gut. Sie klang so schwach wie ein gerade erst zur Welt gekommenes Katzenbaby. Sein Wolf winselte vor Kummer. Wulfe wusste, dass er es noch nicht wagen durfte, die Verbindung zu den urzeitlichen Energien abzubrechen, aber, *heilige Göttin*, er musste es unbedingt bald tun.

Die Krieger des Lichts umstellten den Kreis der bösen Krieger. Wulfe spürte, wie innerhalb des bunten Wirbels das Dunkel an Kraft gewann. Ein immer stärker werdender Druck auf Brust und Kopf gab ihm das Gefühl, als würde dieser Wirbel ihn rufen und zu sich ziehen … oder versuchte er sogar, ihm die Seele zu entreißen? War genau das all den anderen Dämonen widerfahren? Passierte das Gleiche genau in diesem Moment auch allen Dämonen, die eben freigekommen waren?

Wenn der tätowierte Dämon recht hatte, würde Satanan sofort wieder die Macht über sie an sich reißen, sobald er frei war. Und dieses Mal würde auch Wulfe ihm zum Opfer fallen.

Boss, Satanan greift nach meiner Seele. Wenn er freikommt, werde ich mich womöglich gegen euch alle wenden.

Er wird nicht freikommen.

Vor Wulfes Augen verwandelten sich die bösen Krieger plötzlich in ihre Tiere und hielten sich für den bevorstehenden Angriff bereit: ein Eisbär, ein weißer Tiger, ein Krokodil, ein Luchs, ein schwarzer Bär und ein riesiger Vielfraß. Starke Tiere … das schon, aber sie waren zu wenige gegen die erfahrenen Krieger des Lichts, die noch dazu in der Überzahl waren. Sechs böse Krieger gegen elf gute. Das würde kein langer Kampf werden, wenn die Guten es nur schafften, diesen elenden Schutzwall zu durchbrechen.

Verteilt euch, befahl Lyon. *Falkyn, hol die Dämonenklinge.*

Der kleine Falkenwandler, der einzige weibliche Krieger unter ihnen, war von ihnen allen am schnellsten. *Auf drei. Eins, zwei …*

Plötzlich nahm der Eisbär wieder menschliche Gestalt an,

griff nach dem Schwert, das vor ihm auf der Erde lag, und schlug dem Vielfraß, der neben ihm stand, mit einem einzigen Hieb den Kopf ab. Dann wirbelte er herum und enthauptete auch den weißen Tiger.

Polaris … Ewan … stand eindeutig nicht mehr unter dem Einfluss des dunklen Zaubers, mit dem Inir ihn kontrolliert hatte.

Drei!, brüllte Lyon.

Wulfe sprang und spürte, wie der Schutzwall erst standhielt, um dann mit einem leisen Schmatzen nachzugeben. Sie waren drin! Falkyn sauste an ihm vorbei, und er nahm sie aus dem Augenwinkel kaum wahr. Doch plötzlich war sie nur zu deutlich sichtbar, als sie wie in Zeitlupe zurückgeschleudert wurde und auf dem Boden landete.

Hawke setzte seiner Gefährtin sofort hinterher, und Satanans Lachen hallte aus dem stürmischen Wirbel aus Energie und Farben.

Ein innerer Schutzwall. Falkyns Stimme klang atemlos. *Satanan hat um sich selber auch noch einen Schutzwall errichtet.*

Während seine Brüder und Polaris sich die restlichen bösen Krieger vornahmen, stürzte Wulfe sich auf die Dämonenklinge und wurde genau wie Falkyn zurückgeworfen, sodass er schmerzhaft zu Boden krachte.

Wulfe!, brüllte Natalie.

Es geht mir gut. Wir haben ihn fast. Aber, heilige Göttin, er wusste nicht, ob das stimmte.

Während die Tiere um ihn herum weiterkämpften, rappelte Wulfe sich auf und nahm wieder menschliche Gestalt an. Um es mit der Dämonenenergie aufzunehmen, war es vielleicht notwendig, in Dämonengestalt zu kämpfen … und überrascht hatte er festgestellt, dass die Dämonengestalt gar nicht so monströs war, wie er immer gedacht hatte.

»Der Erzdämon versucht, meine Seele an sich zu reißen!«, brüllte einer derjenigen, die gegen die Geisterdämonen kämpften.

»Gestaltwandler! Beeil dich!«, rief der tätowierte Dämon. »Wenn Satanan die Kontrolle über uns erlangt, bist du tot.«

Wulfe hegte keinerlei Zweifel daran, dass dies stimmte, schließlich spürte er es selbst, wie Satanan an seiner Seele zerrte. Wieder wollten Rauch und Dunkelheit seinen Geist trüben.

Wulfe stürzte sich auf den bunten Wirbel und kämpfte gegen das Dunkel, das versuchte, ihn zu vereinnahmen. Mit einem Mal durchbrach er den Schutzwall, und vor ihm stand der Erzdämon Satanan … das mächtigste und böseste Wesen, das die Erde je gesehen hatte. Die hellrot glühenden Augen sahen ihn aus einem menschlich wirkenden Gesicht an.

Wulfe hörte das Dröhnen seines eigenen Herzschlags, während er seinen Erzfeind musterte. Satanans dunkles Haar flog ihm durch den Sturm der Energie, die er entfesselt hatte, um den Kopf. Die breiten Schultern waren in eine silberne Robe gehüllt, und von der Taille aufwärts hatte er bereits Gestalt angenommen.

Ein Lächeln breitete sich auf den harten Zügen aus, und aus diesem Lächeln sprach so eine abgrundtiefe Bosheit und Grausamkeit, dass Wulfe eine Gänsehaut bekam.

»Du gehörst mir, Gestaltwandler.«

Wulfe machte sich nicht die Mühe zu antworten. Stattdessen stürzte er sich auf die Klinge, die zwischen ihnen auf dem Fels lag und aus deren verzaubertem Stahl der bunte Wirbel aufstieg. Aber ehe seine Finger sich darum schließen konnten, schoss Satanans Hand hoch. Er richtete die Handfläche auf Wulfe, und dieser wurde zurück gegen den Schutzwall geschleudert. Ein nahezu unerträglicher Schmerz durchfuhr seinen Rücken und raste durch sein Fleisch, als hätte man ihm einen Stromschlag versetzt. Er versuchte, sich aufzurichten und von diesem sengenden Energiefluss wegzukommen, aber er konnte sich nicht bewegen.

Die Dunkelheit in seinem Kopf wurde immer undurchdringlicher, als würde sie von seinem Schmerz zehren und sich bereit machen, ihm den Verstand zu rauben, wie Satanan ihm die Seele rauben wollte.

Wulfe brüllte vor lauter Verzweiflung. Er würde diesen Mistkerl nicht gewinnen lassen. Trotz des Schmerzes, der sein ganzes Denken vereinnahmte, versuchte er sich zu konzentrieren und beschwor die urzeitlichen Energien herauf, die immer noch durch seinen Körper strömten. Er schleuderte sie Satanan in gleicher Weise entgegen, doch der Erzdämon lachte nur, warf den Kopf zurück und atmete den Energiestoß einfach ein. Voller Entsetzen spürte Wulfe, wie seine Seele, seine ganze Lebenskraft versuchte, der dunklen Energie zu folgen.

Oh, geheiligte Göttin. Er durfte nicht versagen. Natalie zählte auf ihn … genau wie seine Brüder und die ganze verdammte Welt.

»Wulfe?«, rief Lyon.

Er würde einen noch stärkeren Energiestrom heraufbeschwören müssen … und damit Natalie Schmerzen zufügen … sie vielleicht sogar umbringen.

Brüllend bäumte sein Geist sich dagegen auf. Sein Wolf stieß ein klagendes Heulen aus und knurrte dann leise, während er ihn ohne Worte daran erinnerte, dass es wichtiger als *alles andere* war, Satanan zu besiegen. Sein Blick ruhte auf dem schlimmsten Übel, das die Welt je gesehen hatte, und ihm fielen wieder Natalies Worte ein. *Du bist für das hier auf diese Welt gekommen. Du wurdest als der, der du bist, geboren, weil in diesem gefährlichen Moment nur ein Wolfdämon es mit ei-*

nem so mächtigen Bewusstsein wie dem von Satanan aufnehmen kann. Das ist dein Schicksal, Wulfe. Nimm es an.

Als würde Natalie genau in diesem Moment sein Zögern spüren, floss eine starke Energie durch diesen hauchfeinen Faden der Paarbindung in sein Herz. Ein sanfter, liebevoller Schub der unendlichen Kraft, der Natalies Willen auszeichnete. Ihr Körper mochte zwar immer schwächer werden, doch ihre Entschlossenheit, ihm zu helfen, diesen Kampf zu gewinnen, war ungebrochen.

Gemeinsam würden sie es schaffen … oder bei dem Versuch sterben.

Die Angst, sie zu verlieren, huschte durch seine Gedanken, aber er schob sie beiseite. Die Welt in die Hände der Dämonen fallen zu lassen würde sie nicht retten. Diesen Mahlstrom konnten sie nur gemeinsam bezwingen.

Wulfe holte tief Luft und beschwor die urzeitlichen Energien herauf, und wieder strömten sie wie schon zuvor durch seinen Körper. Doch dann schossen sie plötzlich zehnmal stärker und schneller durch ihn hindurch. Was zum Teufel hatte das zu bedeuten? *Natalie.* Sie half ihm und beschwor sie mit ihm zusammen herauf.

Nein! Sofort hielt er den Strom an. Es war zu viel. Die urzeitlichen Energien würden sie umbringen.

Doch wieder spürte er diesen Schub reiner Liebe, der jedoch mit einer eindeutigen Forderung verbunden war. Verdammt.

Satanans Gestalt war jetzt bis zu den Hüften zu erkennen, und auch die Oberschenkel deuteten sich bereits an. Nur die Unterschenkel und die Füße steckten noch in dem bunten Wirbel fest. Ihnen blieb keine Zeit mehr.

Mit einem stummen Gebet an die Göttin auf den Lippen holte er tief Luft und nahm die Beschwörung der urzeitlichen

Energien wieder auf. Als sie dieses Mal mit aller Macht durch seinen Körper schossen, wehrte er sich nicht dagegen, denn er hatte keine andere Wahl, und darüber hinaus spürte er in diesem schrecklichen Strudel Natalies ruhige Zuversicht, ihren Mut, ihre Liebe.

Als er jetzt auf die Kraft in seinem Innern zugriff, gelang es Wulfe schließlich, sich aus Satanans unsichtbaren Fängen zu befreien. Doch als er erneut losstürmte, um wieder nach der Klinge zu greifen, schlug ihm Satanans Kraft wie ein Orkan entgegen, und er konnte sich nicht bewegen. Er hob die Hand und versuchte, die Klinge zu sich zu rufen, aber das funktionierte ebenso wenig. Er kam keinen Schritt voran, ein Angriff war undenkbar.

Und während die urzeitlichen Energien durch seinen Körper strömten, war sich Wulfe der hämischen Freude von Rauch und Dunkel bewusst, die sich an Satanans Bosheit ergötzten. Ein falscher Schritt, und er würde dieser dunklen Macht zum Opfer fallen … ob nun seiner eigenen oder Satanans.

Ein sanfter Stoß aus leichter, liebevoller Energie streifte sein Herz, sodass es sich vor Kummer zusammenzog. Natalies Strahlen, ihre Kraft, ihr Licht drohten zu verlöschen. Das Heraufbeschwören der Energie raubte ihr zu viel Kraft, brachte sie um, aber er durfte nicht aufhören. Er musste gewinnen.

Satanan lachte durchdringend. Seine Beine waren jetzt deutlich zu erkennen, und die Füße kamen auch allmählich zum Vorschein, während der bunte Wirbel immer mehr verblasste. Der Sog, mit dem er an Wulfes Seele zerrte, wurde immer stärker. Er konnte förmlich spüren, wie sie sich von seinem Körper löste!

Hilflose Verzweiflung erfasste ihn, und sein Körper wehrte sich gegen die unnatürliche Kraft. Er war doch ein Krieger des Lichts, verdammt noch mal!

Ein Krieger des Lichts – nur zum Teil ein Dämon.

Und endlich begriff er. Nur in seiner Dämonengestalt hatte er den Schutzwall durchbrechen können, aber nur in seiner nicht dämonischen Tiergestalt konnte er sich Satanans wachsendem Einfluss entziehen. Nur in seinem Wolf würde er ihn besiegen können.

Sein Tier heulte zustimmend, und Wulfe wechselte in einer fließenden Bewegung voller Freude in seine pelzige Gestalt, dann stürzte er sich auf die Dämonenklinge. Wie erhofft, ließ sich der Leib des Wolfes nicht von Satanans Energiestoß aufhalten. Ihm gelang, was dem Mann … dem Dämon … nicht möglich gewesen war.

Er packte die Klinge mit den Zähnen, schleuderte den magischen Stahl in die Luft und verwandelte sich wieder, um sie dann mit der Hand aufzufangen. Ohne auch nur eine Sekunde zu zögern, wirbelte er herum und stieß die Dämonenklinge tief in Satanans Brust.

Der Erzdämon brüllte vor Wut, und der Schrei hallte über den ganzen Berg bis weit in den Himmel. Eine Sekunde später verschwand Satanan und wurde wieder von der Klinge verschlungen.

Aus allen Richtungen rauschten unzählige Schatten heran, an Wulfe vorbei und folgten Satanan einer nach dem anderen.

Mit einem triumphierenden Schrei hob Wulfe die Klinge hoch in die Luft. Der Wind schlug ihm ins Gesicht und peitschte sein Haar, Energieblitze zuckten über seine Haut. Der Sieg machte ihn trunken … und da war noch etwas anderes.

Macht.

Die urzeitlichen Energien strömten nun ungehindert durch seinen Körper, da Satanan sie nicht mehr abzog. Dunkel, verführerisch und kraftvoll wurde er völlig von ihnen eingenommen und mit überwältigender Kraft erfüllt.

Das Dunkel kehrte zurück und trübte seine Sicht, seinen Geist, während die Macht über ihn kam.

Natalie lag unter einigen Bäumen auf der regennassen Erde. Die Knie hatte sie an die Brust gezogen, und sie knirschte mit den Zähnen, angesichts der schrecklichen Schmerzen. Eine Feuersbrunst nach der anderen wälzte sich von ihren Füßen aus durch ihren ganzen Körper, ein nicht abreißender Strom geschmolzener Energie.

Auf der einen Seite von ihr hockte Kara und streichelte ihr Gesicht. Melisande saß auf der anderen und drückte eine Hand auf ihren Arm, um ihr so viele Schmerzen wie möglich zu nehmen. Doch es war nicht genug. Nicht annähernd.

Wulfes Liebe strich liebkosend über ihren Geist, gab ihr Kraft und half ihrem Herzen weiterzuschlagen.

»Er hat es geschafft!«, rief Ariana und nahm in ein paar Schritten Entfernung Gestalt an. Sie war die ganze Zeit zwischen den Frauen und den Kriegern hin- und hergesprungen, um sie auf dem Laufenden zu halten und wenn nötig ihre Nebelkriegerinnen herbeizurufen, falls sich die Dämonen gegen die Krieger des Lichts gewendet hätten. »Wulfe hat Satanan erstochen, und die Geisterdämonen folgen ihm jetzt alle in die Klinge zurück!«

»Aber die anderen Dämonen nicht, oder?«, fragte Melisande.

»Nein. Ich nehme an, wir werden bald erfahren, was das zu bedeuten hat.« Sie ließ sich neben ihnen auf die Knie fallen. »Wie geht es Natalie?«

»Ich kann sie nicht mehr lange halten. Wulfe muss die Pforte schließen, sonst wird er sie noch umbringen.«

Doch es war zu spät. Während sie dalag und elendig litt, verlosch Wulfes sanfte Liebe mit einem Mal, und an die Stelle, wo eben noch seine Liebe gewesen war, strömte kurz darauf eisige Kälte.

»Wir haben ihn … verloren.« Natalie schnappte nach Luft. »An die Dunkelheit.«

Kara stöhnte verzweifelt auf, doch Melisande knurrte nur. »Wir haben ihn noch nicht verloren. Zurück, Kara. Natalie und ich machen einen kleinen Trip.«

Kurz darauf begann Natalies Welt sich zu drehen, um dann plötzlich wieder zum Stillstand zu kommen. Sie fand sich auf einem kühlen, nassen Stein wieder, und ihr Magen rebellierte. Der Regen fiel weich auf ihr Gesicht und ihre Haare, was ihr sagte, dass sie noch am Leben war. Vorerst.

»Natalie stirbt, Wulfe«, verkündete Melisande. »Die Frau, die du liebst, stirbt.«

Natalie zuckte zusammen und öffnete mühsam die Augen, um den Blick instinktiv auf den Mann zu richten, der ihr Herz und ihr Leben in Händen hielt. Er war umgeben von ungebändigten Energien, sodass der Eindruck entstand, er befände sich mitten in einem Gewitter aus Tausenden von Blitzen. Die jetzt wieder rot leuchtenden Augen starrten sie an, ohne sie zu erkennen. Die Krieger zogen einen immer enger werdenden Kreis um ihn. Sie waren bereit, sich auf ihn zu stürzen und ihn gegebenenfalls zu töten … wenn sie es nicht schafften, ihn zurückzuholen.

Strome hatte sie gewarnt, dass die Finsternis bislang immer gewonnen hatte. Einmal war es ihr gelungen, ihn zurückzuholen, doch der Himmel möge ihr beistehen … jetzt schaffte sie es wegen der Schmerzen gerade einmal Luft zu holen. Wo sollte sie die Kraft hernehmen, ihn noch einmal zu retten?

24

Das wundervolle, atemberaubende Gefühl von überwältigender Macht strömte durch Wulfes Adern. Sie würden sich vor ihm verbeugen, diese Insekten. Sie würden seine Füße küssen und ihn verehren!

Wenn er doch nur dieses Tier in seinem Innern, diesen Wolf zum Schweigen bringen könnte, der wütend knurrte und heulte.

Die Gestaltwandler – er hatte sie einst gekannt – umringten ihn mit gezückten Waffen.

»Wulfe, Kumpel, lass das Dunkel nicht gewinnen«, sagte einer von ihnen.

»Na los, Wolfmann. Wir brauchen dich!«

»Wulfe, lass ab von der Dunkelheit. Das ist ein Befehl!«

»Natalie wird sterben, Wulfe«, sagte wieder eine andere Stimme leise und gepresst. »Lass sie nicht sterben, Wulfe. Wenn sie stirbt, ist das euer beider Ende.«

Doch der Mann, zu dem sie sprachen, war bereits fort. Konnten sie das denn nicht erkennen?

»Wulfe«, sagte die Frau auf dem Felsen zu seinen Füßen. Ihre Stimme war kaum mehr denn ein Flüstern. Er erkannte sie wieder. Sie war sein Schlüssel zur Pforte. Wenn sie starb, würde er seine Macht nicht vergrößern können, und das war wirklich schade. Aber er konnte die, die er bereits in Besitz genommen hatte, ohnehin kaum bändigen, und so spielte es keine Rolle, wenn sie starb. Alle würden vor ihm niederknien!

Etwas zuckte durch seinen Kopf. Ein winziger goldener Funken, der kurz aufleuchtete und dann wieder verschwand.

Immer wieder wurde die Dunkelheit in seinem Geist kurz erhellt, und ein paar der Schatten verschwanden. Doch auch das spielte keine Rolle mehr. Der Funken wurde immer schwächer und blasser, bis er ganz erlosch.

Natalie stirbt.

Die Worte drangen durch die Finsternis und trafen ihn mitten ins Herz. Der Wolf in seinem Innern heulte vor Wut und Verzweiflung.

Er hüllte sich eng in das Dunkel, schob die Worte und den unerklärlichen Schmerz beiseite, der von ihnen ausging, und konzentrierte sich nur auf seine Macht. Aber die Worte kamen wieder, sie ließen sich nicht verdrängen, sie hallten durch seinen Kopf, immer und immer wieder.

Natalie stirbt. Natalie stirbt. Natalie stirbt.

Der Schmerz wurde größer. Gefühle durchbrachen die Mauer des Dunkels. Erst war es nur ein kleines Rinnsal, dann ein kleiner Fluss und schließlich eine gewaltige Flut, die sich nicht mehr aufhalten ließ.

Nein. Es war ihm egal. Völlig egal.

Keuchend drängte er die Gefühle zurück. Er kämpfte gegen die Liebe an, die gegen die Mauern schlug, die er für uneinnehmbar gehalten hatte. Und obwohl er mühsam versuchte, alle Emotionen zu vernichten, wurde das Licht immer stärker. Es überwand seine Verteidigungslinien und drang tief in ihn ein, um ihn mit Wärme, Liebe und Furcht zu erfüllen. Die Dunkelheit verflüchtigte sich.

Mit einem schwindelerregenden Ruck kam Wulfe wieder zu sich. Sein Blick fiel auf die Frau, die leblos zu seinen Füßen lag.

»*Natalie!*« Er fiel neben ihr auf die Knie, und sein Herz zersprang, als er ihre kalte Hand in seine warme nahm. Er spürte Leben. Sie war nicht tot. *Nicht tot. Der Göttin sei Dank.* Sein Herz begann wieder zu schlagen, obwohl er wusste, dass sie an der Schwelle des Todes stand. Er hob ihren bewusstlosen Körper an seine Brust und wandte sich an die Menge, die ihn von allen Seiten umgab.

»Wie kann ich sie retten?«, brüllte er.

Eine tiefe männliche Stimme, die er nicht kannte, antwortete ihm. »Lass ab von den urzeitlichen Energien, Gestaltwandler. Schick sie durch sie hindurch zurück … dorthin, woher sie gekommen sind, und dann schließ die Pforte.«

»Wie?« Aber schon während er die Frage stellte, wusste er die Antwort. Der Teil seiner Seele, der dem Dämon gehörte, kannte sie.

Er schloss die Augen und sprach die Worte, die er nie gelernt, aber immer gewusst hatte. Worte, die das Dunkel zurückdrängten und in die Tiefen der Hölle verbannten.

Die Macht in seinem Innern wehrte sich, versuchte zu verführen und zu locken, doch Wulfe hatte keine Verwendung für eine Macht, die über das hinausging, was er bereits besaß. Er brauchte Natalie. Mehr nicht. Nur sie.

Die urzeitlichen Energien hatten wacker gekämpft, konnten jedoch einem Mann und seiner Liebe nichts entgegensetzen, und so verloren sie langsam ihren Halt und strömten davon. Er spürte, wie sie wieder – diesmal in entgegengesetzter Richtung – durch Natalies Körper flossen und dahin zurückgingen, woher sie gekommen waren. Sie verließen seinen Kopf, sein Blut, seine Knochen, bis nichts mehr von ihnen übrig war.

Wulfe tat einen tiefen, reinigenden Atemzug, blinzelte ein paarmal und fühlte sich irgendwie seltsam, aber gleichzeitig auf wundervolle Weise wieder wie er selbst.

Aus seinem Mund kamen noch mehr unbekannte Worte, von denen er wusste, dass sie die Pforte ein für alle Mal schließen würden. Er zog Natalie enger an sich, drückte ihren Kopf an seine Brust, beugte sich über sie und küsste sie auf die Lippen.

»Komm zu mir zurück. Bitte, komm zu mir zurück.«

Von ihrer Aura war jetzt nichts mehr zu sehen, und erstaunlicherweise galt das Gleiche für die Wunde auf ihrer Wange.

Sie rührte sich in seinen Armen, und sein Herz machte einen Satz. Langsam öffnete sie ihre grauen Augen, und als sie ihn erblickte, hob ein leichtes, ruhiges Lächeln ihre liebreizenden Mundwinkel nach oben.

»Du hast es geschafft.«

Ein Schaudern ging durch seinen Körper, und er zog sie fest an sich. »Wir haben es gemeinsam geschafft«, flüsterte er in ihr Haar. Sein Wolf gab ein Heulen reinster Freude von sich.

Wulfe hob den Kopf und sah seine Brüder an. Hinter ihnen standen mehrere Dutzend Dämonen mit menschlichem Aussehen. Sie alle waren mit einem Messer oder Schwert bewaffnet, doch keiner von ihnen wirkte bedrohlich. Wenn er sich nicht täuschte, lag auf ihren Gesichtern eher eine Mischung aus fassungsloser Dankbarkeit, Erleichterung und Erstaunen.

»Ich kann stehen«, sagte Natalie leise, und er ließ sie zögerlich herunter. Einen Arm schlang er jedoch weiter fest um sie.

Seine Brüder stürmten auf ihn zu und klopften ihm immer wieder auf die Schultern. Lyon griff nach seinem Unterarm. »Teuflisch gute Arbeit, Wulfe. Teuflisch gute Arbeit.«

Wulfe reichte seinem Anführer die Dämonenklinge.

»Wolfmann«, brüllte Jag. »Du hast gerade die ganze verdammte Welt gerettet.«

»Vielleicht«, sagte Paenther leise und richtete ihre Aufmerksamkeit damit wieder auf die Dämonen, von denen sie beobachtet wurden. Das rief ihnen in Erinnerung, dass sie Satanan zwar geschlagen hatten, ein großer Teil seiner Horden aber dennoch freigekommen war.

Der tätowierte Dämon trat vor. »Wir stehen in deiner Schuld, Gestaltwandler.«

Lyon sah ihn an. »Ihr seid Dämonen.«

»Die meisten von uns … ja. Aber es waren viele Rassen, die von Satanan unterjocht oder verführt worden sind, und die haben heute alle die Freiheit wiedererlangt.«

»Die Welt, die ihr damals verlassen habt, gibt es nicht mehr.« Lyons Stimme hallte deutlich hörbar bis in die letzten Reihen der Versammelten. »Von den Menschen gibt es mittlerweile Milliarden, und sie haben große Macht erlangt. Sie wissen nichts von den unsterblichen Rassen und dürfen es auch nie erfahren, wenn wir überleben wollen. Findet eine Möglichkeit, in dieser Welt zu leben, ohne entdeckt zu werden und ohne anderen Rassen – auch nicht den Menschen – zu schaden. Sonst werden wir euch zur Strecke bringen.«

Der Tätowierte nickte. »Satanans Vorstellungen entsprachen nie den unseren. Wir wollen einfach nur in die Berge zurückkehren und in Frieden leben.«

»Na, dann viel Glück dabei.« Jag schnaubte.

Ein harter Zug legte sich um die Lippen des Dämons. »Viele von denen, die heute befreit wurden, sind bereits geflüchtet … viele, deren Seelen schon vor langer Zeit von Satanan zerstört worden sind. Sie haben deine Warnung nicht gehört und würden ihr ohnehin keine Beachtung schenken. Wir werden sie jagen und diejenigen vernichten, die nicht mehr zu retten sind.«

Lyon nickte. »Wenn ihr Hilfe braucht – und das werdet ihr sicher, bis ihr euch in dieser Welt zurechtfindet –, werden wir euch unterstützen. Ich bin Lyon, der Anführer der Krieger des Lichts … der Gestaltwandler.«

Der Dämon nickte. »Ich bin Strome, der letzte wahre König der Dämonen.«

Wulfe zuckte zusammen, und einige seiner Brüder gaben überraschte Laute von sich.

Der Mann musterte sie neugierig. »Ihr habt von mir gehört?«

Fox lachte leise. »Bei uns bist du fast so etwas wie eine Legende, Kumpel.« Keiner von ihnen wollte Vivians Leben in Gefahr bringen, da sie so viel auf sich genommen hatte, um ihnen zu helfen.

Lyon schaute sich um. »Ihr könnt, so lange ihr wollt, hier in dieser Festung bleiben. Der ehemalige Besitzer wird sie nicht mehr brauchen. Doch die Menschen, die sich darin befinden, werden freigelassen. Lasst die Menschen in Frieden. *Alle* Menschen.«

Strome drehte sich zu Wulfe um. »Du, Gestaltwandler, bist zur Hälfte ein Dämon.«

Wulfe nickte und fragte sich, ob sie wohl immer wissen würden, dass er einer von ihnen war. »Offensichtlich habe ich einen Dämon unter meinen Vorfahren.«

Strome nickte. »Ciroc.«

Das war der Name, den auch Vivians Strome genannt hatte.

Ein Dämon, der ganz und gar in Felle gehüllt war, einen dichten Vollbart trug und fast so breite Schultern wie Wulfe besaß, trat vor. »Ich bin Ciroc.«

Wulfe starrte den Mann voller Ehrfurcht an, der sein Großvater war – mit wie vielen »Ur«?

Ciroc lächelte, und es lag ein bemerkenswerter Stolz in seinem Blick. »Du ehrst mich und alle, die vor und nach dir kamen, Sohn meines Sohnessohns. Auf eine solche Macht zu verzichten, nein, sie abzulehnen, war ein überwältigender Anblick … eine Demonstration von Stärke und Edelmut, wie ihn nur wenige besitzen – jedweder Rasse.«

Strome nickte. »Du gereichst allen zur Ehre, die das Böse bekämpfen. Du bist immer willkommen, solltest du dich uns je anschließen wollen, Gestaltwandler vom Blute Cirocs.«

Plötzlich ertönte die bekannte Melodie der *Star Wars*-Filme, und alle drehten sich zu der Tür um, in der einer der Dämonen stand. Er hielt einen Laptop in der Hand und sah aus, als fürchtete er, er könnte gleich explodieren.

»Was ist das?«, wollte Strome wissen.

»Das ist harmlos«, versicherte Lyon ihm. »Menschliche Technologie. Schauspielerei.«

Der Dämon ging zu dem anderen an der Tür und beobachtete die Schlacht, die gerade auf dem Bildschirm tobte. Dann schüttelte er mit großen Augen den Kopf. »Die Welt hat sich tatsächlich sehr verändert.«

»Wir leben nicht in einem *Star Wars*-Universum«, brummte Lyon, »aber es stimmt schon … alles hat sich verändert. Mehr als du dir vorstellen kannst.«

Strome trat vom Laptop weg und hielt Lyon die Hand hin. »Ich danke dir, Gestaltwandler. Du und deine Leute haben mich und die meinen befreit. Wir stehen in deiner Schuld.«

Nach nur einem kurzen Moment des Zögerns kam Lyon ihm entgegen. »Ihr habt viel aufzuholen. Ich empfehle dir, die verbliebenen Magier dazu zu zwingen, euch zu zeigen, wie man Fernseher und Computer bedient, und euch beizubringen, wie man im einundzwanzigsten Jahrhundert lebt. Ich werde Wulfe in ein paar Tagen wieder zu euch schicken, damit er schaut, wie ihr zurechtkommt. Im Moment müssen wir uns um einige andere Dinge kümmern.«

Lyon drehte sich zu Ariana um.

»Nach Hause?«, fragte Ariana.

Lyon lächelte und streckte die Hand nach Kara aus, bevor er Wulfe mit hochgezogener Braue einen Blick zuwarf.

Auf Wulfes Gesicht lag immer noch ein verwirrter Ausdruck, während er noch einmal zu Ciroc hinübersah. Dann nickte er dem Dämon zu, was mit einem Lächeln erwidert wurde.

Als er seinen Blick auf Natalie richtete, stellte er fest, dass diese ihn mit leicht geröteten Wangen und freudig strahlenden Augen beobachtete.

Sein zunächst zurückhaltendes Lächeln wurde zu einem breiten Grinsen. »Nach Hause.«

Zwei Stunden später saßen oder standen die Krieger mit ihren Frauen um den großen Esstisch im Haus des Lichts. Ihre Zahl war größer geworden und würde sicher noch weiter anwachsen, bis sie wieder sechsundzwanzig waren. Nachdem sie mit einer Karaffe gefüllt mit Inirs Blut ins Haus des Lichts zurückgekehrt waren, hatten sie mehrere Rituale durchgeführt, um die neuen Krieger, die sich noch im Zellentrakt befanden, in ihre Tiere zu bringen. Castin hatte sich erwartungsgemäß in einen Geparden verwandelt und Rikkert in ein Nashorn. Kougar hatte verkündet, dass sie als Krieger von nun ab Cheet und Rhyne heißen würden. Der dritte Mann, der jetzt den Namen Dact trug, hatte sich in ein ganz erstaunliches Geschöpf verwandelt … den lange ausgestorbenen Pterodactylus, der bei ihm jedoch eine Flügelspannweite von fast sechs Metern aufwies. Ein Ein-Mann-Sprengkommando, sollte er sich je im Haus verwandeln.

Mit jeder Wiedergeburt fühlte Kara sich kräftiger und besser, woran sie eindeutig erkannten, dass die Seelen dieser Krieger rein und gut waren. Sabine hatte recht gehabt, und sie hatten keine Vorbehalte mehr gegen Lepard, dem sie auch eine reine Seele bescheinigt hatte. Nur wie es um Grizz' Seele stand, blieb ungeklärt – wenn auch eigentlich nur in den Augen des Grizzlywandlers selbst. Denn für alle anderen stand es außer Frage, dass ein Mann, der sein Leben riskiert hatte, um seine Brüder zu retten, ehrenvoll war.

Beim zweiten Ritual waren die neuen Krieger und Polaris vom dunklen Zauber befreit worden, mit dem alle siebzehn ehemals verschwundenen Tiergeister infiziert gewesen waren.

Das dritte Ritual befreite auch Lepard und Grizz vom dunklen Zauber und gab ihnen danach ihre Unsterblichkeit zurück.

Jetzt standen oder saßen also siebzehn Krieger um den Tisch herum.

Neun neue Krieger würden noch zu ihnen stoßen ... diejenigen, die gezeichnet werden würden, um die Bösen zu ersetzen, und dann noch drei weitere, die erst noch erscheinen mussten. Kougar hatte schließlich herausgefunden, dass es sich bei den fehlenden Tiergeistern um das Pferd, den Gorilla und den Polarwolf handelte.

Wulfe gefiel der Gedanke, dass ein weiterer Wolf ins Haus kommen würde.

Außer den Kriegern waren auch alle Ehefrauen anwesend ... und Natalie.

Sie schmiegte sich an ihn, und er hatte einen Arm um ihre Schultern gelegt. Ihr angenehmer Duft umschmeichelte seine Sinne, und ihre Nähe tat seinem Herzen gut. Heilige Göttin, er liebte sie so sehr. Als hätte sie seine aufwallenden Gefühle gespürt, drehte sie den Kopf und begegnete seinem Blick. Ihre Augen schauten ihn so sanft an wie eine leichte Sommerbrise, und sein Herz begann zu rasen, weil sie so wunderschön war. Ihre Augen strahlten, und auf ihren Wangen lag ein rosiger Schimmer. Soweit er erkennen konnte, war ihr kein dauerhafter Schaden zugefügt worden, nachdem er die urzeitlichen Energien durch sie heraufbeschworen hatte. Sie hatte sich rasch von all den erlittenen Strapazen erholt. Nun wollte er sie am liebsten auf der Stelle nach oben in sein Zimmer tragen und sie lieben, bis sie beide keinen Gedanken mehr an die Zukunft verschwendeten und es nur noch zählte, dass sie in den Armen des anderen lagen.

Aber jetzt war nicht der richtige Zeitpunkt dafür. Davon abgesehen fürchtete er sich im gleichen Maße vor dem Moment des Alleinseins mit ihr, wie er ihn herbeisehnte, denn dann würden sie miteinander reden müssen. Er hatte vor, die entscheidende Frage zu stellen, und war voller Angst, sie würde ihn küssen und ihm dann erklären, dass sie zu ihrem Leben in Frederick zurückkehren wolle.

Wie konnte er sie überhaupt darum bitten, ihr altes Leben unter den Menschen aufzugeben – ihre Patienten, ihre Mutter, ihr Zuhause? Wie konnte er sie darum bitten, *alles* hinter sich zu lassen?

Aber, heilige Göttin, genau das wünschte er sich. Er wollte, dass sie bei ihm blieb.

»Sieg den Kriegern des Lichts!«, rief Tighe und streckte die Faust nach oben.

»Sieg den Kriegern des Lichts!«, riefen auch die anderen und reckten die Fäuste. Nur Grizz stand etwas abseits und machte nicht mit.

»Können wir den Sieg überhaupt für uns beanspruchen?«, fragte der wie immer pragmatisch denkende Hawke. »Wo die Dämonen jetzt doch frei sind?«

»Die Geisterdämonen sind fort«, erwiderte Lyon. »Genau wie Satanan.«

»Und Inir«, fügte Paenther hinzu. »Vielleicht holen sich einige der Magier ihre verlorenen Seelen ja wieder zurück.«

»Wir werden die Dämonen und die anderen Rassen, die geflüchtet sind, gut im Auge behalten müssen.« Kougar nahm einen Schluck von seinem Whiskey. »Bei einigen von denen standen die Menschen von jeher auf dem Speiseplan, wobei ich allerdings der Erste bin, der zugibt, nur wenig über die meisten dieser Rassen zu wissen. Sie lebten in früheren Zeiten in ganz anderen Gegenden als die Gestaltwandler und waren schon lange, bevor ich überhaupt geboren wurde, von Satanan vereinnahmt worden. Vielleicht ist es so, wie Strome angedeutet hat: Die Boshaftigkeit, die wir immer allen Dämonen zugeschrieben haben, war eigentlich nur die Folge von Satanans Kontrolle über sie.«

»Hoffen wir mal, dass es so ist«, meinte Lyon trocken. »Wenn es sich zeigt, dass es doch nicht stimmt, müssen wir eingreifen.«

»Was ist mit den Dradern?«, fragte Fox, dessen Arm um Melisandes Schultern lag. »Wir waren immer der Meinung, sie wären die Überreste der Dämonen, die in die Klinge gesperrt wurden, aber es besteht kein Zweifel daran, dass sie sich seit Urzeiten tausendfach vermehrt haben. Glaubt ihr, dass sie jetzt weg sind?«

»Das werden wir früh genug erfahren.«

Grizz stieß sich plötzlich von der Wand ab und ging zu Melisande. »Ich muss Sabine finden.«

Melisande nickte und gab Fox einen schnellen Kuss. »Ich bin gleich wieder da.« Kurz darauf waren sie und Grizz verschwunden.

»Natalie«, meinte Kara überrascht. »Deine Wunde. Ich habe gerade erst bemerkt, dass sie wieder verschwunden ist.«

Natalie griff sich mit enttäuschter Miene an die Wange. »Das Zeichen meines heldenhaften Einsatzes.«

Wulfe lächelte und gab ihr einen Kuss auf die Schläfe. »Die Narbe ist zusammen mit deiner Aura verschwunden, nachdem ich von den urzeitlichen Energien abgelassen und die Pforte geschlossen habe. Ich kann dir eine neue Wunde ritzen.«

Sie lachte, und das war für ihn das herrlichste Geräusch auf Erden. »Danke, lieber nicht.«

Er grinste und gab ihr dieses Mal einen überschwänglichen Kuss auf den Mund.

»Ich frage mich …«, murmelte Kougar.

Delaney gab einen seltsamen Laut von sich. Als Wulfe den Kopf hob, sah er, dass Delaney ihn mit großen Augen ansah und eine Hand auf den Mund gelegt hatte. Tighe legte seiner Frau eine Hand auf die Schulter und lächelte schief.

»Was ist?«, wollte Wulfe wissen.

»Stich ihr in den Finger«, sagte Tighe.

Wulfe funkelte ihn mit finsterer Miene an. »*Warum?*«

Tighe grinste plötzlich so breit, dass seine Grübchen zu sehen waren. »Als Delaney ein Schlüssel zur Pforte wurde, war sie hinterher unsterblich. Wir dachten damals, das wäre passiert, weil der Klon die Hälfte meiner Seele durch ihren Körper gezogen hatte, aber jetzt frage ich mich, ob das wirklich stimmt.«

Natalie riss die Augen weit auf. »*Unsterblich?*«

»Das ist reine Spekulation«, brummte Wulfe, aber sein Herz pochte plötzlich schneller. Wenn Tighe recht hatte, würde sich dadurch nicht unbedingt etwas ändern. Selbst dann müsste Natalie nicht bei ihm bleiben. Sie konnte gehen, wohin sie wollte, und tun, was ihr Herz begehrte. Aber wenn sie bleiben wollte … dann wäre das *für immer*.

»Wie finden wir es heraus?«, fragte sie mit atemloser Stimme und großen Augen.

Mit leicht zitternder Hand ließ Wulfe sie los und holte ein kleines Taschenmesser hervor. »Nur ein kleiner Stich«, versprach er, doch sie legte ihre Hand, ohne zu zögern, in seine.

Wulfe holte tief Luft, nahm einen schlanken Finger und stach ihr ganz vorsichtig in die Spitze. Ein winziger Blutstropfen trat hervor. Er wartete zwei Sekunden, dann wischte er ihn weg. Darunter war nur unversehrte Haut. Die kleine Wunde war bereits verheilt.

Freude stieg in ihm auf.

Natalie sah ihn mit großen Augen an. »Mach es noch mal. Schneide dieses Mal tiefer rein.«

»Es wird wehtun.«

Sie sah ihm mit ihrem ruhigen Blick tief in die Augen. »Ich muss es wissen.«

Und so tat er es. Dieses Mal nahm er sich ihre Handinnenfläche vor und brachte ihr einen ein Zentimeter langen Schnitt bei. Wieder trat Blut hervor, ehe sich die Wunde vor seinen Augen wieder schloss und verheilte, ohne eine Narbe zu hinterlassen.

»Unsterblich«, rief Tighe.

Alle am Tisch wurden still, denn keiner … noch nicht einmal Wulfe … wusste, ob das nun gut oder schlecht war.

Ruckartig stand Wulfe auf. »Wir müssen miteinander reden.«

Natalie nickte verblüfft, ehe er nach ihrer Hand griff und sie nach oben brachte.

Wulfe führte Natalie in sein Schlafzimmer. Als er die Tür hinter ihnen schloss, drehte sie sich mit wild pochendem Herzen zu ihm um. In ihrem Kopf herrschte ein einziges Chaos. *Unsterblich*. Sie war *unsterblich* geworden.

»Was bedeutet das jetzt genau?«, fragte sie und klang genauso verwirrt, wie sie sich fühlte.

Wulfe stand da wie erstarrt und sah sie aus schimmernden Augen an. »Es bedeutet, dass du jetzt zu uns gehörst – in gewisser Weise. Du musst das, was du bist, vor den Menschen verbergen. Vor den Sterblichen.«

»Ich kann nicht wieder nach Hause.« Diese Erkenntnis hätte eigentlich heftige Emotionen hervorrufen sollen, doch dem war nicht so. In Wahrheit wollte sie gar nicht wieder nach Hause. Das war ganz und gar nicht das, was sie wollte.

»Du kannst hingehen, wo immer du willst. Wir werden dir jetzt nicht mehr die Erinnerungen nehmen können und müssen deshalb in vielerlei Hinsicht vorsichtig sein, aber ich vertraue dir, Natalie.«

Das Herz schlug ihr bis zum Hals, als sie ihn ansah. Ihre Gefühle drohten sie zu überwältigen. »Wulfe … wenn ich nun gar nicht wieder nach Hause zurückwill?«

Ein Funken blitzte in seinen Augen auf … ein Funken der Hoffnung und der Freude, und in dem Moment wusste sie, dass er wollte, dass sie blieb. »Aber … deine Mutter. Deine Patienten, die Kinder …«

Ihr Herz zog sich zusammen. Wie konnte sie all diesen Menschen den Rücken kehren? Die Kinder würden jemand anderen finden, der sie behandelte, aber ihre Mutter würde nie über den Verlust all ihrer Kinder hinwegkommen. Tränen brannten in ihren Augen. »Ich will dich nicht verlassen.«

»Ich will nicht, dass du gehst.« Und im nächsten Moment lag sie in seinen Armen. Seine Hände schoben sich in ihr Haar, als er ihren Kopf hielt und ihr tief in die Augen sah. »Sag mir, was ich tun muss, damit du bleibst.«

»Finde eine Möglichkeit, dass meine Mutter ein Teil von Xaviers und meinem Leben bleiben kann.«

»In Ordnung.«

»Wie …?«

»Verdammt, wenn ich das wüsste, aber ich würde zum Mond fliegen und zurück, wenn das dafür sorgen würde, dass du bleibst.«

Das Herz ging ihr auf, und sie lächelte.

»Was noch, Natalie? Ich sehe keine Möglichkeit, wie du deine Praxis behalten könntest … tut mir leid … aber sag mir, wie ich dir helfen kann, etwas zu verändern, und ich werde es tun.«

Sie lachte leise auf, weil ihre Träume – Träume, von denen sie gar nichts gewusst hatte – plötzlich wahr wurden. »Vielleicht kannst du mir helfen, ein paar Augenärzte zugänglicher für die Vorteile von Augentherapien zu machen?«

Ein Lächeln breitete sich langsam auf Wulfes Gesicht aus.

»Fang schon mal an, Augenarzttermine für mich zu machen.« Sein Lächeln verblasste, als er sie durchdringend ansah. »Was brauchst du sonst noch, Natalie? Sag es, egal was. Hauptsache, du bleibst hier.«

Sie schluckte, weil sie plötzlich einen Kloß im Hals hatte. Sie wusste, was er von ihr hören wollte.

»Dich, Wulfe. Ich will dich. Für immer. Bis in alle Ewigkeit. *Ich liebe dich so sehr*.«

»Die Ewigkeit ist eine lange Zeit.«

»Ist es dir zu lang?«

»*Niemals*.« Er zog sie eng an sich und verbarg das Gesicht in ihrem Haar, während er am ganzen Körper bebte. Als er sich wieder von ihr löste, lag ein feuchter Glanz in seinen sanften Augen. »Ich habe mein ganzes Leben lang auf dich gewartet, Natalie. Nicht einmal die Ewigkeit wird mir reichen.« Ein wundervolles Lächeln breitete sich auf seinem attraktiven Gesicht aus, das sie so sehr liebte. »Willst du mich heiraten, Natalie Cash? Willst du meine Frau werden?«

»Ja, Wulfe. Tausendmal ja.«

Wulfe jauchzte so laut auf, dass sie fürchtete, die Decke würde einstürzen. Dann riss er sie in seine Arme und küsste sie, bis sie ganz atemlos und voller Verlangen war. Sie fühlte sich schwindelig vor lauter Liebe.

Epilog

»Woof! Woof!«

Wulfe drehte sich um, als er die junge Stimme und das Getrappel kleiner Füße hörte, und grinste. Er ging durch die Eingangshalle vom Haus des Lichts.

»Na, kleiner Tiger.« Er kniete sich hin, und der flachsblonde Zweijährige mit den Grübchen stürzte sich in seine Arme.

»Rauf!«

Wulfe stand auf und hob den Jungen hoch, bis sie auf einer Augenhöhe waren. »So hoch?«

»Nein. Rauf!« Ein molliges Händchen schoss in die Höhe.

Wulfe hob ihn hoch, bis er den weichen Bauch des Jungen mit der Nasenspitze kitzeln konnte.

Das Kind kreischte vor Lachen. »Rauf! Rauf!«

Wulfe hob ihn bis über seinen Kopf. »So hoch?« Er konnte es gar nicht erwarten, sein eigenes Kind so zu halten.

»Daddy!«, kreischte der Kleine plötzlich, und Wulfe ließ ihn wieder herunter. Er gab ihm noch einen schnellen Kuss auf die Stirn, ehe er ihn wieder auf die Füße stellte, die nie stillstanden.

»Na, Anders.« Tighe grinste und schwang seinen Sohn in die Luft. Die waren schon ein Paar, die beiden.

Klein Anders, der nach Tighes therianischem Vater benannt war, drückte seine kleinen Hände an die Wangen seines Vaters und gab Tighe einen Kuss auf die Nasenspitze.

Wulfe tat so, als würde er Tighes feuchte Augen nicht bemerken, während er selber heftig blinzeln musste.

Delaney kam mit Kara und Melisande in die Eingangshalle.

Bei Delaney machte sich gerade die zweite Schwangerschaft bemerkbar. Dieses Mal erwartete sie eine Tochter. Therianer empfingen nur selten, doch offensichtlich wurden unsterblich gewordene Menschen genauso leicht schwanger wie Menschen, worüber alle begeistert waren. Je mehr Kinder im Haus des Lichts aufwuchsen, desto besser.

»Wulfe, hast du sie geweckt?« Delaney trat zu ihrem Sohn und ihrem Mann, der sie mit seinem starken Arm an sich zog. »Wir sind so weit. Alle sind da.«

Wulfe grinste. »Ich werde sie holen.« Er nahm drei Stufen auf einmal, ging zügigen Schritts zu seinem Schlafzimmer und öffnete leise die Tür. Er wollte seine schlafende Frau auf keinen Fall erschrecken, doch als er hereinkam, kämmte sie sich gerade die Haare vor dem Spiegel.

Sie drehte sich mit einem Lächeln so voller Liebe zu ihm um, dass ihm selbst nach drei Jahren Ehe die Knie weich wurden.

»Bin ich zu spät dran? Du solltest mich doch wecken.«

»Ich wollte dich schlafen lassen. Ihr Mädchen braucht ein bisschen Ruhe.«

Natalie lachte und strich sich über den dicken Bauch. »Nur einer von uns beiden hat geschlafen. Deine Tochter mag es nicht, wenn ich mich hinlege.«

Wulfe kniete sich vor ihr hin und drückte seine Hand auf Natalies schwangeren Bauch. Ein kleiner Fuß erwiderte von innen den Druck. Mit staunendem Blick schaute er zu Natalie auf. »Ich kann es gar nicht erwarten, sie im Arm zu halten.«

»Glaub mir … da bist du nicht der Einzige.«

Wulfe zog sie so gut, wie es eben in ihrem gegenwärtigen Zustand ging, an sich und gab ihr schmatzend einen Kuss. »Du bist die schönste Frau, die je gelebt hat.«

Sie legte ihre Hand an seine Wange. »Und du bist der schönste Mann.« Die Worte kamen aus ihrem tiefsten Innern, denn für Natalie entsprach dies in jeder Hinsicht der Wahrheit. Und er würde dafür sorgen, dass sie für immer und ewig so empfand.

»Fertig?«, fragte er.

»Natürlich. Es sind nur die Krieger und ihre Frauen dabei?«

Wulfe lächelte, als er sie die Treppe hinunterführte. »Wie sollten wir noch mehr einladen, wenn wir selber schon sechsundzwanzig sind?«

Sie hatten im vergangenen Frühling angebaut und damit die Größe der Küche und des Esszimmers verdoppelt sowie für zusätzliche Wohnräume für die Küchenangestellten gesorgt, die jetzt unter Pinks und Xaviers Aufsicht arbeiteten. Sie hatten außerdem ein Spielzimmer für Anders und die bald kommenden Mädchen eingerichtet und das Wohnzimmer vergrößert und mit mehreren Sofas und Couchtischen ausgestattet, um solche Anlässe wie Natalies Babyparty hier feiern zu können. Der Raum war groß genug für sie alle … und ein paar mehr.

Wulfe führte sie nun ins Wohnzimmer und beobachtete glücklich, wie sie sich über die Dekoration – rosafarbene Ballons und Strampler – und die Anwesenden freute.

»Mom«, rief Natalie, als ihre Mutter auf sie zukam und sie in die Arme schloss. Natalie warf ihm einen dankbaren Blick zu. Er hatte ihr nicht erzählt, dass er ihre Mutter für die Babyparty holen würde, aber sie war mittlerweile schon mehrmals zu Besuch gewesen. Jedes Mal hatte er ihre Erinnerung bis zu einem gewissen Grad gelöscht, doch er hatte einen Weg gefunden, dass sie nie vergaß, dass es ihren Kindern gut ging und sie sie bald wiedersehen würde. Sie wusste, dass die Besuche zum Wohle und der Sicherheit ihrer Kinder ein Geheimnis bleiben mussten.

Im Raum befanden sich fünfundzwanzig der sechsundzwanzig Krieger des Lichts, deren Ehefrauen, ein halbes Dutzend

Dämonen und noch ein paar andere, die sich noch nicht so gut in dieser für sie neuen Welt zurechtfanden. Sogar nach zwei Jahren spürten sie immer noch weitere Angehörige von Rassen auf, die der Gefangenschaft in der Dämonenklinge entflohen waren. Unter ihnen hatten sie einige starke Verbündete gefunden, aber auch erbitterte Feinde. Im Haus des Lichts wurde es nie langweilig.

Nur Grizz fehlte. Er war mal wieder unterwegs, um nach Sabine zu suchen. Als er das erste Mal nach ihrem Sieg über Satanan nach ihr gesucht hatte, musste er feststellen, dass ihr Haus leer und ihre Tiere fort waren. Selbst der Mann, der sie immer mit Vorräten versorgt hatte, wusste nicht, wo sie hingegangen war. Seitdem hatte Grizz ohne Erfolg immer wieder nach ihr geforscht. Es schien fast so, als wäre die Letzte der Nyaden vom Antlitz der Erde verschwunden.

Kara hob ihr Glas, um einen Toast auszusprechen. »Auf die bald kommende jüngste Mitbewohnerin … und auf ihre wundervolle Mutter und ihren tollen Dad. Habt ihr euch schon für einen Namen entschieden?«

Natalie sah ihn an, und ein sanftes Lächeln breitete sich auf ihrem Gesicht aus, ehe sie ihre Ankündigung machte. »Liesel. Wir nennen sie nach einem Mädchen, das Wulfe in seiner Jugend gekannt hat. Eine wunderschöne junge Frau, deren Leben viel zu früh endete und die nicht in Vergessenheit geraten soll.«

Als Natalie den Namen das erste Mal vorgeschlagen hatte, war er dagegen gewesen. Die Erinnerung an Liesel war für ihn immer noch schmerzhaft. Doch je länger er darüber nachgedachte, desto mehr wurde ihm klar, dass seine Frau recht hatte. Auf die Art würde der Name zu seiner Tochter gehören und nicht mehr mit früheren Albträumen verbunden sein. Gleichzeitig war diese Geste das angemessene letzte Geschenk für ein Mädchen, das er meinte, im Stich gelassen zu haben. Er schenkte ihr Unsterblichkeit.

Die Ehefrauen der Krieger kamen auf Natalie zu, umringten sie und führten sie geschwind zu dem Sofa, um das sich bereits unzählige Geschenke stapelten. Als sie an Pink und Xavier vorbeigingen, griff Natalie nach der gefiederten Hand und zog die allzu schüchterne Pink mit sich, die daraufhin in helles Gelächter ausbrach. Mehr als ein Dutzend Ilinas waren Arianas und Melisandes Einladung gefolgt und standen nun lachend neben den Frauen.

Natalies Blick fand Wulfes trotz all der Leute, die sie umgaben. »Willst du mir nicht helfen, die Geschenke zu öffnen?«

Wulfe lachte und schüttelte den Kopf, während Tighe ihm ein Bier reichte. Er hob die Flasche. »Ich kann nicht. Hab die Hände voll.«

Natalie warf den Kopf zurück und lachte. Dann packte sie das erste Geschenk aus.

Tighe schlug ihm freundschaftlich auf den Rücken. »Du hast ja keine Ahnung, was dir noch bevorsteht, mein Freund. Kinder brechen wie eine Urgewalt über dein Leben herein und verursachen das pure Chaos. Deine Tochter wird dich verändern. Nach Natalie wird sie das Beste sein, was dir je passiert ist.«

Tighes Stimme klang so gerührt, dass Wulfe den Arm um die Schulter seines Freundes legte. »Unsere Töchter werden praktisch gleich alt sein.«

Tighe schnaubte. »Und du dachtest, wir hätten mit Inirs bösen Magiern alle Hände voll zu tun. Warte nur ab, bis die zwei Teenager sind.«

Hawke und Kougar stellten sich zu ihnen, Jag und Fox kamen einen Moment später dazu, und ihnen folgten Vhyper, Paenther und Lyon. Nacheinander schlugen sie mit Wulfe den Unterarm zusammen und gratulierten ihm zu dem Kind, das bald zur Welt kommen würde. Dann drehten sich alle um und sahen ihre Frauen an.

»Wie haben wir es eigentlich ausgehalten, als nur wir hier rumgehangen haben?«, meinte Paenther nachdenklich.

»All die Jahre waren wir nur neun Krieger des Lichts«, brummte Lyon. »Verglichen mit jetzt war das hier damals ein verlassener Friedhof.«

Tighe hob sein Bier. »Auf die Frauen, die uns Licht und Leben, Lachen und Liebe gebracht haben. Mögen wir sie so glücklich machen wie sie uns.«

»Hört, hört«, sagte Jag und nahm einen kräftigen Schluck aus seiner Flasche.

Die Frauen gerieten über eines der Geschenke in helle Aufregung, und sie plapperten fröhlich durcheinander. Doch Wulfe hatte nur Augen für eine Frau. Seine wunderbare Natalie.

Sie hielt ein rosafarbenes Kleidchen hoch, das kleiner war als seine Hand, damit er es sehen konnte, und strahlte ihn an. Doch für ihn zählte nur die Freude, die er in diesen ruhigen grauen Augen sah.

Die Freude und die Liebe.

Für ihn.

Danksagung

Ich danke allen, die mir dabei geholfen haben, die Geschichte der Krieger des Lichts zu erzählen … insbesondere meinen beiden besten Freundinnen und Kritikerinnen Laurin Wittig und Anne Shaw Moran sowie meiner wundervollen, lieben und talentierten Lektorin May Chen. Diese drei haben mich bei jedem Schritt des Weges begleitet. Wir haben es geschafft, Ladys. Es ist vollbracht.

Ich danke ebenfalls all den schwer arbeitenden und unglaublichen Leute von Avon Books, die ein Händchen dafür hatten, dieses Buch und meine anderen Gestaltwandler-Romane in die Regale und damit zu meinen Lesern zu bringen, besonders Pamela Spengler-Jaffee, Jessie Edwards, Chelsey Emmelhainz, Amanda Bergeron sowie Tom Egner und seinem Team.

Außerdem danke ich meiner Korrektorin Sara Schwager meiner Assistentin Kim Castillo, meiner Literaturagentin Robin Rue sowie Carla Gallway und Palmer's Pack. Ihr seid toll! Ich danke auch Denise L. Paquin, der Optometristin meiner Tochter und ihrer Lebensretterin. Sie hat mir geholfen zu verstehen, welch wichtige Rolle das Gehirn beim Sehen spielt und die richtigen Worte dafür zu finden. Alle Fehler in diesem Buch sind nur mir zuzuschreiben.

Wie immer danke ich an dieser Stelle mit einer herzlichen Umarmung meiner Familie für ihre unermüdliche Unterstützung.

Vor allem aber danke ich meinen Lesern. Ich mag vielleicht die Worte schreiben, aber in Ihren Gedanken und in Ihrer

Vorstellung erwachen die Krieger des Lichts erst zum Leben. Welch große Freude bereiten mir all Ihre E-Mails, Rezensionen, Tweets, Facebook-Einträge und die Anstrengungen, die unternommen werden, um mich bei Signierstunden und Veranstaltungen zu sehen. Das ist mir ein Quell großer Inspiration. Sie haben mehr Licht und Freude in mein Leben gebracht, als Sie ahnen, und dafür bin ich unglaublich dankbar.